BATYA GOUR

Meurtre à l'université

Un crime littéraire

ROMAN TRADUIT PAR JACQUELINE CARNAUD
ET JACQUELINE LAHANA

FAYARD

Titre original :

מוות בחוג לספרות

édité par Keter Publishing House, Jerusalem Ltd.

CHAPITRE PREMIER

Parce que c'était Shaül Tirosh qui le présidait, la radio et la télévision s'étaient déplacées pour enregistrer le séminaire du département. Avec leur matériel, techniciens et journalistes avaient envahi le petit amphi. La caméra s'arrêta sur la pose nonchalante, la main glissée dans la poche, la cravate rouge aux tons dégradés. La première image du film, avant montage, serait un gros plan de sa main tenant un verre d'eau. Il but une longue gorgée puis, de ce geste qu'il affectionnait, rejeta en arrière la belle mèche de cheveux argentés qui lui retombait élégamment sur le front. La caméra se posa alors sur le livre qu'il venait de prendre, sur la manchette d'un blanc immaculé qui dépassait de son costume sombre, et s'attarda sur l'inscription en lettres dorées qui ornait la reliure : Chaïm Nachman Bialik. Ce n'est qu'ensuite qu'elle prit une vue d'ensemble de la table.

La tête baissée, Touvia Shaï balayait d'invisibles miettes sur le tapis vert, tandis que le jeune Ido Doudaï avait les yeux tournés vers le visage allongé de Tirosh.

« Rien d'étonnant, murmurait-on dans l'assistance, Shaül Tirosh a toujours été une vedette prisée des médias. »

« Qui, en effet, grommelait Aharonovitz avec une moue dédaigneuse, se serait donné la peine d'enregistrer pour la postérité un séminaire de département, si le nom de Shaül Tirosh n'y était pas associé ? »

Même après, Kalman Aharonovitz ne pourrait cacher son mépris pour la préciosité, la « théâtralité facile », qui avait accompagné la prestation de Tirosh. « Toujours aussi cabotin », insisterait-il en jetant un coup d'œil désapprobateur et inquiet vers Rouhama, l'épouse de Touvia.

Le matériel d'enregistrement, les projecteurs, la présence des journalistes — auxquels elle avait cédé sa place habituelle, au premier rang à droite — remplissaient Rouhama d'excitation, bien qu'elle arborât, comme à l'accoutumée, une indifférence blasée. De là où elle était assise, à l'extrémité du deuxième rang, elle avait une vision différente de l'image enregistrée par la caméra. Gênée par l'épaisse chevelure bouclée de Davidov, l'animateur du « Monde des livres », l'émission de télé à laquelle tous les romanciers et les poètes rêvaient d'être invités, elle devait tendre le cou pour voir les conférenciers.

Tirosh non plus n'était pas insensible au fait que Davidov eût jugé bon de venir. Un an plus tôt, alors qu'il venait de recevoir le Grand Prix national de poésie, il s'était disputé avec ce célèbre présentateur lors d'une soirée télévisée organisée en son honneur et ne lui avait plus adressé la parole depuis. Après avoir lu à haute voix son poème le plus connu, « Un autre crépuscule », tout en précisant à l'intention des téléspectateurs que c'était en quelque sorte sa « carte de visite », après avoir énuméré les diplômes qu'il avait obtenus et les distinctions qu'il avait remportées, après avoir répété que le professeur Tirosh dirigeait le département de littérature hébraïque à l'université de Jérusalem et encourageait les jeunes poètes, après avoir montré la couverture de la revue trimestrielle de littérature contemporaine qu'il éditait, Davidov s'était tourné vers lui, le poète, et, des trémolos dans la voix, lui avait demandé pourquoi, depuis six ans, il gardait le silence — question que personne jusque-là n'avait osé lui poser.

Obligée, à cause de la crinière bouclée de Davidov, de se contorsionner sur son siège pour mieux contempler la haute silhouette tenant le livre, Rouhama repensait, elle aussi, à cette émission : Davidov effleurant les quatre minces recueils de poèmes disposés sur la table et demandant sur un ton emphatique à Tirosh comment il se faisait qu'un poète qui avait ouvert de nouvelles voies, inventé un nouveau style, qui était le père spirituel incontesté de la jeune poésie, n'eût rien publié au cours des dernières années — mis à part un ou deux poèmes engagés, avait-il ajouté avec un geste de dédain.

Dès qu'elle avait aperçu Davidov près du caméraman, Rouhama, qui se souvenait parfaitement de la manière dont la longue interview avait tourné à l'affrontement verbal entre les deux hommes, avait senti la tension monter d'un cran. Tirosh arborait une curieuse expression où se mêlaient coquetterie et provocation, et, même si de là où elle se trouvait, elle ne pouvait pas bien distinguer ses yeux, elle imaginait sans peine la joie maligne qui les illuminait.

Lorsqu'il se leva pour prononcer son allocution d'ouverture, elle aussi, comme la caméra, saisit le mouvement de la main repoussant en arrière la mèche de cheveux argentés avant de se poser délicatement sur le livre. En revanche, le visage de Touvia lui était caché par le technicien de la radio qui, pour la énième fois, vérifiait son magnétophone.

Par la suite, lorsqu'elle serait obligée de visionner le film avant même qu'il ne soit monté, elle serait incapable de retenir ses larmes devant la précision et la netteté avec lesquelles la caméra avait capté les poses étudiées de Shaül Tirosh — son apparente décontraction, sa main négligemment glissée dans la poche — sans oublier sa cravate en camaïeu de rouge, assurément choisie pour s'harmoniser avec l'œillet épinglé à sa boutonnière.

Elle avait toujours du mal à se concentrer, surtout lorsque Tirosh prenait la parole en public. « Mesdames et Messieurs, notre dernier séminaire de l'année s'intitule, comme vous le savez, "Bonne et mauvaise poésie". Je comprends votre impatience à l'idée que ce soir seront peut-être énoncés, du haut de cette tribune, des critères précis et univoques permettant de distinguer un bon poème d'un mauvais. Toutefois, sans vouloir vous décevoir, je doute que tel sera le résultat de notre débat. Je suis curieux d'entendre ce que mes distingués collègues ont à dire sur le sujet, curieux mais sceptique. » La caméra enregistra, elle aussi, le clin d'œil ironique et amusé qu'il lança à Touvia et le regard plus appuyé qu'il posa sur Ido Doudaï, qui avait baissé la tête.

Rouhama perdit le fil. Elle n'arrivait plus à relier les mots entre eux et, d'ailleurs, ne s'y essayait plus, préférant se laisser bercer par la voix de Shaül Tirosh et s'abandonner à sa douce mélodie.

Un silence religieux régnait dans l'amphithéâtre. Des retardataires se tenaient debout près de l'entrée. Tous les regards convergeaient sur l'orateur. Un sourire de plaisir anticipé flottait sur certains visages, notamment féminins. A côté de Rouhama, une jeune étudiante n'arrêtait pas de prendre des notes. Quand elle s'interrompit, Rouhama s'aperçut que Tirosh lisait, d'une voix rythmée, l'un des plus célèbres poèmes de Bialik : « Ce n'est pas du néant que je tiens la lumière. »

Derrière elle, Aharonovitz respirait bruyamment en froissant du papier. Avant même que le public eût pris place, il avait posé son bloc-notes sur son vieux cartable d'écolier en cuir marron, le stylo prêt à entrer en action. Il répandait une odeur âcre qui se mélangeait au parfum trop sucré de sa voisine, Tsipi Lev-Ari, née Goldgraber, sa jeune assistante pleine de promesses, dont les efforts pour effacer toute trace de son passé ultra-orthodoxe expliquaient sans doute les couleurs criardes de ses vêtements trop larges, à propos desquels Tirosh, dit-on, aurait déclaré qu'ils étaient probablement de rigueur dans la secte qu'elle avait rejointe et pour laquelle elle avait changé de nom.

A gauche de Tsipi, Rouhama nota la présence de Sarah Amir, maître de conférences et l'un des piliers du département, qui avait toutes les peines du monde à se défaire de ses allures popotes. Même sa plus belle tenue, une robe en soie à fleurs trop moulante et trop décolletée pour sa corpulence, faisait immanquablement penser au bouillon de poule, association qui la suivait partout et ne manquait pas de surprendre ceux qui, ne la connaissant pas, découvraient avec quel esprit de finesse elle était capable d'aborder n'importe quel sujet.

« Si je vous ai lu ce poème de Bialik, c'est, entre autres, pour poser cette question : une œuvre de cette envergure est-elle encore susceptible d'un jugement esthétique ? Ne commettons-nous pas une erreur lorsque nous tenons pour acquis que ce poème décrit de manière originale le travail de création ? Cette originalité, dans la mesure où elle existe, est-elle une garantie de son excellence ? L'image du poète sondant son cœur, que nous comprenons tous comme une métaphore, est-elle vraiment si... originale ? » A ce mot, que Tirosh avait prononcé avec une certaine emphase après avoir bu une longue gorgée d'eau, un murmure parcourut la salle.

Les gens échangèrent des regards et s'agitèrent sur leurs sièges. Du coin de l'œil, Rouhama vit Davidov faire signe au caméraman d'orienter son objectif vers le public. Derrière elle, le stylo d'Aharonovitz crissait furieusement sur le papier. En se retournant, elle remarqua que Sarah Amir fronçait les sourcils. La raison de toute cette agitation lui échappait. Elle n'avait jamais réussi à comprendre comment des questions de ce genre pouvaient susciter tant de passion chez les professeurs et leurs étudiants.

Dès les premières paroles de Tirosh, Shoulamit

Zellermaier avait esquissé un sourire, le menton calé dans le creux de sa main et le coude reposant, comme toujours, sur ses genoux croisés. Avec ses cheveux gris en bataille, elle semblait encore plus redoutable et masculine que d'habitude, malgré son élégant tailleur. Lorsqu'elle tourna la tête vers la droite, ses lunettes renvoyèrent la vive lumière d'un projecteur.

« Je voulais réexaminer un poème dont le statut canonique n'est jamais remis en cause » — nouveaux sourires dans l'assistance — « car, me semble-t-il » — il sortit la main de sa poche et regarda Davidov droit dans les yeux —, « il est temps que nos séminaires s'attaquent de front à des sujets controversés, à des questions que, par manque de courage, nous n'osons pas aborder, préférant nous réfugier dans des discussions théoriques prétendument objectives, parfois si creuses et si soporifiques, que nos étudiants quittent nos amphis pour aller bâiller dehors ». La jeune fille à côté de Rouhama notait chaque mot.

Rouhama cessa à nouveau d'écouter, pour se perdre dans la douceur enveloppante de cette voix qui la subjuguait. Il y a certaines choses, songea-t-elle, que des caméras ou des magnétophones ne parviendront jamais à capter.

Dès l'instant où elle l'avait rencontré, dix ans plus tôt, elle avait été envoûtée par la voix de cet homme, théoricien et critique littéraire, universitaire de réputation internationale et, comme le clamait la critique pour une fois unanime, « l'un des plus grands poètes vivants d'Israël ».

Soudain, elle eut envie de se lever et d'annoncer publiquement que cet homme lui appartenait, qu'elle venait juste de quitter son lit et l'intimité de sa chambre au plafond voûté, qu'elle était la femme avec laquelle il avait dîné juste avant d'arriver ici.

Elle regarda autour d'elle, scrutant les visages. La lumière éblouissante des projecteurs inondait la salle.

« Je vais démarrer avec Bialik — ça leur en bouchera un coin, l'avait-elle entendu dire à mi-voix, alors qu'il mettait la dernière main à son discours d'introduction. Personne ne s'attend à ce qu'une soirée comme celle-ci s'ouvre avec notre poète national. Ils croient que je vais leur lire quelque chose de moderne, de contemporain, mais je veux leur montrer que Bialik peut encore nous réserver des surprises. »

Des applaudissements nourris et prolongés saluèrent la fin de son intervention. Plus tard, en écoutant l'enregistrement radiophonique, Rouhama se souviendrait avec émotion qu'à cet instant précis, elle revivait leur après-midi, leur journée précédente, la nuit qu'ils avaient passée ensemble une semaine plus tôt, et même leur voyage en Italie. Tout avait commencé trois ans auparavant, lorsqu'il l'avait embrassée dans l'ascenseur du bâtiment Meirsdorf, à l'université. Ensuite, dans son bureau, il lui avait avoué que, malgré ses innombrables conquêtes, c'était elle qu'il avait toujours désirée, sans oser croire qu'elle s'intéresserait un jour à lui. La réserve qui la caractérisait l'avait dissuadé de tenter sa chance. En outre, l'adoration qu'elle vouait à Touvia la rendait, à ses yeux, inaccessible.

Elle jeta à nouveau un regard rêveur sur la belle main qui tenait le livre ouvert. Le khamsin qui soufflait ce soir-là sur Jérusalem, plus sec et débilitant que partout ailleurs dans le pays, ne l'avait pas empêché de mettre son costume sombre, lequel, avec l'inévitable œillet rouge à la boutonnière et la mèche argentée, lui donnait cet air européen, cosmopolite, qui séduisait tant de femmes et contribuait à sa légende.

« Comment un célibataire se débrouille-t-il pour être toujours tiré à quatre épingles ? Qui lui repasse ses chemises ? » s'était un jour étonnée une étudiante qui attendait devant le bureau de Tirosh. Rouhama n'avait pu entendre la suite, car dès qu'il était arrivé, elle s'était précipitée derrière lui pour prendre la clé de son appartement, où il la rejoindrait un peu plus tard.

Bien qu'elle n'eût pas de réponse à ce genre de questions, elle savait, comme Touvia et les quelques privilégiés qui avaient eu l'honneur de franchir le seuil de sa maison, qu'il conservait ses œillets dans son petit réfrigérateur, prêts à l'emploi, la tige coupée et une épingle plantée dedans.

L'attention qu'il portait au moindre détail la ravissait. Chaque fois qu'elle venait chez lui, elle allait jeter un coup d'œil dans le réfrigérateur pour vérifier si les œillets — jamais d'autres fleurs — étaient bien dans leur petit vase transparent. Un jour où elle lui avait demandé s'il aimait les fleurs, il avait répondu en souriant : « Seulement les fleurs artificielles, ou alors celles qui sont vraiment vivantes, comme toi », et prévenu d'un baiser ses autres questions. Quand elle essayait de l'interroger sur ses manières raffinées, sur son élégance — l'œillet, la cravate, les boutons de manchette, la chemise blanche —, il lançait une plaisanterie ou s'inquiétait de savoir si sa façon de s'habiller lui déplaisait. Un jour, cependant, se sentant en veine de confidence, il lui avait dit avoir commencé à porter un œillet pour s'amuser et avoir continué par devoir envers son public.

Bien qu'il ne fût pas un sabra, il parlait l'hébreu sans accent. « Né à Prague », pouvait-on lire au dos de ses livres. Il avait émigré en Israël trente-cinq ans plus tôt, mais, à ses yeux, cette ville demeurait « la plus belle de toutes les capitales européennes ». Après la guerre, il était arrivé à Vienne avec ses parents. Personne ne savait comment lui et les siens avaient survécu à l'occupation nazie, ni l'âge qu'il avait lorsqu'ils avaient dû quitter Prague. Il ne parlait jamais de cette période de sa vie. De ses parents, il lui arrivait souvent de dire : « Des êtres délicats, distingués, qui n'ont pas supporté d'être déracinés.

Des âmes nobles. » Quand il évoquait sa mère, elle imaginait une femme brune, élancée, en robe de soie vaporeuse, amoureusement penchée sur un petit garçon. Elle n'arrivait pas à se représenter Tirosh enfant, sinon comme une copie miniature de ce qu'il était à présent, jouant sur des pelouses à l'anglaise, au milieu de fleurs au parfum entêtant. (Elle ne connaissait ni Prague ni Vienne.) Sur son enfance, il était avare de détails, se bornant à déclarer qu'il avait eu « une série de gouvernantes appelées Fräulein — tu sais, des nounous comme celles dont on parle dans les livres. En fait, ce sont elles qui m'ont élevé et, jusqu'à aujourd'hui, je les tiens pour responsables de ce que je ne me suis jamais marié ». Il lui avait fait cette révélation dans un rare moment d'abandon, quand elle s'était étonnée de sa méticulosité, de son goût maniaque pour la propreté.

Il n'avait que vingt ans à son arrivée en Israël et, pourtant, personne ne se souvenait de l'avoir vu habillé autrement.

« Comment fait-il pour rester distingué, même à l'armée ? s'était un jour exclamé Aharonovitz, invité à dîner chez les Shaï. Je ne parle pas seulement de ses vêtements, mais du vin blanc qui accompagne ses repas, du cognac servi dans le verre idoine à la fin de la journée. Je me demande pourquoi cet éminent personnage nous honore, nous autres provinciaux, de sa présence, pourquoi il n'a pas choisi de vivre dans une grande métropole, à Paris, par exemple. »

Rouhama se souvenait encore des bruits déplaisants qu'Aharonovitz avait faits en avalant son café, avant de poursuivre d'un ton aigre-doux : « Mais il faut dire qu'à Paris, personne ne lui aurait prêté attention, alors que dans notre minuscule pays, il est devenu une star ; chaque fois qu'il met le pied dans un salon, les journalistes se précipitent pour ne pas manquer l'événement. » A l'époque, Touvia n'était qu'un étudiant de Tirosh, pas encore son assistant, et leurs rapports étaient différents.

« Bien qu'il ait condescendu à prendre un nom hébraïque, il fait figure de plante exotique dans notre paysage. » A cette remarque, Rouhama avait retenu un sourire. « Shaül Tirosh ! Je me demande si quelqu'un se souvient de son vrai nom. D'ailleurs, je suis sûr qu'il n'apprécierait guère qu'on le lui rappelle : Pavel Tchaski. Tu le savais ? » avait continué Aharonovitz en tournant vers Touvia ses petits yeux rouges et larmoyants. C'était avant, avant que les gens ne cessent de parler de Tirosh en présence de son mari, avant qu'ils ne traitent Touvia comme s'il était atteint d'une maladie incurable.

« Pavel Tchaski, avait répété Aharonovitz d'un ton goguenard, tel est son vrai nom et il ne l'aime pas. Qui sait ? Peut-être croit-il qu'il n'y a plus personne pour s'en souvenir. Mais les initiés affirment que son premier geste en débarquant sur nos rivages a été de s'en débarrasser. »

Rouhama n'arrivait pas à prendre Aharonovitz au sérieux ; elle devait toujours faire un effort pour s'empêcher de sourire. Elle ne pouvait décider si sa manière de parler était délibérée, ou s'il ignorait qu'il en existait d'autres. En particulier sa façon de prononcer certains mots avec l'accent ashkénaze l'amusait beaucoup.

« Quelle importance ? avait répliqué Touvia. Pourquoi s'attacher à des détails aussi insignifiants ? Ce qui compte pour moi, c'est qu'il est un grand poète. Il est le plus brillant professeur que j'aie jamais eu et n'a pas d'égal pour distinguer la bonne de la mauvaise littérature. Admettons que la gloire soit une drogue dont il ne peut se passer ; en quoi cela te gêne-t-il ? » Voilà ce qu'avait répondu Touvia, avec la simplicité et la franchise qui le caractérisaient, avant qu'une immense et pesante ombre ne vienne assombrir sa vie, avant qu'il ne perde ses repères.

Cette conversation s'était déroulée à une époque où Touvia éprouvait encore de l'affection pour Aharonovitz et l'invitait volontiers chez lui. « Tu as raison, avait reconnu celui-ci, mais il n'y a pas que ça. Je ne supporte pas l'adoration qu'il inspire au beau sexe, la manière dont les femmes tournent autour de lui, la fascination qui se lit dans leurs yeux quand il les regarde. » Et d'ajouter avec un profond soupir : « Certes, il sait faire la différence entre un bon et un mauvais poème. Certes, il est le protecteur et le père spirituel de nos jeunes poètes, mais seulement de ceux qui trouvent grâce à ses yeux. Les autres n'ont qu'à se débrouiller seuls. Si, dans sa grande sagesse, il décide qu'un poète est “médiocre”, le malheureux n'a plus qu'à faire pénitence et chercher fortune ailleurs. Un jour, j'ai moi-même été témoin de la manière dont ce gentleman a repoussé un solliciteur venu quémander ses faveurs. Le visage fermé, dur comme la pierre, il a déclaré : “Jeune homme, cela ne vaut rien. Vous n'êtes pas un poète et, à l'évidence, vous n'en serez jamais un.” De quel droit pouvait-il affirmer une chose pareille ? Est-il un prophète ? En plus, tu ne devineras jamais à qui il a fait ça ! » Et Aharonovitz avait cité le nom d'un poète assez connu, que Touvia n'appréciait pas particulièrement.

« Et puis, il y a eu cette affaire du sonnet — tu es au courant ? » Sans attendre la réponse, il s'était empressé de la raconter.

« Une soirée avait été organisée en l'honneur de Yehezkiel, dans la petite salle du théâtre Habimah, à Tel-Aviv, pour la sortie de son premier livre. Ensuite, nous nous sommes retrouvés à plusieurs dans le café à la mode que tous les poètes fréquentaient à l'époque. Etait également présent celui dont Yehezkiel vénérait la poésie.

— Ah oui, qui ça ? avait demandé Touvia.

— Eh bien, Tirosh, ton idole. Bref, Yehezkiel était le plus heureux des hommes. Hélas, notre ami n'est pas de ceux qui voient un homme heureux et se taisent. Il a le devoir sacré de dire la vérité ; c'est même sa marque distinctive. Bref, pour un verre de cognac, il a ravi la vedette à Yehezkiel et composé, l'un après l'autre, deux sonnets parfaits, afin de prouver que cela n'avait rien d'extraordinaire.

— Comme ça, *ex tempore* ? avait demandé Touvia sans cacher son admiration.

— Oui, comme ça. Il a lu à haute voix le sonnet de Yehezkiel, esquissé son fameux sourire et déclaré : "Pour un verre de cognac, je vais vous écrire un sonnet parfait, comme celui-là, en cinq minutes. Chiche ?" Tout le monde riait. N'empêche qu'en moins de cinq minutes, il a écrit, non pas un, mais deux sonnets en tous points conformes aux règles du genre et pas moins bons que ceux de Yehezkiel. Et tout ça pourquoi, je te le demande ? Pour épater la galerie, pour confondre ceux qu'il qualifie de rimailleurs ? »

Après un bref coup d'œil en direction de Rouhama qui s'efforçait, sans succès, de prendre un air choqué, Aharonovitz avait conclu : « Et tu trouves qu'un type comme ça est encore digne de ton admiration ? C'est de la pure décadence ! »

Sans se laisser démonter, Touvia avait pris la défense de Tirosh, s'attachant à souligner ses qualités. Au risque de compromettre sa réputation, Tirosh avait le courage d'exprimer son opinion, de dire tout haut que le roi était nu, de choisir des sujets de séminaire à faire blêmir ses collègues. « Ses cours sont toujours bondés ; chaque fois, il présente un point de vue original, novateur, inédit : ça, tu ne peux pas le nier. »

« Tout ça c'est de la frime, rien que de la frime », avait répliqué Aharonovitz. « Et alors ? avait lancé Touvia de la cuisine où il était allé refaire du café. Ce qui compte, c'est qu'il est un grand poète, le plus grand peut-être, après Bialik et Alterman. Même David Avidan et Nathan Zach ne lui arrivent pas à la cheville. Voilà pourquoi, moi, je suis prêt à tout lui pardonner — ou presque. Cet homme est un génie, et les génies obéissent à d'autres règles que le commun des mortels. » Revenu avec le café, il avait préféré changer de sujet et orienter la conversation sur les examens qu'il révisait.

Touvia s'était lié d'amitié avec Aharonovitz du temps où, encore instituteur au kibboutz, il venait régulièrement à Jérusalem pour préparer sa licence. Ensuite, il avait demandé au kibboutz un congé d'un an pour pouvoir faire sa maîtrise avec Tirosh, congé qui avait été prolongé jusqu'à ce qu'il obtienne son doctorat. A l'époque où ils s'étaient installés à Jérusalem, Aharonovitz, qui n'était encore que chargé de cours, cherchait désespérément à obtenir un poste plus stable. Ayant, en quelque sorte, pris Touvia sous son aile, il le traitait avec un rien de paternalisme que celui-ci acceptait de bonne grâce.

A présent, c'était au tour de son mari de prendre la parole. Comme elle l'avait prévu, il ne s'était pas donné la peine de se changer pour le séminaire. Sa chemisette à manches courtes dévoilait deux bras pâles et maigres et cachait mal un début d'embonpoint. Des gouttes de sueur perlaient sur son front dégarni, où venaient mourir quelques mèches de cheveux d'une couleur indéfinissable.

Il avait été choisi pour prononcer la première conférence. Viendrait ensuite le tour d'Ido Doudaï, l'un des plus jeunes chargés de cours du département, dont la thèse de doctorat, rédigée sous la direction du professeur Tirosh, était très attendue.

« Qu'est-ce qu'un bon poème ? » s'interrogeait son mari en prenant comme exemple le célèbre poème de Shaül Tirosh « Promenade sur la tombe de mon cœur ». Lorsqu'il le lut, sa voix haut perchée se brisa sous l'émotion. Dans ce poème, Tirosh, selon les critiques, exprimait sa « vision romantico-macabre du monde ». Toujours d'après eux, « l'extraordinaire originalité de ses images », rendues par de merveilleuses « inventions verbales », ainsi que la nouveauté de ses thèmes avaient entièrement renouvelé la poésie des années 50. Certes, d'autres poètes avaient apporté leur contribution à cette révolution, rappela Touvia qui avait repris son débit monotone, mais celle de Tirosh était de loin la plus marquante et la plus décisive.

Rouhama regarda autour d'elle. La tension dans la salle s'était relâchée, comme si les lumières avaient pâli. Les gens écoutaient avec une attention polie. Encore sous le charme du précédent orateur, les femmes, y compris les plus jeunes, ne pouvaient détacher leurs yeux de Tirosh. Le public était attentif, mais visiblement, il ne s'attendait pas à des nouveautés. Le poème retenu par Touvia Shaï, maître-assistant au département de littérature, était celui que n'importe qui aurait choisi pour illustrer sa démonstration. Rouhama écouta d'une oreille distraite les doctes affirmations que son mari ne se lassait pas de répéter, chaque fois qu'il analysait la poésie de Tirosh.

On ne pouvait concevoir de plus grande fidélité, de plus profonde admiration que celles de Touvia Shaï pour Shaül Tirosh. « Une véritable adoration », pensa Rouhama. Voyant en lui son « alter ego », son « ombre », professeurs et étudiants avaient vite compris qu'il valait mieux ne pas émettre, en sa présence, la moindre critique, la moindre plaisanterie à l'encontre de Tirosh. Si d'aventure, l'un d'eux ne manifestait pas toute la vénération voulue pour le chef du département, ses joues s'empourpraient et ses petits yeux aux reflets gris s'enflammaient.

Depuis trois ans qu'elle était la maîtresse de Tirosh, la rumeur n'avait cessé de s'enfler, comme en témoignaient le brusque silence qui s'abattait dans une pièce dès qu'elle y faisait son apparition ou les sourires entendus de certaines personnes, telle Adina Lipkine, la secrétaire du département. Et le fait que Touvia continuait de fréquenter Tirosh, comme si de rien n'était, ne faisait qu'ajouter au scandale.

En effet, Touvia n'avait rien changé à son attitude, pas même après les avoir surpris, un soir, sur le divan du salon, elle en train de reboutonner son corsage d'une main tremblante, lui en train d'allumer maladroitement une cigarette. Gêné, Touvia leur avait demandé, avec un faible sourire, s'ils avaient faim. Shaül s'était ressaisi et l'avait rejoint dans la cuisine. Ils avaient passé une soirée tranquille autour de la table, à grignoter les sandwiches préparés par Touvia. Aucun d'eux n'avait fait allusion au corsage reboutonné à la hâte, au veston étalé sur le fauteuil, la cravate par-dessus. Touvia n'avait pas posé de question et elle n'avait pas donné d'explication.

Au fond d'elle-même, Rouhama n'était pas mécontente de se savoir au cœur d'une intrigue qui excitait la curiosité du département et, plus généralement, du petit monde des lettres israélien. Naturellement, personne n'osait interroger les protagonistes eux-mêmes. A quarante et un ans, Rouhama Shaï avait gardé une silhouette étonnamment juvénile. Ses cheveux coupés à la garçonne, son corps d'adolescente lui donnaient l'apparence d'un fruit vert, d'un fruit qui se ratatinerait avant d'avoir atteint la maturité. Seuls, deux sillons avaient commencé à se former aux commissures de ses lèvres, accentuant son « air de clown triste », comme disait Tirosh.

Si elle ne paraissait pas son âge, c'était aussi à cause des blue jeans et des chemises d'homme qu'elle portait le plus souvent. Jamais maquillée, elle était différente des « femmes femmes » avec lesquelles Tirosh avait l'habitude de s'afficher. Lui-même ne faisait jamais allusion à ses anciennes maîtresses — ni à celles qu'il avait encore. Peu de temps auparavant, passant par hasard devant un petit café loin du centre, elle l'avait aperçu attablé en compagnie de Ruth Doudaï, la jeune épouse rondelette d'Ido qui poursuivait des études de philosophie. Une main glissée dans sa chevelure argentée, il la mangeait littéralement des yeux.

Comme elle connaissait bien ce regard fait de concentration et de souffrance ! Ne voulant pas jouer les voyeurs, elle s'était empressée de poursuivre son chemin ; il n'avait pas remarqué sa présence.

Malgré leur intimité, il y avait certaines choses dont elle ne pouvait parler avec lui. Par exemple, ses sentiments pour Touvia, sa vie de couple, ou encore les relations particulières qui unissaient les deux hommes. Les rares fois où elle avait essayé de le sonder sur la nature de ce lien privilégié, elle s'était heurtée à un mur. Il restait sans réaction. Les yeux fixés sur « l'invisible distance » comme il l'appelait (en reprenant le titre de l'un de ses recueils de poèmes), il gardait le silence. Un jour où elle s'interrogeait à voix haute sur la « situation », sa manière à elle de désigner leur relation triangulaire, il avait montré la porte du doigt, comme pour dire : je ne te force pas ; tu es libre de partir.

Aux soirées, aux réceptions, on les voyait toujours tous les trois ensemble ; de temps en temps, cependant, lorsque Tirosh rencontrait de jeunes poètes dans un café, elle y allait sans son mari. Tirosh passait de longues heures en leur compagnie — surtout, susurraient les mauvaises langues, depuis qu'il avait cessé d'écrire. Ces gens, qui se montraient si prudents en présence de Touvia, ne se gênaient pas pour dire devant elle ce qu'ils pensaient de Tirosh, comme s'ils avaient besoin de se défouler.

Elle les écoutait sans rien dire ; en outre, comme elle l'avait expliqué à son mari à l'époque où ils vivaient encore au kibboutz, la littérature ne l'intéressait pas vraiment. Elle lisait beaucoup, mais pas de poésie. Elle était incapable d'y trouver la sublime jouissance que Touvia en retirait. La poésie lui était un monde fermé, énigmatique, inintelligible. En revanche, elle adorait les romans policiers ou d'espionnage, qu'elle dévorait sans discrimination.

Elle n'avait pas d'amies, seulement des collègues de travail qu'elle ne fréquentait jamais en dehors des heures de bureau. Prenant sa passivité pour une rare capacité d'écoute, ces femmes, employées comme elle au service des admissions de l'hôpital Sha'arei Tzedek, lui confiaient volontiers leurs secrets.

Avec les années, elle s'était rendu compte que beaucoup voyaient dans son manque d'énergie le signe d'une profonde mélancolie et s'efforçaient d'en deviner la cause. Tsipora, par exemple, une femme maternelle à l'opulente poitrine qui, à toute heure de la journée, l'abreuvait de thé, était persuadée que sa « mélancolie » venait de ce qu'elle n'avait pas d'enfant. En réalité, Rouhama n'en éprouvait aucun regret.

Avant de faire la connaissance de Tirosh, dix ans plus tôt, elle avait vécu avec Touvia au kibboutz, où, renonçant par avance à tout imprévu, elle acceptait sans rechigner les tâches qu'on lui assignait.

Leur installation à Jérusalem, décidée d'un commun accord afin que Touvia, qui avait d'abord fréquenté le séminaire du kibboutz Oranim puis l'université de Haïfa, puisse poursuivre ses études à l'université hébraïque, avait sans doute été l'événement le plus important de sa vie, surtout à cause de sa rencontre avec Tirosh, dont le style flamboyant l'avait aussitôt conquise. Elle avait tout de suite reconnu en lui son exact opposé. Même sa façon de s'habiller la subjuguait et, plus tard, lorsqu'ils étaient devenus amants, elle avait souvent l'impression, comme l'héroïne de *la Rose pourpre du Caire,* que l'écran de cinéma s'était déchiré sous ses yeux et que le prince charmant en était sorti. Comme elle ne laissait personne, pas même Touvia, pénétrer dans son monde intérieur, elle était demeurée une énigme pour les membres du département de littérature et donnait lieu à d'infinies supputations. « Ils sont en train d'écrire sur toi un nouveau Talmud de Babylone », lui avait dit un jour Tirosh quand, après lui avoir demandé son opinion sur quelque chose, elle s'était, comme d'habitude, contentée de hausser les épaules.

Plus d'un avait tenté de briser sa réserve. Sans succès. Au Tel-Aviv, ce café où l'entraînaient Touvia et Tirosh, tous l'appelaient « la silencieuse » ; loin de s'en offusquer, elle accueillait ce surnom avec son éternel sourire. Elle commandait toujours la même chose : un express et un verre de vodka, au début parce que le simple fait de prononcer ces mots lui plaisait, ensuite et même quand elle aurait aimé changer, parce que, devenue prisonnière du personnage taciturne qu'elle s'était créé, elle se sentait tenue par son rôle.

Si personne ne se demandait ce que Touvia lui trouvait de si séduisant, en revanche, beaucoup s'étonnaient, non sans perfidie, de l'attrait qu'elle exerçait sur Tirosh.

Elle-même n'aurait pu répondre. Un jour, il lui avait dit crûment qu'à côté d'elle, même les personnalités les plus ternes paraissaient à leur avantage. Elle ne s'était pas vexée. Pendant longtemps, elle avait cru que le secret de son charme résidait justement dans sa passivité, que Tirosh définissait ainsi : « ta façon à toi de permettre aux autres de briller ». Quant aux raisons de sa conduite, elle les ignorait. Qu'est-ce qui l'attachait à son mari, à son amant, aux autres, à la vie ? Quelle force tendait la corde invisible grâce à laquelle elle continuait à exister ? Autant de questions qui restaient sans réponse.

Ni dépressive, ni apathique, elle manquait simplement de passion. « Indifférence », telle est la façon dont les membres du département auraient qualifié son rapport au monde. « Défaitisme », avait un jour déclaré Tirosh, après avoir pris la peine de lui expliquer qu'on ne pouvait vivre sans ambition, sans aucun but.

Au début, c'était Touvia qui l'avait guidée. Il avait fait les premiers pas, l'avait demandée en mariage, et elle avait finalement accepté, car, las de sa réserve, ses autres soupirants s'étaient retirés de la course. A présent, c'était au tour de Tirosh. S'il voulait qu'elle change de vie, l'avait-elle prévenu, il devrait la prendre fermement en main. Les choses en étaient là lorsque, tout récemment, une fêlure était apparue.

« Qu'est-ce qui te prend ? » s'était étonné Tirosh, lorsqu'elle lui avait reproché de ne pas lui consacrer plus de temps. Jusqu'alors, il ne l'avait jamais entendue exprimer le moindre souhait, le moindre désir.

« "Une promenade sur la tombe de mon cœur", le poème de Tirosh qui nous retient ce soir... » En regardant sa montre, elle s'aperçut avec effroi que Touvia parlait depuis vingt bonnes minutes. «... est hermétique, au sens ancien du terme. Ses vers tissent un texte secret, ésotérique, qui fait penser à la littérature hermétique des anciens prêtres égyptiens. Toutefois, il ne renferme ni la recette d'une potion conférant l'immortalité, ni des instructions pour fabriquer un golem, ni la formule secrète expliquant le mouvement des sphères. Il ne s'agit pas d'une esquisse, mais de la description détaillée d'une vision que le lecteur peut reconstruire dans son imagination, déplacer dans le temps et l'espace, peupler de personnages, de héros, et comprendre, grâce à elle, le monde qui l'entoure — dans sa dimension spirituelle, mais aussi sociale et politique. Sa force poétique naît de la tension entre, d'un côté, la matérialité, la sensualité de ses éléments et, de l'autre, l'abstraction, la spiritualité de leur agencement ; elle naît de la tension entre un langage ésotérique et la vision qu'il révèle. Pour sa part, le lecteur est appelé à un effort constant. A mesure qu'il progresse dans sa lecture, le texte l'oblige à bouleverser son rapport traditionnel aux mots, par où se dévoile peu à peu le thème principal de ce poème, à savoir la condition existentielle de l'homme. »

A sa grande surprise, Rouhama constata que les commentaires de son mari n'étaient pas dépourvus d'intérêt, qu'elle était presque capable d'en saisir le sens profond. Après tout, Shaül n'avait-il pas déclaré un jour : « Touvia est le seul à interpréter correctement ma poésie. » Son mari s'interrompit pour boire un peu d'eau. La jeune fille assise à côté d'elle secoua sa main crispée à force d'écrire, retira ses lunettes, essuya ses verres, et se remit à prendre des notes.

« Pour terminer, j'aimerais dire ceci : la question n'est pas de savoir s'il s'agit d'un bon poème, dans l'absolu. Considérer qu'une œuvre littéraire possède une valeur immanente serait une grave erreur. Sa valeur n'est que relative, ce qui, d'ailleurs, ne lui enlève rien, bien au contraire. On ne peut répondre à la question : "En quoi ce poème est-il bon ?" sans se référer à toute une série de considérations diachroniques et synchroniques, telles que le genre auquel il appartient, la tradition dans laquelle il s'insère, l'état de la langue, le contexte culturel et historique qui l'a vu naître. Les épithètes "bon" ou "très bon" peuvent, en effet, s'appliquer aux éléments que j'ai choisi de mettre en relief et transforment ce que j'ai pu en dire en un jugement de valeur ; mais ce jugement ne découle pas du poème lui-même. Imposés de l'extérieur aux énoncés descriptifs, ces qualificatifs créent seulement l'illusion d'un rapport de cause à effet entre analyse et jugement. »

Davidov se pencha en avant pour murmurer quelque chose au caméraman. Tirosh semblait suspendu aux lèvres de Touvia. Ido Doudaï était d'une pâleur extrême : sans doute le trac, pensa Rouhama.

« J'ajouterai qu'il est vain de vouloir poser des critères généraux pour juger de la qualité, relative ou absolue, d'une œuvre littéraire. Chaque texte doit faire l'objet d'un jugement particulier. Personnellement, je n'ai aucune règle à proposer. Ce qui ne veut pas dire que "les goûts et les couleurs ne se discutent pas". Le goût peut et doit faire l'objet de débats. En discuter est même la seule chose qui nous soit donnée. » Sur cette conclusion, Touvia se rassit et esquissa un léger sourire en entendant les applaudissements de l'assistance ; Tirosh lui tapota la main et lui chuchota quelques mots à l'oreille. Une fois le silence revenu dans la salle, Ido Doudaï se leva pour prononcer sa conférence.

Plus tard, il serait possible de revoir et de réentendre ce que la caméra avait fidèlement enregistré : le terrible tremblement qui secouait les mains d'Ido, les gouttes de sueur sur son front, son débit saccadé et mal assuré. Rouhama se souviendrait également de l'avoir vu vider d'un trait son verre d'eau.

Bien qu'Ido Doudaï n'eût pas encore terminé sa thèse, son avenir dans le département était assuré : Tirosh lui prédisait une brillante carrière, Touvia vantait sa persévérance et sa capacité de travail et même Aharonovitz ne tarissait pas d'éloges à l'égard de « ce véritable érudit, de ce *talmid hakham* » selon l'expression du Talmud.

Comme ce n'était pas la première fois qu'il prenait la parole en public, Rouhama avait attribué son extrême nervosité à la présence des caméras de télévision, mais Touvia, en rentrant chez eux après la soirée, la contredit vivement : « Tu ne le connais pas. Il se moque pas mal des médias ; c'est un chercheur sérieux. Je suis sûr que la raison est ailleurs. Dès qu'il a ouvert la bouche, j'ai senti qu'il courait à la catastrophe. Depuis qu'il est revenu des Etats-Unis, il n'est plus le même. Nous n'aurions pas dû le laisser partir là-bas. Il manque de maturité. » Encore sous le choc de ce qui s'était passé, Rouhama ne voyait pas en quoi Ido avait tellement changé, si ce n'est qu'il avait défié le gourou de Touvia, contesté son propre directeur de thèse et, ce faisant, sérieusement compromis sa position dans le département.

Ido commença par lire un poème d'un dissident russe, dont Tirosh avait publié l'œuvre, soulignant que c'était là un exemple remarquable de survivance de l'hébreu dans les camps soviétiques. Rouhama se souvint brusquement qu'Ido avait choisi pour sujet de thèse la poésie clandestine d'expression hébraïque en URSS.

Ensuite, il distingua trois niveaux dans l'étude d'une œuvre littéraire. « Le premier, déclara-t-il en s'épongeant le front, concerne la poétique descriptive. Il s'inscrit dans la recherche objective. » Une fois de plus, Rouhama laissa vagabonder son attention ; lorsqu'elle la fixa de nouveau, Ido déclarait : « Le troisième niveau, plus subjectif, est celui de l'évaluation et du jugement. Le poème que je viens de vous lire appartient à la littérature allusive, qui ne peut se comprendre qu'en référence à un texte antérieur, en l'occurrence la Bible. Pourtant, sa description du personnage d'Héraclite l'Obscur ne parvient manifestement pas à dépasser le banal et le convenu. La beauté ne s'acquiert pas par des procédés faciles. »

Un léger murmure parcourut la salle. Shoulamit Zellermaier, qui s'était mise à tripoter son collier en bois, lâcha un petit sourire ironique. L'étudiante à côté de Rouhama resta un instant la main en l'air.

« Ce poème s'efforce de gagner les bonnes grâces du lecteur en recourant au kitsch, reprit Ido avec une soudaine vivacité. Ici, le kitsch consiste à réutiliser des éléments anachroniques empruntés à la poésie symboliste. Nous ne sommes pas en présence d'un poème symboliste, mais d'un texte qui se pare de façon artificielle d'éléments prétendument anciens, afin de flatter les tendances régressives du lecteur. »

« Bravo ! » s'écria Shoulamit Zellermaier, tandis que des bruits divers montaient des quatre coins de la salle. Tout le monde savait à quel point Tirosh admirait ces poèmes qui lui étaient parvenus par d'obscures voies et qu'il avait lui-même édités et publiés. Sur un signe de Davidov, le caméraman pointa son objectif sur les deux autres conférenciers : Touvia avait les yeux baissés ; d'abord surpris, Tirosh avait eu un geste de colère, promptement réprimé. En se retournant, Rouhama remarqua une lueur malicieuse dans les yeux d'Aharonovitz ; Tsipi, sa jeune assistante, avait un sourire contraint ; Sarah

Amir, en revanche, semblait sereine. La fille à sa gauche se remit à griffonner. « Toutefois, il convient de dire, à sa décharge, que ce poème a été composé au Goulag il y a plus de trente ans et que son auteur, d'une part, n'avait pu achever ses études en hébreu et, d'autre part, se trouvait coupé des grands courants de la culture européenne. A vrai dire, ce sont les circonstances exceptionnelles et la période tragique dans lesquelles il a été écrit qui font de ce poème une œuvre remarquable. S'il avait été conçu ici, dans ce pays, au cours des années 50 ou 60, qui parmi nous l'aurait considéré comme un bon poème ? »

Ido Doudaï retira ses épaisses lunettes à monture carrée, les posa soigneusement sur le tapis vert et poursuivit : « Il va sans dire que je suis entièrement d'accord avec le professeur Shaï : il s'agit là d'un jugement subjectif, lié aux circonstances et au contexte ; c'est aussi une question d'appréciation, de goût, etc. » Sur ces mots, il rechaussa ses lunettes et, d'une voix sèche, monotone, lut « Cela ne changera rien », le dernier poème engagé que Tirosh avait publié vers la fin de la guerre du Liban dans un supplément littéraire et qui, mis en musique, faisait depuis partie du répertoire des chants que l'on entendait sur les ondes le Jour du souvenir.

Rouhama n'arrivait pas à se concentrer sur les interprétations alambiquées dans lesquelles s'était lancé Ido. En revanche, elle se souviendrait très clairement de sa conclusion : « Ce poème manque son but. Un poème qui se veut engagé ne doit pas manier la préciosité, la dérision. Il n'est pas là pour mettre en valeur les qualités intellectuelles, les prouesses verbales de son auteur. Qu'est devenue l'émotion qui caractérisait la poésie lyrique de Tirosh ? Où sont les multiples strates signifiantes qu'il livrait à notre sagacité ? Comment celui à qui nous devons “La fille aux lèvres vertes” ou encore “Le moment où le noir a touché le noir" a-t-il pu commettre ce poème plein d'affectation ? »

Touvia bondit de sa chaise, saisit Ido par le bras et le contraignit à se rasseoir. « Monsieur Doudaï n'a rien compris, s'écria-t-il d'une voix tremblante d'indignation. Je suis en total désaccord avec lui. Si ce poème reprend des slogans chers aux suppléments littéraires, c'est pour les tourner en dérision en usant de leur propre langage. Il ne s'agit pas d'un poème politique au sens banal, d'une énième condamnation de la guerre du Liban. Non ! C'est un poème qui se moque de la poésie politique et de sa vacuité. C'est une parodie ! Voilà ce qui a échappé à monsieur Doudaï ! »

Ido Doudaï leva les yeux vers Touvia et déclara avec calme : « Je le répète, une parodie qui n'apparaît pas immédiatement comme telle manque son but. Si ce poème se voulait une parodie, on ne s'en aperçoit pas, du moins à mon avis. »

Le brouhaha s'amplifia. Le professeur Abraham Kalitzki, qui jouissait d'une autorité incontestée quand il s'agissait de trancher une difficulté philologique, leva la main, se dressa sur ses courtes jambes et s'écria d'une voix suraiguë : « Nous devons revenir au sens premier du mot *parodia,* en grec, et ne pas l'utiliser à tort et à travers ! »

Sa tirade se perdit dans le vacarme général. Tous les yeux étaient fixés sur Tirosh. Faisant preuve d'une « admirable retenue », comme le dirait Touvia, celui-ci s'efforçait de calmer les deux parties en présence : « Messieurs, je vous en prie, inutile de vous énerver. Après tout, ce n'est qu'un séminaire. » Cependant, la caméra saisit aussi le regard sidéré qu'il lança à Ido, avant de se lever et de prononcer, en tant que président de séance, quelques phrases de conclusion. Malheureusement, il restait très peu de temps pour la discussion et les questions de la salle.

Personne ne demanda la parole, que ce soit parmi les professeurs, les étudiants ou ceux qui assistaient régulièrement aux activités du département ouvertes au public, à savoir trois femmes d'âge mûr soucieuses d'élargir leurs horizons intellectuels qui enseignaient dans le secondaire, deux anciens membres du département devenus critiques littéraires qui vitupéraient l'université à longueur de colonnes dans d'obscurs journaux, quelques excentriques qui faisaient partie du paysage de Jérusalem, sans oublier quatre ou cinq pique-assiette de la culture. Personne ne souffla mot, pas même Menouha Tishkine, la plus âgée des trois enseignantes, qui posait toujours une question, après avoir longuement exposé l'un des innombrables problèmes qu'elle rencontrait en classe avec ses élèves. Il s'était passé quelque chose que Rouhama ne savait comment interpréter et dont la portée lui échappait totalement.

Les techniciens commencèrent à ranger leur matériel. Ido Doudaï descendit de l'estrade. Aharonovitz s'approcha de lui et posa une main sur son épaule ; d'un mouvement brusque, Doudaï se dégagea et quitta la salle précipitamment.

Debout près de la porte, Rouhama surprit des bribes de conversation, de commentaires, qu'elle oublia aussitôt. Touvia froissait nerveusement le tapis vert. L'espace d'un instant, il lui rappela ces conférenciers du Mapaï qui venaient au kibboutz et prenaient place dans le réfectoire, derrière une table recouverte d'une nappe verte pour l'occasion. Elle les avait toujours détestés. Penché en avant, une main près de la carafe vide, il écoutait attentivement Shaül Tirosh en hochant la tête.

Finalement, les deux hommes se levèrent et se dirigèrent vers la sortie. Arrivé devant Rouhama, Tirosh lui demanda avec un sourire de connivence : « Alors, ça t'a plu ? » Voyant qu'elle ne réagissait pas, il poursuivit : « D'après Touvia, l'attaque de Doudaï serait à mettre au compte d'une révolte de nature œdipienne. J'en doute, mais je n'ai pas de meilleure explication à proposer. Quoi qu'il en soit, c'était fort intéressant. J'ai toujours pensé que ce garçon avait des choses à dire. » Rouhama crut déceler dans ses yeux verts une expression qu'elle ne lui avait jamais vue, peut-être de l'inquiétude ; un obscur pressentiment l'envahit soudain. Furieux, Touvia serrait les dents en silence.

Tous trois prirent l'ascenseur et descendirent jusqu'au parking souterrain. Depuis dix ans qu'elle habitait Jérusalem, Rouhama était toujours incapable de s'orienter sur le campus. Le bâtiment rond du Meirsdorf, la faculté des lettres, dont chaque aile était peinte d'une couleur différente pour permettre aux gens de se repérer, la remplissait d'effroi. Même quand elle se rendait au département de littérature, elle préférait passer par une suite d'interminables couloirs, le seul chemin qu'elle connaissait.

Shaül ayant décliné leur invitation à venir boire une tasse de thé chez eux, ils l'accompagnèrent jusqu'à sa voiture, puis rejoignirent leur Subaru de couleur claire, garée un peu plus loin dans la pénombre.

Ce parking souterrain aussi la remplissait de terreur ; comme les grands magasins bondés, il déclenchait en elle des crises d'angoisse immédiatement suivies de nausées. Ce soir-là, son angoisse revêtit une dimension supplémentaire : tout à coup une silhouette surgie d'un recoin lui arracha un cri. C'était Ido Doudaï. « Touvia, dit le jeune chargé de cours d'un air étrangement solennel, je dois te parler. » Malgré le calme avec lequel Touvia ouvrit sa portière, Rouhama sentit la colère et l'embarras qui perçaient dans sa voix lorsqu'il répondit : « Très bien. Je crois, en effet, qu'une explication s'impose, surtout après ce qui vient de se passer. Es-tu libre demain ?

— Non, demain ce sera trop tard. Il faut que je te parle tout de suite, dit Ido sur un ton si dramatique que Rouhama comprit que son mari ne pourrait refuser.

— Alors, suis-nous dans ta voiture ; nous parlerons à la maison », dit Touvia.

Ido se tourna vers Rouhama, qui baissa vivement les yeux.

« Ne t'en fais pas, reprit Touvia, Rouhama nous laissera seuls. Pas vrai ? »

Elle acquiesça d'un signe de tête.

Pendant toute la route, Touvia n'arrêta pas de parler, essayant de deviner ce qui avait poussé Ido à se comporter de la sorte. « Nous n'aurions jamais dû le laisser partir à l'étranger, répétait-il, en s'échauffant. Depuis son retour, il y a deux semaines, je ne le reconnais plus. » Fatiguée, Rouhama l'écoutait en pensant à autre chose.

Au pied de leur immeuble, situé sur la Colline française, elle eut un bref moment de curiosité en voyant la détresse qui se lisait sur le visage d'Ido, mais sa lassitude l'emporta. Après avoir souhaité une bonne nuit aux deux hommes, elle se retira. Elle entendit encore le frottement des chaussures de Touvia sur le carrelage et le claquement des sandales d'Ido, tandis que celui-ci suivait son mari dans la cuisine ; puis un tintement de tasses et cette question : « Comment ça s'allume ? » Mais à ce moment-là, elle était déjà au lit, un drap tiré sur elle. Malgré la fenêtre ouverte, il faisait très chaud. Dehors, l'air était sec, lourd et immobile. Les derniers sons qui lui parvinrent furent ceux des téléviseurs dans les appartements voisins. Quelques minutes plus tard, elle dormait à poings fermés.

CHAPITRE II

« Avez-vous vérifié votre détendeur ? » titrait *Info-plongée*. Michaël Ohayon feuilleta le magazine en souriant. Non, il ignorait ce qu'était un détendeur et, de toute façon, n'avait aucune intention de faire de la plongée sous-marine.

Le commissaire principal Ohayon, chef des Affaires criminelles du sous-district de Jérusalem, se trouvait certes au Club de plongée d'Eilat, mais c'était « uniquement en tant que père », comme il l'avait précisé à son ami d'enfance, Ouzi Rimon, le directeur du Club, lorsque celui-ci avait essayé de le convaincre de s'inscrire au stage. « L'eau sert à boire, à se laver et, à la rigueur, à nager. Je suis un vrai Hiérosolymitain, moi, avait-il ajouté en regardant avec crainte la mer bleue et profonde.

— J'en ai entendu de belles sur toi, mais j'ignorais que tu étais devenu un trouillard, répliqua Ouzi avec un sourire malicieux.

— Qui t'a parlé de moi ? Qu'est-ce qu'on t'a dit ?

— Des tas de choses. Par exemple, que depuis ton divorce, tous les maris de Jérusalem bouclent leur femme à la maison. Ou encore, que chaque fois que tu diriges une enquête, tes subordonnés, même les plus endurcis, se tiennent à carreau. Il paraît que tu n'es pas commode. Dommage qu'il n'y ait pas de dame dans les parages. Elle verrait qui tu es, en réalité — une poule mouillée ! »

De fait, seuls les intimes de ce séduisant quadragénaire, aux pommettes saillantes et au regard mélancolique, savaient qu'il était sujet au doute, à l'angoisse. Pour les autres — ses supérieurs, ses collègues —, Michaël Ohayon était un homme solide, intelligent, cultivé, mais aussi un Don Juan invétéré, dont la réputation attirait les femmes par dizaines. Et c'était vrai que même les policiers les plus retors pâlissaient en entendant les enregistrements de certains de ses interrogatoires, bien qu'il ne brutalisât jamais physiquement un suspect. La fidélité que lui vouaient ses hommes et l'atmosphère détendue dans laquelle ils travaillaient tenaient, en grande partie, à la courtoisie et au respect qu'il leur témoignait, à sa simplicité et sa modestie. D'ailleurs, son entourage était convaincu que c'était précisément ces qualités qui lui avaient valu de grimper si rapidement les échelons de la police.

Conquis, lui aussi, par le sourire timide et embarrassé qui illuminait le visage de son ami, Ouzi lui tapota l'épaule : « Je ne te force pas, mais c'est bien la première fois que je vois un Marocain jouer les mères juives ! »

Les angoisses secrètes d'Ohayon, source intarissable de plaisanteries pour ses proches, portaient principalement sur son fils unique.

Youval était encore tout petit qu'il appréhendait déjà le moment où celui-ci partirait en excursion avec l'école, apprendrait à monter à bicyclette, rêverait d'avoir une moto et serait appelé sous les drapeaux. Lorsque Nira était revenue de la maternité, pendant plusieurs nuits, il n'avait pu fermer l'œil, de crainte que le bébé ne s'arrête de respirer. Youval avait à peine un an que tout le monde s'extasiait devant ce père marocain qui se comportait avec son rejeton comme un Polonais rescapé de l'Holocauste. « Nous avons échangé nos rôles, expliquait Nira d'un ton railleur à leurs amis. Moi encore, je comprends. Mais lui ? »

Ohayon trouvait normal de se lever au beau milieu de la nuit lorsque le bébé pleurait, et changer les couches ne lui déplaisait pas. Contrairement à sa femme, il était toujours disposé à répondre au besoin d'affection de Youval.

Le plus dur pour lui était d'observer ses premiers pas vers l'indépendance et la liberté, avec la conscience permanente que la vie ne tenait qu'à un fil, qu'il n'avait aucun moyen ou presque de prévenir d'éventuelles catastrophes extérieures, et que sa tâche première consistait à préserver la santé et le bien-être de son fils.

Bien entendu, il cachait soigneusement son inquiétude à Youval. Deux mois à peine après son entrée dans le primaire, celui-ci se rendait tout seul à l'école, malgré l'intense circulation de la rue de Gaza, et, plus tard, il s'inscrivit chez les scouts, sans s'imaginer un instant ce qu'il en coûtait à son père de le laisser partir en randonnée avec des copains. Youval avait six ans quand ses parents avaient divorcé et, depuis lors, son père avait perdu le peu de pouvoir qu'il avait sur les dangers tapis à chaque coin de rue. Pendant des années, il avait eu la garde de son enfant deux fois par semaine et un week-end sur deux, jusqu'au jour où Youval s'était rebellé contre la rigidité de cet emploi du temps imposé par sa mère et avait commencé à venir chez son père chaque fois qu'il en avait envie.

Sa dernière passion concrétisait toutes les hantises d'Ohayon. A la question : « Qu'aimerais-tu pour ton anniversaire ? », le garçon avait répondu : un stage de plongée.

« Juste les cours et l'équipement de base, avait-il précisé en voyant son père froncer les sourcils. Avec l'argent que j'ai gagné l'été dernier, je peux me payer le voyage et peut-être même une partie du matériel.

— Quelle idée originale ! Où pratique-t-on ce genre d'activité ? s'était enquis Ohayon, mi-figue mi-raisin.

— Un peu partout, mais j'aimerais aller à Eilat. Il y a un car qui part le vendredi matin ; je vais manquer l'école, mais ce n'est pas grave : l'année scolaire est presque finie, et en plus, ce sera le jour de mon anniversaire. Si tu n'es pas d'accord, je peux toujours partir en fin d'après-midi et faire du stop. »

Naturellement, ç'avait été la goutte d'eau qui avait fait déborder le vase.

« Tu envisages d'y aller avec des amis ? » avait-il demandé d'un ton prudent, et quand son fils lui avait répondu qu'il n'y avait pas encore réfléchi, la solution lui était apparue comme une illumination.

« Nous pourrions passer le week-end ensemble, à Eilat. J'en profiterais pour rendre visite à un ami que je n'ai pas vu depuis des années.

— On irait dans ta voiture ?

— Oui.

— Rien que nous deux ?

— Pourquoi ? Tu aimerais inviter quelqu'un d'autre ?

— Non. Pas moi, mais toi peut-être... » avait dit Youval après un instant d'hésitation. Puis la joie avait balayé toute méfiance : « Et je pourrai faire de la plongée, d'accord ?

— Si tu y tiens, pourquoi pas.

— De vendredi matin au dimanche soir ? »

Ohayon avait finalement cédé, non sans critiquer sévèrement la tendance actuelle des jeunes à l'absentéisme. « O.K. On n'a pas tous les jours seize ans. Nous allons fêter cet événement comme il convient, ou, du moins, comme tu en as décidé. »

Youval n'avait pas posé d'autres questions, mais sa remarque à propos de la présence éventuelle d'une tierce personne avait réveillé chez Ohayon le besoin de parler à son fils de Maya. On verra cela à Eilat, sur la plage. Il reste encore deux semaines jusqu'à cet anniversaire. D'ici là, bien des choses peuvent arriver. Qui sait, Youval peut attraper un rhume.

A présent, cela faisait déjà deux jours qu'ils se trouvaient au bord de la mer Rouge. Allongé sur le sable, Ohayon feuilletait *Info-plongée*. Il avait même parcouru les publicités, laissant de côté le livre qu'il avait apporté avec lui. Le soleil était à son zénith, la chaleur lui donnait envie de dormir, mais il refusait de s'abandonner au sommeil car, depuis leur départ de Jérusalem, il n'avait pas pu se défaire d'une sourde inquiétude.

Certes, en se réveillant le matin, il s'était dit avec soulagement que la première journée s'était passée sans encombre, qu'Ouzi veillait personnellement sur Youval, que son fils avait ce qu'il y avait de mieux en matière d'équipement, qu'il ne lui restait plus que deux sorties en mer, que le lendemain, tout serait terminé et qu'il pourrait rentrer à la maison le cœur léger. Mais depuis, il était tombé sur ce titre : « Avez-vous vérifié votre détendeur ? »

« Il n'y a pas de règle, commença-t-il à lire, pour procéder à la vérification de la valve du bloc et du détendeur ; la responsabilité en incombe entièrement au plongeur... » Un peu plus loin, l'auteur de l'article, un moniteur, rapportait : « Durant l'immersion, à peine le plongeur a-t-il amorcé son canard qu'un défaut dans l'arrivée d'air a été détecté, nous obligeant à refaire surface en urgence, en respirant à deux sur mon embout. L'examen du manomètre a montré qu'il s'était produit une chute brutale de cent bars à près de zéro pendant que le plongeur utilisait son détendeur. »

Il faudra que je montre ça à Youval, songea-t-il en jetant un coup d'œil sur sa montre : dans une quinzaine de minutes, sa leçon sera terminée. Il se leva et s'approcha de l'eau. Il y avait foule au Club de plongée. Soudain, il aperçut deux plongeurs qui en tiraient un troisième d'un canot de sauvetage.

Aussitôt, il écarta sa première pensée — Youval —, car le jeune homme qui s'affairait auprès de la silhouette à présent étendue sur le sable n'était pas Guy, le moniteur de son fils, mais Motti, dont il avait fait la connaissance la veille au soir. Avec lui se trouvait une femme, sans doute une stagiaire. A leur façon de se pencher au-dessus du corps, il comprit qu'un malheur était arrivé.

Tout à coup, la femme se redressa et partit en courant vers le bureau du Club, une petite construction en parpaings ; Motti sortit son poignard, fendit en deux la combinaison du plongeur inanimé et se mit à pratiquer le bouche-à-bouche. Sans savoir comment, Ohayon se retrouva à ses côtés, comptant intérieurement les insufflations, espérant que la poitrine du noyé, un homme jeune au visage rose et tout gonflé, recommencerait à se soulever et à s'abaisser d'elle-même. Mais rien ne se produisit.

Bien qu'il eût vu quantité de morts brutales au cours de sa carrière, le commissaire Ohayon espérait toujours qu'il finirait par s'endurcir et arborer le même flegme que les inspecteurs de police ou les détectives privés des séries télévisées. Chaque fois, il s'étonnait — après coup — de la nausée, de l'angoisse, voire de la pitié qui s'emparaient de lui en présence d'un cadavre, alors que la situation requérait justement de sa part un détachement scientifique et une attention totale. Pour une fois, on n'attend rien de moi, se consola-t-il en comprenant que toutes les tentatives de réanimation seraient vaines. Je suis en vacances. Cela n'est pas de mon ressort.

Un attroupement avait commencé à se former. La femme revint, suivie d'un jeune médecin portant une trousse. D'un geste précis et rapide, celui-ci appuya à plusieurs reprises un doigt sur le cou tuméfié du plongeur.

« Il faut le transporter dans un caisson de décompression, s'écria Ouzi, arrivé entre-temps sur les lieux.

— C'est inutile, dit le médecin sans relever la tête. Regarde comme ses pupilles sont dilatées, regarde son cou — un emphysème sous-cutané s'est déclaré ; je suis sûr qu'il a déjà des hémorragies internes. »

En effet, un mince filet de sang se frayait un chemin entre les lèvres bleuies et coulait le long du menton.

« Je vais lui faire une trachéotomie. Je ne pense pas que cela servira à grand-chose, mais au point où on en est, on n'a plus rien à perdre », déclara le médecin en effectuant une incision et en introduisant, d'une main experte, un tube dans la trachée.

Ohayon n'avait encore jamais vu de noyé. Il s'efforça de surmonter sa nausée. Comme le lui avait expliqué un médecin légiste la première fois où, jeune inspecteur, il avait assisté à une autopsie, pour faire son travail, il fallait oublier que le cadavre avait été un être de chair et de sang, le priver de toute humanité. Mais loin de s'atténuer, sa nausée redoubla : le corps était bouffi, la peau semblait spongieuse et le visage, jusque-là rose — une bien curieuse couleur pour un mort —, virait au violet. Constatant l'inutilité de ses efforts, le médecin lui ferma les yeux, secoua le sable de ses mains et rangea ses instruments dans sa trousse.

Horrifié et impuissant, Ouzi n'avait pas prononcé un mot. Lorsque arriva l'ambulance, il se ressaisit et aida à transporter le corps sur une civière.

Le médecin mit brièvement au courant son collègue du service d'urgence. Ohayon tendit l'oreille, par habitude. « Ce visage rose, ces rougeurs sur la muqueuse de la bouche... on dirait une intoxication à l'oxyde de carbone, mais je peux me tromper. » De la réponse en jargon médical qui suivit, il ne retint que la dernière phrase : « On verra ça à l'autopsie. »

L'ambulance repartit, toutes sirènes hurlantes, au grand émoi des baigneurs. Encore tout retourné, Ohayon demanda à Ouzi comment un tel accident avait pu se produire.

Cela faisait vingt ans qu'il n'avait pas revu Ouzi Rimon, son camarade de classe auquel tous les professeurs prédisaient un avenir des plus sombres. Ohayon était interne, alors qu'Ouzi rentrait tous les jours à la maison, quand il ne faisait pas l'école buissonnière. Il se souvenait encore de l'émerveillement qui l'avait saisi lorsqu'il avait fait la connaissance de ses parents : M. Pomerantz était un peintre connu, auquel venaient rendre hommage de nombreux admirateurs ; ses marines étaient accrochées dans tous les musées d'Israël, et même dans quelques grands musées d'Europe et des Etats-Unis. Ouzi lui témoignait un mélange de respect, de distance et de compassion, dont Ohayon ne comprenait alors pas le sens.

Beaucoup plus jeune que son mari, Mme Pomerantz aimait à rappeler qu'elle n'avait que dix-huit ans à la naissance d'Ouzi. Elle accueillait avec joie les amis que son fils ramenait à la maison et, au grand étonnement d'Ohayon, se mêlait volontiers à leurs conversations.

Ohayon était souvent invité à venir prendre le café le samedi après-midi dans leur vaste salon. Le père d'Ouzi se tenait en général assis derrière son bureau, tandis que sa mère était allongée sur un sofa tapissé de rouge. Quand il la regardait, Ohayon ne pouvait s'empêcher de penser aux belles Romaines de l'Antiquité.

Il régnait dans ce foyer une ambiance exceptionnellement cultivée. Les murs étaient tapissés de livres en quatre langues différentes, que le père parlait toutes à la perfection, comme ne manquait jamais de le rappeler son épouse. Ohayon était surtout attiré par les grands livres d'art qui trônaient sur les étagères, entre les deux grandes baies vitrées.

Les Pomerantz étaient passionnés de musique classique. C'était chez eux qu'il avait, pour la première fois, été saisi d'un terrible sentiment de honte devant son ignorance. Comme il demandait d'une voix timide le titre de l'œuvre qu'on entendait en sourdine, le père d'Ouzi s'était exclamé, stupéfait :

« Tu ne connais pas ce morceau ? A ton âge ? » Depuis, il ne pouvait pas écouter *le Lac des cygnes* sans rougir, rétrospectivement.

Orientant discrètement la conversation, Mme Pomerantz poussait son mari, un homme modeste malgré sa célébrité, à sortir de sa réserve, à raconter son enfance difficile en Europe, ses voyages à travers le monde. Il parlait d'un ton léger et plein d'humour. Ohayon, qui avait alors l'âge de Youval, revenait de ces visites rempli de sentiments contradictoires, à la fois grisé de côtoyer un milieu si raffiné, si différent du sien, et troublé par cette femme langoureuse et sensuelle.

Il gardait une profonde nostalgie de cette époque. Pourtant, combien il avait été jaloux d'Ouzi et de sa famille, incapable de comprendre la révolte de son ami contre ses parents ! Plus que tout le choquait l'agressivité d'Ouzi envers sa mère. Quand elle venait aux réunions de parents d'élèves, la sienne était gauche, tripotait nerveusement le foulard qui lui cachait les cheveux, ne parlait que si on lui posait une question et s'exprimait dans un hébreu approximatif, un sourire chaleureux aux lèvres. Honteux et furieux de l'être, en colère contre ses professeurs et ses camarades témoins de sa honte, il se disait alors : si seulement j'avais pu emmener la mère d'Ouzi !

Il avait mis des années avant de comprendre pourquoi, écrasé par la célébrité de son père et torturé par le mélange de mépris et d'amour qu'il ressentait pour sa mère, Ouzi semblait tout faire pour ruiner les espérances que ses parents plaçaient en lui. Heureusement, il avait fini par trouver sa voie. Il vivait depuis des années à Eilat, où il dirigeait le Club de plongée. Autodidacte, il était même devenu un spécialiste de la faune et de la flore de la mer Rouge.

Certes, il était d'un tempérament volage — la veille, Ohayon avait rencontré sa dernière conquête —, mais dans ce domaine aussi, il s'était fixé des règles. Il ne prenait jamais l'initiative de la rupture et conservait des rapports amicaux avec ses anciennes femmes ou maîtresses. Noah, sa seconde épouse, celle qui lui avait donné un fils unique, était venue un jour à Jérusalem pour voir Ohayon et lui confier ses soucis conjugaux, dans l'espoir qu'il saurait la conseiller. « Ouzi m'a si souvent parlé de vous, et avec tant d'affection, avait-elle déclaré d'emblée, que je me suis permis de m'adresser à vous. » C'est ainsi qu'à sa grande surprise, il avait appris qu'Ouzi ne l'avait pas effacé de sa mémoire, qu'il ne lui gardait pas rancune. « Pourquoi avez-vous cessé de vous voir pendant tant d'années ? s'était-elle exclamée. Y aurait-il un terrible secret entre vous ? » Il n'avait rien répondu, se contentant de lui offrir son sourire le plus enjôleur ; séduite, elle avait cessé de l'assaillir de questions. Après la visite de Noah, il avait envisagé la possibilité de reprendre contact avec son ami d'enfance. Cinq ans s'étaient écoulés depuis, sans qu'il mît son projet à exécution.

Il gardait un souvenir pénible de ce jour où Ouzi avait découvert que sa mère — alors plus jeune qu'eux-mêmes ne l'étaient aujourd'hui — avait comblé le désir de son camarade de classe de rencontrer une femme mûre, expérimentée, qui le « délivrerait des tourments de sa virginité », comme le disaient les magazines qu'il lisait en secret. Paralysé sur le seuil du salon, les yeux baissés sur l'épais tapis où s'ébattaient sa mère et son meilleur ami, Ouzi avait rougi jusqu'aux oreilles et, sans un mot, s'était retiré en claquant la porte.

Ohayon avait eu beau se répéter qu'il ne pouvait deviner qu'Ouzi — parti « se la couler douce » sur la plage d'Akhziv après les examens de fin d'année — reviendrait plus tôt que prévu, et se consoler en se disant que son ami ignorait que cette liaison durait depuis un an et demi, il n'avait jamais eu le courage de s'expliquer avec lui.

Aussi est-ce avec une certaine appréhension qu'une semaine plus tôt, il avait composé le numéro du Club de plongée d'Eilat. Surpris mais ravi, Ouzi lui avait réservé un accueil chaleureux. Tout à la joie des retrouvailles, ils avaient passé la soirée du vendredi à évoquer leur jeunesse, à s'informer mutuellement de ce qu'ils étaient devenus. Il fut à peine question des parents d'Ouzi. Dix ans auparavant, Ohayon avait appris par la presse le décès de M. Pomerantz, après une longue et douloureuse maladie. Il avait également su, par un ancien camarade de classe, que son épouse, après l'avoir soigné avec dévouement, s'était remariée et vivait à Paris.

Ouzi mentionna brièvement la mort de son père, mais ne dit pas un mot de sa mère. Ohayon, qui aurait vivement souhaité revenir sur la cause de leur rupture, en fut pour ses frais. Chaque fois qu'il faisait une tentative en ce sens, Ouzi détournait la conversation en lâchant une plaisanterie. Même la bouteille de vin qu'ils vidèrent en dégustant les délicieux poissons préparés par Ouzi n'y fit rien.

Pour la première fois, Ohayon remarqua à quel point il ressemblait à sa mère — même dessin des lèvres, mêmes yeux en amande — et crut humer ce merveilleux parfum qu'il avait depuis cherché chez toutes les femmes qu'il avait connues et finalement trouvé chez Maya. En fait, Ouzi ne sentait que le sel de la mer. Il avait pris du poids et même commencé à perdre ses cheveux. Cette constatation avait quelque chose de réconfortant. Le temps n'avait pas épargné cet éternel adolescent, en dépit de son teint hâlé, de sa barbe touffue et de ses yeux rieurs, à présent remplis d'anxiété.

« Qu'est-ce qui a pu se passer ? répéta Ohayon.

— Je n'en sais rien, soupira Ouzi en montrant la combinaison en néoprène étalée sur le sable. Ils ont emporté les bouteilles ; il y avait peut-être une fuite. Pourtant, il m'avait dit avoir vérifié son équipement il y a deux mois. Et puis, il n'était pas seul, un moniteur l'accompagnait. Il faut attendre les résultats des examens. Un accident est toujours dur à avaler. Tiens, voilà ton fils qui sort de l'eau avec Guy. »

De loin, Ohayon vit Youval s'asseoir sur le sable, enlever son masque, son détendeur, ses palmes et, finalement, sa combinaison noire. En voyant son fils bien vivant et en pleine forme, il se rendit compte à quel point il avait eu peur.

« Ce type qui s'est noyé, tu le connaissais ? demanda-t-il à Ouzi.

— Un peu. Il vient de Jérusalem ; il s'appelle Ido Doudaï. Le genre intello mais sympathique. Il rêvait depuis longtemps de faire de la plongée, sans pouvoir se l'offrir. Il a commencé les cours il y a un an, puis a dû s'interrompre à cause de son boulot. Motti est parti dans l'ambulance. Il doit m'appeler. Que te dire d'autre ? Il est marié et a une petite fille. Qui sait, peut-être qu'il a quand même une chance d'en réchapper. Il possédait son propre équipement qu'il avait reçu en cadeau — je ne sais pas de qui. Peut-être y avait-il une fuite dans les bouteilles.

— Ou un défaut dans le détendeur », suggéra Ohayon en repensant à l'article du magazine qu'il tenait plié dans la main.

Ouzi lui lança un regard appréciateur :

« Depuis quand es-tu devenu un expert en matériel de plongée ? Tu envisages de te spécialiser aussi là-dedans ? »

En lui tendant *Info-plongée,* Ohayon se souvint du temps où ils révisaient ensemble le bac ; les gros ouvrages inscrits au programme inspiraient à son ami une irrépressible envie de dormir, alors que lui ne se lassait pas de les lire et de les relire, surtout ceux d'histoire.

Youval les rejoignit avec son moniteur. Ouzi informa Guy de l'accident. Le jeune rouquin semblait bouleversé. Plus il pâlissait, plus ses taches de rousseur ressortaient. Youval avait pris un air grave. Ohayon, lui, ne pensait plus qu'à une chose : son fils accepterait-il de renoncer à sa dernière leçon du week-end ? Il faisait une chaleur accablante ; il mourait d'envie d'aller piquer une tête dans les flots bleus, mais, vu les circonstances, cela risquait de passer pour de l'indifférence, voire de l'indécence.

La question de la dernière leçon se trouva résolue d'elle-même, lorsque Ouzi rassembla ses moniteurs — quatre garçons bronzés qui semblaient être nés avec un maillot de bain — et annonça qu'il n'y aurait plus de cours ce jour-là. Puis, prenant Ohayon par le bras, il remonta jusqu'à son bureau pour attendre le coup de fil de l'hôpital. Il se rongeait les ongles si nerveusement qu'Ohayon éprouva une bouffée de tendresse pour l'adolescent qu'Ouzi avait été, pour ses parents et même pour *le Lac des cygnes.*

Les deux amis fumaient en silence, les mégots s'accumulaient dans le cendrier. A quatre heures, le téléphone sonna enfin. Ouzi prit une profonde inspiration et décrocha après la seconde sonnerie. « Oui, je comprends, dit-il. Mais que vais-je lui dire ? » Et après un silence : « Non, cela ne me dérange pas. De toute façon, en tant que directeur, je me sens responsable. » Puis il raccrocha et, les yeux baissés, demanda à Ohayon si celui-ci pouvait l'emmener à Jérusalem : « En fait, j'aimerais partir tout de suite, si ça ne t'ennuie pas d'écourter tes vacances. »

Ohayon alla prévenir son fils, qui n'émit aucune protestation. Tandis qu'ils récupéraient leurs affaires chez Ouzi, Youval remarqua : « J'ai eu l'occasion d'échanger quelques mots avec Ido. Il avait l'air d'un type bien. Il m'a dit qu'il enseignait la littérature à l'université. » Il paraissait étonné qu'un professeur de littérature pût s'intéresser à un sport comme la plongée sous-marine.

Arrivé à Jérusalem, Ohayon déposa Youval et proposa à Ouzi de l'accompagner à Ramat Eshkol. Avec son short ultra-court, ses sandales à grosses lanières et sa barbe broussailleuse, Ouzi avait l'air d'un animal du désert transplanté dans un zoo ; sorti de son élément, il semblait perdu. Et c'est ainsi qu'Ohayon se retrouva dans un rôle auquel il était habitué, celui qui consiste à annoncer la triste nouvelle.

« Madame Doudaï, j'ai le regret de vous informer que votre mari a eu un accident de plongée... Il est décédé... »

Muette d'horreur, la jeune femme potelée l'écoutait en froissant nerveusement son peignoir en tissu léger. Malgré le khamsin qui soufflait sur Jérusalem depuis une semaine, les fenêtres étaient grandes ouvertes ; le vacarme des voitures et des autobus qui passaient sur le boulevard Eshkol semblait provenir de l'intérieur même de l'appartement. Sur l'écran de télévision, que personne n'avait songé à éteindre, un journaliste continuait à présenter les informations du soir.

« Que vais-je devenir ? » dit finalement Ruth Doudaï, visiblement en état de choc.

Patiemment, il lui expliqua qu'une autopsie allait être pratiquée, afin de déterminer les causes exactes de l'accident ; ce n'est qu'ensuite qu'elle pourrait s'occuper des obsèques.

« Il faudra qu'un proche aille l'identifier », ajouta-t-il avec précaution. En attendant, il vaudrait mieux que vous ne restiez pas seule. Avez-vous de la famille ?

— Je n'ai que mon père. Il est en voyage à Londres avec sa femme. Il faut aussi prévenir les parents d'Ido. Oh mon Dieu ! »

Semblant tout à coup prendre conscience de la tragédie, elle éclata en sanglots. Ouzi la regardait, impuissant et mal à l'aise ; Ohayon la fit asseoir dans l'unique fauteuil qui se trouvait dans la pièce et alla lui chercher un verre d'eau dans la cuisine. Tandis qu'elle buvait à petites gorgées, il lui demanda si quelqu'un pouvait venir auprès d'elle, pour l'aider dans ces moments difficiles. « Shaül Tirosh », répondit-elle en lui donnant un numéro de téléphone qu'il s'empressa de composer.

Il n'y avait personne au domicile de celui que même Ouzi, pourtant peu porté sur la littérature, connaissait de nom. Ohayon, qui avait jadis suivi certains de ses cours, se souvenait très bien de ce professeur, toujours en costume-cravate, un œillet à la boutonnière, dont toutes les étudiantes étaient amoureuses. Avec tact, il lui demanda si Tirosh était un membre de sa famille : « Non, répondit-elle, en secouant la tête, mais il est très proche d'Ido. Il est son directeur de thèse et j'ai pensé... » Elle se remit à pleurer. « Les parents d'Ido sont âgés et malades. On ne peut pas leur annoncer brutalement une telle nouvelle. Mon beau-père se remet à peine d'un infarctus ; quant à mon beau-frère, il est en voyage d'affaires en Amérique du Sud. Je ne sais pas comment faire. »

Feuilletant d'un geste machinal le carnet d'adresses posé à côté de l'appareil, il lui demanda si elle n'avait pas une amie qui serait disposée à venir lui tenir compagnie. Elle finit par lui donner le nom d'une certaine Rina. Ohayon appela le numéro ; bouleversée, l'amie promit de venir au plus vite. Après quoi, Ohayon téléphona à Elie Bahar, l'inspecteur avec lequel il travaillait depuis des années, pour lui communiquer les quelques renseignements qu'il avait réussi à arracher à la jeune veuve et le prier de bien vouloir prévenir les parents de la victime, « en présence d'un médecin, si possible ».

A la demande de Ruth Doudaï, il était en train d'appeler chez elle Adina Lipkine, la secrétaire du département de littérature, lorsque Rina, une jeune femme énergique, arriva. Ruth se jeta dans ses bras en pleurant. « Je vais mettre la bouilloire sur le feu », annonça Rina en lui tapotant affectueusement l'épaule. Ohayon et Ouzi en profitèrent pour prendre congé. Dehors, Ohayon écarta d'un geste impatient les remerciements de son ami, sans se douter une seconde que, pour lui, l'affaire ne faisait que commencer.

CHAPITRE III

Une sonnerie stridente retentit tout près de son oreille. D'un geste ensommeillé, Rouhama décrocha. Touvia n'était pas à ses côtés ; sans doute s'était-il endormi sur le canapé de son bureau, comme cela lui arrivait souvent. Il était à peine un peu plus de sept heures du matin.

« Allô, répéta Adina Lipkine avec impatience.

— J'écoute, répondit Rouhama d'une voix lasse.

— C'est vous, madame Shaï ? »

Rouhama crut voir devant elle la secrétaire du département, la mise en plis impeccable, en train de remuer des morceaux de concombre dans un yaourt.

« Oui », répondit-elle.

Ses rapports avec Adina se limitaient au strict minimum — elle n'échangeait pas avec elle des recettes de cuisine, ne lui demandait pas des nouvelles de sa santé et se gardait bien de lui faire des confidences —, si bien qu'Adina n'osait pas l'appeler par son prénom.

« Adina Lipkine à l'appareil, la secrétaire du département », annonça-t-elle, comme elle le faisait presque chaque matin depuis des années.

Rouhama n'avait jamais tenté de rompre ce rituel.

« Je vous écoute, répéta-t-elle, laconique.

— J'aimerais parler au professeur Shaï.

— Il dort, se contenta de répondre Rouhama,

sachant que la secrétaire ne tarderait pas à l'informer de la raison de son appel.

— Ah ! » s'exclama Adina, avant de se lancer, comme Rouhama le redoutait, dans de longues et inutiles justifications. Elle préférait appeler de bonne heure, avant que toutes les lignes ne soient occupées et qu'elle-même ne soit submergée par ses tâches quotidiennes.

Rouhama garda le silence.

« Peut-être pourriez-vous m'aider ? En fait, je cherche le professeur Tirosh. Depuis hier, je n'arrête pas d'appeler chez lui, sans succès. C'est urgent. Savez-vous où je pourrais le joindre ?

— Non, je regrette. »

Maintenant qu'elle était tout à fait réveillée, l'angoisse qui l'oppressait depuis quelques jours l'avait reprise. Pour Adina Lipkine, tout était toujours « urgent ».

« Merci quand même. Désolée de vous avoir dérangée. Si le professeur Shaï vient aujourd'hui à l'université — il me semble que c'est le cas —, auriez-vous la gentillesse de lui demander de me contacter avant ?

— Je n'y manquerai pas », répondit Rouhama en raccrochant.

Adina ne pouvait pas savoir que depuis le jeudi, depuis le lendemain du dernier séminaire de département, son univers s'était effondré. Même Shaül Tirosh, qui avait brusquement rompu avec elle ce jour-là, ne se doutait probablement pas à quel point elle avait été affectée. « Tu as sûrement remarqué que, depuis quelque temps, notre liaison a perdu de sa saveur, avait-il déclaré d'un ton léger qui contrastait avec l'étrange flamme qui brillait dans ses yeux. C'est devenu une routine, le genre de routine que j'ai toujours essayé de fuir. Ainsi va la vie. Comme le dit le poète : au début, "Je t'aimais tant que je ne trouvais pas les mots pour te le dire", et maintenant,

“Nous sommes venus en ville et Havatseleth m'a ensorcelé”, si tu comprends ce que je veux dire. »

Elle ne comprenait pas, mais pensa aussitôt à Ruth Doudaï. Elle ne savait pas de quel poète ni de quel poème il parlait. L'incompréhension dut se lire sur son visage, car, en guise de réponse, il ouvrit le recueil de David Avidan posé sur son bureau au poème intitulé « Problèmes personnels », avec ce commentaire : « Tu devrais lire de la poésie, c'est parfois utile dans la vie. »

Rouhama s'était souvent imaginé, avec effroi, leur séparation. Pourtant, jamais elle n'aurait cru qu'elle souffrirait autant, ni que Tirosh, malgré tout ce qu'on lui avait raconté et malgré certains signes qui auraient dû l'alerter, se montrerait aussi cruel. « Que t'ai-je fait ? » aurait-elle voulu lui demander, mais voyant qu'il retombait dans la contemplation de ses ongles, et sentant que sa présence n'était plus désirée, elle s'était retirée, sans insister.

Intérieurement, elle compta les jours qui s'étaient écoulés depuis : jeudi, vendredi, samedi — et dimanche ne faisait que commencer !

Depuis le jeudi après-midi, elle n'avait pas quitté son lit. Touvia avait averti l'hôpital qu'elle était malade et s'occupait d'elle avec une froide sollicitude. Derrière ses gestes de tous les jours, elle sentait en lui une énergie qu'elle ne lui avait jamais vue, une énergie faite de rage et de désespoir.

Ni l'un ni l'autre n'avait mentionné Shaül. Touvia s'absentait pendant des heures. Elle ignorait où il allait. Le vendredi, à huit heures du matin, il s'était rendu à une réunion du département et n'était revenu que tard dans la soirée. Le samedi, il était resté enfermé dans son bureau toute la journée.

Depuis cette « cérémonie d'adieu », elle avait dormi sans arrêt, ne se réveillant que pour se désaltérer ou aller aux toilettes. Elle éprouvait alors une douleur si violente qu'elle avait l'impression que même son corps se révoltait contre leur séparation.

Le plaisir, le plaisir physique qu'elle avait connu avec Shaül était devenu une drogue dont elle ne pouvait plus se passer.

Quand Touvia lui proposait de manger quelque chose, elle refusait en secouant la tête. Parler lui était devenu difficile, et Touvia n'insistait pas. Pourtant, elle aurait tant voulu que, pour une fois, il ouvre une brèche dans le mur qui les séparait, qu'il essaie de la comprendre. Or, justement, elle sentait que son repli sur elle-même, son manque d'intérêt pour ce qu'il faisait, le soulageaient.

Elle entra dans son bureau. Il était allongé sur le vieux divan aux ressorts fatigués, les yeux fixés au plafond. A ses pieds, sur le tapis, gisaient, grands ouverts, tous les recueils de poésie de Tirosh.

Son mari partageait-il, à sa manière, son immense chagrin ? Non, c'était impossible : Shaül ne lui avait certainement rien dit ; il n'aurait pas osé. Touvia ne savait rien. Elle s'approcha. C'est alors qu'il tourna lentement son visage vers elle. Ses yeux semblaient vides, comme éteints.

« C'était Adina, murmura-t-elle, un peu effrayée.

— Adina ?

— Oui, elle vient d'appeler ; elle... cherche Shaül, répondit-elle en s'apercevant qu'il avait débranché son téléphone.

— Pourquoi ici ?

— Je ne sais pas. Depuis hier, il est introuvable. Tu crois qu'il s'est absenté de Jérusalem ?

— Je l'ignore, dit Touvia en se redressant.

— Qu'est-ce qui ne va pas ? » s'inquiéta-t-elle.

Il haussa les épaules.

« Bref, Adina aimerait que tu la rappelles avant d'aller à l'université. Elle m'a dit que tu avais cours aujourd'hui.

— Oui, il ne m'en reste plus que trois à donner avant les vacances, dit-il d'une voix encore plus morne que d'habitude.

— Parfait. Alors, contacte Adina. A propos, je crois que je vais reprendre mon travail aujourd'hui. »

Son mari ne réagit pas. Il a dû lui dire, je ne vois pas d'autre explication, pensa Rouhama, au bord de la panique.

Il y avait des livres partout — sur les étagères, sur le bureau, par terre. Certains étaient ouverts, d'autres hérissés de marque-pages. Tous semblaient usés à force d'avoir été manipulés. Comme Tirosh l'avait dit un jour à Touvia avec affection, les livres avaient besoin d'être touchés, d'être caressés.

Une odeur de renfermé flottait dans la pièce. Visiblement, Touvia s'était endormi tout habillé.

« Très bien, je vais la rappeler, finit-il par dire en s'étirant, sinon elle va me harceler toute la journée. »

A peine avait-il rebranché le téléphone qu'une sonnerie assourdissante retentit. Il souleva le récepteur et le tint à distance. Rares et ternes, ses cheveux ébouriffés ne masquaient plus sa calvitie. Une voix d'homme que Rouhama reconnut aussitôt se mit à hurler dans l'appareil.

« Où est Tirosh ? criait Aharonovitz. As-tu parlé à Adina ce matin ?

— Je n'ai parlé à personne, murmura Touvia.

— Alors, tu n'es pas au courant ? »

Inquiet, Touvia rapprocha l'écouteur de son oreille. Les petites veines qui couraient sur ses tempes se gonflèrent.

« Bon. J'arrive tout de suite », dit-il enfin, avant de raccrocher bruyamment.

Puis, regardant Rouhama comme s'il prenait soudain conscience de sa présence, il déclara : « Ido a eu un accident de plongée. Il est mort. »

Rouhama le fixa, interdite.

« Oui. Il suivait un stage de plongée et n'avait plus que deux sorties en mer à faire pour obtenir son brevet. Il est parti à Eilat vendredi, juste après la réunion du département. C'est arrivé hier. Je n'en sais pas plus. Si on m'appelle, dis que je suis chez la secrétaire. C'est Ruth Doudaï qui l'a prévenue. Depuis hier soir, elle essaie de mettre la main sur Shaül. »

Tout en parlant, il cherchait fébrilement ses clés de voiture, qu'il finit par trouver sous le premier chapitre, tapé à la machine, de la thèse de doctorat de Doudaï. Il eut un frisson, murmura quelque chose sur cette étrange coïncidence et quitta l'appartement.

Rouhama resta un long moment immobile, puis alla s'asseoir sur le divan. Depuis le jeudi, elle portait le même long T-shirt qui lui servait de chemise de nuit. Baissant la tête, elle vit ses genoux osseux, posa les mains dessus et contempla ses doigts courts mais fins. « Une main d'enfant », disait Shaül avant d'y déposer un baiser. Rouhama se mit à sucer son pouce, sans y retrouver le goût sucré et apaisant d'autrefois.

Insensiblement, son regard s'arrêta sur les recueils de poésie de Tirosh qui jonchaient le sol *: le Doux Poison du chèvrefeuille, Une ortie entêtée, Poèmes indispensables.* Ces titres ne lui évoquaient rien. Les couleurs des couvertures, dont deux étaient signées par Yaakov Gafni, le peintre préféré de Tirosh, lui parurent horriblement criardes. Machinalement, elle les rassembla en une pile. Caché sous un coussin, elle remarqua un autre recueil, *Poèmes d'une guerre grise* d'Anatoli Ferber, « édités et présentés par Shaül Tirosh ».

Il lui a dit : cette pensée la traversa comme un éclair. Shaül lui avait tout avoué. Et maintenant, Touvia se demandait avec angoisse s'il devait ou non rompre toute relation avec lui. Et peut-être aussi avec elle. Elle se releva, les genoux couverts de poussière. Cela faisait des semaines qu'il n'avait pas rangé son bureau. Il y avait des moutons partout. D'un geste distrait, elle commença à en faire une grosse boule.

Le téléphone sonna, s'arrêta et recommença, comme s'il n'allait jamais s'interrompre. Finalement, elle souleva l'écouteur. Il était encore poisseux : Touvia avait toujours les mains moites.

« Tsipora à l'appareil. Comment te sens-tu, Rouhameleh ?

— Mieux », dit-elle en tirant sur l'ourlet de son T-shirt.

Elle voyait, comme si elle y était, le bureau des admissions de l'hôpital Sha'arei Tzedek, le téléphone noir et Tsipora assise derrière le guichet, pleine de sollicitude maternelle.

« Tu as encore de la fièvre ? »

Elle voyait le corps lourd de Tsipora, ses pieds enflés, ses chevilles bleues. (« Des varices que je traîne depuis mon premier accouchement, s'était lamentée Tsipora, le lendemain du jour où son fils avait ramené sa petite amie à la maison et lui avait annoncé son intention de se marier. Pourquoi est-il si pressé ? Il n'a que vingt-trois ans. A quoi ça l'avancera ? Et moi, que vais-je devenir ? »)

« Non, je n'en ai plus.

— Tu te soignes, au moins ? Tu prends de l'aspirine ? Ecoute-moi, rien ne vaut un bon bouillon de poule. »

Rouhama ne répondit pas. Réflexion faite, elle ne reprendrait pas le travail aujourd'hui. Elle resterait au lit.

« Bon, je ne veux pas te déranger plus longtemps. Retourne te coucher. L'essentiel, c'est de ne pas se lever trop tôt, sinon gare aux complications. Je ne te raconte pas les cas que nous avons reçus ces derniers jours ! Rien qu'hier, une soldate, une gosse encore. Tu aurais dû voir dans quel état on nous l'a amenée. Je me demande ce qu'ils s'imaginent dans l'armée... »

Rouhama se mit à feuilleter le recueil de poèmes d'Anatoli Ferber, « l'un des dissidents les plus remarquables d'Union soviétique à l'époque stalinienne.

Né en Palestine en 1930, de parents russes, il émigre à Moscou avec sa mère à l'âge de seize ans, et meurt en 1955 dans des circonstances non élucidées, dans un camp de Magadan, en Sibérie ». Soudain, elle crut entendre la voix de Shaül couvrant celle de sa collègue, comme s'il lui lisait tout haut son introduction.

« Tsipora, je suis fatiguée, réussit-elle enfin à articuler, interrompant le flot de paroles qui se déversait de l'appareil. Nous verrons cela demain, au bureau. Au revoir et merci d'avoir appelé. »

Elle raccrocha doucement, s'allongea sur le dos et ferma les yeux. Quand elle les rouvrit, il était trois heures de l'après-midi.

Il n'y avait pas un bruit dans l'appartement ; toutes les fenêtres étaient fermées ; une odeur de poussière flottait dans la pièce. Touvia n'était ni dans la salle de bain, ni dans la chambre, ni dans leur petit salon, dont les quelques meubles, rapportés du kibboutz, lui avaient toujours semblé élégants — jusqu'à ce qu'elle rencontre Shaül Tirosh. Elle se trouvait dans la cuisine, lorsque les paroles de son mari lui revinrent : « Ido Doudaï a eu un accident de plongée. Il est mort ». Brusquement, elle eut l'impression d'être au fond de l'eau, de se débattre, d'étouffer. Elle porta la main à sa gorge. Dans l'autre, elle tenait un couteau, mais n'avait pas la force de se couper une tranche de pain. D'ailleurs, celui-ci était dur ; Touvia n'avait pas fait les courses. Elle leva les yeux vers la pendule, un cadeau de ses beaux-parents : il était quatre heures moins dix. Maintenant que Shaül lui avait tout avoué, Touvia ne reviendrait plus jamais. Elle n'en éprouvait pas vraiment du chagrin. De nouveau, ses doigts se serrèrent sur sa gorge. Quelque chose la tourmentait, mais elle ne savait pas quoi. Elle avait du mal à respirer ; finalement, elle s'assit sur l'une des chaises en plastique, posa les coudes sur la table et enfouit sa tête entre ses mains. Elle avait beau essayer de le chasser, Shaül ne cessait de surgir devant elle : son sourire goguenard se faisait de plus en plus grimaçant ; soudain, sa bouche se tordit en un cri et prit les contours du visage sans vie d'Ido Doudaï.

CHAPITRE IV

Toute la matinée, les membres du département de littérature défilèrent dans le bureau de la secrétaire. Rien qu'à leur visage, Racheli pouvait deviner s'ils étaient déjà au courant. Celui de Touvia Shaï lui donna la chair de poule. Ses yeux larmoyants étaient injectés de sang, comme s'il avait passé la nuit à faire la bringue, mais même elle, qui n'était que l'adjointe de la secrétaire, savait que le professeur Shaï n'avait rien d'un noceur. Hagard, la mine défaite, il demanda d'une voix étranglée si l'on possédait davantage de précisions sur les circonstances de l'accident dans lequel Ido Doudaï avait trouvé la mort.

Cet homme paisible, si effacé qu'il passait souvent inaperçu, semblait avoir perdu toutes ses défenses. Ses vêtements froissés donnaient l'impression qu'il avait dormi tout habillé ; il n'était pas rasé et ses cheveux clairsemés avaient besoin d'un coup de peigne. Adina Lipkine s'en aperçut, elle aussi, mais s'abstint de tout commentaire — après tout, aurait-elle sans doute dit, une tragédie vient de se produire.

Si je suis encore là, ce n'est pas uniquement grâce à mon sens de l'humour, avait répondu Racheli au garçon qui lui avait dégoté ce job. « Dix mois ! s'était exclamé Dovik tout émerveillé. Au cours des deux dernières années, Adina a changé cinq fois d'assistante. Personne ne tient le coup. »

Avoir le sens de l'humour ne suffisait pas à supporter les manies d'Adina Lipkine. De plus douées qu'elle avaient craqué. « Je m'accroche par pure curiosité scientifique : j'ai l'intention de rédiger un mémoire sur les comportements compulsifs pour le séminaire de psychopathologie, avait expliqué Racheli, étudiante en troisième année de psychologie. Et puis, c'est un boulot qui me convient, car il me permet de continuer à suivre les cours. D'ailleurs, Adina préfère que je ne sois pas là aux heures de réception des étudiants. Mais ce qui me reste en travers du gosier, ce sont les regards apitoyés des secrétaires des autres départements. Chaque fois que je me présente dans un bureau en disant qui m'a envoyée, les gens s'affolent et se débarrassent de moi le plus vite possible. »

En fait, dut reconnaître Racheli, qui s'efforçait de garder son calme, Adina se comportait, depuis le début de la matinée, de façon exemplaire. A huit heures, elle avait déjà affiché cet avis : EN RAISON DE CIRCONSTANCES IMPRÉVUES, LE SECRÉTARIAT NE REÇOIT PAS AUJOURD'HUI. Puis elle avait refermé la porte. Racheli était assise à sa table, située dans l'un des coins de ce bureau pentagonal, une pile de dossiers verts — en attente depuis vendredi — devant elle. Elle était censée finir d'effacer l'intitulé des cours et leur numéro de code informatique qu'Adina inscrivait au crayon au commencement de l'année universitaire, pour les réécrire à l'encre. Inutile de préciser qu'Adina considérait l'ordinateur comme un appareil expressément destiné à lui rendre la vie difficile. (« Au moment des inscriptions, les étudiants choisissent certains cours, puis en changent ; pour ne pas gâcher de papier, j'écris tout au crayon. Par la suite, s'ils sont assidus et rendent leurs devoirs, je corrige à l'encre, parce que le crayon s'efface. C'est vrai que cela entraîne un surcroît de travail, mais au moins les dossiers sont propres et sans ratures, ce qui n'est pas toujours le cas ailleurs. » Un regard lourd de sous-entendus vers la fenêtre donnant sur les autres bâtiments du campus accompagnait ces explications.)

Adina arrivait toujours la première, à sept heures. Ce matin-là, elle avait fait le vide sur son bureau. Les yeux rougis, elle s'était empressée de mettre Racheli au courant : « Je suis incapable de faire quoi que ce soit aujourd'hui. Je n'ai pas fermé l'œil de la nuit. Quelle perte ! Un jeune homme si prometteur ! » Racheli se rappela à l'ordre : Adina s'exprimait par clichés ; cela faisait partie de sa personnalité. Elle devait l'accepter telle qu'elle était.

Penchée sur ses dossiers, elle dut s'avouer qu'en dépit de sa sympathie pour Ido Doudaï, la nouvelle ne l'avait pas bouleversée au point de l'empêcher de travailler. Après tout, elle ne l'avait jamais rencontré en dehors de ce bureau, et ne lui avait jamais parlé d'autre chose que de travail. Elle prit un air concentré, effort qui se révéla totalement inutile, puisque Adina avait le dos tourné.

La secrétaire du département ne tenait pas en place. Chaque fois qu'elle s'asseyait, c'était pour se relever aussitôt. Son bureau était situé à gauche de l'unique fenêtre, juste en face de la porte, où toutes les cinq minutes, quelqu'un venait frapper. Plus téméraires que d'autres, trois étudiants se risquèrent à entrer ; ils furent accueillis par le même discours : « Primo, ce n'est pas l'heure de réception, revenez à un autre moment, et deuxio, aujourd'hui, le bureau est fermé, c'est écrit sur la porte. »

L'expression du dernier étudiant renvoyé resta gravée dans l'esprit de Racheli. Il avait l'air de celui qui, confronté aux caprices d'une bureaucratie déguisés en cas de force majeure, sait qu'il devrait protester mais reste impuissant devant des arguments d'une logique aussi imparable. La secrétaire du département s'arrangeait pour justifier chacun de ses actes, et s'adressait toujours poliment à ses victimes.

Avec les jeunes enseignants, les chargés de cours

et les assistants, Adina adoptait un ton moins sec : « Je suis obligée de vous demander d'attendre que j'aie fini de parler au téléphone. Je ne peux pas téléphoner et réfléchir à votre problème en même temps. Je préfère que vous sortiez, votre présence me rend nerveuse. »

Lorsqu'ils franchissaient le seuil de son bureau, les professeurs les plus éminents se faisaient tout humbles. Dès qu'elle les voyait, sa voix montait d'un ton, ses yeux se remplissaient de panique et le rituel commençait : d'abord, elle débarrassait ostensiblement son bureau (il y avait toujours une pile bien rangée de papiers et de classeurs dans un coin, à laquelle elle avait l'intention de s'attaquer, « dès qu'on la laisserait retourner à son travail »). Puis, après avoir posé les mains à plat devant elle, elle levait les yeux comme pour dire : Voilà, je suis à votre disposition ; que puis-je faire pour vous ? Mais personne n'était dupe ; le message caché derrière cette amabilité de façade était manifestement le suivant : Sortez, vous me fichez ma journée en l'air.

En l'observant, Racheli ne pouvait s'empêcher de penser à sa tante Cesia, qui recouvrait de housses en plastique les meubles de son salon et obligeait ses deux enfants à aller jouer dehors, de crainte qu'ils ne cassent quelque chose ou salissent la maison. Lorsque, après le départ d'un de ces grands professeurs, la tension se relâchait, Racheli se surprenait parfois à pousser un soupir de soulagement.

C'est en voyant Aharonovitz perdre son aplomb chaque fois qu'il entrait dans le secrétariat et en l'entendant demander d'une voix timide à Adina s'il pouvait la déranger, que Racheli avait trouvé le sujet de son mémoire : « Les effets d'une personnalité compulsive sur le comportement des collègues de travail. » Face à ces circonstances dramatiques, Racheli s'était imaginé que la secrétaire s'accrocherait à ses rituels encore plus désespérément que d'habitude ; en fait, elle s'était trompée.

Adina avait totalement renoncé à son mode de fonctionnement habituel. Elle doit vraiment être bouleversée, pensa Racheli. Il est vrai qu'Ido Doudaï jouissait d'un statut spécial auprès de cette femme dont il touchait la fibre maternelle. Il était également le seul à l'écouter patiemment lorsqu'elle parlait de ses petits-enfants, à discuter avec elle de plantes médicinales, de jardinage, de recettes de cuisine, et surtout de diététique. Elle lui pardonnait ses tenues négligées et l'autorisait même à rester dans la pièce lorsque le téléphone sonnait.

Ce matin-là, la secrétaire du département avait apparemment décidé de se montrer calme, efficace et, surtout, discrète. Sans un mot sur l'accident, elle renvoyait d'un ton ferme mais poli les étudiants qui essayaient d'envahir son bureau, malgré la pancarte bien en vue sur la porte. La mine dégoûtée, elle avait rangé dans le tiroir du bas le yaourt au concombre qu'elle s'octroyait en milieu de matinée ; Racheli s'était alors souvenue d'une remarque que Tirosh avait un jour lancée à la cantonade en voyant la cucurbitacée soigneusement enveloppée dans son sachet en plastique : « Depuis vingt ans que je la connais, elle est au régime. » Tirosh, qu'Adina cherchait toujours aussi fébrilement à joindre. « Je l'ai appelé de chez moi jusqu'à minuit — alors que j'avais des invités —, et d'ici depuis sept heures ce matin. En vain. » De nouveau Racheli s'étonna de sa maîtrise de soi, que même le visage catastrophé de Touvia Shaï n'avait pas ébranlée. Pour la dixième fois de la matinée, elle répéta d'un ton posé : « Nous n'en savons pas plus. Je suis en contact avec Ruth Doudaï ; les parents d'Ido ont été avertis. La cause de la mort reste encore à déterminer. On soupçonne un défaut dans l'équipement de plongée. Pour les obsèques, on nous préviendra dès que possible. » Elle avait pris un air grave, presque solennel, comme pour dire : Vous voyez, quand il arrive un malheur, je sais garder mon sang-froid et faire preuve d'efficacité. Puis, de nouveau, elle s'enquit de Tirosh.

Tous les regards se tournèrent vers Touvia. Il n'avait pas revu Tirosh depuis le vendredi, quand ils avaient déjeuné ensemble après la réunion du département. « Il me semble qu'il projetait d'aller à Tel-Aviv, mais je n'en suis pas sûr. »

Racheli qui observait tout, persuadée de l'intérêt scientifique de ses recherches, remarqua que Touvia n'était pas comme à l'ordinaire ; d'un ton étrangement détaché et pragmatique, il se mit à envisager tout haut les différents endroits où Tirosh pouvait se trouver. Racheli nota son embarras lorsque Aharonovitz, qui s'était tu jusque-là, suggéra qu'Adina aille dans le bureau de Tirosh pour voir s'il n'y avait pas laissé un message.

Racheli avait l'impression que cela faisait une éternité qu'ils étaient entassés dans cette pièce, trop petite pour les contenir tous, située au sixième étage de l'aile violette de la faculté des lettres, l'un de ces bâtiments à l'architecture aberrante qui abritait l'Université hébraïque sur le Mont Scopus et dont Tirosh disait : « Celui qui a conçu cet édifice devrait être pendu, l'interner ne servirait à rien ; son crime mérite la mort. » Si, jusqu'à ce dimanche, cette remarque, souvent citée, était proférée sur un ton humoristique, par la suite, elle s'accompagnerait de commentaires affligés sur son caractère prémonitoire, sur la tragique ironie du destin.

A intervalles réguliers, un enseignant quittait la pièce et revenait avec un café noir ; de temps en temps, un coup hésitant frappé à la porte interrompait les murmures ; un étudiant passait la tête dans l'entrebâillement, mais, voyant ce rassemblement, se retirait aussitôt, avant même qu'Adina ne puisse placer un mot.

Venus pour déposer des sujets d'examen ou pour récupérer les travaux de leurs étudiants, les professeurs, choqués par la nouvelle de la mort d'Ido, étaient restés dans la petite pièce, unis dans un même chagrin. Les tensions qui existaient entre eux semblaient avoir disparu. Tous avaient de l'affection pour Ido. Rompant le silence qui s'était momentanément installé, Sarah Amir s'inquiéta de Ruth : « Que va-t-elle devenir ? Sa petite fille n'a même pas un an. » Et Dita Fuchs, qui, faute de sièges en nombre suffisant, s'était assise sur le bureau d'Adina, s'exclama pour la énième fois : « Mais quel besoin avait-il de faire de la plongée ? » En temps normal, Adina l'aurait sèchement priée d'aller s'asseoir ailleurs, mais ce jour-là, elle fit stoïquement semblant de ne rien remarquer. Racheli observait Dita Fuchs en pensant aux rumeurs qui couraient sur son compte. Jadis, elle et Tirosh avaient été, dit-on, inséparables ; même après la fin de leur liaison — Tirosh n'avait jamais gardé de maîtresse aussi longtemps —, ils étaient restés amis. Son beau visage portait les traces d'une secrète souffrance qui lui donnaient, surtout ce matin-là, un air pathétique que contredisait la condescendance avec laquelle elle traitait ses collègues.

C'était là, au secrétariat, que Dita Fuchs avait appris la nouvelle. Elle n'avait pas cherché à retenir ses larmes, répétant, une main posée sur sa gorge : « Je savais que ça se terminerait en catastrophe ! Un garçon si doué ! Quel besoin avait-il d'aller faire de la plongée ? » Adina lui avait apporté une tasse de thé très fort et lui avait même tapoté le bras. D'habitude, les deux femmes se vouaient une haine cordiale qui se traduisait par des échanges de propos acides, sans compter les tracasseries administratives qu'Adina multipliait à plaisir dès qu'il s'agissait d'un étudiant du « professeur » Fuchs. Assise sur le coin du bureau, celle-ci ne cessait de tirer sur sa jupe étroite pour en effacer d'invisibles plis. « Où est Shaül ? » demandait-elle, désemparée. Décidément, songea Racheli, ils ont besoin d'un père, de quelqu'un qui prenne les choses en main et fasse le

« nécessaire ». Gagnée par le malaise général qui commençait à troubler son jugement, elle-même ne voyait pas très bien en quoi cela consistait. C'était inquiétant de voir des adultes, des gens responsables, en proie à un tel désarroi.

Sarah Amir fut la première à mentionner le nom d'Arié Klein. Avec sa franchise habituelle, elle remarqua : « Quel dommage qu'Arié ne soit pas là ! Il aurait su quoi faire. Heureusement, il revient après-demain. » Dita Fuchs soupira, tandis qu'Adina s'exclamait, comme chaque fois que le nom de Klein était prononcé : « Ça, c'est un homme ! »

Racheli n'avait pas encore eu l'occasion de rencontrer le professeur Klein, qui passait une année sabbatique à l'université Columbia à New York. Il ne s'était quasiment pas écoulé de jour, depuis dix mois qu'elle travaillait dans le département, sans qu'Adina parle de lui. Lorsqu'une lettre de Klein arrivait, surtout si elle mentionnait explicitement et personnellement Adina, Racheli pouvait aller boire un café sans crainte de se faire rappeler à l'ordre. Un sourire aux lèvres, Adina lisait et relisait cette lettre, répétant certains passages à haute voix.

Face au respect et à la sympathie générale dont le professeur Klein semblait jouir, Racheli avait commencé à l'admirer avant même de le connaître. « Oui, il revient après-demain », confirma Aharonovitz, avant d'ajouter : « Dans ce cas, il sera là pour l'enterrement. » De nouveau, un silence pesant s'abattit sur la pièce. Touvia Shaï se passa une main dans les cheveux — geste si distingué chez Tirosh et si ridicule chez lui.

Le pas lourd de Shoulamit Zellermaier résonna dans le couloir, signalant sa présence avant même qu'elle ne frappe à la porte. Racheli retint son souffle en voyant apparaître celle qu'elle avait, en son for intérieur, surnommée le Dinosaure. Avec ses yeux protubérants, sa langue acérée, ses éclats imprévisibles et son perfectionnisme, cette femme la terrorisait. Quand elle s'attardait dans le bureau pour raconter une histoire drôle, Racheli attendait avec impatience la chute, signe de son imminente délivrance. Cette fois, quand elle entra, referma la porte derrière elle et contempla ses collègues en silence, Racheli poussa un soupir de soulagement. Shoulamit Zellermaier connaissait déjà la nouvelle et avait décidé de faire preuve de retenue. La tête penchée sur le côté, elle se contenta de dire, sans son sourire sarcastique habituel : « C'est affreux, vraiment affreux. » Aussitôt Racheli s'empressa de se lever pour lui céder sa chaise. Shoulamit s'y laissa tomber de tout son poids avec un soupir.

La porte s'ouvrit de nouveau, et deux jeunes assistantes entrèrent à leur tour : Tsipi Lev-Ari, vêtue d'une djellaba blanche, et Yaël Eisenstein, que Racheli avait toujours plaisir à voir.

« Ce n'est pas une beauté ordinaire », disait-elle à ses amis en attirant leur attention sur cette « merveille ». « Alors, comment tu la trouves ? » demandait-elle dès qu'ils l'avaient vue. La réaction de la gent masculine avait le don de l'irriter. Si les filles s'extasiaient volontiers, les garçons restaient froids. « Elle est tellement maigre que j'aurais peur de la toucher, disait Dovik. Elle ne mange donc jamais ? »

Même Tirosh la traitait avec une gentillesse inhabituelle ; en sa présence, sa voix se faisait douce et protectrice, et on ne le voyait jamais flirter avec elle.

Mince comme un roseau, Yaël avait une peau diaphane, des yeux bleus, tristes et romantiques ; ses cheveux blonds — « parfaitement naturels », ainsi que ne manquait pas de le souligner Racheli — retombaient en boucles sur ses épaules. Elle portait une ample robe noire en mailles fines et tenait entre ses doigts tachés de nicotine une cigarette, dont l'odeur forte remplit aussitôt la pièce. « Elle ne fume que des Nelson et boit des litres de café. Elle a un appétit d'oiseau et ne se déplace qu'en taxi : elle a peur de la foule. Elle vient d'une famille très riche, lui avait raconté Tsipi, qui rêvait d'ascétisme. Cette fille n'a pas de corps, c'est un pur esprit. Un jour que j'étais chez elle, pour tenter de la persuader d'entrer dans notre groupe, je suis allée jeter un coup d'œil dans son frigo. Il y avait en tout et pour tout deux yaourts et du fromage de brebis. Depuis que je la connais — nous avons commencé ensemble nos études à l'université —, elle est toujours habillée en noir et, hiver comme été, ne porte que des sandales. Déjà à l'époque, les gens osaient à peine l'aborder. Un jour, j'ai pris mon courage à deux mains et je lui ai adressé la parole ; elle m'a répondu très gentiment. Depuis, nous sommes amies. Elle n'est pas du tout snob ; elle est simplement timide et manque d'assurance. Etudiante, elle passait tout son temps à la bibliothèque, n'en sortant que pour fumer une cigarette ; à la cafétéria, elle s'asseyait à l'écart et ne prenait jamais rien d'autre qu'un café. Que te dire ? C'est vraiment une fille pas banale ! »

A l'évidence, Tsipi n'était pas au courant. Agitant les papiers qu'elle tenait à la main, elle annonça : « Ça y est ! J'ai fini pour cette année. Plus jamais, je ne donnerai un cours de bibliographie ! » Puis se rendant compte du silence qui régnait dans la pièce et voyant les visages sombres de ses collègues, elle s'étonna : « Que faites-vous donc tous ici ? Je venais déposer mes sujets d'examen. Il est arrivé quelque chose ? »

Tsipi et Yaël n'avaient pas encore terminé leur thèse de doctorat. Celle de Tsipi portait sur le statut de la femme dans le folklore et appartenait au « domaine réservé » d'Aharonovitz ; celle de Yaël avait pour sujet la *makama* hébraïque, ces petits récits satiriques en prose rimée du Moyen Age dont Arié Klein s'était fait une spécialité.

Sur les dix thésards que comptait le département, seuls quatre avaient obtenu un poste d'assistant. Tous savaient qu'en raison des coupes budgétaires, un seul d'entre eux pouvait espérer faire carrière à l'Université hébraïque de Jérusalem. Les maîtres de conférences voyaient en eux leurs héritiers spirituels, l'expression concrète de leur propre réussite en tant que professeurs. Bien qu'en position de concurrence, les assistants entretenaient des rapports chaleureux et se soutenaient mutuellement. Racheli se demandait parfois si ce phénomène n'aurait pas constitué un meilleur sujet d'étude pour son mémoire.

Sarah Amir lissa sa robe fleurie. Ses yeux bruns et intelligents se posèrent sur Tsipi puis sur Yaël : « Ido nous a quittés, annonça-t-elle.

— Nous a quittés, qu'est-ce que ça veut dire ? » demanda Tsipi, prise d'inquiétude.

Mais tout le monde regardait Yaël, qui avait soudain blêmi. « Elle n'est pas très solide, psychologiquement », avait un jour remarqué Dita Fuchs en présence de Racheli.

« Il s'est tué dans un accident de plongée », précisa sans détour Sarah Amir.

Adina voulut intervenir, sans doute pour répéter « nous n'en savons pas plus », mais le regard furibond que lui lança Aharonovitz l'en dissuada. Avec une sollicitude qui ne lui ressemblait guère, Aharonovitz prit Yaël par le bras et la conduisit près de la fenêtre ouverte. Tandis qu'il la soutenait et lui tapotait doucement la main, Adina s'empressa d'aller lui chercher un verre d'eau. Personne ne faisait attention à Tsipi qui avait posé ses papiers et sanglotait bruyamment. Immobile et silencieuse, Yaël semblait glacée d'effroi. Après avoir vainement tenté de lui faire boire une gorgée, Adina se tourna vers Tsipi et débita son laïus : elle ignorait les causes précises du décès et la date des obsèques n'était pas encore fixée. Tsipi avait-elle vu le chef du département ? La jeune assistante secoua la tête et murmura entre deux hoquets : « Moi aussi, je le cherche. Nous avions rendez-vous ce matin. Je viens de son bureau ; il n'y a personne et la porte est fermée à clé. »

Se libérant des bras d'Aharonovitz, Yaël dit soudain de sa voix cristalline (« Elle aurait dû étudier le chant, avait un jour déclaré Tirosh. Quand je ferme les yeux, j'ai l'impression d'entendre "l'air de la broche" des *Noces de Figaro* ») : « Il y a une drôle d'odeur, près de son bureau. » Après tout, Yaël avait peut-être vraiment un grain, songea Racheli.

Touvia Shaï lui jeta un regard terrifié : « Quelle odeur ? De quoi tu parles ?

— Je ne sais pas, dit Yaël. Une odeur de chat crevé. »

Tous restèrent sans voix. Comme d'habitude, Sarah Amir fut la première à se ressaisir. Elle se leva, prit sa chaise, alla la poser près de la fenêtre et y fit asseoir Yaël. Puis, se tournant vers le bureau d'Adina, elle ouvrit d'un geste décidé le tiroir. Avant même que la secrétaire n'ait le temps de réagir, elle s'empara du trousseau de clés, en choisit une et dit d'une voix claire et énergique : « C'est bien celle-là, n'est-ce pas ? » Adina fit signe que oui et, d'un air égaré, pria Abraham Kalitzki, qui venait d'entrer, de refermer la porte derrière lui, parce que cela faisait courant d'air. Bien que la vague de chaleur durât depuis une semaine et qu'il n'y eût pas un brin d'air dans la pièce, personne ne sourit.

Ce n'est qu'alors qu'Adina déclara : « J'essaie de le joindre depuis hier. Il est maintenant treize heures, et toujours pas de nouvelles de lui. J'ai téléphoné partout où il était susceptible de se trouver, personne ne l'a vu. Je n'ose pas entrer dans son bureau sans sa permission ; comme vous le savez, il a horreur de ça.

— Très bien, dit Sarah Amir. J'en prends la responsabilité. Peut-être a-t-il laissé un mot dans son bureau. Nous ne pouvons pas rester ici à nous tourner les pouces. Touvia, tu viens avec moi ? »

Touvia Shaï sursauta comme si on le tirait d'un rêve et la regarda, effrayé.

« Ne me regarde pas comme ça, tu connais son bureau mieux que moi ; Adina va nous accompagner.

C'est un cas de force majeure. Vous comprenez, Adina ? Un cas de force majeure ! »

Touvia Shaï avait l'air hébété. Se souvenant de l'amitié qu'il avait pour Ido, Racheli ne put s'empêcher de le plaindre. Peut-être Ido représentait-il le fils qu'il n'avait pas eu. Il semblait paralysé sur place. Finalement, se détachant du mur contre lequel il était appuyé, il suivit docilement Sarah Amir et Adina Lipkine. Celle-ci était si affolée qu'elle en oublia de refermer la porte.

Shoulamit Zellermaier pencha la tête de côté, poussa un soupir et, avec un souverain mépris, déclara de sa voix rauque : « Il est sans doute quelque part, occupé à ses petites affaires. » Mais devant le regard menaçant de Dita Fuchs, elle se tut, sortit de sa poche un paquet de Royal filtres et alluma une cigarette. Une odeur douceâtre, que Racheli trouvait écœurante, se répandit dans la pièce.

Toujours debout près de la porte, le professeur Kalitzki paraissait effondré. Il n'arrêtait pas de remuer ses orteils dans ses grosses sandales. Cet homme ridiculement petit avait la réputation d'être intraitable sur le chapitre des références bibliographiques. Racheli se souvenait encore du scandale qu'avait fait un étudiant : à cause des deux points que Kalitzki lui avait enlevés parce qu'il avait commis une erreur dans la biblio, il ne pouvait pas passer en maîtrise. Lui, d'habitude si sévère derrière ses épaisses lunettes à monture d'écaille avait, à présent, le regard brouillé par le chagrin. Pour la première fois, elle éprouva une certaine sympathie à son égard. La sincère émotion qui se lisait sur son visage le rendait soudain plus humain. « Où est Tirosh ? » demanda-t-il naïvement. Elle secoua la tête en signe d'ignorance. Assise par terre en tailleur, Tsipi pleurait à chaudes larmes ; le regard absent, Yaël se tenait aussi raide qu'une statue. Soudain, un hurlement déchira le silence.

Tous reconnurent immédiatement la voix d'Adina Lipkine. Racheli et Dita Fuchs se précipitèrent dans le couloir, suivies d'Aharonovitz. « Je me sens mal, je vais m'évanouir », gémissait Adina, plantée devant la porte ouverte du bureau de Tirosh. Tandis qu'Aharonovitz la ramenait tant bien que mal au secrétariat, Racheli s'approcha et eut le temps de voir l'horrible spectacle, avant que Sarah Amir ne l'écarte brutalement. Kalitzki, qui, lui aussi, avait réussi à jeter un coup d'œil à l'intérieur, était vert et tremblait comme une feuille. Touvia Shaï émergea du bureau et partit comme une flèche. Le couloir s'était soudain rempli d'étudiants et d'enseignants au visage inquiet.

Sans savoir comment, Racheli se retrouva dans le secrétariat. « Appelez une ambulance, la police, vite ! » criait Touvia Shaï dans le téléphone. Les lèvres serrées, le teint blême, Aharonovitz tendait un verre d'eau à Adina, effondrée sur sa chaise, les jambes écartées. Elle avait les yeux fermés, des gouttes d'eau coulaient le long de son cou épais et sur son opulente poitrine ; son corsage était maculé de vomi. Les yeux plus exorbités que jamais, Shoulamit Zellermaier écoutait avec effroi ce que lui rapportait Dita Fuchs. Accablé, Kalitzki avait repris son poste près de la porte. Ce n'est qu'alors que Racheli sentit l'odeur. Presque palpable, cette odeur, qui ne cesserait de la hanter pendant des mois, s'infiltrait jusque dans les pores de sa peau.

Prise de nausées, elle aurait voulu fuir, mais elle n'avait pas la force d'aller jusqu'à l'ascenseur ou de descendre les six étages de l'étroit escalier qui conduisait au parking souterrain.

« Quel malheur ! Je n'arrive pas y croire ! répétait Dita Fuchs sur un ton de plus en plus hystérique. J'étouffe. Il faut que je sorte ! » Bien qu'aussi effrayée qu'elle, Sarah Amir tentait de l'apaiser. Seule, Yaël, immobile sur son siège, n'avait pas changé d'expression. Dita Fuchs s'approcha de la fenêtre et respira profondément ; Touvia Shaï criait dans le téléphone de manière si saccadée que Racheli eut l'impression qu'il s'exprimait dans une langue étrangère. C'est alors que ce qu'elle avait vu dans le grand et élégant bureau du professeur Tirosh lui revint dans sa terrible réalité : les jambes flageolantes, elle s'écroula à côté de Tsipi Lev-Ari.

Un attroupement s'était formé devant la porte, exigeant des explications, mais personne ne se souciait d'en donner. Se frayant un chemin à travers la foule, un homme aux allures de géant entra dans la pièce et rugit d'une voix joviale : « Adinaleh ! Pourquoi tout ce monde ? Je m'absente pendant dix mois, et regardez cette pagaille ! » Lorsque Adina leva la tête et éclata en sanglots en le voyant, Racheli comprit qu'Arié Klein était de retour.

Surpris, Touvia Shaï interrompit sa conversation téléphonique et dit, l'écouteur encore en main : « Que faites-vous ici ? D'après votre lettre, je croyais que vous n'arriviez qu'après-demain.

— Pas de problème, si vous voulez, je peux repartir tout de suite », répondit Klein en plaisantant. Mais se rendant soudain compte qu'un événement grave venait de se produire, il demanda d'un ton inquiet : « Que se passe-t-il donc ? »

Tous se regardèrent en silence. Les gens massés devant la porte se figèrent. De sa voix nasillarde, au débit plus saccadé que d'habitude, Kalitzki annonça : « Hier, Ido Doudaï s'est tué dans un accident de plongée et, aujourd'hui, nous venons de découvrir le corps inanimé de Shaül Tirosh dans son bureau. » Bien que tout près d'Arié Klein, il criait presque. Du couloir, s'élevèrent des exclamations de stupéfaction et d'horreur. Arié Klein jeta à la ronde un regard incrédule, fit quelques pas en avant, attrapa Adina par les épaules et lui demanda d'une voix étranglée : « C'est vrai, ce qu'il dit ? Dites-moi, c'est vrai ? » Pour toute réponse, Adina battit des paupières.

« Je veux aller voir », dit-il en se retournant vers

Aharonovitz. Hochant la tête, celui-ci répondit calmement : « Croyez-moi, il vaut mieux pas. Il a l'air... » Sa voix se brisa.

Les lèvres tremblantes d'émotion, Klein allait insister, lorsque des agents de sécurité de l'université se présentèrent, suivis d'un infirmier et de deux policiers en uniforme.

« Où est-il, Adina ? Dans son bureau ? » demanda le chef de la sécurité de la faculté des lettres que Racheli connaissait bien. Touvia Shaï répondit à la place et, écartant doucement Arié Klein de son chemin, sortit pour les conduire, tandis qu'un des brigadiers tentait de disperser la foule : « Dégagez le couloir. Retournez dans vos bureaux. » Après un instant d'hésitation, Arié Klein dit à Aharonovitz : « J'y vais quand même. » Sur le pas de la porte, il tomba nez à nez avec un nouvel arrivant. Racheli leva les yeux vers ce bel homme élancé qui les dévisageait un à un.

« Veuillez m'excuser. Est-ce vous qui avez signalé un décès ? s'enquit-il d'une voix pleine d'autorité. Je suis de la police.

— Suivez-moi », répondit Klein au policier, dont le regard s'était arrêté sur Yaël.

CHAPITRE V

Le commissaire Michaël Ohayon en était sûr : Shaül Tirosh aurait été horrifié de se voir dans cet état. Sans parler de l'odeur...

Un mouchoir devant le nez, il regardait ce corps boursouflé, ce visage horriblement défiguré, cette chemise blanche et ce costume gris maculés de sang, ces caillots sous les narines et derrière les oreilles. Quel cruel contraste avec le professeur qu'il avait connu du temps où, étudiant en histoire, il avait suivi un cours sur la poésie hébraïque moderne ! A cette époque, l'université se trouvait encore à Givat Ram. Debout sur l'estrade du grand amphithéâtre du bâtiment Meizer, Tirosh, toujours élégant, s'exprimait avec aisance, sans jamais consulter ses notes.

Sur le sol gisait un œillet fané, dérisoire vestige de la perfection à laquelle cet esthète n'avait cessé d'aspirer.

« Ce crâne avait une langue, et pouvait chanter jadis ! » Un instant, Ohayon crut avoir prononcé ces paroles du prince du Danemark à haute voix, mais c'est Arié Klein qui, pâle et tremblant, rompit le silence de leur face à face avec la mort. Sans citer les grands classiques, le professeur de poésie médiévale poussa un cri étouffé et sortit en chancelant de la pièce.

Ohayon interrogea du regard Elie Bahar. « Ils sont en route », répondit celui-ci. Le commissaire s'approcha de la fenêtre et, retenant un instant sa respiration, l'ouvrit, la main enveloppée dans son mouchoir.

Dans cette partie du bâtiment, les bureaux étaient plus vastes et meublés avec plus de recherche ; sans doute, le domaine réservé des titulaires de chaire, pensa-t-il. Dehors, il faisait chaud. La Vieille Ville et la coupole dorée de la mosquée d'Omar semblaient juste en dessous de la fenêtre. Il se retourna, frissonna à la vue du cadavre, et se remit à contempler le paysage.

« Il faudra le descendre jusqu'au parking souterrain », remarqua Elie Bahar qui tenait la porte ouverte dans l'espoir de créer un courant d'air.

« Il y a des ascenseurs juste à côté », répliqua sèchement Ohayon.

Se bouchant le nez, Elie Bahar s'approcha précautionneusement du corps qui gisait entre le grand bureau et le radiateur et se pencha par-dessus l'épaule du médecin légiste, déjà au travail. « Ne touche à rien », l'avertit Ohayon par habitude, bien qu'il sût cette recommandation superflue.

De longues minutes s'écoulèrent. « C'est un fou furieux qui a fait ça », finit par déclarer dans un murmure le jeune médecin qui ne semblait pas en mener large. En voilà un qui n'a pas encore appris à s'abriter derrière le jargon médical, songea Ohayon avec sympathie.

« L'autopsie montrera sûrement la présence de multiples fractures au niveau du crâne. La victime a été étranglée avec sa cravate ; toutefois, ce n'est pas la cause du décès. D'ores et déjà, je peux vous affirmer que cet homme n'est pas mort de suffocation, en tout cas pas de strangulation. Tenez, regardez ici », poursuivit-il en s'adressant à Elie Bahar.

Docilement, l'inspecteur baissa les yeux sur le cou gonflé, encore serré dans la cravate et les détourna aussitôt.

De là où il se tenait, le commissaire Ohayon pouvait observer en détail le visage du médecin. Les petites rides autour de ses yeux montraient qu'il n'était finalement pas si jeune.

« A quand, selon vous, remonte le décès ?

— Il faut attendre les résultats du labo, mais si vous voulez une estimation grossière » — Ohayon fit signe que oui —, « je dirais au moins quarante-huit heures.

— Y a-t-il des traces de lutte ?

— Ça en a tout l'air. Son meurtrier l'a frappé au visage avec le poing ou, plutôt, avec un instrument contondant, une chaise peut-être », répondit le médecin en essuyant de sa main gantée les gouttes de sueur qui perlaient à son front.

Ohayon allait demander d'autres précisions, lorsque la porte s'ouvrit.

Avant même de voir le cadavre, les sourires des experts de l'Identité judiciaire — qui pourtant en avaient vu d'autres — se figèrent. L'horreur de la scène doit se refléter sur mon visage, pensa Ohayon ; pour une fois, je n'ai pas réussi à mettre mon masque de « joueur de poker », comme dit Tsila. Entré le dernier, Zvika, le photographe, étouffa la vanne qu'il s'apprêtait à sortir, émit un sifflement strident et se boucha le nez.

Ils avaient à peine commencé leur boulot que les « huiles » arrivèrent sur les lieux. Rassemblés autour du cadavre, Arié Lévy, le chef de la Brigade criminelle du sous-district de Jérusalem, Guil Kaplan, le porte-parole de la police, et Yossef Avidan, le directeur du service des investigations, supportaient héroïquement l'odeur de chair en décomposition, prêts à tout pour « être dans le coup ».

« Un meurtre à l'université, c'est bien la première fois que ça arrive ! s'exclama Arié Levy. Qui sait ? C'est peut-être l'œuvre d'un terroriste. Qu'en pensez-vous, Ohayon ?

— Il est trop tôt pour se prononcer », répondit celui-ci, la gorge sèche.

Il n'avait qu'une hâte : qu'on emporte le cadavre. Ce bureau, qui donnait sur l'une des plus belles vues du monde, se débarrasserait-il un jour de cette puanteur ? Mais les gars du labo n'avaient pas encore fini de relever les empreintes et de prendre des mesures. Ohayon les regardait s'affairer, écoutant d'une oreille distraite les commentaires du médecin légiste qui, au bout d'un moment, rangea ses instruments dans sa sacoche et s'en alla. Brusquement, en violation flagrante d'une règle tacite qui exigeait sa présence sur le lieu du crime jusqu'au départ des experts, il sortit dans le couloir prendre l'air. Il fit quelques pas, et se retrouva au croisement de trois autres couloirs, également peints en violet, qui formait une sorte de rond-point. Là, il se laissa tomber sur un banc. Assis à l'autre bout, Arié Klein avait le visage enfoui dans ses mains.

Klein leva la tête et le regarda. Ses yeux gris, enfoncés dans leurs orbites, étaient remplis de tristesse et de crainte. Ohayon alluma une cigarette et lui tendit son paquet. Après un instant d'hésitation, le professeur haussa les épaules, en prit une et se pencha vers la flamme que lui présentait le policier. Pendant quelques instants, les deux hommes fumèrent en silence. Leurs visages reflétaient la secrète solidarité de ceux qui n'ont pas encore réussi à se protéger contre la peur, sentiment plus difficile à vaincre que tout autre.

Il régnait un calme étonnant. Aucune porte ne donnait sur cette partie du couloir ; aux murs, il n'y avait que des boîtes à lettres et des panneaux d'affichage. Mal à l'aise sur ce banc trop étroit pour son corps massif, Arié Klein ne cessait de bouger. Finalement, il se tourna vers le policier et ses lèvres s'entrouvrirent. La voix de ce professeur de poésie médiévale, qui jadis emplissait le plus grand amphithéâtre du bâtiment Meizer à Givat Ram, n'était qu'un murmure :

« On ne peut jamais prédire la façon dont on va réagir. »

Puis, comme s'il avait entendu la question muette du policier, il ajouta :

« Je m'attendais à éprouver un choc, de la peine, du chagrin ; or, je dois l'avouer, j'ai surtout peur. Comme un enfant. Comme si ce cadavre était encore doté d'une force propre, comme s'il allait se relever et se jeter sur moi. Je ne comprends pas ce qui m'arrive. »

Ohayon étendit les jambes, sans répondre. Il regardait droit devant lui, conscient toutefois que Klein savait qu'il l'écoutait avec attention.

« Il n'a plus rien du Shaül que je connaissais. Pire, ce n'est plus un homme, mais une chose. Voilà ce qui nous terrifie, je crois. »

Il écrasa sa cigarette dans le grand cendrier de la même couleur que les murs et reprit :

« Ce grand poète est soudain devenu un cadavre répugnant et nauséabond. Tous les costumes et les œillets du monde n'y changeront rien. Et dire qu'il ne laisse pas d'enfant. Pourtant, je n'éprouve pas de chagrin, seulement de la peur. Plus que tout, l'homme redoute la mort, non pas la fin de la vie, mais la confrontation avec le néant. »

Ohayon n'eut pas le courage de profiter de ce moment pour recueillir les « informations préliminaires », comme on disait dans le jargon de la police. Il préférait ne pas rompre le charme de cette intimité, de cette communauté de pensée qui les unissait par-delà leurs origines si différentes.

« Je suppose, dit Klein en se levant, qu'un policier, face à une mort brutale, sait comment surmonter son effroi.

— Vous vous trompez, répondit Ohayon en se levant à son tour. Du moins, pas pendant les premières minutes. »

Ils étaient de la même taille ; leurs regards se croisèrent à nouveau. Ohayon hocha la tête, écrasa sa cigarette et retourna près du cadavre.

Les experts avaient passé chaque centimètre de la pièce au peigne fin, à la recherche d'indices. Ils rangeaient leur matériel et rassemblaient divers objets dans de grands sacs en plastique. Quand les brancardiers eurent emporté le corps, le commissaire divisionnaire Arié Lévy sortit, suivi de son entourage. Tous se dirigèrent en procession vers le bureau du doyen de la faculté des lettres. Ils empruntèrent un escalier étroit en colimaçon qui semblait ne mener nulle part, mais qui les conduisit quelques étages plus bas dans une autre aile, peinte en bleu. Ohayon réprima un sourire : cet édifice aux interminables couloirs aveugles aurait constitué un décor idéal pour un roman d'espionnage.

De nouveau, ses pensées l'entraînèrent vers l'ancien campus de Givat Ram, ses bâtiments accueillants, ses pelouses où des filles en minijupes se doraient au soleil, vers les jambes de son ex-épouse Nira et le désir qui, par une chaude journée de printemps, s'était emparé de lui et avait été la cause directe de la naissance de Youval. Comment se formaient les couples sur ce campus du Mont Scopus hérissé de forteresses en marbre que le soleil ne pénétrait jamais ? Il n'y avait même pas une cafétéria digne de ce nom, seulement des coins-café, prétendument agréables, mais en réalité aussi froids et impersonnels que tout le reste ici.

Il transpirait dans son jean délavé, le seul pantalon propre qu'il avait trouvé dans son armoire. Fermant la marche, il regardait tantôt le bout de ses chaussures, tantôt le dos de Guil Kaplan qui le précédait, serré dans son uniforme kaki, ses insignes d'inspecteur principal brillant sur ses épaulettes. Le chef du service de sécurité de l'université avançait au milieu d'eux, comme s'il avait enfin trouvé sa véritable vocation. Juste avant d'entrer dans le bureau du doyen, Arié Lévy saisit son subordonné par le bras.

« Ohayon, il ne s'agit pas d'une affaire ordinaire. Je veux une CSE spéciale. »

Luttant contre la lassitude qui s'emparait déjà de lui, Ohayon s'abstint de lui faire remarquer qu'une cellule spéciale d'enquête était, par définition, spéciale.

Il connaissait bien ce découragement qui le prenait quand il ne savait pas par où commencer. Une fois dissipée son horreur devant la laideur et l'atrocité de la mort, il avait soudain la certitude qu'il ne parviendrait pas à mener à bien cette enquête, que tous ses précédents succès étaient balayés, qu'ils ne comptaient plus. Il ruminait des pensées moroses sur l'inanité de la vie, la futilité de la mort. Et même si, à la fin, le coupable était puni, cela ne résoudrait rien.

« J'aimerais que vous preniez la tête de cette cellule, poursuivit le divisionnaire. Elie Bahar vous aidera à la constituer. Si nous ne réglons pas cette affaire rapidement, le président de l'université, les médias, le monde entier, vont nous tomber dessus. Et vous, Kaplan, inutile de vous préciser que votre tâche sera particulièrement délicate. »

Le commissaire principal Ohayon hocha la tête. Il connaissait ce laïus par cœur. Il s'agissait toujours d'une affaire pas ordinaire qu'il fallait résoudre au plus vite.

On frappa à la porte. Guil Kaplan, le porte-parole de la police, alla ouvrir. Arié Levy accueillit le président de l'université comme s'il était encore ambassadeur d'Israël auprès des Nations unies. Marom portait une cravate bleu foncé et une chemise d'un blanc éclatant. Comment fait-il pour rester impeccable par une telle chaleur ? s'étonna Ohayon qui avait l'impression de coller dans son jean ; sa chemise bleu clair au col ouvert, qu'il avait pourtant repassée le matin même, semblait sortir tout droit de la machine à laver. Un délicat parfum de lotion après rasage se répandit dans la pièce. Ohayon en inspira une bouffée pour chasser l'odeur de mort qu'il avait encore dans les narines. Le président Marom était pâle et visiblement effrayé. Comment aurait-il réagi si c'était lui qui avait découvert le corps ?

Arié Lévy déclina son nom et son grade, à la fois gonflé de son importance et obséquieux. Sa méfiance instinctive vis-à-vis des universitaires et des intellectuels était la principale raison de ses accès de colère contre Ohayon. Elie Bahar se plaisait à citer cette phrase : « On n'est pas à l'université ici, compris ? » qui concluait invariablement ses fulminations contre son subordonné, depuis le premier jour où celui-ci était entré dans la police comme inspecteur.

Mais cette fois, on était bien dans une université. De plus en plus gêné, Ohayon écoutait Arié Lévy :

« L'enquête sera menée par le commissaire principal Michaël Ohayon, qui a été un de vos brillants sujets — en histoire, n'est-ce pas Ohayon ? »

Le président de l'université lui lança un regard poli, resserra anxieusement le nœud de sa cravate et hocha la tête en direction de Lévy, qui semblait intarissable.

Yossef Avidan se présenta à son tour et commença à passer en revue les différentes hypothèses. En tête venait le crime terroriste. Ils discutèrent des dispositifs de sécurité en vigueur sur le campus, des heures où les grilles étaient fermées et parvinrent à la conclusion qu'un enseignant pouvait rester tout le week-end dans son bureau sans que personne s'en aperçût. « Il faudrait d'abord connaître l'heure de la mort, intervint le porte-parole de la police.

— Oui, renchérit Avidan ; ce n'est qu'alors qu'on pourra utilement interroger les vigiles qui étaient de garde à ce moment-là.

— Et quelles sont les autres hypothèses ? demanda le président, après un silence.

— Eh bien, répondit Lévy d'un ton grandiloquent,

il peut s'agir d'un meurtre politique, d'un crime passionnel ou encore d'une vengeance personnelle. »

Le président écarquilla les yeux. C'est alors qu'Ohayon se souvint du drame auquel il avait assisté la veille.

« Hier à Eilat, j'ai été témoin d'un accident de plongée », dit-il sobrement.

Tous le regardèrent, ébahis. Sans laisser à Arié Lévy le temps de réagir, il se tourna vers Marom :

« La victime est un certain Ido Doudaï. Ce nom vous dit-il quelque chose ? »

Le président secoua la tête négativement.

« J'ai cru comprendre que lui aussi enseignait au département de littérature hébraïque. Je ne peux pas m'empêcher de me demander s'il n'existe pas un lien entre ces deux morts violentes. Deux personnes appartenant au même département, le même week-end.

— Cela n'a pas encore été porté à mon attention, dit le président d'un ton prudent, mais je peux me renseigner. »

Il sollicita du regard la permission d'Arié Lévy, qui acquiesça. Au téléphone, sa secrétaire lui confirma qu'Ido Doudaï, chargé de cours au département de littérature hébraïque, avait trouvé la mort dans un accident de plongée.

« Une autopsie est en cours et l'enterrement aura lieu mardi. Je n'étais pas au courant, répéta-t-il, un peu confus, à l'intention d'Ohayon. Mais ces deux tragédies n'ont certainement aucun rapport. Dans un cas, il s'agit d'un meurtre, dans l'autre, d'un accident. »

Arié Lévy considérait Ohayon avec intérêt.

« Eh bien, nous devons envisager la possibilité d'un lien entre les deux affaires, trancha-t-il. Combien de personnes enseignent dans ce département de littérature ? »

Marom répondit qu'il l'ignorait, mais que les services administratifs pourraient fournir à la police tous les renseignements dont elle avait besoin. Selon lui, il devait y avoir une vingtaine d'enseignants, assistants et chargés de cours compris.

« Ce que vous me dites me trouble, ajouta-t-il en se tournant vers Ohayon. Néanmoins, je ne vois vraiment pas comment il pourrait y avoir un lien entre cet accident survenu à Eilat et ce crime affreux commis dans l'enceinte de notre université. »

Solidaires, les policiers s'abstinrent de répondre à cet homme distingué qui tripotait sa cravate — il était le seul à en porter. Des traces de transpiration étaient apparues sur sa chemise blanche. Arié Lévy passa une main dans ses cheveux courts et frisés, s'épongea le front et déclara d'une voix qui se voulait apaisante :

« Peut-être qu'il n'y en a pas, mais cela reste à vérifier. Deux enseignants appartenant au même département qui trouvent la mort le même week-end. Avouez que la coïncidence est troublante.

— Je vais faire tout ce qui est en mon pouvoir pour vous faciliter les choses », dit Marom, plein de bonne volonté.

Il retéléphona à sa secrétaire qui promit d'aider de son mieux la police. Dehors, le tumulte ne cessait d'enfler. Ils échangèrent des regards résignés. Finalement, Lévy fit signe à Guil Kaplan :

« Tu ferais mieux d'aller voir. Dis-leur que nous n'écartons aucune hypothèse, pas même celle d'un attentat terroriste. Mais n'insiste pas trop. Je ne tiens pas à ce que les politiciens s'en mêlent. Ceux de droite, pour réclamer qu'on renforce les mesures de sécurité sur le Mont Scopus et qu'on exclue les étudiants arabes de l'université ; ceux de gauche, pour affirmer qu'on n'aurait jamais dû y déménager l'université après la Guerre des Six Jours. De toute façon, on peut s'attendre à un tollé général.

— Comment se fait-il que les journalistes soient arrivés si vite ? s'enquit Marom, surpris.

— Oh, ils n'ont pas été si rapides que ça, répondit

Arié Lévy en consultant sa montre. Il est cinq heures. D'habitude, ils arrivent en même temps que nous, car ils sont branchés sur nos fréquences. Mais cela ne fait qu'une demi-heure que nous avons lancé un appel radio à notre officier des renseignements. S'ils sont là, il ne devrait pas tarder. »

Marom jeta un regard sceptique vers Kaplan, dont le visage juvénile, la moustache blonde et le sourire malicieux ne semblaient pas faire le poids aux yeux de l'ancien diplomate.

Kaplan s'en aperçut et, l'air moqueur, toisa le président de l'université des pieds à la tête.

« J'y vais maintenant ?

— Oui. Plus vite tu leur parleras, plus vite on sera débarrassé d'eux. Dis-leur que demain, nous ferons un point de presse », répondit Arié Lévy avec impatience.

A cet instant, Dani Balilti fit irruption dans la pièce, en proférant des insultes fleuries à l'adresse des journalistes agglutinés devant la porte. Sa bedaine grossit de jour en jour, pensa Ohayon.

« Je vous présente notre officier des renseignements, l'inspecteur Balilti », annonça Arié Lévy en se tournant vers Marom, qui, une fois de plus, rajusta sa cravate.

Sous le regard furibond du divisionnaire, Balilti, encore tout essoufflé, rentra sa chemisette dans son pantalon, essuya son visage cramoisi et s'excusa de son retard, prétextant une vague réunion de travail.

Lévy lui résuma brièvement les faits.

« Tirosh... ce serait pas un poète ? » demanda Balilti à Ohayon, qui acquiesça, une cigarette non allumée à la main.

Le président posa sur l'officier des renseignements le même regard qu'il avait eu pour Kaplan un instant auparavant. Quelle confiance un type comme Balilti — avec son crâne dégarni, son visage rouge, son ventre dépassant de son pantalon en accordéon —

peut-il inspirer à un homme aussi soigné que Marom ? songea Ohayon.

« Du vendredi après-midi au dimanche matin, tous les bâtiments du campus sont fermés à clé. On ne peut ni entrer ni sortir sans prévenir le service de sécurité, déclara Balilti en regardant le chef dudit service.

— Certes, intervint Ohayon d'une voix qui lui sembla sonner creux. Mais le meurtre a peut-être été commis vendredi matin, à moins que l'assassin ne soit resté dissimulé quelque part dans le bâtiment jusqu'à ce matin, jusqu'à la réouverture des grilles.

— Tant qu'on ne connaît pas l'heure précise de la mort, il ne sert à rien de s'éterniser sur ce point, remarqua Balilti en se grattant la tête. Mieux vaut d'abord examiner l'hypothèse de l'attentat terroriste. Tirosh était-il engagé politiquement ? »

Ohayon avait lu ses poèmes publiés dans les suppléments littéraires du vendredi, sans en être particulièrement impressionné.

« A première vue, je dirais qu'il appartenait à la gauche de salon.

— C'était un universitaire, non ? le coupa brutalement Balilti. Alors, il était forcément un peu de gauche. »

Son regard croisa celui de Marom. A l'exception d'Ohayon qui réprima un sourire, car il savait que Balilti pensait vraiment ce qu'il disait, tous crurent qu'il plaisantait.

« Toutes les opinions politiques sont représentées à l'université, répliqua sèchement le président.

— Un poète ? Au département de littérature hébraïque ? En 1985 ? Et vous voulez me faire croire qu'il n'était pas de gauche ? » s'exclama Balilti avec un clin d'œil moqueur à Marom.

On aurait dit que le sol se dérobait sous les pieds du président.

« Ma présence est-elle encore nécessaire ?

demanda-t-il, le front couvert de sueur. Avec qui dois-je rester en contact ?

— On vous préviendra dès qu'on aura du nouveau, répliqua Arié Lévy, prenant soudain l'air d'un homme trop occupé pour être dérangé. Si vous entrez en possession d'une information qui peut nous être utile, appelez le commissaire Ohayon. C'est lui qui, à partir de maintenant, est chargé de l'enquête. On peut toujours le joindre en passant par notre Central. Il suffit d'un peu de patience. »

L'espace d'un instant, Ohayon hésita. Devait-il se réjouir de l'embarras du président, qui réveillait en lui ses « préventions contre le corps diplomatique » — contre le parler suave, le port de la cravate, les réponses évasives, le message bien camouflé mais clair : je sais reconnaître l'objet authentique de ses imitations, je sais quel vin doit accompagner tel plat —, ou être gêné de se trouver associé à un homme aussi imbu de sa personne que Lévy, son supérieur hiérarchique ? Il décida qu'il valait mieux se réjouir.

Comme il l'avait expliqué à Maya, depuis le jour où il l'avait rencontrée chez l'ex-attaché culturel à Chicago (qui était en vacances en Israël avant de rejoindre son nouveau poste en Australie), rien ne pouvait le surprendre de la part de ces gens nés avec une cuillère d'argent dans la bouche. Pourtant, il ne pouvait s'empêcher d'éprouver de l'hostilité, et même de la jalousie, à leur égard.

Tandis qu'Arié Lévy raccompagnait le président et faisait taire avec autorité les journalistes qui les bombardaient de questions, ils commencèrent à discuter de la composition de la CSE.

« Tsila est encore alitée ? demanda Avidan, qui savait qu'elle était enceinte et que des complications étaient à craindre.

— Non, elle est debout depuis deux semaines, mais je n'aimerais pas qu'elle soit obligée de courir par monts et par vaux, même si, comme coordinatrice, c'est évidemment la meilleure, répondit Elie Bahar.

— Pour ma part, je serais ravi qu'elle accepte de coordonner l'équipe, dit Ohayon, mais il faudra trouver quelqu'un pour la seconder. »

A cet instant, Lévy revint en refermant la porte derrière lui.

« Vous avez pu vous-mêmes constater le genre de personnes à qui nous allons avoir affaire, dit-il d'un ton revêche, et ce avant mêmc que les gros bonnets nous tombent dessus. Balilti, vous faites partie de l'équipe ! Avec Bahar, cela fait trois. Si nous voulons des résultats rapides, il en faudrait deux de plus.

— Tsila connaît pas mal de monde ici, dit Ohayon en allumant la cigarette qu'il mordillait depuis un moment. Elle pourrait nous être utile. Elle a fait deux ans d'études à l'université avant d'entrer dans la police.

— Et qui d'autre ?

— Je ne sais pas, à moins de prendre Raphi Alfandari, qui est sur l'affaire de la porte de Jaffa. »

Arié Lévy acquiesça, puis ajouta avec un sourire :

« Vous n'aimez pas beaucoup le changement, Ohayon. Vous travaillez toujours avec les mêmes, hein ? »

Ohayon ne répondit pas. Il pensait à Emmanuel Shorer, qui avait dirigé les Affaires criminelles avant lui et l'avait formé de A à Z. Comme il aurait aimé être encore sous ses ordres, que Shorer en personne prenne en main cette enquête pour laquelle ils ne disposaient pas du moindre indice !

Elie Bahar faisait la tête ; la composition de l'équipe venait d'être décidée sans qu'il soit consulté. C'est parce que sa femme a failli faire une fausse couche, se dit Ohayon, mais il ne se sentait vraiment pas la force d'enseigner à un débutant toutes les ficelles que Tsila connaissait sur le bout des doigts. Il décida d'insister : une femme enceinte de trois mois, que ses médecins avaient autorisée à se lever, pouvait très bien rester dans un bureau et coordonner le travail d'une équipe.

Il n'y avait pas moyen d'y échapper : malgré l'heure tardive, il devait retourner au secrétariat où attendaient encore les membres du département de littérature. En dépit de leurs protestations, aucun d'eux n'avait été autorisé à quitter la pièce. En faction devant la porte, le brigadier tenait à distance quatre journalistes, apparemment plus coriaces que les autres ; dès qu'ils virent Ohayon et Bahar, ils se précipitèrent sur eux. Ohayon en connaissait trois. La quatrième, une jolie jeune femme chargée des faits divers à la télévision, lui lança un regard enjôleur, tout en faisant signe au caméraman de braquer son objectif sur lui. Ohayon leva les mains pour le repousser et ordonna aux journalistes de vider les lieux. Ceux-ci reculèrent d'un pas, non sans protester : le public avait le droit de savoir.

« Le public attendra qu'on ait des informations à lui donner, répliqua-t-il.

— Inspecteur Ohayon ! s'écria le plus âgé d'entre eux, qui travaillait dans un quotidien à grand tirage.

— *Commissaire* Ohayon ! rectifia aussitôt Elie Bahar. Commissaire ! Il est temps que tu t'y habitues, Shmaya. »

Les deux policiers entrèrent sans frapper. Malgré la fenêtre ouverte, il régnait dans la petite pièce cette odeur indéfinissable que dégagent des gens qui ont peur. Ohayon perçut également un vague parfum sucré, mais surtout, cette odeur de chair en décomposition qui le suivait partout depuis qu'il avait vu le cadavre.

Il promena un regard circulaire. Yaël était toujours assise près de la fenêtre, exactement dans la même position ; Klein se tenait debout derrière elle, les lèvres agitées d'un tremblement irrépressible. Trônant derrière son bureau, Adina Lipkine se tamponnait le visage avec un mouchoir en papier.

Les seuls dont il se souvenait du temps de ses

études étaient Arié Klein et Shoulamit Zellermaier, une spécialiste de folklore et de littérature populaire. Celle-ci semblait littéralement furieuse.

« Quand allons-nous pouvoir sortir d'ici ? explosa-t-elle. Il est déjà dix-sept heures. C'est un scandale ! Nous retenir depuis le matin, sans eau, sans air, sans nous autoriser à prévenir nos familles ! »

Ohayon profita de ce qu'elle reprenait son souffle pour demander :

« L'un d'entre vous a-t-il vu Tirosh hier, samedi ? »

Shoulamit Zellermaier en resta sans voix. En un instant, l'atmosphère changea du tout au tout, comme s'ils avaient retrouvé leur énergie. Les uns et les autres se regardèrent.

« J'ai essayé de le joindre samedi soir pour lui annoncer qu'un terrible accident venait de se produire, finit par dire Adina, mais il n'était pas là. »

Le mouchoir en papier se déchira entre ses doigts et elle éclata en sanglots.

Kalitzki émit un faible « non », les autres secouèrent la tête négativement : aucun d'eux ne l'avait vu la veille.

« Et vendredi ? » s'enquit Ohayon, qui se demandait s'il ne devait pas commencer les interrogatoires, avant que la tension ne se relâche.

Il avait déjà envoyé Balilti au domicile de Tirosh.

« Vendredi, il y a eu une réunion des enseignants du département, fit savoir Adina.

— C'est normal ? interrogea Ohayon.

— Oui, le département se réunit toutes les trois semaines, toujours un vendredi.

— S'est-il passé quelque chose d'inhabituel lors de cette réunion ?

— Je ne sais pas. En tant que secrétaire, je n'y assiste pas, et je n'ai pas encore eu le temps de lire le procès-verbal. »

Ohayon réprima un sourire. A l'évidence, Adina Lipkine n'arrivait pas à cacher son amertume de ne pas pouvoir tout contrôler.

« Mais, naturellement, je lui ai parlé avant et après la réunion. A vrai dire, seul le professeur Klein ne l'a pas vu vendredi, car il vient de rentrer d'un congé sabbatique. J'ai peur... Et si on allait tous mourir les uns après les autres ?... Y aurait-il quelqu'un parmi nous...

— Mais non, Adina, mais non, dit vivement Sarah Amir.

— Vous croyez à une conspiration ? s'écria Aharonovitz, horrifié.

— Qui d'autre l'a vu après la réunion ? » demanda Ohayon qui scrutait chaque visage, au cas où l'un d'eux se trahirait.

De nouveau, ce fut Adina qui répondit :

« Le professeur Shaï a déjeuné avec lui.

— C'est moi », dit Touvia Shaï, adossé au mur.

Dès qu'il était entré, Ohayon avait remarqué cet homme aux veines bleutées qui saillaient sous ses tempes. Il lui fit signe de le suivre dans le couloir.

« A quelle heure exactement ?

— Onze heures et demie, je crois. La réunion s'est terminée vers onze heures, mais nous ne sommes pas descendus tout de suite. Nous avons déjeuné ici, au Meirsdorf. Il m'a vaguement dit qu'il devait se rendre à Tel-Aviv, mais ce n'était pas encore sûr.

— Votre déjeuner s'est prolongé jusqu'à quelle heure ?

— Midi trente.

— Et après le déjeuner, vous ne l'avez plus revu ?

— Non. Je l'ai raccompagné jusqu'à son bureau pour chercher des papiers et je suis parti, répondit Shaï de sa voix monocorde.

— Quelle heure était-il quand vous l'avez quitté ?

— Midi trente-cinq, ou un peu plus ; en tout cas, il n'était pas encore une heure. »

Ohayon appela Elie Bahar dans le couloir et lui chuchota quelques mots à l'oreille. Puis tous trois rentrèrent dans la pièce.

« L'un de vous a-t-il parlé à Tirosh ou l'a-t-il vu vendredi, après treize heures ? » demanda Bahar.

Tous se regardèrent en silence. Shoulamit Zellermaier poussa un soupir :

« Qui sait ? Je suis peut-être la prochaine sur la liste. »

Dita Fuchs la foudroya du regard. En fait, Shoulamit, loin de faire de l'humour, était sincèrement effrayée.

« Deux morts violentes d'un coup, c'est trop, ajouta-t-elle, comme pour s'excuser.

— Tirosh possédait-il une voiture ? » reprit Ohayon.

De nouveau, l'atmosphère changea, comme s'il venait d'attirer leur attention sur un détail auquel aucun d'eux n'avait songé.

« Oui », dit Touvia Shaï. Tous les regards convergèrent vers lui. « Je suppose qu'il est venu avec. Elle doit être garée en sous-sol, dans le parking. Vous ne pouvez pas vous tromper. C'est une Alfa Romeo de 1979 : il n'y en a que deux dans tout le pays. »

Pâle, les paupières gonflées, Dita Fuchs ne put s'empêcher de s'écrier, presque au bord de l'hystérie :

« Il adorait sa voiture. Et maintenant, pouvons-nous partir ? Le policier en faction ne nous a pas laissés sortir, même pour un moment. J'ai des enfants qui m'attendent à la maison. »

Elie Bahar ouvrit la porte et murmura quelques mots au brigadier qui, aussitôt, se dirigea vers l'aile bleue du bâtiment.

« Qu'allait-il faire à Tel-Aviv ? demanda Ohayon à Touvia Shaï.

— Je n'en sais rien », dit celui-ci, d'une voix hésitante.

Lui aussi a l'air d'un cadavre, pensa Ohayon.

« Sans doute un rendez-vous galant, lança d'un ton acerbe Kalman Aharonovitz en se redressant sur sa chaise.

— Avait-il de la famille ?

— C'était un célibataire endurci, répondit Shoulamit Zellermaier, et il n'avait pas de famille en Israël. »

Puis vint la question incontournable qui lui donnait toujours l'impression d'être un de ces détectives que l'on voit dans les séries télévisées.

« D'après vous, quelqu'un souhaitait-il sa mort ? »

Un silence tendu s'abattit sur la pièce. Certains semblèrent hésiter, d'autres eurent une expression de dégoût, d'autres encore arboraient l'expression entendue de ceux qui en savent long mais préfèrent se taire. Cependant, sur tous ces visages, Ohayon pouvait discerner un même sentiment : la terreur.

« Qui ? insista-t-il en se tournant vers Adina Lipkine, dont les yeux trahissaient à la fois l'indignation et un souci de discrétion.

— Je ne vois pas du tout, répondit-elle en se tordant les mains et en lançant des regards désespérés aux autres.

— L'un d'entre vous connaissait-il ses opinions politiques ? demanda Elie Bahar, ce qui eut pour effet de réduire la tension.

— Ce n'était un secret pour personne, répondit Shaï. Il militait pour "La paix maintenant" et écrivait de la poésie engagée.

— Etait-il une personnalité en vue dans ce mouvement ? demanda Ohayon. Avait-il déjà reçu des menaces de mort ?

— Ça suffit ! rugit Shoulamit Zellermaier en se dressant de toute sa hauteur. Je ne comprends pas pourquoi nous sommes subitement muets. Des tas de gens auraient été trop heureux de le voir disparaître : les étudiants qu'il tourmentait, les femmes avec qui il couchait — et leurs maris —, les poètes et les écrivains qu'il humiliait. Inutile de chercher midi à quatorze heures : il n'y a aucun lien entre sa mort et celle d'Ido. C'est une pure coïncidence ! »

Un silence accueillit cette déclaration péremptoire.

Touvia Shaï lui lança un regard stupéfait, voulut intervenir, se ravisa et appuya de nouveau son corps fluet contre le mur. La regardant comme si elle était devenue folle, Arié Klein dit d'une voix de basse chargée d'émotion :

« Shoulamit, nous devons essayer de garder notre sang-froid. Comme vous pouvez vous en rendre compte, la situation est déjà assez tragique. Inutile d'en rajouter. Peut-être que des tas de gens souhaitaient sa mort, peut-être que des tas de gens seront heureux d'apprendre sa disparition, mais de là à l'assassiner de leurs propres mains... Je tiens aussi à dire, ajouta-t-il en se tournant vers Ohayon, que nous n'y sommes pour rien, qu'aucun de nous n'est le meurtrier. Par conséquent, vous pouvez nous laisser partir, quitte à nous demander notre aide plus tard, d'une manière civilisée ! »

Elie Bahar fixa Ohayon d'un œil critique. « Vous ne respectez jamais les règles, lui avait-il reproché un jour. Pourquoi interrogez-vous les témoins tous ensemble et non un par un ? »

Feignant de ne rien remarquer, Ohayon regarda sa montre, fit rapidement ses plans pour le reste de la journée et consulta du regard Elie Bahar, qui acquiesça.

« Bon, dit-il d'une voix lasse. Je vous prierai de bien vouloir nous laisser vos coordonnées et de vous tenir à la disposition de la police pendant les prochaines quarante-huit heures. Ce soir, ou demain matin au plus tard, nous prendrons contact avec chacun d'entre vous, afin de vous convoquer pour un interrogatoire. »

« Un interrogatoire ? » dit Yaël Eisenstein, dans un filet de voix.

Tous levèrent la tête. Même Ohayon, qui s'était habitué à la voir assise, aussi droite qu'une statue, le visage totalement impassible, sursauta.

« Un interrogatoire, un témoignage, une déposition, comme vous voudrez, répliqua-t-il, la main déjà sur la poignée de la porte.

— Où ça ? » demanda-t-elle.

Bien que sa voix ne fût qu'un murmure, elle résonna comme une sonnette d'alarme dans la tête d'Ohayon.

« Au commissariat de police de l'Esplanade russe. Vous recevrez toutes les indications nécessaires », répliqua-t-il d'un ton plus brutal qu'il ne l'eût souhaité.

Le brigadier entra pour annoncer que le responsable du service de sécurité de l'université n'avait pas trouvé trace de la voiture de Tirosh dans le parking. Ohayon se disposait à sortir quand, soudain, Yaël glissa de sa chaise et s'écroula comme une poupée de chiffons.

« Lorsqu'elle reviendra à elle, dit Ohayon au brigadier, prenez ses coordonnées. La secrétaire vous aidera », ajouta-t-il en désignant Adina Lipkine qui s'était penchée sur Yaël.

« La pauvre ! Elle n'a probablement rien mangé ni bu de la journée », marmonna celle-ci.

Au moment où Yaël reprenait connaissance, Ohayon et Bahar quittèrent la pièce et se dirigèrent d'un pas rapide vers l'ascenseur. Au volant de sa Ford Escort, toutes vitres ouvertes, Ohayon prit une profonde inspiration et marmonna :

« Nous revenons de l'Hadès

— Quoi ? Que dites-vous ? demanda Elie Bahar.

— Rien, une allusion à la mythologie grecque. Curieux comme le fait de me retrouver à l'université suscite en moi des foules de réminiscences littéraires... Bon, il faut d'abord se mettre en rapport avec Eilat, afin de déterminer si les deux affaires sont liées. Qui est-ce qu'on connaît là-bas ?

— Pas si vite. Vous ne pensez pas qu'on devrait au moins en convoquer un pour interrogatoire dès aujourd'hui ? Par exemple, celui qui a été le dernier à voir Tirosh vivant, le type qui a déjeuné avec lui ?

— Il est six heures et demie ; j'ai encore un rendez-vous. Ça ne sert à rien de commencer les interrogatoires tant qu'on n'a pas reçu les conclusions du médecin légiste, le rapport de l'Identité judiciaire et les résultats de la perquisition. A ce propos... »

Il brancha sa radio et demanda au Central de vérifier si Balilti avait fini de fouiller le domicile de Tirosh. Au bout de quelques minutes, le Central le rappela :

« Ils y sont encore. Vous êtes cordialement invité à les rejoindre. Vous voulez l'adresse ? »

Elie sortit un bout de papier tout froissé de sa poche et l'étala sur le tableau de bord.

« Pas par radio. C'est bon. Nous l'avons, dit Ohayon en raccrochant.

— Comme vous voudrez, patron, reprit Elie. Nous attendrons les rapports de l'Identité judiciaire et du médecin légiste. Vous êtes toujours lent au démarrage. Et moi, j'ai chaque fois du mal à m'y habituer. Je sais ! Je sais ! D'abord, il faut se faire une vision globale de la situation, se familiariser avec le milieu, les protagonistes, etc. Inutile de me le répéter, je connais. J'espère seulement que le médecin légiste vous donnera les éléments nécessaires pour accélérer le mouvement ; on ne peut pas rester indéfiniment en première. C'est vous qui allez prévenir Tsila ou vous préférez que ce soit moi ?

— Pourquoi pas Avidan ? dit Ohayon en prenant un air candide.

— Je vois que je ne suis pas le seul à avoir peur d'elle, répliqua Elie, la mine sérieuse. Moi qui croyais que vous saviez comment vous y prendre avec Tsila. »

Ohayon se contenta de sourire. Ils travaillaient ensemble depuis cinq ans, mais ce n'était que depuis peu qu'Elie Bahar se permettait un ton plus personnel avec lui.

Il était sept heures du soir, lorsque Ohayon gara sa voiture derrière la Renault 4 de Balilti et la camionnette de l'Identité judiciaire, à l'entrée du quartier pittoresque de Yemin Moshé. Il s'étira.

« Bon, voyons dans quelle rue c'est, dit Elie Bahar en reprenant le bout de papier froissé où l'adresse était inscrite.

— Tu connais le poème de Yehouda Amichaï sur Yemin Moshé ? »

Elie Bahar secoua la tête.

« Il commence par ce vers : "A Yemin Moshé[1], j'ai pris la main gauche de ma bien-aimée dans la mienne." Qu'est-ce que tu en dis ? »

Elie Bahar le regarda, ébahi.

« Pour moi, cela n'a pas plus de sens que : "A Kérem Avraham[2], j'ai tenu la vigne de ma femme entre mes doigts." »

Ohayon éclata de rire.

« Et le khamsin s'est enfin arrêté », ajouta Elie, tandis qu'ils descendaient les marches permettant d'accéder au quartier.

1. Littéralement, « la main droite de Moïse » ; ce quartier porte le nom du célèbre philanthrope anglais du dix-neuvième siècle, Sir Moses Montefiore.

2. Littéralement, « le vignoble d'Abraham », autre quartier de Jérusalem.

CHAPITRE VI

Le khamsin s'était en effet arrêté et, d'un seul coup, la brume s'était dissipée. Ohayon huma un parfum de fleurs porté par la brise et s'arrêta, un instant, devant la Maison de la musique. Curieux de voir à quoi ressemblait la demeure de Tirosh, il contemplait les élégantes villas, les jardins bien entretenus, les enseignes des galeries d'art. Parti en avant, Elie Bahar rompit la tranquillité de ce quartier romantique peuplé d'artistes et de célébrités :

« C'est là », s'écria-t-il en agitant les bras.

Ils franchirent une grille en fer forgé noir et pénétrèrent dans une petite cour de gravier blanc ornée de quelques rosiers et de trois statues.

« Il ne doit rien à personne. C'est un homme libre qui ne s'encombre même pas d'un jardin », remarqua Ohayon à voix haute.

S'abstenant de tout commentaire, Elie Bahar poussa la porte sur laquelle un carreau de céramique arménienne annonçait, en hébreu, en anglais et en arabe : TIROSH. Le lourd battant en bois foncé grinça comme si un gravillon s'était coincé dessous. Ils entrèrent dans une vaste pièce voûtée dont les deux grandes fenêtres cintrées donnaient sur la vallée de Hinnom.

L'éclairant d'or et de pourpre, les dernières lueurs du jour lui conféraient une atmosphère magique, presque féerique. Les murs étaient tapissés de livres.

Un meuble blanc contenait une chaîne hi-fi, ainsi que deux étagères remplies de disques et de cassettes. Sur la plus haute s'alignaient l'intégrale des opéras de Wagner et plusieurs opéras de Richard Strauss. Sur la plus basse, consacrée à la musique religieuse, Ohayon remarqua le *Stabat Mater* d'Antón Dvorák, le *War Requiem* de Benjamin Britten, mais aussi une œuvre qui lui était inconnue : la *Messe glagolithique* de Janácek. La musique de chambre était totalement absente. Les cassettes étaient rangées et classées avec soin ; celles que Tirosh avait apparemment lui-même enregistrées portaient, inscrits à la main, le titre du morceau, le nom du compositeur et ceux des interprètes. Il n'y avait pas de poste de télévision.

Deux tableaux seulement ornaient le salon. L'un d'eux le fit frissonner. Suspendu entre les fenêtres, il représentait une mer sombre et déchaînée ; avant même de lire la signature, Ohayon en reconnut l'auteur : A. Pomerantz, le père d'Ouzi. Cette étrange coïncidence, qui reliait Ouzi, l'ami qu'il n'avait pas vu depuis vingt ans, à Doudaï et à Tirosh, morts tragiquement, le troubla.

De dimensions plus modestes, le second était un nu féminin au fusain, dû à un artiste qu'il ne connaissait pas.

Strictement fonctionnel, le mobilier se composait de deux fauteuils de couleur claire, d'un divan tout en lignes droites et d'une table basse, simple structure métallique recouverte d'un plateau en mosaïque. Il n'y avait ni vases, ni bibelots, ni autre élément décoratif. Sur cette table, à côté d'un grand cendrier en verre bleu de Hébron, se trouvait un numéro récent du *New Yorker*. Ohayon le feuilleta machinalement, toujours préoccupé par le tableau qu'il venait de voir.

Balilti et deux hommes de l'Identité judiciaire émergèrent d'une pièce voisine. Outre le salon, la maison comprenait en effet une petite cuisine, une chambre à coucher et un bureau. Balilti appuya sur l'interrupteur et, au grand regret d'Ohayon, l'atmosphère magique s'évanouit. La vive lumière qui se déversait du grand lustre suspendu au plafond voûté faisait ressortir la froide blancheur des murs.

« Venez par ici, dit Balilti, j'ai quelque chose à vous montrer. Vous pouvez fumer, si vous voulez, nous avons déjà inspecté les cendriers. »

Ohayon le suivit docilement dans le bureau, où trônait une grosse commode. Ses cinq tiroirs, débordant de papiers et de notes, étaient ouverts, tout comme les quatre tiroirs du bureau. A côté, des dossiers suspendus portaient chacun une étiquette rédigée à la main d'une belle écriture ronde : « Lumières juives », « Bialik, études sur », « Structuralisme, articles », etc. Un bloc-notes était posé sur le bureau à côté d'un banal stylobille. Ohayon se pencha dessus et en arracha la première page, apparemment vierge. La levant contre la lumière, il distingua ces mots : « Shira, le dernier chapitre. »

« Oui, je l'avais déjà remarqué, s'impatienta Balilti ; il a dû appuyer très fort avec son stylo, mais c'est plutôt illisible. Nous n'avons pas retrouvé l'original. »

Ohayon jeta un regard circulaire, examina les livres entassés sur un coin du bureau, sans être plus avancé.

« On s'en occupera plus tard », dit Balilti, avant d'ajouter en montrant les dossiers : « Il y en a au moins cinquante, tous bourrés de coupures de journaux, sans compter les tonnes de livres, et c'est pareil dans la chambre. En revanche, je n'ai pas vu de coffre. Comme je vous connais, il nous faudra au moins six mois pour passer tout ça au crible.

— Tu as trouvé des lettres ? Un journal intime ? demanda Ohayon d'un ton brusque, pour couper court à toute récrimination.

— Suivez-moi, commissaire », dit Balilti en l'entraînant dans la chambre à coucher.

Ohayon resta un instant à contempler le lit, grand et bas, les rayonnages de livres de part et d'autre, la fenêtre cintrée d'où émanait une douce lumière, la bouteille de vin blanc sur la table de chevet, les deux verres à pied, le bougeoir en cuivre et sa bougie à demi consumée, le tapis de haute laine. Un recueil de poèmes — d'un certain Anatoli Ferber — était posé au pied du lit. Balilti ouvrit l'armoire. Une dizaine de complets gris foncé et quantité de chemises blanches étaient suspendus au-dessus de quatre paires de chaussures en cuir noir.

Comme ce décor est triste et vide sans son acteur principal ! songea Ohayon. Elie Bahar coupa court à ses réflexions :

« Alors, par quoi on commence ? »

Balilti montra du doigt la table de chevet, fermée à clé. Ohayon s'assit sur le lit et caressa le kimono en soie soigneusement plié sur l'oreiller.

« Tu as la clé ? demanda-t-il, en laissant tomber la cendre de sa cigarette dans le cendrier.

— Non, je ne l'ai pas trouvée. Les documents les plus personnels que nous ayons découverts jusqu'ici sont ses relevés de banque, dans son bureau. Il ne se débrouillait pas mal, pour un poète : placements divers, droits d'auteur, réparations allemandes, héritage. Tout est rangé par dossier. Il a même un comptable. Impossible de dire pour le moment si tout est réglo. En revanche, je n'ai pas vu de testament, ni de lettre exprimant ses dernières volontés.

— Bon, assez lambiné, ouvre-moi ça, dit Ohayon d'un ton las. Et toi, Elie, appelle le Central pour savoir s'ils ont pris contact avec Eilat. Le rapport du médecin légiste sur la mort de Doudaï est peut-être déjà arrivé. Demande-leur aussi d'appeler l'Institut médico-légal d'Abou Kabir et l'Institut océanographique de Haïfa, où ils ont envoyé son matériel de plongée.

— Où est le téléphone ? » demanda Elie à Shaül

de l'Identité judiciaire qui venait d'entrer dans la chambre.

Celui-ci l'emmena dans la cuisine.

Avec un petit tournevis de poche, Balilti força la serrure de la table de chevet, en retira les trois tiroirs, qu'il déposa par terre.

« Je prendrais bien un café, je suis crevé », déclara Ohayon en bâillant.

Faisant mine de ne rien entendre, Balilti étala sur le lit le kimono — un dragon vert était brodé au dos — et renversa par-dessus le contenu d'un des tiroirs. En tendant la main vers le cendrier, Ohayon heurta la bouteille de Riesling qui tomba et se brisa. Aussitôt, une forte odeur de vin se répandit dans la pièce.

« Heureusement que nous avons relevé toutes les empreintes, grommela Balilti. Je vais chercher de quoi nettoyer. »

Le tiroir contenait de vieux albums aux pages reliées par une cordelette, renfermant des photos de famille jaunies, visiblement prises en Europe. La première page de l'un d'entre eux portait ce simple nom : « Tchaski », écrit en lettres rondes. Sur l'une des photos, une jeune femme tenait par la main un petit garçon en costume marin qui fixait l'objectif, l'air sérieux. Au-dessous, figurait cette légende rédigée à l'encre bleue d'une écriture masculine : « Prague, 1935 ».

Au fil des pages, l'enfant grandissait. Dans le deuxième album, Ohayon reconnut ses traits dans le visage d'un jeune homme. Le costume marin avait cédé la place au complet-veston et à la cravate. Ce jeune homme, à la pose nonchalante, avait le même regard vif et passionné que le professeur de poésie hébraïque moderne qu'il avait connu. Sous l'une des photos — le jeune Tirosh debout derrière la même femme, plus âgée, assise dans un grand fauteuil, les cheveux relevés en chignon — était écrit en caractères latins « Vienne, 1956 », mais cette fois d'une main féminine.

Toute une vie, pensa Ohayon ; de précieux documents pour qui voudrait étudier le destin des communautés juives d'Europe.

De retour avec une serpillière, Balilti se mit à quatre pattes pour éponger le vin et ramasser les éclats de verre. Ohayon remit les albums à leur place et renversa le contenu du deuxième tiroir sur le kimono en soie. Trois carnets reliés en cuir noir masquèrent les flammes rouges qui jaillissaient de la gueule du dragon. A présent, ils ont une valeur historique, pensa-t-il, en se souvenant de la machine à écrire portative qu'ils avaient remarquée dans le bureau. Tous les poèmes de Shaül Tirosh semblaient rassemblés dans ces carnets, écrits à la plume en de longs caractères hébraïques vocalisés. Ohayon y retrouva des poèmes qu'il connaissait, des vers qu'il avait appris par cœur, des images qui l'avaient frappé dès la première lecture.

« Quelle mine pour les chercheurs, quand l'enquête sera close ! Certains poèmes apparaissent même dans différentes versions. De quoi alimenter des dizaines d'articles ! s'exclama-t-il tout haut.

— Et pour nous, quelque chose d'intéressant ? s'impatienta Balilti.

— "A quels vils usages, pouvons-nous être rendus, Horatio ! déclama-t-il. Ne peut-on suivre par l'imagination le destin de la noble poussière d'Alexandre jusqu'à la retrouver bouchant une bonde de tonneau ?" »

Dani Balilti le regarda médusé, puis lui tapota le genou en souriant :

« Vous savez, patron, la police ne raffole pas de *Hamlet,* elle préfère l'action aux tergiversations.

— Ah bon, tu connais ?

— Soyez pas snob, Ohayon. Moi aussi, j'ai étudié *Hamlet* au lycée, et en anglais. Des tirades entières par cœur. Dès que j'entends "Horatio", je sais qu'il s'agit de cette pièce. Mon frère a appris *Jules César,* et ma sœur *Macbeth,* alors pour ce qui est de Shakespeare, j'en connais un rayon. Pour autant, je ne le cite pas à tout bout de champ. Entre nous, ce bon vieil Hamlet était un type plutôt malsain. Et si on revenait à nos moutons ? D'après vous, ces poèmes sont importants pour notre enquête ?

— Tout est important », répliqua Ohayon.

Balilti vida le troisième tiroir sur le lit.

Bouts de papier, rimes, portraits de Tirosh, photos de groupe, Tirosh en compagnie de femmes, coupures de presse consacrées à sa poésie, photocopie d'un long article rapportant la remise du Prix national de poésie, menus de divers restaurants à Paris, Rome, Venise, vieux programmes de colloques, invitations officielles, correspondance...

« Voilà ce qu'il nous faut », dit Balilti en s'emparant des journaux intimes et en commençant à les feuilleter.

« Incroyable ! s'écria-t-il au bout d'un moment. Toutes ces femmes ! Avec leurs nom et adresse ! Mais, ma parole, vous rougissez, patron ! »

Ohayon lui tendit la lettre qu'il était en train de lire.

Balilti parcourut en silence ces pages qui énuméraient avec force détails suggestifs les raisons pour lesquelles une certaine dame, qui n'avait signé que de ses initiales, souhaitait revoir Tirosh.

« Ça aussi, on l'emporte, dit-il après un sifflement admiratif. Si j'en juge d'après cette lettre, notre poète savait y faire ! »

Ohayon revit le cadavre au visage affreusement défiguré. Sans rien dire, il continua à examiner la correspondance. Pénétrer dans la vie intime des protagonistes d'une affaire le remplissait toujours de gêne, mais aussi de curiosité.

« Shaül, Zvika ! rugit Balilti. Venez ramasser tout ça !

— Un sac de plus ! Nous en avons déjà plein dans le couloir. Il faudra au moins trois hommes pour les passer au crible, dit Shaül avec une agressivité inhabituelle.

— Quelque chose ne va pas ? s'enquit Ohayon.

— Non, non, sauf que ma femme va piquer une crise. Aujourd'hui, c'est notre anniversaire de mariage. Je lui avais promis d'être de retour à dix-huit heures et de l'emmener au restaurant. Il est presque neuf heures et je n'ai pas encore eu le courage de la prévenir. Avec ma paye, ce n'est pas tous les jours que nous pouvons nous offrir ce luxe. »

Ils se dirigèrent vers la cuisine.

« Très bien, dit Ohayon, en écrasant sa cigarette dans l'évier et en jetant le mégot humide dans la poubelle dont le contenu avait déjà été vidé dans l'un des sacs.

— Pour vous, peut-être, grommela Shaül. Mais pour nous...

— Ça attendra demain. Au fait, tu es marié depuis combien de temps ?

— Dix ans, répondit Shaül, un peu radouci.

— Dix ? s'étonna Balilti. Vous méritez mieux qu'une sortie au restaurant ; par exemple, un week-end à Eilat.

— Ah, tu crois ça ? répliqua Shaül. Et qui va rembourser mon découvert ? Qui va s'occuper des gosses ? Toi, peut-être ?

— Te fâche pas. On est tous logés à la même enseigne », soupira Balilti. Et d'ajouter en tapant sur l'épaule d'Ohayon : « Tout le monde n'a pas la chance d'avoir un copain qui dirige un club de plongée à Eilat.

— Où est passé Elie ? demanda Ohayon.

— Le Central l'a averti que le rapport du médecin légiste d'Eilat était arrivé. Il est retourné au bureau pour voir s'il y avait un lien entre les deux affaires », dit Zvika.

Soudain, la porte du petit réfrigérateur contre laquelle il était appuyé s'ouvrit.

« Regardez ça ! s'écria Shaül en sortant un vase rempli d'œillets rouges à la tige coupée.

— Ce type avait le sens de la mise en scène ! Ohayon, vous n'avez pas une autre citation de *Hamlet* à nous déclamer ? C'est le moment ! dit Balilti en éclatant de rire.

— Vous n'avez pas encore tout vu, dit Shaül. Camembert français, salami italien, vins millésimés. Que des produits d'importation !

— Shaül, dit Ohayon, tu peux téléphoner chez toi. Je te libère. Ta soirée ne sera peut-être pas complètement gâchée. »

Les remarques de Balilti lui portaient sur les nerfs. Lui aussi était choqué par cet étalage de luxe et d'élégance qu'il découvrait partout où il posait les yeux : costumes sur mesure dans l'armoire, flacons de parfum et lotion après rasage italienne dans la salle de bain, fromage français dans la cuisine. Toutefois, les manières grossières de Balilti, ses blagues douteuses le mettaient hors de lui. Des expressions comme « le respect des morts », « la violation de la vie privée » lui revinrent à l'esprit. Il aurait donné cher pour un repas simple et nourrissant, accompagné d'un café bien noir, histoire d'oublier ces excès de raffinement. « Le raffinement n'est que l'autre face du négatif », disait Nathan Zach dans un de ses poèmes. Soudain, il eut l'impression de mieux saisir le sens de ce vers, et aussi de commencer à entrevoir l'univers de Tirosh, sa solitude, la vacuité de son existence dissimulée derrière une sophistication excessive.

« Pénétrer dans l'univers de la victime » — principe qui faisait toujours sourire ses collègues — représentait sa contribution personnelle au travail de détective. Il éprouvait le besoin de s'imprégner des caractéristiques du milieu où le crime avait été commis, d'en découvrir les subtilités. Les réminiscences littéraires qui lui revenaient depuis qu'il avait vu ce cadavre faisaient partie de ce processus semi-involontaire, où il donnait libre cours à ses premières impressions.

« On plie bagage ? demanda Balilti, interrompant ses réflexions.

— Pas encore. Il y a un débarras quelque part ?

— Oui, une remise derrière la maison. Rien de particulier : des outils, des cartons remplis de papiers, des caisses de vin et quelques vieux meubles, dit Zvika. J'ai pris des photos.

— Bon, alors, on peut mettre les scellés et partir », soupira Ohayon, avant de se raviser : « A la réflexion, Balilti, j'aimerais jeter encore un coup d'œil dans la chambre.

— Mais il n'y a que des poèmes ! protesta l'officier des renseignements.

— Peut-être, mais passe-moi quand même un sac en plastique. »

Il retourna dans la chambre, enfourna les carnets et les albums de photos dans le sac, puis lança un dernier regard sur le lit. Le kimono en soie n'y était plus : les hommes de l'Identité judiciaire l'avaient emballé. Il fit le tour de la pièce et ramassa le recueil de poèmes d'Anatoli Ferber qui avait glissé à terre. Je ferais bien de m'y intéresser, songea-t-il, c'est sans doute le dernier livre que Tirosh a lu avant de mourir.

Il rejoignit les autres sur le parking et déposa le sac qu'il venait de remplir dans la fourgonnette de l'Identité judiciaire. Sa Ford Escort avait disparu. Après un moment de panique, il comprit qu'Elie Bahar était parti avec et monta dans la Renault, à côté de Balilti. Il venait à peine de s'asseoir que la radio se mit à grésiller.

« Où êtes-vous ? demanda le policier de permanence au Central, en reconnaissant la voix du commissaire principal. On vous cherche.

— J'arrive, répondit Ohayon. Un peu de patience. »

A peine garé sur l'Esplanade russe, Balilti s'éclipsa,

comme à son habitude, « pour quelques minutes ». Avant de monter dans son bureau, Ohayon décida de faire un crochet par le Central.

« Passez-moi Arié Lévy, fulminait Elie Bahar. Qu'est-ce que c'est que cette histoire ? Pourquoi ne puis-je en obtenir une copie ? » Apercevant Ohayon, il lui expliqua : « Ces imbéciles refusent de me donner une copie du rapport d'autopsie de Doudaï. C'est à vous dégoûter de suivre la voie hiérarchique.

— A qui as-tu eu affaire ?

— Aux flics d'Eilat, évidemment. Quant au médecin légiste d'Abou Kabir, il m'a débité les prétextes habituels. »

Les cinq policiers de service au Central continuaient à répondre aux appels sans perdre un mot de la conversation de leurs supérieurs.

« Attendez une seconde, dit Ohayon à l'un d'eux. Avant de déranger le grand chef, passez-moi Abou Kabir. Comment s'appelle le médecin légiste là-bas ? »

Elie Bahar cita un nom inconnu d'Ohayon.

« Laissez tomber, je vais appeler de mon bureau. Viens avec moi, Elie. »

Le temps qu'Ohayon téléphone, Elie Bahar avait retrouvé son calme.

« Je viens de parler à Hirsch, dit Ohayon en raccrochant. Nous recevrons une copie du rapport demain matin. Mais avant cela, il va nous rappeler pour nous en communiquer l'essentiel. »

Ohayon fumait en silence. Elie Bahar sortit et revint avec deux cafés. Lorsque la sonnerie retentit, Ohayon décrocha et, l'oreille collée à l'écouteur, se mit à prendre des notes, ponctuant le discours de son interlocuteur de « Je vois, je vois ». Finalement, il remercia Hirsch, un médecin légiste avec lequel il travaillait depuis huit ans, lui demanda des nouvelles de son fils, qui faisait son service militaire, de sa fille, qui étudiait le droit à l'université, le pria de transmettre ses amitiés à madame Hirsch et reposa l'écouteur.

« Alors ? demanda Elie Bahar. Il y a un lien entre les deux affaires ?

— Et comment ! » s'exclama Ohayon en avalant le reste de son café.

Le tableau de la mer démontée accrochée dans le salon de Tirosh et le corps de Doudaï gisant sur le sable se superposèrent devant ses yeux.

« Ido Doudaï est mort asphyxié par de l'oxyde de carbone. Pas du CO_2, le dioxyde de carbone que nous rejetons en respirant, mais du CO, le gaz mortel qui sort du pot d'échappement des voitures. Comme ces types aux Etats-Unis qui se suicident dans leur garage hermétiquement fermé, en mettant en marche le moteur de leur bagnole.

— Mais comment est-ce possible ? demanda Elie, stupéfait. Il s'est asphyxié tout seul ou on l'a aidé ?

— Hirsch m'a rappelé les principes de la respiration... »

Patiemment, Ohayon lui répéta les explications du médecin légiste :

« Nos globules rouges contiennent de l'hémoglobine qui fixe l'oxygène que nous respirons et le transporte dans les tissus. Toutefois, l'hémoglobine fixe avec encore plus d'avidité l'oxyde de carbone, si bien qu'en présence de ce gaz, le sang ne parvient plus à s'oxygéner. Très rapidement, on étouffe et on sombre dans l'inconscience. »

Elie l'écoutait attentivement, les yeux plissés.

« L'autopsie d'Ido Doudaï a révélé la présence d'une dose mortelle de CO. C'est pourquoi son corps avait cet aspect bouffi et présentait des hémorragies internes. Le visage était rose et les lèvres bleues. Dans leur jargon, ils appellent ça... » — il se pencha sur ses notes — « cyanose. Maintenant, je comprends ce que voulait dire le toubib sur la plage.

— Mais d'où provenait ce gaz ?

— Il semblerait qu'on ait mis du CO à la place de

l'air comprimé. Les deux bouteilles ont été envoyées à l'Institut océanographique pour expertise. A propos, tu devais les appeler, non ?

— J'ai essayé, il n'y avait plus personne. Ils ont des horaires de fonctionnaires, eux, pas comme nous. N'empêche : je ne vois pas comment on peut introduire du CO dans une bouteille de plongée.

— Ce n'est pas difficile, le tout est d'y penser, répondit Ohayon en tapotant la cendre de sa cigarette au-dessus de sa tasse vide. Il suffit de connecter une bonbonne de CO sous pression à la bouteille d'air comprimé préalablement vidée. Les deux valves correspondent.

— Et Doudaï ne s'en serait pas aperçu ? Je croyais que ce gaz avait une odeur.

— Non, justement. On étouffe petit à petit, sans s'en rendre compte.

— Vous pensez que l'assassin est un chimiste ? s'écria Elie Bahar, horrifié.

— Pas forcément. Il faut juste un peu d'imagination et d'habileté. N'importe qui peut se procurer du CO ; toutes les usines chimiques, tous les labos dignes de ce nom en ont. Ce n'est pas un problème. Il faut seulement veiller à ce que la bouteille ne soit ni plus lourde ni plus légère que lorsqu'elle contenait de l'air comprimé. Il s'agit donc bien d'un crime.

— Et il est mort samedi, murmura Elie Bahar, comme pour lui-même.

— A midi dix, précisa Ohayon.

— Si je comprends bien, nous sommes donc à la recherche de deux assassins.

— Ou d'un seul qui aurait commis deux meurtres. Malheureusement, nous ne sommes pas les seuls en piste : l'affaire Doudaï est du ressort de la police d'Eilat. »

A ce moment, Dani Balilti fit irruption dans la pièce. Encore tout essoufflé, il marmonna de vagues excuses ; ni l'un ni l'autre ne comprirent d'où il venait.

« Et moi, je n'ai pas droit à un café ? Que se passe-t-il ? Vous en faites une tête ! »

Ohayon le mit brièvement au courant.

« Ça se complique, soupira Balilti.

— En effet, dit Ohayon. Et si on allait manger un morceau chez Meïr, avant d'examiner la liste des gens à interroger demain ? Ou plutôt, emportons-la avec nous. On pourrait même passer prendre Tsila en chemin, si Elie n'y voit pas d'objection. »

Elie Bahar regarda sa montre. Il était déjà onze heures du soir. Après un instant d'hésitation, il appela chez lui et parla brièvement à sa femme.

« Elle est d'accord », annonça-t-il en raccrochant.

Ohayon attendit qu'Elie et Balilti soient sortis pour composer son numéro. Pas de réponse. Maya n'était pas venue ; il se sentait à la fois triste et soulagé. Quant à Youval, il était chez sa mère, sans doute en train de l'aider à préparer l'anniversaire de son grand-père qui devait fêter ses soixante-dix ans le lendemain. Et tandis que la voix de Youzek, son ex-beau-père, résonnait à ses oreilles — « Votre divorce nous tuera ! » — Ohayon se hâta de rejoindre les deux autres, qui se turent dès qu'il monta en voiture.

Le restaurant Meïr était situé au cœur du marché de Mahané Yehouda, dans la « maison maudite ». A force de travailler avec Tsila, Ohayon en était venu à considérer ce restaurant comme le seul endroit possible pour se détendre après la découverte d'un cadavre, une autopsie ou la conclusion d'une enquête.

Les trois jeunes gens qui remplissaient alternativement les fonctions de cuisiner, de serveur et de caissier accueillaient toujours Tsila comme une sœur. En revanche, ils traitaient Ohayon avec tant d'égards et de respect qu'il avait fini par lui demander ce qu'elle leur avait raconté sur son compte. « Je leur ai dit que vous apparteniez à la brigade de la répression des fraudes et que vous travailliez main dans la main avec les inspecteurs du fisc », lui avait-elle répondu avec un clin d'œil. Depuis, Ohayon se sentait gêné chaque fois qu'ils lui présentaient la note rédigée avec une scrupuleuse exactitude. Avant de payer, il levait les yeux vers le portrait de Baba Sali, qui trônait au-dessus de la caisse enregistreuse, puis sur celui de Rabbi Sharabi, dont on disait qu'il avait lancé une malédiction sur l'immeuble.

Comme toujours, ils saluèrent Tsila avec effusion, mais se raidirent en apercevant le grand brun derrière elle.

« Comment vont les affaires ? demanda Balilti d'un ton jovial.

— Bien, grâce à Dieu », répondirent-ils en chœur.

Personne n'avait jamais réussi à savoir lequel de ces trois garçons qui, tantôt portaient une kipa, tantôt allaient tête nue, était Meïr.

« Et quatre portions de frites, lança Tsila à celui qui venait de prendre leur commande. Maintenant que le khamsin est passé, j'ai retrouvé mon appétit. »

Ils s'étaient installés dans la salle du fond. Ohayon jeta un coup d'œil par la vitre : la cour, laissée à l'abandon, était plongée dans le noir. La malédiction de Rabbi Sharabi avait vidé l'immeuble de ses habitants ; le restaurant était la seule tache de lumière dans cette obscurité fantomatique. Pour la première fois, il remarqua la fougère luxuriante dont les branches retombaient gracieusement d'un pot suspendu au mur. Combien de fois Nira avait essayé d'en faire pousser dans leur petite chambre d'étudiant, après que toutes les autres plantes se furent étiolées, faute de soleil.

« C'est du plastique, dit Tsila, comme si elle lisait dans ses pensées ; celle-là aussi d'ailleurs, ajouta-t-elle en désignant un autre pot derrière lui. Et ces briques, d'après vous, elles sont vraies ? Pas du tout, c'est du papier peint. »

Avec l'ongle, elle se mit à gratter un coin du mur ; du ciment gris ne tarda pas à apparaître. Un peu vexé, Ohayon leva les yeux vers les poutres apparentes.

« Dire que vous êtes venu dans cet établissement des dizaines de fois ! Quand vous êtes sur une enquête, aucun détail ne vous échappe ; mais ici, vous n'êtes pas en service, alors... » s'exclama Tsila en riant de bon cœur.

Ohayon protesta : il se souvenait parfaitement de cette caricature de Pérès et de Shamir en danseuses du ventre accrochée sur le mur en face de lui. Mais Tsila ne voulut pas en démordre :

« Avouez que, sorti de votre boulot, vous n'êtes guère observateur. Tenez, vous avez remarqué la grande affiche à l'entrée ? »

Ohayon hocha faiblement la tête.

« Pouvez-vous la décrire ? » le provoqua-t-elle.

Il voulut se retourner, mais elle l'en empêcha.

« Ce ne serait pas une scène tirée de la Bible ?

— Vous pouvez aller voir. »

Ohayon se leva et alla examiner de plus près l'énorme affiche aux couleurs vives punaisée dans la première salle. Accroupis autour d'un brasero, des bergers devisaient sous une tente plantée non loin d'un immense palmier. Il retourna s'asseoir et donna une description détaillée de ce qu'il venait de voir. Tsila parut satisfaite.

« Il y a aussi une plante, qui n'est pas artificielle, celle-là, ajouta-t-il.

— Bof, c'est de la misère. Ça pousse partout », répliqua Tsila d'un air méprisant.

Là-dessus, le serveur revint avec un chiffon humide, essuya le dessus de la table en formica beige, et leur demanda s'ils désiraient des hors-d'œuvre en attendant les grillades. Tous trois répondirent par l'affirmative.

Balilti fut le premier à se jeter sur la salade turque et les carottes à la marocaine. Tsila pressa un citron au-dessus de la laitue coupée en fines lanières, tout en discourant sur l'art d'accommoder la salade verte : « Il ne faut pas l'assaisonner d'avance, sinon elle se flétrit. » Balilti approuva, tendit la main vers les pitas et remarqua avec satisfaction qu'elles étaient chaudes.

« Rien ne vaut des betteraves pour la digestion », poursuivit-il en se servant généreusement.

Pendant que l'officier des renseignements dévorait de bon appétit, Elie mit sa femme au courant de leur nouvelle enquête. Sirotant sa bière, Ohayon observait le couple avec plaisir, mais aussi avec une certaine tristesse.

Tsila et Elie travaillaient avec lui depuis leur entrée dans la police. Il avait été témoin de la naissance difficile, parfois chaotique, de leur amour. Elie avait trente ans, lorsqu'il avait épousé cette jeune femme volontaire, qui s'était battue avec une belle constance pour le conquérir. A un moment donné, elle avait même feint de rompre, au point qu'Ohayon s'était demandé si son inspecteur n'allait pas craquer et renoncer à sa liberté, lui qui répétait à qui voulait l'entendre qu'il ne laisserait aucune femme, « quels que soient les sentiments que j'éprouve à son égard », lui passer la corde au cou. En le voyant à présent regarder tendrement Tsila, Ohayon se réjouissait, mais il avait aussi l'impression d'avoir pris un coup de vieux. Ni l'un ni l'autre ne l'avait mis dans la confidence ; de son côté, il ne leur avait jamais posé de question, se contentant de les observer avec curiosité.

Il était heureux qu'ils se soient finalement mariés, même s'il pouvait déjà prédire que leur vie commune ne se déroulerait pas sans heurts. Elie avait un tempérament plutôt renfermé, alors que Tsila débordait de vie et semblait posséder une énergie inépuisable. Dans ses grands yeux clairs, on pouvait lire les secrets de son cœur, comme à livre ouvert.

Cela faisait plusieurs semaines qu'Ohayon ne l'avait pas vue. Après avoir porté, pendant des années, les cheveux très courts, elle avait soudain décidé de les laisser pousser, si bien qu'à présent ils retombaient sur ses épaules en grosses boucles brunes. Physiquement, elle semblait plus épanouie, plus féminine, même si sa grossesse tant désirée ne se voyait pas encore ; ses bras et ses épaules s'étaient arrondis ; elle avait abandonné les jeans ; bref, malgré sa mine pâlotte, elle était beaucoup plus belle qu'autrefois. Il la complimenta sur sa nouvelle coiffure.

« Je savais qu'elle vous plairait, mais j'ai l'impression qu'elle me vieillit, soupira Tsila.

— A ton âge, la vie ne fait que commencer, sourit Ohayon. Je ne connais rien de plus séduisant qu'une femme de trente-deux ans... si ce n'est une femme de trente-trois.

— Allez, patron, on connaît votre baratin. Vous ne pouvez pas croiser une personne du beau sexe sans lui faire la cour. Et arrêtez de sourire comme ça. »

Depuis qu'elle était mariée, Tsila se permettait de le rabrouer gentiment. Parfois, il lui trouvait la langue bien pendue.

Le plat de résistance arriva : grillades de bœuf, brochettes d'agneau aux aromates et, le fin du fin, des *muledjas,* dont Tsila et le serveur refusaient de dévoiler l'origine. Ohayon n'avait plus faim. Il aurait préféré un quignon de pain, du fromage de chèvre et des oignons, ces nourritures qui lui faisaient venir l'eau à la bouche quand, enfant, il lisait des histoires de paysans pauvres. Néanmoins, il goûta à la salade verte finement coupée et aux frites dorées, que Tsila avait abondamment salées. Balilti ayant fait remarquer que le chachlik avait mariné dans de l'arak, il en trempa un morceau dans la sauce au sésame. Tout en mastiquant, il repensa à ce qu'il avait dit à Tsila. A trente-deux ans, la vie ne fait que commencer, mais c'est aussi l'âge où l'on s'assagit, où il faut apprendre la vertu du compromis. Cette réflexion le ramena à Maya, en compagnie de qui, à ce moment précis, il aurait préféré être. Tsila ne mangeait pas avec sa fougue habituelle. Comme lui, elle picorait dans son assiette. En revanche, Balilti était si occupé à se goinfrer qu'il ne pipait mot. Quand il eut terminé, il se tapota le ventre d'un air satisfait.

« Alors, dit Tsila, tandis qu'on leur servait le café, je suis dans le coup ?

— Tu es dans le coup, répondit Ohayon en feignant de ne pas remarquer l'expression soucieuse d'Elie. A condition que tu fasses exactement ce qu'on te dit et que tu ne quittes pas le bureau de ta propre initiative. Je veux être parrain ! Et ne rouspète pas, parce que tu n'es que coordinatrice : cette fois, il y a de bonnes raisons médicales à cela. » Il regarda Elie du coin de l'œil et sortit de sa poche la liste des membres du département de littérature. « Leur témoignage nous permettra de nous faire une idée de Tirosh, de ses habitudes, de son caractère... et peut-être aussi de Doudaï. J'ai comme l'impression que ces deux affaires sont liées, même si je ne vois pas encore très bien comment.

— L'enquête ne fait que commencer », dit Balilti en rotant.

Sur ce, ils se répartirent les tâches. A Balilti de se débrouiller pour recueillir le maximum de renseignements sur tous les protagonistes.

« Evite de disparaître pendant trois jours, l'avertit Tsila. Appelle-moi demain soir. »

Ils décidèrent des personnes qu'Ohayon et Elie interrogeraient dès le lendemain matin.

« Donc, on ne se revoit que mardi ? » conclut Tsila.

Il était une heure du matin ; le restaurant s'apprêtait à fermer.

« Non. Je préfère qu'on se réunisse demain, même tard dans la soirée, afin de confronter les informations que nous aurons recueillies. »

Après avoir déposé Elie et Tsila devant chez eux à Nachlaot, il prit la direction de Givat Mordechaï.

Son appartement sentait le renfermé. Il ouvrit les fenêtres en grand et respira un bol d'air qui lui parut frais après une semaine de chaleur et de khamsin. Il ne lui restait plus que quatre heures de sommeil avant de rencontrer Touvia Shaï, ce professeur au regard éteint qui était le dernier à avoir vu la victime. Les draps avaient gardé l'odeur de Maya ; toutefois ce fut la silhouette d'Adina Lipkine, la secrétaire du département de littérature, qui surgit devant ses yeux : « Trente-deux ans sur cette terre suffisent à l'homme intelligent pour mesurer l'étendue de Ta miséricorde. » Telle fut l'improbable déclaration qu'il l'entendit prononcer, avant de s'endormir comme une masse.

CHAPITRE VII

Assis derrière son bureau, le policier jouait avec un paquet de Noblesse, sans cesser de l'observer. Il avait les cheveux noirs parsemés de fils argentés, des pommettes saillantes ; ses joues étaient rasées de près. Rassemblant son courage, Racheli plongea son regard dans le sien, l'espace d'un instant, car aussitôt elle détourna la tête vers les murs nus, la table en bois usé, les deux chaises, le meuble de rangement métallique et la fenêtre donnant sur une arrière-cour.

De tous les membres du département, c'était elle qu'il avait choisi d'interroger en premier, bien qu'il eût convoqué Adina Lipkine et Touvia Shaï au commissariat central de l'Esplanade russe à huit heures, en même temps qu'elle. Il l'avait fait entrer, sans se soucier de l'indignation de la secrétaire. Résigné, Shaï n'avait pas bronché.

Elle réussit à jeter un coup d'œil sur sa montre sans qu'il s'en aperçût. Elle était là depuis une minute et pas un mot n'avait été prononcé. Soudain, une peur inexplicable s'empara d'elle : elle allait être accusée, comme Joseph K. de Kafka. Qui sait ? Peut-être avait-elle réellement commis une faute. Le policier lui tendit son paquet de cigarettes. La gorge sèche, les mains tremblantes, elle déclina son offre d'un signe de tête.

C'est alors que d'une voix affable, il commença à

lui poser des questions sur son travail au secrétariat du département, sur ses autres occupations, sur sa famille.

Poussée par un irrésistible désir de lui plaire, elle répondit de bonne grâce. Cinq minutes à peine s'étaient écoulées qu'il savait tout d'elle. Qu'elle étudiait la psychologie, partageait un appartement rue Bnei Brith avec une copine, avait rompu avec son petit ami, et même que ses parents souhaitaient ardemment la voir mariée « à son âge ». L'expression le fit sourire. L'était-il, lui ? Il ne portait pas d'alliance, mais, à vingt-quatre ans, elle avait déjà eu l'occasion de constater que cela ne prouvait rien.

Insensiblement, ils en étaient venus à parler d'Adina Lipkine et du département. Il semblait compatir aux difficultés qu'elle rencontrait avec la secrétaire et sincèrement intéressé par ses observations sur le corps enseignant.

« Et Tirosh ? Quel genre d'homme était-ce ? »

Hypnotisée par ses yeux noirs, envoûtée par le timbre de sa voix, elle répondit :

« Il avait énormément de charme. Quand j'étais au lycée, j'adorais sa poésie ; la première fois que je l'ai vu, j'étais littéralement transportée. Quelle élégance, quelle érudition, tout le monde admirait son talent. Cela étant, je n'aurais pas aimé être trop proche de lui.

— Pourquoi ?

— Parce qu'il me faisait peur, répondit-elle sans hésiter, tant elle était convaincue que le policier la comprenait et partageait ses sentiments.

— Vous pouvez préciser ?

— On sentait chez lui un manque de sincérité, d'authenticité. Naturellement, ce n'est qu'une impression. Quand il faisait les yeux doux à quelqu'un, on ne pouvait jamais savoir si c'était sincère. »

Le policier se pencha vers elle, par-dessus son

bureau. Elle remarqua ses longs cils, ses sourcils broussailleux.

« Vous pouvez me donner un exemple ? Me raconter une situation dans laquelle vous étiez personnellement impliquée ?

— Un jour, je me suis retrouvée seule avec lui au secrétariat. Adina était en congé de maladie, après une opération bénigne. Nous avons commencé à bavarder. J'avais l'impression de vivre un moment extraordinaire : lui, le grand professeur, le poète, prenait le temps de converser avec moi, la simple étudiante, comme si j'étais une vraie femme... »

Elle leva les yeux. Il l'écoutait avec attention.

« En même temps, j'avais l'impression d'être au cinéma, de regarder un film que j'avais déjà vu. Debout près de la fenêtre, il contemplait le ciel, se plaignant de ne pas avoir de vrais amis. Je me souviens encore de ce vers de Nathan Zach qu'il m'a cité : "Il n'est pas bon que l'homme soit seul ; et pourtant, il l'est." Pourquoi me raconte-t-il tout ça ? Qu'attend-il de moi au juste ? me demandais-je, tandis qu'il continuait à faire l'éloge de l'amitié et à s'apitoyer sur sa solitude. Je sentais que si je me laissais entraîner dans cette conversation, j'étais perdue, qu'il me... comment dire ?... que je succomberais à son charme. Oui, c'est ça. Il était si émouvant que j'ai failli m'approcher de lui pour le consoler. Et puis, j'ai soudain compris que ce n'était pas vraiment à moi qu'il s'adressait, que j'étais là par hasard. Après tout, il me connaissait si peu. En réalité, ce qui m'effrayait, c'était la fascination qu'il exerçait sur moi, cette force qui m'entraînait vers lui, vers cette souffrance infinie : j'aurais été prête à tout lui sacrifier, sans rien attendre en retour. Je ne sais pas si je me fais bien comprendre.

— Vous vous exprimez très clairement », dit le policier pour l'encourager.

Racheli rougit mais, ne voulant pas lui montrer

combien ce compliment l'avait touchée, elle poursuivit :

« Ses lamentations sur la solitude me paraissaient étranges, étant donné tout ce qu'on racontait sur lui.

— Ah bon ! Que racontait-on à son sujet ? »

Il écrasa sa cigarette dans le cendrier métallique. Une odeur âcre se répandit dans la pièce.

« Toutes sortes de choses, répondit-elle, mal à l'aise.

— Par exemple ?

— Ce ne sont que des rumeurs... » murmura-t-elle avec réticence.

De toute évidence, il n'avait pas l'intention de lâcher prise. Ses yeux semblaient dire : faites-moi confiance. J'ai besoin de savoir.

«... sur ses rapports avec les femmes, avec les autres poètes, avec toutes sortes de gens.

— Quand il vous a parlé ce jour-là, vous aviez vraiment l'impression qu'il souffrait de solitude ?

— Oui et non. Il semblait débiter des répliques tirées d'un roman ou d'un film. Je n'aime pas ce genre de déclarations creuses, ni cette façon qu'il avait de se tenir près de la fenêtre, comme s'il voulait se montrer sous son profil le plus flatteur. Néanmoins, j'avoue que j'étais prête à le croire. Bien entendu, ce n'est qu'aujourd'hui que j'arrive à analyser mes sentiments. Sur le coup, j'étais si troublée que j'aurais été capable de faire une folie.

— A votre avis, de qui était-il le plus proche ? »

De nouveau, Racheli éprouva une certaine fierté : le policier la priait de lui livrer le fruit de ses longues et patientes observations.

« Eh bien, répondit-elle après un instant d'hésitation, on dit qu'il était très proche de Touvia Shaï...

— Mais ?

— Mais la façon dont ce professeur se faisait tout petit devant Tirosh m'horripilait. Il le vénérait, c'était son dieu. Et puis, il y avait cette histoire avec sa femme.

— Sa femme ? »

Racheli sentit un frisson la parcourir, tandis qu'elle regardait les bras musclés du policier.

« Oui, Rouhama Shaï. A vrai dire, je la connais à peine. Je ne l'ai vue que deux ou trois fois, mais je sais que... ils étaient ensemble. C'était de notoriété publique. »

Elle aurait voulu être capable de lui décrire avec objectivité cet étrange triangle qui était au centre des conversations de tout le département, étudiants compris. A l'exception d'Adina, bien sûr, qui, sur ce point, se retranchait dans un mutisme farouche.

« Vous voulez dire que Rouhama Shaï et Shaül Tirosh vivaient ensemble ?

— Non. C'était plutôt comme s'ils vivaient à trois. Tout le monde était au courant et, à mon avis, le professeur Shaï aussi. Cela faisait des années que cela durait, sauf que dernièrement... »

Il l'encouragea d'un signe de tête.

« Dernièrement, quelque chose avait changé. Quand elle le demandait au téléphone, il nous priait de répondre qu'il n'était pas là ; certes, il faisait ça à d'autres aussi, mais, visiblement, leurs relations s'étaient détériorées : il l'évitait. »

Racheli ne pouvait plus s'arrêter. Elle qui observait la vie du département de littérature depuis des mois en gardant ses impressions pour elle, éprouvait soudain un besoin irrépressible de tout raconter à ce policier, sans pouvoir dire si c'était parce qu'elle avait envie de lui plaire ou parce qu'elle avait enfin trouvé un auditeur qui semblait l'écouter avec intérêt et apprécier ses dons d'observation.

« Qu'est-ce qui vous fait croire que Touvia Shaï était au courant ?

— D'abord, le fait que tout le monde en était convaincu ; ensuite, son attitude soumise vis-à-vis de Tirosh. Touvia Shaï est loin d'être imbécile. Plus d'une fois, il était au secrétariat, lorsque sa femme a appelé Tirosh. Enfin, ils ne prenaient pas la peine de se cacher. C'en était même gênant. Personnellement, je ne comprends pas comment Touvia Shaï supportait cette situation, pourquoi il n'a pas demandé le divorce. »

Le téléphone sonna. Il décrocha :

« Oui, j'écoute. »

Son visage se durcit. Sans la quitter des yeux, il griffonna quelques mots sur son bloc-notes. A présent, elle se sentait suffisamment assurée pour soutenir son regard.

« Entre deux et six ? demanda-t-il d'un ton sec. Très bien, je rappellerai un peu plus tard. »

Il raccrocha, alluma une autre cigarette et commença à l'interroger sur Ido Doudaï.

« C'était un garçon sympathique, dit Racheli. Même Adina l'aimait bien. Il était peut-être un peu trop sérieux, je veux dire dans son travail — il pouvait passer des semaines à préparer une communication —, mais il jouissait de l'estime générale.

— Et Tirosh ?

— Vous me demandez ce que Tirosh pensait d'Ido ? Je crois que lui aussi appréciait ses qualités, même s'il le mettait parfois gentiment en boîte, à cause de son esprit pointilleux, de sa manie de tout examiner à la loupe.

— Tirosh aussi faisait de la plongée ?

— De la plongée sous-marine ? »

Racheli eut l'intuition que le policier savait quelque chose qu'elle ignorait ; il avait repris les rênes de la conversation.

« Non, il se moquait des sportifs, estimant que la vie était trop courte pour souffrir. "Le ski à la rigueur, disait-il, mais seulement en Suisse, pas sur le mont Hermon." Cela dit, j'ai du mal à l'imaginer sur des skis — si vous l'aviez connu, toujours tiré à quatre épingles, vous auriez tout de suite compris qu'il n'était pas du genre, malgré son teint bronzé, à pratiquer des sports de plein air. Il aimait la mer, mais pas au point de descendre au fond. Ido, lui, était un passionné de plongée.

— A part dans ses rapports avec madame Shaï, avez-vous noté d'autres changements, récemment ? Un événement inhabituel ? Tirosh était-il tendu ? Préoccupé ? »

Elle hésita. Elle se souvenait de sa pâleur, de sa lassitude après la réunion du vendredi. Pour la première fois, elle avait remarqué les rides qui creusaient ses joues, son pas légèrement traînant.

« Chaque détail est important. Dites-moi tout ce qui vous vient à l'esprit », insista-t-il.

Elle lui fit part de ses réflexions et ajouta :

« Mercredi dernier, le département a organisé un séminaire. Tout le monde en est sorti bouleversé. Personnellement, je n'y étais pas, mais Tsipi Lev-Ari, une assistante, m'a raconté qu'Ido avait publiquement attaqué Shaül Tirosh et déclenché un beau scandale. En fait, des scandales de ce genre, il s'en produit souvent. Que voulez-vous, ces professeurs s'imaginent que leurs proclamations peuvent changer le cours de la littérature israélienne, voire influencer le destin du monde, conclut-elle avec une agressivité qui la surprit elle-même.

— Et Ido ? Comment vous semblait-il ces derniers temps ?

— Depuis son retour des Etats-Unis, où il avait passé un mois grâce à une bourse, ce n'était plus le même, répondit Racheli, consciente qu'elle ne faisait que répéter une remarque qu'elle avait entendue dans la bouche de Touvia Shaï.

— En quel sens ? »

De nouveau, le policier se pencha vers elle, comme s'il brûlait d'entendre sa réponse.

« C'est difficile à dire. Il avait l'air abattu, désemparé. Et puis, il évitait Tirosh. Peut-être à cause de ce qu'on lui avait raconté à son retour.

— A savoir ?

— Les gens jasaient. Moi-même, il n'y a pas longtemps, j'ai vu Tirosh et Ruth Doudaï en tête à tête au restaurant du Meirsdorf. Pour être franche, cela ne semblait pas un simple déjeuner amical. Il avait cette même expression de souffrance que le jour où il s'était confié à moi, au secrétariat. Kalman Aharonovitz, qui se trouvait là, s'est mis à ricaner... » Elle s'interrompit pour reprendre son souffle, et aussi pour bien montrer que ce professeur lui était antipathique : «... il a dit, d'un ton méprisant, pas à moi mais à l'un de ses collègues qui attendait son tour à la caisse : "Oyez, oyez, notre grand poète est en train d'attirer une autre belle dans ses filets. Ce que les femmes peuvent être crédules !"

— Vous pensez qu'il couchait avec Ruth Doudaï et que son mari en a eu vent ? »

Racheli opina du chef :

« Toutefois, Doudaï n'était pas du genre à se laisser faire.

— Qu'est-ce qui vous fait croire que Shaï, lui, acceptait la situation ?

— Rien de précis. Néanmoins, j'y ai beaucoup réfléchi. Touvia Shaï est un homme bien, foncièrement honnête. Le problème, c'est qu'il admirait tant Shaül Tirosh qu'il ne pouvait se résoudre à lui adresser le moindre reproche. Plus d'une fois, je l'ai entendu déclarer que les vrais génies possédaient une force à laquelle on ne pouvait pas résister. Un jour, au début de l'année — il revenait d'un congrès en Italie — il s'est mis à parler de la statue de David à Florence. Vous auriez dû l'entendre. C'était comme s'il décrivait... » Elle se mordilla la lèvre en cherchant le mot juste : «... une femme aimée.

— Il fait de la plongée sous-marine ?

— Qui ? Touvia Shaï ? Certainement pas. »

Elle aurait aimé lui demander pourquoi il s'intéressait tant à ce sport, mais elle s'abstint, sachant d'avance qu'elle n'obtiendrait pas de réponse.

« Dans ce département de littérature, y a-t-il d'autres personnes qui pratiquent la plongée ? »

Racheli lui jeta un regard intrigué et secoua la tête. Il l'interrogea alors sur son emploi du temps le jour du crime. Vendredi, expliqua-t-elle sans se faire prier, elle avait terminé son travail à midi et était rentrée chez elle. C'était son tour de faire le ménage et les courses. Vers seize heures, ses parents étaient arrivés de Hadera pour lui rendre visite.

« Ainsi, vous êtes de Hadera ? » demanda-t-il, tout en continuant de prendre des notes.

Comprenant soudain la raison de ses questions, elle rassembla son courage :

« Vous voulez savoir si j'ai un alibi ?

— Sans aller jusqu'à employer de grands mots, oui », dit-il avec un sourire, avant d'ajouter tout à trac : « A propos, qui, d'après vous, aurait pu tuer Shaül Tirosh ? »

En proie à l'insomnie après cette macabre découverte, elle y avait réfléchi toute la nuit, mais n'avait pas le moindre élément de réponse à lui proposer. Aucune des personnes qu'elle connaissait ne lui semblait capable de commettre un meurtre.

Elle croyait déjà que l'entretien touchait à sa fin, lorsque le policier reprit :

« Quelqu'un est-il chargé de prendre des notes, lorsque se tient un séminaire de département ?

— Non. Certaines interventions font parfois l'objet d'une publication dans une revue. Mais ce séminaire devait être exceptionnel, car, le lendemain, Tsipi Lev-Ari m'a raconté que la radio et la télévision l'avaient enregistré.

— La télévision ? demanda-t-il avec une soudaine lueur dans le regard. Est-ce une pratique courante ?

— Non, imaginez-vous, il y a un séminaire par mois. Les journalistes sont venus pour le professeur Tirosh, la "coqueluche des médias".

— Qui l'appelait ainsi ?

— Aharonovitz, je crois. Il aimait se moquer de lui, mais ne se serait pas risqué à le faire en sa présence.

— Aharonovitz avait-il une raison particulière de lui en vouloir ?

— Pas que je sache. Un peu de jalousie peut-être. En tout cas, il ne l'attaquait jamais sur son œuvre poétique. Aharonovitz n'a rien d'un Adonis, mais à côté de Tirosh, c'était encore plus flagrant. »

Racheli était épuisée. Elle sentait bien que le policier s'apprêtait à la congédier. Comme s'il avait deviné ses pensées, il repoussa sa chaise :

« Il se peut que j'aie encore besoin de votre collaboration au cours de l'enquête, mais pour le moment, vous pouvez partir. »

Il la regardait toujours de ses beaux yeux noirs, mais son esprit était déjà ailleurs.

Soudain, une jeune femme au visage épanoui fit irruption dans la pièce :

« Ecoutez ça, patron... »

A la vue de Racheli, elle se tut.

« Je vous remercie infiniment », dit Ohayon à Racheli en la raccompagnant jusqu'à la porte.

Toujours assise dans le couloir, Adina, la mine défaite, se leva et voulut s'approcher de Racheli, mais celle-ci hâta le pas : elle n'avait pas la force de lui raconter comment s'était passé l'entretien.

Elle dévala l'escalier jusqu'au rez-de-chaussée, traversa en courant l'Esplanade russe et s'engagea dans la rue Yafo. Il faisait un soleil éblouissant. En passant devant la librairie Yarden, elle aperçut dans la vitrine le dernier livre d'Arié Klein, *les Eléments musicaux dans la poésie médiévale*. Les jambes flageolantes, elle attendit pour traverser la place Sion que le feu passe au vert et s'arrêta devant le kiosque à journaux. La photo de Shaül Tirosh s'étalait en première page de tous les quotidiens du matin. Elle finit par se décider à en acheter un, emprunta la rue piétonnière et s'installa au Café Alno.

« Un Coca-Cola citron », commanda-t-elle à la serveuse, après une longue hésitation.

Puis, elle se plongea dans la lecture de l'article, qui

comprenait une description minutieuse du lieu du crime, une biographie circonstanciée de la victime et quelques lignes sur le policier chargé de l'enquête, le commissaire principal Michaël Ohayon, surtout connu pour avoir, deux ans plus tôt, résolu avec brio l'énigme du meurtre d'une psychanalyste, Eva Neidorf.

A sa gauche, un homme prenait son petit déjeuner ; à sa droite, un couple âgé buvait un café en bavardant avec animation. Au mur, la pendule indiquait onze heures. Soudain, elle se souvint avec effroi qu'à neuf heures elle aurait dû se présenter à un examen de statistiques ; il était désormais trop tard pour s'y rendre. Elle tenta de se rassurer en se disant qu'elle pourrait toujours s'inscrire à la session suivante, mais ses mains tremblaient si fort qu'elle dut reposer son verre. Son petit déjeuner avalé, l'homme à sa gauche régla l'addition et partit ; la serveuse débarrassa sa table et posa devant Racheli un numéro de *Ha'aretz*. En deuxième page, à côté d'un portrait de Shaül Tirosh, se trouvait une photo du directeur des Affaires criminelles, le commissaire principal Ohayon, l'homme avec qui elle venait de passer la matinée. La bouche entrouverte, celui-ci tendait les paumes en avant, comme pour repousser le photographe. Subjuguée, Racheli reprit son verre et le vida à petites gorgées.

CHAPITRE VIII

« Que lui avez-vous fait ? La pauvre, elle a l'air si jeune ! s'exclama Tsila en s'asseyant en face de lui.

— Rien du tout et, d'ailleurs, ce n'est plus une gamine », répliqua Ohayon d'un ton maussade.

Il composait et recomposait un numéro sur sa ligne extérieure.

« Et mignonne, par-dessus le marché, continua à le taquiner Tsila.

— Du nouveau ? » demanda-t-il, pour couper court à ses plaisanteries.

Pendant que le téléphone continuait à sonner occupé, Tsila lui fit son rapport : les témoins avaient tous été informés du jour et de l'heure de leur interrogatoire ; Balilti avait recueilli une première moisson de renseignements, plutôt décevante : les enseignants et les employés du département de littérature étaient des gens parfaitement ordinaires.

« Ça veut dire quoi "ordinaires" ? s'impatienta Ohayon que le signal occupé à l'autre bout de la ligne rendait irritable.

— Certains ont commis des infractions au code de la route, Ido Doudaï a participé à une manifestation interdite et, il y a quelque temps, Aharonovitz a porté plainte contre ses voisins pour tapage nocturne. Vous m'écoutez ?

— Oui, oui. Figure-toi que mercredi dernier, leur département avait organisé un séminaire ouvert au public. Une équipe de télévision était là pour l'enregistrer. Je veux voir le film... aujourd'hui même. »

Tsila se leva, passa de l'autre côté du bureau, sortit une feuille de papier et un stylobille tout mordillé d'un tiroir. Son bras effleura celui d'Ohayon. Elle le retira vivement.

« Tâche de joindre la femme de Touvia Shaï et aussi celle d'Ido Doudaï. Je veux les interroger.

— Je vous l'ai déjà dit hier, déclara-t-elle en reprenant sa place, si vous commencez à convoquer toutes les femmes avec lesquelles il a couché, vous aurez du pain sur la planche. »

Enfin, il joignit son correspondant, le Dr Hirsch de l'Institut médico-légal. Tsila sortit. Lorsqu'elle revint avec deux cafés, la feuille posée devant Ohayon était couverte de notes.

Il but une gorgée, fit une grimace et reprit sa conversation. Plusieurs minutes s'écoulèrent avant qu'elle ne s'aperçoive qu'il avait changé d'interlocuteur.

« Quel est le problème ? Ce n'est quand même pas sorcier, avec une marque aussi rare. » Un silence. « Si tu t'imagines que tu vas la retrouver sur ton ordinateur ! Depuis quand les morts déclarent-ils un vol de voiture ? Une Alfa Romeo blanche GTV de 1979. Tu n'as qu'à passer au peigne fin tout le mont Scopus. Je ne vais quand même pas t'apprendre ton boulot ! rugit-il avant de raccrocher brutalement.

— La secrétaire du département s'impatiente dans le couloir. J'ai oublié son nom. Elle est au bord de l'apoplexie. A propos, que dit Hirsch ?

— Son rapport ne sera prêt qu'après-demain. Il a dû attendre l'autorisation du tribunal avant d'entreprendre l'autopsie ; le fait que la victime n'avait pas de famille a compliqué les choses. Elie y a assisté... »

Bien qu'il eût les yeux baissés sur sa feuille, il imaginait sans mal la tête de Tsila. Elle devait être furieuse. Ayant horreur des autopsies, il confiait presque toujours cette corvée à Elie, ce qui la mettait en rage. Le jour où ton mari sera à ma place, il pourra y envoyer quelqu'un d'autre, faillit-il lui dire.

«... La victime présente des côtes fêlées et des hémorragies internes. Cependant, la mort serait due à une double fracture à la base du crâne. D'après Hirsch, Tirosh, sauvagement frappé, aurait perdu connaissance et, dans sa chute, aurait mortellement heurté un coin du radiateur.

— J'ignorais qu'il avait été roué de coups, dit Tsila.

— Il avait le visage atrocement défiguré, précisa-t-il en se souvenant qu'elle n'avait pas vu le cadavre. Ou bien son assaillant s'est servi d'un objet à portée de sa main — un presse-papiers, un gros cendrier, un bibelot — ou bien il avait apporté un instrument avec lui. Mais comme il ne semble pas s'agir d'un meurtre avec préméditation, j'en déduis que l'arme du crime se trouvait dans le bureau. L'Identité judiciaire n'a pas relevé de traces de sang ailleurs que sur le radiateur. En revanche, il y avait des empreintes digitales partout.

— Sait-on à qui elles appartiennent ?

— La plupart appartiennent à Tirosh et à ceux de ses collègues qui ont découvert son corps. Quant aux autres, elles n'ont pas encore été identifiées. Il faut dire qu'il recevait beaucoup de monde dans son bureau.

— Croyez-vous qu'une femme soit capable d'une telle brutalité ? demanda Tsila d'un ton pensif, en croisant les mains sur son ventre encore plat.

— Je ne sais pas. Sous l'empire d'une violente émotion, certaines personnes font parfois preuve d'une force diabolique. »

Il se renversa en arrière, étendit les jambes et alluma une cigarette. Il n'avait pas que cette enquête sur les bras, d'autres équipes, sous ses ordres, requéraient son attention, sans compter ses responsabilités en tant que directeur des Affaires criminelles et le fait qu'Azariya son second, venait de se faire opérer d'une hernie discale et ne serait pas de retour avant au moins un mois. Comme il aurait aimé s'abandonner aux douces mains de Tsila ! Depuis qu'elle était enceinte, il y avait quelque chose de si touchant, de si tendre en elle. Elle portait la même robe que la veille, qui laissait voir ses bras ronds et lisses. Il se ressaisit :

« Préviens Raphi que l'heure supposée de la mort se situe, en l'état actuel des choses, entre quatorze et dix-huit heures le vendredi. Personnellement, je dirais plutôt vers quatorze heures, car le service de sécurité n'a enregistré aucune entrée ou sortie après la fermeture des grilles. »

Tsila s'arrêta d'écrire et leva un sourcil interrogateur.

« Quand on veut rester sur le campus tard le soir en semaine ou après quatorze heures le vendredi, il faut en avertir le service de sécurité en appelant le 883000. C'est une simple formalité, mais elle est consignée. A propos, dis au grand chef que j'aurais besoin de le voir aujourd'hui. Et occupe-toi d'organiser une réunion de l'équipe pour demain matin à sept heures.

— Et le film, vous le voulez pour quand ? »

Il passa mentalement en revue son emploi du temps de la journée.

« Ce soir tard », répondit-il. Et d'ajouter après un instant de réflexion : « Puisque toute l'équipe sera là, nous en profiterons pour décider du programme de demain. »

Tsila se leva. Ses mouvements étaient plus lents que d'habitude. Avant qu'elle ouvre la porte, il la pria de faire entrer la secrétaire du département et brancha le magnétophone. Depuis son entretien avec Racheli, il se sentait tendu.

Adina Lipkine avait mis sa « plus belle robe », celle qu'une femme respectable estimait, sans doute, devoir porter lorsqu'elle avait affaire avec les autorités. Mais, apparemment, ces occasions étaient rares dans la vie d'Adina, car sa robe, plutôt chaude pour la saison, était d'une taille trop petite et moulait ses formes généreuses. Les joues rouges, le souffle court, le visage en avant, elle s'assit lourdement sur la chaise qu'il lui indiqua, en serrant contre elle son sac verni noir. Lorsqu'il voulut allumer une cigarette, elle lui lança un tel regard de reproche, qu'il la reposa, intacte, sur le bureau.

Qu'avait-elle fait le vendredi ? lui demanda-t-il d'entrée de jeu. Elle écarquilla les yeux comme une élève prise de court devant un examinateur.

« Vous voulez dire après la réunion des enseignants du département ?

— Oui, racontez-moi tout ce que vous avez fait ce jour-là.

— Ah, ah ! s'exclama-t-elle comme si tout s'éclairait. Si je me souviens bien — nul n'est à l'abri d'un trou de mémoire —, je suis arrivée au bureau à sept heures du matin. Quand l'année universitaire touche à sa fin, j'ai toujours un surcroît de travail. Les étudiants deviennent nerveux à l'approche des examens ; ils ont plein de travaux à rendre — je me demande d'ailleurs pourquoi ils attendent toujours la dernière minute, mais ça, c'est une autre histoire. »

Elle secoua la tête, sans déranger sa coiffure maintenue par une épaisse couche de laque, puis esquissa un faible sourire. Manifestement, elle était désireuse de lui être agréable, de se montrer à la hauteur de la situation.

« Bref, j'étais déjà au bureau à sept heures. J'en ai profité pour donner quelques coups de fil, avant que tout le monde arrive. Le vendredi, la journée est très courte. Même si, en principe, le secrétariat ne reçoit pas, il y a toujours des étudiants qui viennent demander des renseignements, sans parler des cas spéciaux. Il me semble avoir téléphoné au professeur Shaï au sujet d'un étudiant qui n'avait pas encore remis son mémoire, puis au professeur Zellermaier, toujours facile à joindre le matin, car je n'arrivais pas à déchiffrer ses questions d'examen et, enfin, au professeur Tirosh à propos d'un problème de budget qu'il était le seul à pouvoir régler. »

Se souvenant brusquement du drame, elle se tut un instant, pour repartir de plus belle dans l'énumération des tâches qu'elle avait accomplies ce jour-là. De temps en temps, Ohayon inscrivait quelques mots, ce qui semblait la remplir de satisfaction, sans pour autant interrompre son monologue. Etourdi par tant de volubilité, Ohayon avait du mal à distinguer le bon grain de l'ivraie. Une vingtaine de minutes s'écoulèrent avant qu'il ne se ressaisisse. D'une voix nasillarde, elle était en train de lui raconter son après-midi.

« J'attendais mes enfants pour le week-end. Ma fille n'était pas sûre de venir, car son mari ne se sentait pas bien. Il a d'ailleurs passé toute la journée d'hier à l'hôpital pour des examens. En plus, mon petit-fils avait un peu de fièvre... »

Etc., etc. Elle n'en finissait plus. Soudain, alors qu'elle en arrivait à la visite de sa fille, il réussit à articuler « Excusez-moi une minute », formule magique qui stoppa net ce torrent verbal. Il put enfin l'interroger sur les enseignants du département.

Ce qu'elle pensait d'eux, s'empressa-t-elle de préciser, concernait uniquement la façon dont ils remplissaient leurs obligations administratives : correction des devoirs, remise des notes, rapports de fin d'année, etc. A cette occasion, Ohayon apprit rapidement que le professeur Shaï corrigeait les dissertations de ses étudiants avec le plus grand soin, et les notait avec impartialité.

« Naturellement, ce n'est pas à moi de juger, mais tout passe entre mes mains. Les étudiants me remettent leurs travaux, je les communique aux professeurs, ce qui évite bien des malentendus. Il est déjà arrivé qu'un étudiant accuse un professeur d'avoir égaré sa copie », dit-elle en tirant sur sa robe.

Interrogée sur leur personnalité, sur d'éventuels

changements dans leur comportement, elle se montra gênée et beaucoup moins sûre d'elle.

« Les cancans ne m'intéressent pas, déclara-t-elle d'un ton sans réplique, lorsqu'il fit allusion aux relations entre Tirosh et l'épouse de Touvia Shaï. Le professeur Shaï fait son travail correctement, c'est tout ce que je sais. »

Quand il comprit — au bout d'une demi-heure — quelles questions il pouvait utilement lui poser, il apprit que Shaül Tirosh était parfois négligent, qu'il lui arrivait de communiquer les résultats des examens hors délais, que certains étudiants se plaignaient de la rareté de ses appréciations, que d'autres le soupçonnaient même de ne pas lire leurs dissertations, mais aussi qu'elle avait un peu peur de lui, qu'il l'intimidait.

« Quant à Ido Doudaï, poursuivit-elle d'une voix remplie d'émotion, c'était un gentil garçon, très attentionné. Peu de gens savent apprécier votre travail ; Ido était de ceux-là. Il ne manquait jamais de me remercier, de louer mon sens des responsabilités... »

Elle étouffa un sanglot, sortit un mouchoir en papier de son sac à main et se moucha bruyamment. Adina Lipkine incarnait la secrétaire qui s'identifie totalement à son emploi. Avait-elle toujours été comme ça ou l'était-elle devenue au fil des ans ? Il la regarda avec un intérêt renouvelé.

Cependant, le seul qu'elle admirait sans réserve était le professeur Arié Klein.

« Ça, c'est quelqu'un ! s'exclama-t-elle à trois reprises. Tout le monde l'adore. Si vous connaissiez sa femme... et ses filles ! » Penchant la tête de côté, elle poursuivit sur le ton de la confidence : « Tenez, pour vous donner un exemple. Comme vous le savez, c'est aux petites choses qu'on reconnaît les gens qui ont du cœur. » Ohayon approuva en silence. « Chaque fois qu'il revient de voyage, il me rapporte un petit cadeau, trois fois rien, une babiole, qui montre qu'il a pensé à moi... J'ai eu une année si difficile pendant son absence. »

Puis la conversation se porta sur les réunions du département. Elle n'y assistait pas, mais tous les procès-verbaux étaient rangés dans son bureau. Elle acceptait volontiers de les lui montrer, à condition, naturellement, qu'elle en reçoive l'autorisation.

Non, elle ne les avait jamais lus ; elle se bornait à les archiver. C'était, en général, un chargé de cours ou un assistant qui les prenait.

Non, elle n'assistait pas non plus aux séminaires du département. Elle travaillait si dur dans la journée, qu'elle préférait rentrer chez elle. « En outre, je n'aime pas laisser mon mari seul le soir. Certaines femmes ne s'en privent pas » — elle marqua une pause, comme pour laisser au commissaire le temps de deviner à quel genre de créatures elle faisait allusion — « mais moi, je passe la soirée en famille. »

Non, elle n'avait remarqué aucun changement dans le comportement de Tirosh, ni après le séminaire, ni après la réunion du vendredi. Il semblait seulement fatigué ; mais Ido aussi, sans doute à cause du khamsin.

Finalement, Ohayon la pria de lui énumérer les objets qui se trouvaient dans le bureau de Tirosh.

« Vous voulez dire les meubles, les livres ? demanda-t-elle perplexe.

— Oui, essayez de me décrire son bureau. Vous avez si bonne mémoire ! Par exemple, qu'y avait-il sur sa table ?

— Mais je n'y suis jamais entrée en son absence ! s'exclama-t-elle confuse.

— Certes, mais il a dû vous arriver d'y entrer quand il était là. Et puis, nous le savons tous, il est parfois plus facile d'aller voir quelqu'un à son bureau que de le joindre par téléphone. »

Elle acquiesça.

« Laissez-moi réfléchir », dit-elle en fronçant les

sourcils. Soudain son visage s'éclaira : « Ça y est, j'y suis. Je crois que cela me revient. »

Ohayon n'avait plus qu'à la laisser parler... et à prendre des notes.

Outre le « mobilier standard », un extincteur accroché au mur et, bien entendu, un téléphone, il y avait plusieurs étagères de livres, dont une réservée à la poésie (naturellement, elle était incapable de lui donner le nom des auteurs et le titre des ouvrages), ainsi que divers objets personnels : un tapis mexicain (sa fille lui en avait rapporté un semblable d'un de ses voyages ; elle-même n'aimait pas les tapis, parce c'étaient des ramasse-poussière et que sous le climat d'Israël, surtout en été... quoique l'hiver, à Jérusalem...), une statuette indienne en bronze, assez lourde, comme elle l'avait un jour constaté en la changeant de place (là encore, c'était une question de goût, mais à son avis, ce genre d'objet n'avait rien à faire dans un bureau de l'université. Non pas que cette statuette fût laide ou sans valeur, simplement, elle ne comprenait pas qu'un homme aussi raffiné que le professeur Tirosh...). Satisfaite, elle conclut :

« J'espère vous avoir été de quelque utilité. Voyez-vous, c'est la première fois que j'ai affaire à la police. »

Ohayon marmonna quelques paroles de remerciements, se leva pour signifier que l'entretien était terminé et la raccompagna jusqu'à la porte. L'affabilité avec laquelle il prit congé d'elle la fit rougir. Dès qu'elle eut disparu, il se précipita sur ses cigarettes, arrêta le magnétophone et composa le numéro de l'Identité judiciaire. Quelques minutes plus tard, Pnina l'informa qu'aucune statuette indienne n'avait été trouvée dans le bureau de Shaül Tirosh au mont Scopus.

Il raccrochait, quand Raphi Alfandari entra, tout essoufflé, les cheveux en bataille. Ohayon le regarda, surpris : Raphi était censé être en plein interrogatoire.

« Venez voir vous-même, insista-t-il. Tout s'est bien passé avec Kalitski et Aharonovitz. Mais elle, c'est une autre paire de manches. »

Les yeux fixes, le regard éteint, Touvia Shaï attendait toujours dans le couloir. Ohayon passa devant lui sans s'arrêter.

Vêtue d'un ensemble noir qui faisait ressortir la blancheur de son teint, Yaël Eisenstein était assise, les jambes croisées, de fines sandales noires aux pieds. La pièce où se déroulait son interrogatoire était si exiguë qu'avec sa table et ses trois chaises on pouvait à peine bouger. La jeune femme l'accueillit sans manifester le moindre trouble.

Ohayon retint son souffle, fasciné par sa beauté. Pendant quelques secondes, son regard erra sur sa peau laiteuse — qui semblait n'avoir jamais été exposée au soleil d'Israël —, sur ses lèvres vermillon, ses grands yeux bleus, son nez droit, son cou allongé, digne d'un tableau de Modigliani.

« Elle refuse de parler en l'absence de son avocat, dit Raphi.

— Pourquoi ? demanda Ohayon, sans cesser de la dévisager.

— C'est mon droit », répondit-elle laconiquement.

La douceur de sa voix contrastait étrangement avec la fermeté de son ton. Elle aspira une longue bouffée de sa cigarette. Ses doigts effilés étaient tachés de nicotine. Sur un signe d'Ohayon, Raphi s'éclipsa.

« Vous savez, dit-il après avoir allumé une cigarette et s'être installé à la place de son inspecteur, vous êtes un curieux personnage.

— Comment ça ? demanda-t-elle, une lueur d'intérêt dans les yeux, avant d'allumer une autre cigarette à son mégot.

— D'un côté, vous perdez connaissance et tout le monde se précipite pour vous réconforter, de l'autre, quand on vous interroge, vous réclamez un avocat. Auriez-vous commis un acte répréhensible ?

— Je ne réponds pas aux questions personnelles. Ma vie privée ne regarde que moi. »

De nouveau, il fut frappé par le contraste entre sa fragile beauté et son obstination. Cependant la moutarde lui monta au nez et il s'entendit déclarer :

« Ma petite dame » — il avait ce ton tranquille qui, selon ses subordonnés, était toujours le sien quand la colère le prenait —, « vous vous croyez peut-être sur un plateau de cinéma, mais comme il s'agit d'une enquête sur un meurtre, je vous prierai de bien vouloir cesser cette comédie. Vous voulez un avocat ? Un psychiatre ? Pas de problème !

— Un psychiatre ? Je ne vois pas ce qu'il viendrait faire là-dedans », dit-elle en décroisant les jambes.

Comprenant, à son expression, qu'il avait touché un point sensible, il ravala la repartie sarcastique qu'il avait au bout de la langue.

« Nous sommes en pays civilisé, dit-il enfin. Ce n'est pas parce que quelqu'un est en psychothérapie qu'on le soupçonne automatiquement de meurtre. Je suis tout disposé à vous laisser téléphoner à votre avocat, si vous en avez un. Simplement, j'estime cette démarche inutile. Du moins à ce stade.

— Pourquoi parlez-vous de psychothérapie ? » dit-elle en éclatant en sanglots.

Ohayon poussa un soupir de soulagement. Enfin, une réaction humaine ; les larmes, il connaissait.

« Votre collègue s'est montré d'une telle grossièreté à mon égard. J'étais à peine assise qu'il m'a demandé pourquoi je m'étais évanouie, si j'avais été la maîtresse de Shaül Tirosh.

— C'est le cas ? demanda-t-il, conscient qu'il prenait un risque.

— Pas vraiment ; c'est une vieille histoire.

— Vous pouvez préciser ?

— J'étais encore lycéenne que je lisais avec passion sa poésie. Un jour, je lui ai écrit et nous nous sommes rencontrés. Un peu plus tard à l'armée, j'ai fait le mur pour aller passer quelques jours avec lui.

— Et on vous a réformée... » dit Ohayon dans une intuition qui pouvait sembler le fruit du hasard mais qui, en réalité, venait de lui être soufflée par un souvenir de fac : l'un de ses condisciples avait été amoureux fou d'une jeune fille qui s'était sauvée de la caserne pour rejoindre Shaül Tirosh.

« Comment le savez-vous ? s'écria-t-elle, rouge de confusion, les yeux remplis de larmes. Vous avez tout dans vos dossiers, hein ?

— Je n'aurais pas cru qu'une femme comme vous attache de l'importance au service militaire.

— Je m'en moque. En revanche, je ne tolérerai pas qu'un policier de ce commissariat sordide s'immisce dans ma vie privée, déclara-t-elle, en haussant brusquement le ton.

— Et plus tard, vous avez fait un nouveau séjour en hôpital psychiatrique, n'est-ce pas ? » poursuivit Ohayon qui, maintenant, se souvenait de toute l'histoire.

Elle le regarda, terrorisée.

« Non, je n'ai été hospitalisée qu'une fois. »

Fiez-vous aux officiers du renseignement ! pesta intérieurement Ohayon. Pour eux, tout le monde est normal et les ordinateurs ne se trompent jamais !

« Pendant combien de temps ?

— Deux semaines. En observation. C'était le seul moyen pour moi de me faire réformer, puisque, de toute façon, je n'aurais pas supporté de rester à l'armée. La laideur me fait horreur. »

Un frisson la parcourut. Du petit sac à main gris perle qu'elle portait en bandoulière, elle sortit un briquet en or et alluma une autre cigarette.

Ohayon ne pouvait détacher son regard de cette singulière beauté qui semblait si incongrue dans ce bureau minable et qu'il ne pouvait s'empêcher d'associer au luxe et au raffinement de la demeure de Tirosh. Pourtant, curieusement, malgré ses seins ronds et pleins, sa taille fine, sa voix cristalline, elle ne lui inspirait aucun désir physique.

« Qui vous suit en ce moment ? » demanda-t-il, non sans le regretter aussitôt.

Elle se figea ; ses traits se durcirent. Un mur se dressa entre eux. Je suis allé trop vite, se reprocha-t-il. Toutefois, retrouvant sa détermination du début de leur entretien, elle répliqua :

« Cela ne vous regarde pas. De toute façon, il ne vous dirait rien à mon sujet. Il est tenu par le secret médical.

— A propos, vous avez assisté à la dernière réunion des enseignants de votre département qui s'est tenue vendredi matin ?

— Oui.

— Vous avez donc vu le professeur Tirosh ?

— Forcément. Il y assistait aussi.

— Vous a-t-il semblé comme d'habitude ?

— Qu'entendez-vous par là ? » rétorqua-t-elle en se lançant dans une longue digression sur le fait que personne n'était jamais « comme d'habitude », que les individus changeaient constamment d'humeur ou d'apparence.

Il regardait bouger ses lèvres, si rouges malgré l'absence de maquillage, tout en se demandant pourquoi elle ne l'attirait pas. Elle est trop froide, finit-il par conclure.

« Quand l'avez-vous vu pour la dernière fois ?

— A cette réunion du vendredi matin, répondit-elle sèchement.

— Pas après ?

— Que voulez-vous dire ? murmura-t-elle, mal à l'aise.

— Peut-être l'avez-vous vu après la réunion ? Dans son bureau, par exemple.

— Non, un taxi m'attendait pour m'emmener chez mes parents.

— Où habitent-ils ? »

Bien qu'il eût répété sa question, elle jugea inutile de répondre.

Il était déjà treize heures. Sans un mot, il sortit et

mit brièvement au courant Raphi Alfandari qui attendait dans la pièce voisine.

« Ne perds pas ton temps avec cette fille. Essaie seulement d'obtenir d'elle l'adresse de ses parents, de savoir l'heure à laquelle le taxi est venu la prendre à l'université vendredi dernier et ce qu'elle a fait ensuite. Demande-lui si elle accepterait de se soumettre au détecteur de mensonges. En ce qui me concerne, elle peut se présenter avec son avocat, si ça lui chante. »

Devant son bureau, il tomba sur Dani Balilti, tout en sueur et à bout de souffle.

« Justement, je vous cherchais. Entrons chez vous une seconde. »

Ohayon jeta un regard sur Touvia Shaï, toujours aussi apathique dans son coin, et suivit Balilti.

« J'ai du nouveau pour vous, patron. Primo, on a retrouvé la bagnole de Tirosh. Sur le parking de l'hôpital Hadassah, au mont Scopus. Je parie que c'est l'assassin qui l'a mise là pour retarder la découverte du corps. Les clés étaient à l'intérieur, ce qui fera plaisir à l'Identité judiciaire, qui s'étonnait de leur disparition. Deuxio... » Balilti rentra sa chemise dans son pantalon et essuya son visage moite. « Arié Klein est rentré en Israël jeudi après-midi et non samedi comme prévu. Sa famille l'a rejoint samedi dans la nuit. Tertio, Yaël Eisenstein a été réformée pour raison psychiatrique, alors qu'elle n'avait pas fini ses classes. A l'époque, elle était la maîtresse de Tirosh. »

L'air triomphant, Balilti marqua une pause, dans l'attente de félicitations. Ohayon se contenta de lui sourire.

« Tiens donc ! Tu as d'autres détails ? »

Balilti promit de lui apporter un double du rapport psychiatrique « dans les deux heures ». Ohayon se dispensa de lui demander comment il comptait se procurer ce genre d'informations confidentielles. Depuis le temps qu'il travaillait avec cet officier des renseignements, il s'était habitué à ses ruses pour contourner la loi et préférait fermer les yeux, ce qui ne l'empêcha pas d'ajouter : « J'aimerais aussi savoir si elle est encore en psychothérapie et avec qui. »

Balilti prit un air vexé : « Pour qui me prenez-vous ? M'est-il déjà arrivé de vous laisser en plan ? D'ici la fin de la journée, vous saurez tout.

— Très bien, mais n'oublie pas, rétorqua-t-il, sachant que cette objection le piquerait au vif, que ça fait une paye qu'elle a été réformée.

— Quatorze ans et sept mois, très exactement, dit Balilti en regardant la tasse vide sur le bureau. J'en connais une qui a oublié de vous remuer le sucre ! »

Sur ces mots, il s'en alla, tout content de lui.

Le téléphone noir se mit à sonner. C'était un appel interne.

« Ohayon ?

— Oui, monsieur le commissaire divisionnaire, répondit-il, toujours attentif à respecter les formes, de crainte de rompre le délicat équilibre qui s'était établi entre eux.

— Je vous attends dans mon bureau », dit Arié Lévy, en raccrochant sans autre explication.

Ohayon fit la grimace, alluma une cigarette et sortit.

« Je suis à vous dans une minute », dit-il à Touvia Shaï, qui patientait toujours dans le couloir, le regard vide, le visage blême.

Il monta quatre à quatre jusqu'au deuxième étage. Guila, la secrétaire de Lévy, était assise devant sa machine à écrire.

« Il vous attend », le prévint-elle, avant d'ajouter tout en glissant un papier carbone entre deux feuilles blanches : « Alors, quand viendrez-vous prendre un café avec moi ?

— Que me veut-il ?

— Aucune idée. Je sais seulement que j'ai perdu toute la matinée à téléphoner à Eilat. Et ce café ? » insista-t-elle en examinant ses ongles manucurés.

Ohayon ne manquait jamais de la complimenter sur leur état impeccable, malgré les heures qu'elle passait à sa machine. Ce jour-là, ils étaient peints en argent brillant.

« Dès que j'aurai un peu de temps libre. Et chez vous, tout va bien ? Les enfants ?

— Oui, tout le monde est en bonne santé, Dieu merci », répondit-elle avec gratitude.

Il suffit d'avoir un mot gentil, songea-t-il, un peu honteux de son hypocrisie, avant d'écraser sa cigarette dans le cendrier.

Trônant derrière son vaste bureau, Arié Lévy pianotait nerveusement. Hormis une grande feuille de papier étalée devant lui et un galet faisant office de presse-papiers, le dessus de sa table était vide.

« Asseyez-vous, Ohayon. »

Ohayon n'eut pas besoin de faire beaucoup d'efforts pour deviner l'humeur de son chef. Manifestement, quelque chose l'avait mis hors de lui. Il attendit patiemment que les bordées d'injures qui ponctuaient son discours s'apaisent, tout en glanant au passage des informations : dès que l'Institut médico-légal l'avait informée qu'Ido Doudaï avait été assassiné, la police d'Eilat avait constitué une CSE, puis demandé et obtenu du sous-district du Neguev qu'on lui envoie en renfort deux inspecteurs. Arié Lévy était furieux de cette décision.

« Bref, dit-il en lâchant un dernier juron, ils veulent que vous interrogiez sa famille, ses collègues, tous ceux dont le témoignage vous semblera utile et que vous leur transmettiez vos conclusions. Mais c'est eux qui gardent la haute main sur l'enquête. »

Ohayon connaissait trop bien les rouages de la police pour se fâcher. Il imaginait parfaitement le tableau : la demande d'aide adressée au sous-district du Neguev par la police criminelle d'Eilat, puis transmise au district sud, et enfin au QG de la police nationale. La seule chose qui l'étonnait était la rapidité avec laquelle le processus avait été enclenché.

« Quel est le grade du chef de l'antenne d'Eilat ?

— Commissaire principal, répondit Lévy avec une pointe de mépris. Ils n'ont pas de labo, seulement un expert judiciaire ; c'est pourquoi, dès samedi, ils ont fait appel au sous-district. Quand le premier médecin leur a annoncé qu'il s'agissait d'une mort violente, sans doute une intoxication à l'oxyde de carbone, ils ont envoyé les bouteilles et tout l'équipement de plongée à l'Institut océanographique, qui a confirmé.

— A mon avis, ils s'apercevront bien vite que tout commence ici, à Jérusalem, dit Ohayon après un instant de réflexion. Et du coup, la direction des Affaires criminelles nous renverra le dossier.

— Oui, mais quand ? vociféra Lévy en tapant du poing sur la table. Tout ce temps gaspillé, alors qu'il est clair que cette enquête doit être menée d'ici. Et en plus, c'est eux qui récolteront les fruits de notre travail ! »

Il étala ses grosses mains poilues sur la table et contempla son alliance.

Ohayon avait tendance à oublier que derrière la silhouette corpulente du commissaire divisionnaire se cachait aussi un homme courageux qui avait réussi à la force du poignet et qui, à cinquante-cinq ans, ne pouvait espérer grimper plus haut dans la hiérarchie de la police.

« Dois-je vous rappeler qui dirige actuellement les Affaires criminelles au district sud ? Votre vieux copain, le commissaire divisionnaire Emmanuel Shorer. Vous auriez peut-être intérêt à lui en toucher un mot, afin qu'il ramène les gens d'Eilat à la raison. Autre chose, ce n'est pas parce que vous êtes le chouchou des médias que, cinq minutes après avoir été nommé à la tête d'une CSE, vous devez parader devant les caméras de télévision. »

Ohayon alluma une cigarette pour gagner du temps, puis demanda à quoi, exactement, son chef faisait référence.

« Vous n'avez pas regardé la télé, hier soir ?

— Non, j'ai travaillé jusque tard dans la nuit. Pourquoi ?

— Demandez autour de vous, répliqua Lévy un peu radouci. Votre portrait en gros plan avec vos états de service au journal de minuit : "Le commissaire principal Michaël Ohayon, l'homme qui s'est illustré dans quantité d'affaires criminelles, a été chargé de cette délicate enquête." Ohayon, vous ne travaillez pas tout seul !

— Je ne leur ai pas couru après... commença Ohayon d'un ton agacé, mais Lévy n'avait que faire de ses explications.

— Si vous voulez que cette affaire soit portée à votre crédit, l'interrompit celui-ci, débrouillez-vous pour que le district sud nous la confie au plus vite. Et ne croyez surtout pas que je vais aller ramper devant Shorer, votre ex-patron. Pour qui il se prend, celui-là ? Trois fois, Guila a essayé de le joindre, et trois fois, il a fait répondre par sa secrétaire qu'il n'était pas dans son bureau ! Que dois-je en conclure, d'après vous ? Quand il était ici, sous mes ordres... »

La porte s'ouvrit. Guila entra avec deux gobelets de jus d'orange, les déposa sur le bureau et se retira en adressant un clin d'œil à Ohayon.

« D'accord, je parlerai à Shorer aujourd'hui même, déclara Ohayon, bien qu'à mon avis, un mot de vous suffirait. Je sais qu'il vous tient en très haute estime. »

Lévy, qui buvait son jus d'orange, le dévisagea avec méfiance, puis se détendit :

« Après tout, c'est votre enquête. A vous de veiller à ce qu'elle ne vous échappe pas. »

Ohayon hocha la tête.

« A propos, votre inspectrice — comment s'appelle-t-elle déjà ?- a cherché à me voir. Qu'est-ce qu'elle me voulait ?

— Qui ? Tsila ? Je lui ai demandé de me fixer un rendez-vous avec vous dès aujourd'hui, parce que

Azariya sera indisponible encore quelques semaines et je ne sais pas qui va assurer la supervision des autres équipes ; non pas que je veuille m'en décharger, mais il faut être réaliste.

— Très bien, répondit Lévy, après un instant de réflexion. Je vais voir ça avec Guiora. Il continuera à vous tenir au courant, mais je veux que ce soit vous qui gardiez les commandes, compris ? »

Ce n'est qu'une fois sorti de la pièce et après avoir pris congé de Guila en lui effleurant la joue, qu'Ohayon se rendit compte que son chef avait modifié la formule par laquelle il mettait généralement fin à leur entretien : « Vous n'êtes pas à l'université ici, compris ? » Se pouvait-il que le divisionnaire le considérât enfin comme un homme de son bord ? Ce qui avait ses avantages, mais aussi ses inconvénients.

Le visage enfoui dans ses mains, les coudes reposant sur ses genoux, Touvia Shaï était toujours assis devant la porte de son bureau. Après avoir pris rendez-vous avec Emmanuel Shorer, son prédécesseur à la tête des Affaires criminelles du sous-district de Jérusalem, Ohayon invita Touvia Shaï à entrer. Celui-ci était si absorbé dans ses pensées qu'il dut lui tapoter l'épaule. Surpris, le professeur se leva et le suivit à l'intérieur. Son visage s'anima une fraction de seconde, avant de se fermer à nouveau.

CHAPITRE IX

La voix monocorde, Touvia Shaï répondait à ses questions de manière claire et concise. Ohayon avait commencé par l'interroger sur son déjeuner avec Shaül Tirosh, le vendredi, après la réunion du département. Tirosh avait pris une soupe aux légumes et une escalope viennoise avec des pommes vapeur. Lui-même s'était contenté d'un bouillon clair, le khamsin lui ayant coupé l'appétit. Vers midi trente, il avait raccompagné Tirosh jusqu'à son bureau. Oui, il y était entré pour prendre quelque chose.

« Quoi ? demanda Ohayon.

— Le texte d'un examen que Tirosh avait préparé pour ses étudiants. Je devais le remettre, dimanche, à Adina pour qu'elle en fasse des photocopies.

— Monsieur Shaï, accepteriez-vous de vous soumettre au détecteur de mensonges ?

— Pourquoi pas ? » répondit-il avec indifférence.

Le dos légèrement voûté, les mains posées sur la table, il fixait la fenêtre derrière le policier, comme s'il écoutait une autre conversation, ailleurs. Plus l'interrogatoire progressait, plus Ohayon avait la sensation, presque physique, d'être en face d'une ombre.

« On m'a dit que vous étiez très amis. »

Shaï fit un vague signe de tête.

« Dans ce cas, sa mort brutale vous a sans doute profondément affecté... »

Pas un muscle de son visage ne bougea.

Ohayon alluma une cigarette. Cela faisait une heure qu'il s'évertuait à le secouer de son hébétude. Il décida d'employer la méthode directe :

« Ido Doudaï a été assassiné ! Ce n'était pas un accident. »

Touvia Shaï se tassa encore un peu plus sur sa chaise.

« Vous étiez déjà au courant ? »

Shaï secoua la tête.

« Et qu'est-ce que cela vous fait, maintenant que je vous l'ai appris ? »

Pas de réponse.

« Les détails ne vous intéressent pas ? »

Shaï baissa la tête.

« A moins que vous ne les connaissiez déjà ? » demanda Ohayon, de plus en plus furieux.

Touvia Shaï releva la tête et, pour la première fois, le regarda droit dans les yeux. Les larmes lui brouillaient la vue. D'un geste maladroit, il passa un doigt derrière ses épaisses lunettes, s'essuya un œil, puis l'autre, mais ne répondit pas.

Lorsqu'il réécouta cette partie de l'enregistrement, Ohayon eut la surprise de constater que l'interminable silence qui avait suivi n'avait en fait duré que quelques secondes.

« Vous pratiquez la plongée sous-marine ?

— Non, dit Shaï avec un sourire las.

— De toute façon, on n'a pas besoin de savoir plonger pour remplir d'oxyde de carbone une bouteille censée contenir de l'air comprimé. Vous avez étudié la chimie ?

— Mais où voulez-vous en venir ? s'écria-t-il soudain d'une voix étranglée. J'étais très attaché à Ido.

— Ah oui ? Connaissez-vous quelqu'un qui ne l'aimait pas ?

— Non, je ne vois pas. J'ignore qui l'a tué.

— Que s'est-il passé exactement lors du dernier séminaire de votre département ? »

Touvia Shaï se redressa. Une brève lueur passa dans ses yeux puis s'éteignit.

« Ce séminaire avait pour sujet : "Bonne et mauvaise poésie." Shaül Tirosh, Ido Doudaï et moi-même avons prononcé une communication.

— S'est-il produit un incident, quelque chose de particulier ?

— Que voulez-vous dire ? C'était un séminaire de département. Peut-être devrais-je vous expliquer en quoi cela consiste, dit Shaï en retrouvant un peu de vitalité.

— Inutile, j'ai moi-même participé à ce genre de réunions quand je préparais ma maîtrise, laquelle, entre parenthèses, m'a valu les félicitations du jury et un prix », ne put-il s'empêcher de répondre.

D'ordinaire, il s'interdisait ce genre de « satisfactions puériles ». Les rares fois où il faisait mention de ses succès académiques, c'était toujours de façon délibérée, soit pour impressionner un suspect, soit pour imposer le respect à un témoin enclin à traiter la police avec mépris. Or là, ses lauriers universitaires n'avaient aucune chance d'épater Touvia Shaï.

« Nos séminaires de département, dit néanmoins celui-ci, sont généralement consacrés à des questions d'ordre théorique. Chacun peut y présenter un article avant publication, un chapitre de sa thèse de doctorat ou de son mémoire de maîtrise. Nous en organisons environ un par mois. »

Ainsi, cet homme terne pouvait aussi s'exprimer avec conviction et intéresser une classe entière d'étudiants.

« J'ai cru comprendre que le séminaire de mercredi dernier avait un caractère spécial. Les médias s'étaient déplacés pour y assister, n'est-ce pas ? »

Touvia Shaï parut soulagé. Ce n'est qu'en visionnant le film tourné par la télévision qu'Ohayon comprendrait pourquoi.

« Ah oui, les médias, répondit Shaï, songeur. Ils

étaient venus pour Shaül. Les médias, comme vous dites, l'adoraient. »

Sur quoi, il baissa la tête d'un air triste et retomba dans son mutisme.

Impuissant, Ohayon sentit monter en lui un nouvel accès de rage. Il avait envie de lui dire des choses blessantes. Les réactions de cet homme le troublaient, l'irritaient. Pourquoi avait-il accueilli avec tant d'indifférence, de froideur, la nouvelle du meurtre de son ami, Ido Doudaï ?

« En revanche, il semblerait que vous aviez des raisons d'en vouloir à Tirosh », dit Ohayon d'une voix tranchante.

Touvia Shaï resta un moment sans réagir, puis leva vers lui des yeux interrogateurs. Tiens, j'ai piqué sa curiosité, se dit Ohayon. Mais aucune question ne vint.

« Si ça se trouve, c'est peut-être vous qui l'avez tué, finit-il par déclarer, tout en observant cette poitrine creuse, ces bras maigres, ces épaules étroites.

— Libre à vous de le penser, mais ce n'est pas la vérité », dit Shaï d'un ton las, au lieu de se récrier, indigné : « Pourquoi donc l'aurais-je fait ? »

Après avoir entendu l'enregistrement et lu la déposition qu'Ohayon avait rédigée à la hâte et que Shaï avait signée sans même y jeter un coup d'œil, tous les membres de l'équipe tombèrent d'accord pour penser que leur patron aurait dû se montrer plus pugnace, qu'il avait raté l'occasion d'aborder la question du mobile. « Quand une enquête commence, remarqua Elie Bahar d'un air critique, vous aimez passer pour un doux. Je trouve cela plus cruel que ma méthode, qui consiste à aller droit au but. »

« Quelqu'un vous a-t-il vu quitter l'université ? reprit Ohayon.

— Je n'en sais rien », répliqua Shaï en haussant les épaules.

Après un nouveau silence, Ohayon poursuivit :

« Pouvez-vous me dire ce qu'il y avait habituellement sur le bureau de Tirosh, au Mont Scopus ? »

Sans s'étonner de l'étrangeté de la question, Shaï commença à énumérer divers objets : un petit cendrier persan, un presse-papiers en forme de cube, un grand agenda de bureau, une pile de copies dans le coin à droite, une statuette indienne...

« Pouvez-vous me la décrire ? l'interrompit Ohayon.

— Il s'agit d'une statue de Shiva, relativement ancienne, d'une trentaine de centimètres de hauteur, en bronze et en cuivre. »

Ohayon, qui scrutait attentivement Touvia Shaï, ne détecta pas le moindre changement, ni dans son expression ni dans sa voix.

« Et après avoir quitté l'université, qu'avez-vous fait ?

— Je suis allé voir un film.

— Où ça ?

— A la Cinémathèque, répondit Shaï comme si c'était évident.

— Qu'avez-vous vu ? demanda Ohayon en sortant son stylo.

— *Blade Runner.*

— Seul ?

— Oui.

— Pourquoi ? »

Shaï le regarda, ébahi.

« Comment se fait-il que vous étiez seul ? répéta Ohayon.

— Le vendredi après-midi, je vais toujours seul à la Cinémathèque », dit-il, avant d'ajouter en guise d'explication : « D'une façon générale, je préfère aller seul au cinéma.

— C'était la première fois que vous voyiez ce film, *Blade Runner* ?

— Non, la troisième, dit-il avec une soudaine passion.

— Il doit vous plaire, alors. Qui était assis à côté de vous ?

— Je n'ai pas fait attention.

— Y avez-vous rencontré une personne de votre connaissance ?

— Je ne pense pas.

— Peut-être avez-vous gardé le billet ?

— Non, s'empressa d'affirmer Shaï.

— Comment en êtes-vous si certain ?

— Parce que, après l'avoir tripoté pendant tout le film, je l'ai jeté en sortant.

— Peut-être que l'ouvreuse, la caissière, quelqu'un se souvient de vous ?

— Ça m'étonnerait.

— Pourquoi, puisque vous prétendez y aller souvent ?

— Parce que ce n'est pas le genre d'endroit où l'on vous remarque.

— De toute façon, nous vérifierons », l'avertit Ohayon.

Touvia Shaï haussa les épaules.

« La séance s'est terminée à quelle heure ?

— Quatre heures et quart, quatre heures et demie, je ne m'en souviens pas exactement, mais vous pouvez vous renseigner à la Cinémathèque.

— Nous n'y manquerons pas. Et ensuite, qu'avez-vous fait ?

— Je me suis promené, répondit Shaï en levant les yeux vers la fenêtre.

— Où ? » s'impatienta Ohayon.

Bien qu'il dût lui arracher chaque mot, Ohayon n'avait aucune raison de supposer que le témoin cherchait à lui dissimuler quelque chose ; n'empêche que son apathie, son absence de réaction, commençait sérieusement à lui porter sur les nerfs.

« Je suis rentré chez moi à pied, en longeant la porte de Jaffa, puis j'ai traversé tout le quartier de Ramat Eshkol.

— Vous n'avez pas de voiture ?

— Si, une Subaru, mais ce matin-là, je l'avais laissée dans le parking de mon immeuble.

— Vous vous rendez toujours à pied à l'université ?

— Non, mais cela m'arrive, en particulier le vendredi. »

Ohayon attendit quelques explications complémentaires — sur les bienfaits de l'exercice physique, sur la beauté de la ville —, mais il en fut pour ses frais.

« Donc, vous êtes allé à pied du Mont Scopus à la Cinémathèque et de là, chez vous ? »

Touvia Shaï fit signe que oui, et répondit aux questions suivantes avec le même calme indifférent : « Je n'ai vu personne. Pour autant que je me souvienne. » Puis : « Je ne sais pas quelle heure il était exactement. Quand je suis arrivé chez moi, il faisait déjà nuit. »

Ohayon regardait ses cils blonds, ses paupières rougies, ses cheveux rares, d'une couleur indéfinissable.

« Ma femme était à la maison, mais elle dormait, précisa-t-il en réponse à une nouvelle question.

— A propos de votre femme, que pensez-vous des liens particuliers qui existaient entre elle et Shaül Tirosh ? » demanda Ohyaon d'un ton détaché, en allumant une autre cigarette.

Telles qu'il voyait les choses, c'était maintenant que l'interrogatoire commençait vraiment. Il s'attendait à une réaction indignée. A sa grande surprise, Touvia Shaï ne broncha pas, se contentant de relever la tête et de le dévisager avec une expression de mépris — pour la naïveté de la race humaine en général et de ce policier en particulier.

« Qu'en pensiez-vous ? insista Ohayon. Saviez-vous que votre femme avait une liaison avec Shaül Tirosh ? »

Touvia Shaï hocha la tête affirmativement, et dans

ses yeux, Ohayon crut discerner un profond désespoir.

« Qu'en pensiez-vous ? » répéta-t-il.

Comme Shaï ne répondait toujours pas, il déclara avec calme :

« Je ne vous apprendrai rien en vous disant que la jalousie est un mobile extrêmement fréquent. »

Silence.

« Professeur Shaï ! Je vous conseille de répondre à mes questions, si vous ne voulez pas que je vous arrête. Vous aviez le mobile, les moyens et l'opportunité d'assassiner Tirosh. Vous prétendez être allé au cinéma, vous être longuement promené, mais vous n'avez pas de témoin. Il est temps que vous preniez cette affaire au sérieux. »

Touvia Shaï opina, comme pour dire : je comprends.

« Depuis combien de temps votre femme était-elle la maîtresse de Tirosh ?

— Depuis plusieurs années. Je vous saurais gré de ne pas utiliser ce terme de “maîtresse”.

— Quand l'avez-vous découvert ? poursuivit Ohayon, de plus en plus désorienté par l'attitude de cet homme.

— Je crois que je l'ai su dès le début, mais c'est seulement il y a deux ans que je les ai surpris ensemble.

— Quelle a été votre réaction ?

— C'est un peu compliqué à expliquer, mais je peux vous assurer que la mort de Tirosh n'a rien à voir avec ça.

— En avez-vous parlé à quelqu'un ?

— Non.

— Pas même à votre femme ?

— Non.

— Ni à Tirosh ?

— Non, à personne. Cela ne regardait que moi.

— Vous conviendrez, fit observer Ohayon, que ce

genre de situation peut susciter des interrogations, quand l'un des protagonistes a été assassiné. »

Touvia Shaï approuva en silence.

« Monsieur Shaï, reprit Ohayon d'un ton solennel, aimez-vous votre femme ?

— Les sentiments qui nous animent sont plus complexes que vous ne l'imaginez. Apparemment, nous ne sommes pas des gens comme tout le monde. »

Ohayon le dévisagea avec étonnement. Au moment où il s'y attendait le moins, Shaï se lança, spontanément, dans une tentative d'explication.

« Cela vous paraîtra sans doute étrange, mais ma femme et moi n'en parlions jamais, et Shaül n'y a jamais fait allusion en ma présence. Si j'étais à votre place, je commencerais par me poser cette question : pourquoi a-t-il attendu tant d'années pour le tuer ? »

Cette fois, ce fut au tour d'Ohayon de rester silencieux. Cet homme, que les journaux à sensation, avides de faits divers, auraient présenté comme un faible, un minable, semblait mû, par-delà sa détresse et son mutisme, par une force supérieure. Oublie tes idées toutes faites, s'admonesta Ohayon. Essaie de voir les choses de son point de vue. Suppose qu'il acceptait que Tirosh couche avec sa femme. Quelle autre raison aurait pu le pousser à l'assassiner ?

« Monsieur Shaï, saviez-vous que Tirosh avait aussi une liaison avec Ruth Doudaï ?

— Non, je l'ignorais. Mais pourquoi me dites-vous ça ? répondit Shaï, avec agacement.

— Eh bien, répondit Ohayon en pesant chaque mot, si vous ne haïssiez pas Tirosh quand il était l'amant de votre femme, peut-être n'avez-vous pas supporté qu'il la quitte. N'est-ce pas là un mobile suffisant ?

— Qui vous dit qu'il l'a quittée ? Shaül était capable de mener plusieurs liaisons à la fois.

— Pourtant, cela vous met en colère, annonça Ohayon en le fixant intensément.

— Oui, admit Shaï, apparemment surpris par sa propre réaction, mais pas pour la raison que vous croyez.

— Expliquez-vous, ordonna Ohayon en se penchant par-dessus la table.

— D'après vous, je m'identifierais si étroitement à Rouhama que j'aurais tué Tirosh s'il l'avait "quittée", comme vous dites. C'est un point de vue intéressant, profond même, mais qui ne correspond pas à la réalité.

— Alors, pourquoi êtes-vous en colère ?

— Disons que je me sentais très proche de Shaül.

— Mais ?

— Il n'y a pas de "mais". Shaül Tirosh se tenait au-delà du bien et du mal, pour parler en termes nietzschéens. Hélas, je crains que cela ne dépasse votre entendement.

— Professeur Shaï, acceptez-vous de vous soumettre au détecteur de mensonges aujourd'hui même ? »

Shaï fit signe que oui. Cette perspective ne semblait pas l'effrayer. Ohayon le pria d'attendre dans la pièce voisine et arrêta le magnétophone.

Il était un peu moins de quatre heures, lorsqu'il remit Touvia Shaï entre les mains d'Elie Bahar, afin qu'il lui explique le déroulement du test : « Si nous le laissons mariner pendant vingt-quatre heures, il sera à point pour demain après-midi, du moins, je l'espère », soupira Ohayon. Touvia Shaï lui avait sans doute dit la vérité, mais apparemment, elle lui avait échappé.

Savoir que Shaï allait passer au détecteur de mensonges le rassurait en partie. Il lui avait proposé de s'y soumettre le jour même, bien qu'il sût pertinemment que ce n'était pas possible, car tout suspect devait subir une préparation : l'enquêteur l'informait des questions auxquelles il aurait à répondre et vérifiait qu'elles étaient bien comprises.

« Tsila vous a rapporté un sandwich. Vous devez

mourir de faim, dit Elie Bahar, en passant une main dans ses cheveux.

— C'est gentil de sa part. Zut, je n'ai pas encore réglé ma facture d'électricité. Si ça continue, je vais me retrouver sans lumière. »

Elie Bahar fit un geste compréhensif et décrocha le téléphone noir qui était en train de sonner :

« Oui, il est là. C'est pourquoi ? » demanda-t-il avant de raccrocher au bout de quelques secondes.

« Rouhama Shaï, la femme de Touvia Shaï, est là, comme vous l'avez demandé. Elle attend dans la salle de réunion. »

Ohayon jeta un coup d'œil à sa montre : il était quatre heures une de l'après-midi. Comme dans un film en accéléré, il vit défiler devant ses yeux ses factures d'électricité, Youval, son fils, qui l'attendait à la maison, Maya qui, depuis plusieurs jours, n'avait pas donné de ses nouvelles — bref, « la vie hors de ces murs », comme l'appelait Tsila quand ils étaient plongés dans une enquête. Cette vie à laquelle il aspirait, mais qui lui semblait si lointaine, quasiment inaccessible. Depuis le début de la matinée, il avait fait la connaissance de quatre personnes et s'était efforcé de deviner leur caractère, leurs habitudes, leurs goûts, leur psychologie. A présent, il s'apprêtait à découvrir encore un autre aspect de l'étrange configuration que dessinait ce département de littérature. Il avait deux heures devant lui, jusqu'à son rendez-vous avec Shorer, dans un café.

« Je vais commencer son interrogatoire, mais envoie-moi Raphi au cas où j'aurais besoin qu'il prenne la relève.

— Tsila s'est arrangée pour que le film soit projeté à dix heures, ce soir. Vous voulez qu'on y assiste tous ?

— Absolument. A propos, ce n'était pas trop pénible, cette autopsie ? » ajouta-t-il, se sentant vaguement coupable de s'être déchargé de cette corvée sur son inspecteur.

Au lieu de lui répondre directement, Bahar se lança dans un long rapport dont les conclusions rejoignaient celles que Hirsch lui avait déjà communiquées par téléphone.

« L'analyse des viscères n'a révélé aucune trace de poison dans l'estomac, précisa Bahar en réponse à une question qui n'avait cessé de lui trotter dans la tête. Alors, patron, on passe vous prendre un peu avant dix heures ?

— Non merci, je m'y rendrai par mes propres moyens. »

Il décrocha le téléphone noir et pria Tsila de faire entrer Rouhama Shaï, tout en se demandant où il allait puiser l'énergie nécessaire pour l'interroger.

CHAPITRE X

« Voilà tout ce que je sais pour le moment », dit Ohayon en guise de conclusion.

Emmanuel Shorer, qui l'avait écouté avec attention, les yeux fixés sur le cendrier rempli de mégots et d'allumettes brisées en deux, leva la tête. Ils étaient installés au café de la maison Anna Ticho, où l'on pouvait admirer une exposition permanente des œuvres de cette artiste-peintre de Jérusalem. La terrasse circulaire était bondée, chacun voulant profiter de la fraîcheur du soir. Pas une étoile ne brillait dans le ciel ; les pins et les hauts cyprès du jardin se dressaient comme des ombres menaçantes. A la table voisine de la leur, deux femmes d'âge mûr échangeaient des confidences ponctuées d'éclats de rires stridents.

Emmanuel Shorer termina sa bière et s'essuya la bouche.

« Quand, exactement, a-t-il rompu avec Rouhama Shaï ?

— Jeudi matin. On a trouvé des empreintes de cette dame dans son bureau. Apparemment, il était si pressé d'en finir avec elle qu'il n'a pas cherché à la rencontrer ailleurs.

— Peut-être craignait-il qu'elle lui fasse une scène.

— Il suffit de la voir pour comprendre que ce n'est pas son genre.

— Revenons-en à cette histoire de bouteilles ;

as-tu vérifié où l'on peut se procurer de l'oxyde de carbone ?

— Oui. A l'université même, n'importe quel labo de chimie ou de physique en a. On peut aussi facilement en commander à un fournisseur spécialisé.

— L'un de ces labos a-t-il porté plainte pour vol, récemment ? »

Ohayon attendit que la jeune serveuse dépose son deuxième express et s'éloigne avant de répondre. Que de fois, du temps où Emmanuel Shorer était son supérieur immédiat, ils s'étaient retrouvés dans le café près de l'Esplanade russe pour discuter au calme d'une affaire épineuse. Triturant son épaisse moustache — il l'avait rasée depuis — Shorer lançait parfois une phrase, en apparence anodine, dont la portée ne se révélait à lui qu'après coup.

« Pour autant que je sache, non. Mais, à mon avis, on ne peut pas totalement se fier au service de sécurité de l'université. L'un des ingénieurs responsables des laboratoires m'a rapporté qu'on pouvait y entrer comme dans un moulin, que beaucoup de gens avaient les clés. »

Tout en discutant, il repensait à son entretien avec Rouhama Shaï. Encore sous le choc, celle-ci n'arrivait pas à se concentrer sur les questions qu'il lui posait. Pendant toute la première heure, il n'avait rien pu tirer d'elle. Ce n'est qu'après qu'il eut, pour la quatrième fois, insisté sur la position « délicate » dans laquelle se trouvait son mari, qu'elle s'était décidée à parler ; son débit était haché et mécanique, un peu comme celui de Shaï. Très vite, il avait compris que sa liaison avec Tirosh avait pris fin. (« De qui est venue l'initiative ? » « De lui. » « Pourquoi ? » « A cause de Ruth Doudaï. ») Depuis leur rupture, le jeudi matin, elle avait dormi presque sans interruption jusqu'au dimanche après-midi. Elle était incapable de dire ce qu'avait fait Touvia pendant ces quelques jours.

Visiblement, le meurtre de Tirosh l'avait bouleversée, mais pas vraiment surprise, comme s'il répondait à une certaine logique. Quand il lui avait fait part de cette réflexion, elle l'avait regardé, ébahie. Invitée à se soumettre au détecteur de mensonges, elle avait déclaré en haussant les épaules : « Je n'ai rien à cacher. » Comme son mari, elle semblait absente, dans un ailleurs inaccessible. Qu'est-ce qu'un Don Juan comme Tirosh pouvait bien trouver à cette femme aux beaux yeux noisette, mais au regard éteint, aux bras graciles, aux hanches étroites, à la peau si transparente qu'on voyait les veines courir dessous ? Décidément, certaines choses dépassaient son entendement, dont la moindre n'était pas « le chemin de l'homme vers la femme ».

Il se sentait si fatigué que la perspective de se rendre au studio de télévision, où devait avoir lieu la projection du film, le rendait nerveux.

« Tu bois trop de café, le rabroua Shorer, tu fumes trop aussi. A ton âge, tu devrais faire attention. Regarde-moi : ça fait quatre ans que j'ai arrêté de fumer. Si aujourd'hui tu m'offrais une cigarette, je suis sûr que je n'y prendrais aucun plaisir. »

Ohayon sourit. L'attention bienveillante que lui portait son ancien patron lui allait toujours droit au cœur.

« C'est vrai, j'ai pris quelques kilos, reconnut Shorer en tapotant ses bourrelets, mais je vais les reperdre. »

Il brisa une allumette en deux et la planta entre ses dents.

« Tu sais, reprit-il après un silence, je ne crois pas que ce soit si simple de vider une bouteille d'air comprimé et de la remplir d'oxyde de carbone en s'arrangeant pour qu'elle conserve le même poids. Et là, l'opération a dû être répétée deux fois. A ta place, je chercherais d'abord à savoir si l'un d'eux avait ses entrées dans un laboratoire de chimie, ou a passé une commande d'oxyde de carbone auprès d'un fournisseur. La question du mobile me paraît secondaire, à ce point de l'enquête.

— Jusqu'à présent, je n'ai rien trouvé de ce côté-là ; une partie de l'équipe travaille dessus. En revanche, une chose est certaine : Tirosh s'est rendu au moins deux fois chez les Doudaï : la première, Ido se trouvait aux Etats-Unis, et la seconde, il venait de rentrer. Lors de ses deux visites, il est descendu dans leur sous-sol — c'est Ruth Doudaï qui me l'a dit — pour rétablir le courant, à la suite d'un court-circuit. Or, c'est là qu'Ido Doudaï rangeait ses bouteilles et son matériel de plongée.

— L'ennui, c'est qu'on ignore quand les bouteilles ont été trafiquées.

— Et si c'était Tirosh... dit brusquement Ohayon.

— Est-ce que tu m'aurais caché quelque chose ? Pourquoi diable Tirosh aurait-il assassiné son disciple préféré ?

— Je ne sais pas ; l'idée m'est venue comme ça.

— Pas tout à fait. Tu viens de me dire qu'il était descendu dans ce sous-sol, protesta Shorer, en jetant un regard désolé sur sa bouteille de bière vide.

— Et à notre connaissance, il est le seul à y être allé.

D'ailleurs...

— Oui ?

— Non, rien. Comme vous dites, on se préoccupera du mobile plus tard. »

Shorer lui demanda de lui repréciser certains détails sur la famille de Tirosh, les femmes qu'il avait connues :

« Qui sait ? Il a peut-être été marié, eu un enfant, légitime ou non. Il faudrait interroger ceux qui l'ont connu lorsqu'il a émigré en Israël, suggéra-t-il en prenant une allumette brûlée dans le cendrier plein à ras bord et en s'en servant pour gribouiller sur sa serviette en papier.

— Il y a Kalman Aharonovitz, mais ce n'était pas

vraiment un intime de Tirosh. Et puis Arié Klein. Tirosh l'estimait beaucoup ; à une époque, ils se voyaient souvent, Klein l'invitait chez lui à déjeuner. Mais je ne l'ai pas encore interrogé.

— Pourquoi ? demanda Shorer avec un léger reproche dans la voix. Ne m'as-tu pas dit qu'il était revenu des Etats-Unis jeudi au lieu de samedi, comme prévu ?

— Le fait qu'il ait annoncé au département de littérature qu'il rentrait le samedi ne veut rien dire, répliqua Ohayon avec un sourire. Si vous aviez vu comment ils lui ont sauté dessus, vous auriez compris pourquoi il préférait avoir un peu de temps à lui, avant de retourner à l'université. » Il jeta un regard sur sa montre : cela faisait trois heures qu'ils discutaient ensemble. « Cela vous dirait de venir avec moi voir le film ? »

« J'aimerais bien qu'on reparle de Tirosh et de cette histoire de bouteilles », dit Shorer, tandis qu'ils quittaient le studio de télévision.

Il faisait sombre, les rues étaient quasiment désertes ; seules quelques voitures circulaient encore. Ohayon s'arrêta devant l'immeuble de son ex-patron.

« Il y a deux semaines, c'est-à-dire après le retour d'Ido des Etats-Unis, il s'est rendu chez les Doudaï, lui rappela Ohayon. Ido n'était pas là ; il y a eu un court-circuit ; Tirosh est descendu au sous-sol pour changer les plombs. Ruth l'a accompagné ; cela a été l'affaire de quelques minutes. Nous avons fouillé les lieux de fond en comble, sans résultat.

— Tu t'attendais à y trouver un œillet ? plaisanta Shorer.

— Non, il n'aurait pas eu la bêtise de signer son crime. D'ailleurs, même si on y avait relevé ses empreintes, cela n'aurait pas constitué une preuve.

— Donc, retour à la case départ. Il faut d'abord savoir s'il a cherché à se procurer de l'oxyde de carbone, car, de toute évidence, dit Shorer en s'apprêtant à descendre de voiture, il s'est passé quelque chose entre eux.

— A ce propos, nous avons trouvé les empreintes de Doudaï chez Tirosh.

— C'est maintenant que tu me le dis, s'écria Shorer en se rasseyant. Où ça ?

— Sur une bouteille de liqueur au chocolat.

— Pouah ! Quelle horreur !

— Tirosh aussi détestait cette liqueur, mais c'était la seule boisson alcoolisée qu'appréciait Ido, si j'en crois sa femme. Tirosh en gardait une bouteille uniquement pour ses invités.

— Et alors ? grogna Shorer d'un ton impatient.

— Alors, voilà ce que je pense. Doudaï est rentré des Etats-Unis deux semaines et demie avant d'être assassiné ; à ce moment-là, ou peut-être avant son départ, il s'est rendu chez Tirosh. En tout cas, c'était il y a un certain temps, parce que nous n'avons relevé ses empreintes digitales que sur cette bouteille.

— Tu ne peux pas être plus précis ?

— Non. Depuis son retour des Etats-Unis, Ido allait, venait, sortait le soir, sans rien dire à sa femme. Il avait changé ; avant, elle savait toujours ce qu'il faisait. Quoi qu'il en soit, il n'avait pas l'habitude de rendre visite à Tirosh à l'improviste.

— Autrement dit, déclara Shorer, les deux hommes se sont rencontrés après le retour de Doudaï des Etats-Unis, mais avant le séminaire du département, et ils ont eu une altercation. »

Devant le silence pensif d'Ohayon, il ajouta :

« Tu as vu la tête de Tirosh pendant que Doudaï parlait ? Il avait l'air stupéfait.

— Je dirais même atterré, comme s'il ne s'attendait pas à ce qu'en public...

— Si tu veux, s'impatienta Shorer. Mais je te le répète, la seule façon de vérifier ton hypothèse, c'est de découvrir comment il s'est procuré de l'oxyde de carbone. »

Il descendit de voiture et passa la tête par la vitre :

« T'en fais pas, Ohayon, dit-il avec un large sourire, on a élucidé des affaires autrement plus difficiles. Que cela ne t'empêche pas de dormir. »

Il tapa du plat de la main le toit poussiéreux de la voiture, comme pour lui donner le signal du départ.

Il était une heure du matin lorsque Ohayon se gara devant chez lui. Il n'arrivait pas à imaginer ce qui avait pu pousser Ido Doudaï à critiquer, de manière si virulente et en plein séminaire de département, la poésie engagée de Shaül Tirosh, au risque de compromettre sa carrière dans l'université.

Depuis son divorce, il avait déménagé trois fois, avant de trouver ce trois-pièces situé dans un immeuble de Givat Mordechaï. Cela faisait quatre ans qu'il y habitait et il commençait tout juste à s'y sentir vraiment chez lui. Il veillait à ce que l'appartement soit en ordre et le réfrigérateur toujours plein. Les meubles, acquis petit à petit, donnaient même à Youval le sentiment d'avoir un vrai foyer. Je devrais acheter des plantes vertes, songea-t-il, en passant devant le cactus qui décorait le hall et qu'un locataire arrosait consciencieusement.

Le séjour, qui ouvrait sur un large balcon dominant un espace vert, contenait un canapé marron et deux fauteuils, achetés d'occasion, l'un bleu, l'autre à fleurs. Ils étaient un peu encombrants, mais confortables. Un jour, il les ferait tous retapisser dans un même tissu de couleur gaie. Un lampadaire, un tapis à rayures — cadeau de sa mère après son divorce —, une chaîne hi-fi et une télévision complétaient le mobilier. Sur une étagère étaient rangés les livres auxquels il tenait le plus : les romans de John le Carré, en hébreu et en anglais, *Poèmes d'autrefois,* de Nathan Alterman, *Poésie pratique,* de David Avidan, *Poèmes divers,* de Nathan Zach et *Vers libres* de Shaül Tirosh ; *Madame Bovary* de Flaubert, deux essais de l'historien Florinski sur la Russie tsariste, des nouvelles de Tchekhov et de Gogol, plusieurs tomes de *la Comédie humaine* de Balzac, en français, *le Bruit et la fureur* de Faulkner, *Pour inventaire,* de Yaakov Shabtaï et quelques numéros de la revue d'histoire *Zmanim,* dans laquelle il avait autrefois publié un article sur les guildes au Moyen Age. Sous le téléphone reposaient ses factures d'eau et d'électricité en souffrance.

Vêtue d'un corsage et d'une jupe en coton léger, Maya était assise dans le fauteuil bleu, les jambes repliées sous elle. Dans ses cheveux bruns, auxquels la vive lumière du lampadaire donnait des reflets cuivrés, il remarqua quelques fils argentés. Elle le regardait. A son immobilité et au silence absolu qui régnait dans l'appartement, il comprit qu'il était arrivé quelque chose.

En effet, sauf lorsqu'elle dormait, Maya était en perpétuel mouvement. Quand elle écoutait de la musique — c'est-à-dire presque tout le temps —, son pied battait la mesure. Même si elle ne venait chez lui que pour une heure ou deux, elle préparait des petits plats, s'affairant et écoutant la radio en même temps. Parfois, il la trouvait couchée, en train de lire un livre, les sourcils froncés, les doigts jouant avec le drap. Quand elle était fatiguée, elle s'installait devant la télévision, une revue sur les genoux. Jamais encore il ne l'avait vue, assise dans un fauteuil, sans rien faire. Son visage reflétait le désespoir et la résignation de ceux qui se savent impuissants devant le malheur.

N'osant pas s'approcher d'elle, il posa ses clés sur la table basse et s'assit dans l'autre fauteuil. Depuis sept ans qu'ils étaient ensemble, il y avait encore des moments où elle l'intimidait. Il alluma une cigarette et, en proie à un sombre pressentiment, finit par lui demander ce qui n'allait pas.

« Nous devons cesser de nous voir pendant quelque temps », dit-elle les larmes aux yeux, en se mordant les lèvres.

C'était la première fois qu'elle prenait l'initiative

d'une rupture. Jusque-là, c'était toujours lui qui avait tenté de mettre un terme à leur liaison, parce qu'il ne supportait pas qu'elle mène une double vie, parce qu'il refusait de se satisfaire de quelques moments volés.

Dès le début, elle avait pris soin de l'avertir qu'il était inutile de l'interroger sur son mari, sa vie de couple ou sur les raisons pour lesquelles elle n'avait aucune intention de divorcer. Cependant, Maya faisait parfois allusion à Dana, sa fille, qui avait trois ans lorsqu'ils s'étaient connus. Bien entendu, Ohayon avait rapidement découvert où elle habitait et même eu l'occasion d'entendre la voix de son mari au téléphone, par exemple, lorsqu'il l'appelait chez elle pour reprendre contact après une ou deux semaines de séparation. Dès le premier soir de leur rencontre, il avait trouvé leur nom dans l'annuaire : « Wolf, Maya et Henri, neurochirurgien » ; il aimait l'imaginer dans son luxueux appartement de la rue Tivonim, en plein cœur de Rehavia, auprès d'un mari aux tempes argentées, un peu plus âgé qu'elle peut-être, mais sans aucun doute grand et distingué. Secrètement, il se sentait flatté qu'une femme aussi comblée l'ait choisi.

Quelques mois plus tard, il lui avait confié ces pensées, sur le ton de la plaisanterie. Elle s'était contentée de rire. En revanche, il ne lui avait jamais avoué qu'un jour il l'avait vue sortir de chez elle au bras d'un homme petit et sec à la démarche lente, qu'une autre fois, il était allé au service de neurochirurgie de l'hôpital Sha'arei Tsedek et avait cherché, sans succès, à repérer son mari en lisant les badges des médecins qu'il croisait.

Il ne pouvait pas dire avec certitude à quel moment Maya avait cessé d'être une agréable passade pour devenir la femme de sa vie. Toutefois, lorsqu'il y songeait durant ces longues nuits qu'il passait seul, n'ayant ni la force ni l'envie de lui trouver une remplaçante, il avait souvent l'impression que tout avait commencé dès leur première soirée, pourtant bien innocente. A la question : « Si tu avais pu prévoir la suite, te serais-tu lancé dans cette aventure ? », il aurait répondu oui, sans hésiter.

« Veux-tu un café ? » demanda-t-il.

Non, elle ne voulait rien. Seulement qu'il accepte de l'écouter. La situation était déjà assez pénible comme ça. Elle désirait lui parler de son mari.

Ohayon resta stupéfait. Fidèle à sa promesse, elle n'avait, depuis qu'il la connaissait, jamais fait allusion à lui. Certes, derrière la gaieté qu'elle affichait lorsqu'ils étaient ensemble, Ohayon sentait parfois une profonde tristesse, une sourde inquiétude. Mais il savait aussi qu'elle possédait une force intérieure, une capacité insoupçonnée à endurer le pire.

« Sclérose en plaques, déclara Maya d'un ton neutre, presque détaché. Pendant des années, la maladie a progressé lentement, mais, depuis plusieurs mois, il est sur une chaise roulante et bientôt, il ne pourra plus quitter son lit. »

La cigarette qu'il tenait entre les doigts s'était entièrement consumée sans qu'il s'en aperçoive. Il regardait Maya, incrédule.

« Ne me dis pas que tu n'étais pas au courant, reprit-elle. Jérusalem est une petite ville de province où tout se sait. J'étais sûre que tu faisais semblant de l'ignorer, par égard pour moi.

— Il était déjà malade quand nous nous sommes connus ?

— Oui. Il a ressenti les premières atteintes de la maladie il y a dix ans. Le processus de détérioration est très lent. Aujourd'hui, il a quarante-sept ans. »

Donc, Maya a dix ans de moins que lui, calcula-t-il rapidement, non sans rougir de honte.

« Toutefois, même s'il n'avait pas été aussi gravement malade, même s'il avait été en parfaite santé, je ne l'aurais pas quitté. Simplement, je ne me serais peut-être pas laissée entraîner dans une relation aussi passionnelle avec toi. »

Bien qu'il détestât l'arrogance de ceux qui s'imaginent pouvoir rester maîtres de leurs réactions en toutes circonstances, il demeura impassible et s'abstint de tout commentaire.

« Je ne veux pas qu'il soit hospitalisé. J'ai l'intention de le soigner à la maison le plus longtemps possible. Mais je me vois mal mener de front deux vies aussi dissemblables — sans parler du sentiment de culpabilité qui me poursuivrait forcément. »

Jamais il ne s'était senti aussi impuissant. Comme dans un film, il revoyait tous les moments qu'ils avaient passés ensemble depuis leur première rencontre, un soir, vers une heure du matin, alors qu'il rentrait de Tel-Aviv en voiture. Peu après le virage de Sha'ar Hagaï, il avait aperçu une Peugeot rangée sur le bas-côté ; une femme était appuyée contre la portière. Tout juste promu au grade d'inspecteur principal au sein de la Brigade criminelle, jeune et divorcé, rassasié d'aventures féminines mais toujours prêt à rendre service au beau sexe, il s'était arrêté. A la lueur des phares, il avait d'emblée remarqué ses yeux dorés, ses joues rondes, sa peau blanche, mais aussi son alliance. Elle était en panne sèche, lui dit-elle sans chercher à se justifier. A cette heure avancée de la nuit, toutes les stations étaient fermées. Il lui proposa de la ramener à Jérusalem. « J'y tiens beaucoup, dit-elle en caressant le capot de sa voiture comme si c'était l'encolure d'un pur-sang. J'espère qu'elle sera encore là demain matin. » C'était une nuit d'automne, l'air se rafraîchissait au fur et à mesure qu'ils se rapprochaient de Jérusalem ; une lune pleine brillait au-dessus de leur tête.

Il était tombé amoureux d'elle dès le premier instant, sans s'en rendre compte, encore qu'il aurait dû s'en douter. A peine eut-elle pris place à côté de lui, qu'un mélange de citron et de miel se répandit dans sa voiture — ce parfum qu'il cherchait dans chaque femme depuis ses dix-huit ans, depuis sa liaison avec Becky Pomerantz. Elle portait une ample jupe bleue et un corsage blanc à manches bouffantes. Son visage épanoui était parsemé de taches de rousseur ; ses cheveux auburn retombaient sur ses épaules ; elle avait une voix grave et profonde. Entre Sha'ar Hagaï et le Castel, elle lui apprit qu'elle travaillait dans une maison d'édition et rentrait d'un concert donné par le violoniste Shlomo Mintz (« un jeune prodige d'une virtuosité diabolique »). Il l'écoutait, fasciné ; à la sortie d'Abou Gosh, il se demandait encore si cette odeur envoûtante émanait de ses cheveux, de sa peau ou d'un parfum. A l'entrée de la ville, en face de l'Institut des aveugles de Kiryat Moshé, il se pencha vers son opulente chevelure, et se rangea le long du trottoir, près d'un réverbère. Soudain, elle s'arrêta de babiller, mais dans ses yeux bruns brillait le même éclat doré. Quand il ouvrit les yeux au milieu de leur baiser, il vit qu'elle le regardait, la mine sérieuse. Par la suite, elle ne manquerait jamais de lui rappeler, avec un sourire, qu'il lui avait demandé la permission de lui caresser les cheveux, de l'embrasser : « Je croyais qu'on ne posait ce genre de questions qu'au cinéma. » Son manque de spontanéité était devenu un objet de friction entre eux : « Si au bout de sept ans, tu as encore besoin de quêter mon autorisation, je ne vois vraiment pas ce que nous faisons ensemble. » Ce soir-là, il était rentré chez lui avec le sentiment de n'avoir jamais été aussi heureux de sa vie. Il ignorait son nom et, bien entendu, ni l'un ni l'autre n'avait évoqué la possibilité d'une nouvelle rencontre. Toutefois, convaincu que rien n'arrivait par hasard en ce bas monde, il savait que tôt ou tard, il la reverrait. Cependant, il ne se doutait pas que cela se produirait si vite. Trois semaines plus tard, il assistait à un concert privé donné par Tali Shatz, la fille du professeur d'histoire qui avait dirigé son mémoire de maîtrise. L'hiver s'était installé. Une pluie battante martelait les vitres du grand salon de l'ancien attaché culturel israélien à Chicago, un cousin au second degré de Shatz. Accompagnée au piano par son tout jeune mari, Tali jouait la *Sonate à Kreutzer* de Beethoven, l'un de ses morceaux préférés.

Lorsque la porte s'ouvrit et qu'il entendit sa voix, il remercia le ciel d'être venu seul. Elle était trempée de la tête aux pieds. Tout en la rassurant (« Ce n'est que de l'eau »), l'hôtesse observait avec inquiétude les traces humides qu'elle laissait sur la moquette pastel. Pour la première fois, il la vit en pleine lumière. Elle portait un fourreau noir à manches longues et décolleté. Sans être une beauté au sens conventionnel, elle se mouvait avec grâce, le visage radieux. Elle salua avec chaleur leur hôte, qui n'arrêtait pas de se frotter les mains, comme le mari d'Anna Sergueïevna dans *la Dame au petit chien* de Tchekhov.

Elle ne me reconnaît pas, se dit-il. On les présenta près de la table étincelante du salon où trônaient un dessert compliqué (« C'est une charlotte aux kiwis, répétait l'hôtesse à chacun de ses invités, que j'ai apprise à faire en vue de notre prochain poste. ») et un magnifique service à thé (« De la porcelaine Rosenthal », s'écria-t-elle, lorsque Maya laissa échapper sa tasse brûlante qui atterrit sur la moquette sans se briser). Les sourcils froncés et les narines frémissantes, Maya le dévisagea avec insistance. Soudain, comme si la mémoire lui revenait, elle sourit et des éclats dorés se mirent à danser dans ses yeux. En portant sa tasse de café à ses lèvres, il s'aperçut que sa main tremblait — « le frisson de la nouveauté », songea-t-il.

Ils s'éclipsèrent quelques minutes après la fin du concert, juste avant les liqueurs. Après s'être émerveillée des « hasards de la vie », elle lui proposa, sans autres manières, de finir la soirée chez lui. « Vous êtes mariée ? » lui demanda-t-il en regardant ostensiblement l'alliance qu'elle portait au doigt. Elle opina mais se refusa à tout commentaire.

Cette même nuit, elle lui affirma qu'il ne devait pas

chercher dans sa vie conjugale une explication à sa conduite. Il n'insista pas. « Mais c'est une situation qui devrait te convenir », ajouta-t-elle avec une tendre ironie.

Elle était partie au petit matin ; sans fixer d'autre rendez-vous, mais avec un sourire rayonnant et plein de promesses. Quand elle l'avait appelé le lendemain, il s'était demandé comment elle avait obtenu son numéro de téléphone.

A présent, il regardait ses genoux arrondis, sans oser les caresser. Elle était toujours assise les jambes repliées sous elle, les bras appuyés sur les accoudoirs. Pensant à la remarque que Tsila lui avait faite au restaurant, il fut bien obligé de reconnaître que, sorti de son boulot, il n'avait, en effet, pas beaucoup le sens de l'observation, qu'il était même un peu naïf.

« Tu n'as rien à me dire ? Rien du tout ? s'écria Maya d'une voix étranglée par l'émotion.

— Ne crois pas que je sois insensible, mais j'ai du mal à trouver les mots pour exprimer les sentiments contradictoires qui m'agitent. D'un côté, je ne suis pas sûr que le moment soit bien choisi pour rompre : je pourrais peut-être t'aider en cette période difficile ; de l'autre, je ne comprends pas comment tu as pu me cacher un aussi terrible secret pendant sept ans. Je croyais que nous étions... »

Songeant avec une douloureuse ironie à l'image qu'il s'était forgée d'elle, de sa vie mondaine et insouciante, de la position enviée de son mari, il se tut.

« A quoi penses-tu ? lui demanda-t-elle après un silence prolongé.

— Si, comme tu le prétends, nous nous aimons, comment peux-tu imaginer que je puisse accepter de ne plus te voir ?

— Ce n'est que provisoire », gémit-elle en se tordant les mains.

Du provisoire qui peut durer vingt ans, songea Ohayon, gagné par une soudaine colère, qu'il ne chercha pas à réprimer.

« Pourquoi cries-tu ? demanda-t-elle, mi-surprise, mi-apeurée.

— C'est un piège ! répéta-t-il en hurlant. Quel argument puis-je opposer à ton sentiment de culpabilité ? C'est toi qui fixes les règles — il en a toujours été ainsi —, mais c'est la première fois que tu me fais autant souffrir et tu as encore le front de me reprocher mon manque de spontanéité ! Comment as-tu pu me cacher une chose pareille ? Pour qui me prends-tu ? Pour un enfant ? Tu croyais que je serais incapable de "surmonter la situation" ? Encore une de tes expressions favorites ! Mais de quel droit je te parle ainsi ? Après tout, je ne suis que ton amant. Et maintenant, je me rends compte que, pendant sept ans, je n'étais qu'un jouet pour toi.

— Si tu avais vraiment voulu savoir, toi le célèbre détective, tu aurais pu, rétorqua-t-elle du tac au tac. Ce n'est pas un hasard si, durant tant d'années, tu n'as pas posé la moindre question ! Si, comme tu l'affirmes, le hasard n'existe pas, comment as-tu fait pour rester dans l'ignorance ? »

De grosses larmes coulaient le long de ses joues. Sa façon enfantine de les essuyer du revers de la main l'émut jusqu'au fond du cœur. Malgré son amertume, il s'approcha d'elle, la souleva, la serra très fort contre lui et baisa son visage mouillé de larmes.

« Ne me rends pas les choses encore plus difficiles, je t'en prie. Laisse-moi m'en aller. Je reviendrai, je te le promets. »

Il ne fit rien pour la retenir : la colère et la pitié, l'amour et la frustration se disputaient en lui, mais, surtout, il avait la pénible sensation d'avoir été floué.

A trois heures du matin, n'arrivant toujours pas à s'endormir, il se leva et alla s'asseoir dans le salon. (« Qu'as-tu fait pendant un mois entier ? » lui avait-elle une fois demandé, lorsqu'ils avaient renoué après une énième rupture. « Je me suis abruti de travail. ») Il alluma le lampadaire, ouvrit le livre d'Anatoli Ferber et laissa errer son regard sur les pages où se succédaient de courtes lignes imprimées dans un élégant caractère. L'expression d'Ido Doudaï prononçant sa conférence lors du séminaire de département et son visage bouffi sur la plage d'Eilat se superposèrent devant ses yeux. Oui, Emmanuel Shorer avait raison, la clé de l'énigme résidait dans le conflit qui opposait le disciple et son maître et lui, Ohayon, venait d'assister à l'un de ses épisodes par écran interposé. Tout en lisant l'introduction où Tirosh présentait le poète qu'il avait découvert et son œuvre, il ne pouvait s'empêcher de repenser au choc qu'il avait ressenti devant le cadavre de cet homme au visage horriblement défiguré. Arrivé au bout, il reposa le recueil, alla dans la cuisine et mit la bouilloire sur le feu. Le ciel commençait à s'éclaircir. Sans savoir comment, il se retrouva devant le miroir de sa salle de bain en train de se raser. C'est à peine s'il se reconnut dans ce visage dur, aux yeux cernés. La bouilloire se mit à siffler. Il faudrait que j'en achète une électrique, pensa-t-il, en finissant de se sécher avec une serviette aussi rêche que du papier de verre. « L'eau est si calcaire à Jérusalem, qu'on ne peut rien laver sans assouplissant », disait Maya. Le cœur serré, il se prépara un café très fort qu'il sucra d'une main tremblante. La pendule accrochée au mur de la cuisine — cadeau que lui avait rapporté son fils d'un voyage en Suisse avec son grand-père — sonna cinq coups. Dehors, les moineaux commençaient à pépier et un bébé criait dans un appartement voisin. Sans prendre la peine de s'asseoir, il avala son café d'un trait — sensation de brûlure sur son palais et sa langue —, rinça sa tasse, la posa sur l'égouttoir au-dessus de l'évier et sortit.

CHAPITRE XI

« Ils sont tous chez le grand chef pour le briefing, annonça Tsila, l'air préoccupé. Lévy exige davantage de détails sur le film que nous avons visionné hier soir. Nous ne sommes que mardi, mais déjà il s'impatiente. Je lui ai dit que vous n'alliez pas tarder. Je vous préviens, il est d'une humeur massacrante. »

Ohayon lui emboîta le pas. Guila, la secrétaire de Lévy, n'était pas encore arrivée. Sa machine à écrire était soigneusement recouverte de sa housse protectrice.

« Advienne que pourra », lança Ohayon avant de suivre Tsila dans le bureau du divisionnaire.

Tous étaient plongés dans l'étude de l'épais dossier préparé par Tsila — rapport d'autopsie, premières constatations de l'Identité judiciaire, photographies de la victime, transcriptions des interrogatoires, dépositions signées par les témoins et liste des questions à poser à ceux qui avaient accepté de se soumettre au détecteur de mensonges.

Raphi Alfandari reposa la feuille qu'il était en train de lire, examina longuement la photographie du cadavre de Tirosh, puis celle de la statuette indienne qui avait été retrouvée dans l'Alfa Romeo.

« C'est quoi, cette statue ?

— Le dieu Shiva, répondit Ohayon. Les gars du labo n'y ont décelé aucune empreinte. Pourtant, cette statue ne s'est pas rendue toute seule du bureau de

Tirosh jusque dans sa voiture. Tout se passe comme si celui qui l'y avait mise avait voulu nous livrer une piste, nous faire comprendre qu'il s'agit de l'arme du crime. Or, comme vous avez pu le constater, le médecin légiste fait état, dans son rapport, de traces de métal sur le visage de la victime. On n'a pas non plus relevé d'empreintes à l'intérieur de la voiture ; en revanche, il y en avait partout dans le bureau. Toutes ont été analysées. La plupart appartiennent à Touvia Shaï, à Yaël Eisenstein — bien que cette dernière affirme y être allée non pas le vendredi, jour du crime, mais la veille — ainsi qu'à l'employé du service de nettoyage, le type que nous avons convoqué hier...

— Vous voulez dire l'Arabe que Bahar a interrogé ? s'enquit Balilti, soupçonneux.

— Oui, mais j'aimerais qu'on revienne à Arié Klein.

— Vous ne trouvez pas que c'est une statue un peu porno ?Ça ne fait pas très sérieux dans un bureau, reprit Balilti avec un clin d'œil à Tsila, qui ne réagit pas.

— Pornographique ou pas, c'est certainement "artistique", comme ils diraient dans ce département de littérature », rétorqua Ohayon en faisant la moue.

Le chef de la Brigade criminelle du sous-district de Jérusalem leva la tête de son dossier, retira ses lunettes le temps de lancer un regard désapprobateur à la ronde et se replongea dans sa lecture. Songeant aux innombrables briefings qui les avaient réunis depuis qu'ils travaillaient ensemble, Ohayon s'étonna de ne pas se sentir réconforté par leur présence, leurs gestes familiers, leurs réactions prévisibles. Ce matin-là, tout l'irritait. Peut-être était-ce parce que Emmanuel Shorer n'était plus là pour faire office de tampon entre lui et Arié Lévy, mais au fond, il savait bien que même Shorer n'aurait pas pu lui faire oublier ses peines de cœur. Il regarda ostensiblement sa montre ; curieusement, Balilti sembla le comprendre :

« Il n'est que huit heures, patron », marmonna-t-il.

Tsila s'éventait avec une feuille dactylographiée sortie d'un dossier. Malgré l'heure matinale, il régnait une chaleur étouffante dans cette grande pièce, dont les fenêtres donnaient du côté de l'entrée principale ; le lierre poussiéreux qui recouvrait la façade et encadrait la baie vitrée dégageait une fausse impression d'ombre et de fraîcheur.

« M'autorisez-vous à communiquer cette photo à la presse ? demanda Guil Kaplan, le porte-parole de la police.

— Pas encore », répondit Ohayon d'un ton sec.

Balilti soupira, et Raphi commença son rapport sur Arié Klein. Tout en l'écoutant, le grand chef promenait un regard circulaire. Soudain, ses yeux s'arrêtèrent sur Ohayon et ses traits se durcirent.

« Si vous lisez attentivement sa déclaration, disait Raphi, vous verrez qu'il a avancé son retour en Israël de deux jours, sans en avertir quiconque dans son département. Quand il est arrivé jeudi soir, il a loué une voiture à l'aéroport de Lod et s'est rendu directement à Rosh Pina, où habite sa vieille mère. Il a regagné Jérusalem samedi soir, avec sa femme et ses trois filles qu'il avait récupérées un peu plus tôt à leur descente d'avion. A mon avis, il est hors de cause, nous avons vérifié chacun de ses dires.

— Vérifié comment ? demanda Arié Lévy.

— Eh bien, nous avons interrogé sa mère. Elle a tout confirmé. Une femme comme elle, qui appartient à la génération des pionniers, serait incapable de mentir, dit-il un peu mal à l'aise, en repoussant une mèche invisible de son front. Toutefois, et cela ne figure pas encore dans sa déclaration, j'ai appris une chose intéressante : aux Etats-Unis, il a vu Doudaï à deux reprises, d'abord, quand celui-ci est arrivé à New York, ensuite, juste avant son départ. Il paraît que Doudaï était très abattu au moment de reprendre l'avion pour Israël.

— C'est bien la première fois que je t'entends faire un aussi long discours, remarqua Balilti d'un air moqueur.

— Pourquoi était-il abattu ? demanda Ohayon.

— D'après Klein », répondit Raphi, comme s'il ne s'adressait qu'à Ohayon (depuis qu'il travaillait avec lui, ce jeune inspecteur lui vouait une admiration sans bornes et une fidélité à toute épreuve), « Doudaï traversait une crise grave dans la rédaction de son doctorat. Cependant, Klein n'a pas voulu m'en dire plus ; il préfère vous en parler à vous. »

Lévy posa ses lunettes sur le dossier.

« Où se croient-ils ? protesta Balilti. Depuis quand les témoins choisissent-ils leur interrogateur ?

— Klein a-t-il été invité à passer au détecteur de mensonges ? l'interrompit sèchement Ohayon.

— Oui, intervint aussitôt Tsila. Il a rendez-vous à seize heures. Il m'a demandé si vous y serez ; je n'ai pas su quoi lui répondre.

— Je ne suis pas certain de pouvoir me libérer, dit Ohayon, mais dis-lui que je le contacterai dès que possible. »

Visiblement excédé, le commissaire divisionnaire plaqua ses mains sur la table et haussa les sourcils. Ohayon comprit qu'un orage allait éclater : décidément, ce n'est pas mon jour, se dit-il ; je ferais mieux de me tirer, si je ne veux pas passer pour aussi prétentieux et mal léché qu'Arié Lévy.

« A propos, vous ai-je dit qu'autrefois, il était marié ? » s'exclama soudain Balilti d'un air triomphant. Croisant le regard furieux d'Ohayon, il poursuivit dans un registre plus sobre : « En 1971, Shaül Tirosh a passé une année sabbatique au Canada. Apparemment, il se sentait très seul, car, un mois à peine après son arrivée, la chère Yaël Eisenstein est venue le rejoindre. Je précise, ajouta-t-il avec un sourire égrillard, qu'il avait alors quarante et un ans et elle dix-huit et demi. Ils se sont mariés, certes sans rabbin, mais quand même devant Monsieur le maire. Six mois après, ils divorçaient. »

Lévy jeta à Ohayon un regard de supériorité satisfaite, qui signifiait clairement : « Même vous, vous n'arrivez pas à le tenir. »

« Tsila, je veux qu'on ajoute ce point à la liste des questions à poser à Yaël Eisenstein, lorsqu'elle passera au détecteur de mensonges, dit Ohayon.

— Et alors ? intervint Elie Bahar qui, jusque-là, n'avait pas ouvert la bouche. Cette histoire date de Mathusalem. Pourquoi se serait-elle tout d'un coup transformée en meurtrière ?

— Je n'en sais rien, mais on a trouvé ses empreintes dans le bureau de Tirosh ; le ménage ayant été fait pour la dernière fois le jeudi — l'Arabe a congé le vendredi —, celles-ci dataient forcément du jour du crime, rétorqua Balilti. Ce n'est pas parce qu'on divorce qu'on ne se voit plus. La preuve, il l'a accueillie dans son département. Avouez que le monde est plein de bizarreries. Plus étonnant encore, personne ne semble avoir été au courant des liens qui les unissaient autrefois. Il serait bon que cette dame nous fournisse quelques éclaircissements.

— Mais j'ai vérifié son alibi, protesta Elie Bahar d'un ton agressif. Vendredi, elle a effectivement quitté l'université à douze heures trente en taxi. D'ailleurs, elle n'a pas de permis de conduire.

— Comment tu le sais ? le coupa Balilti.

— Si elle nous a caché qu'elle a été mariée à Tirosh, elle peut aussi nous cacher d'autres choses, par exemple, qu'elle détient un permis de conduire canadien, intervint Arié Lévy dans un effort d'apaisement ; en outre, rien ne l'empêchait de partir en taxi et de revenir un peu plus tard. »

Elie Bahar voulut se défendre, mais Lévy leva la main :

« Vous avez fait votre boulot, la question n'est pas là, mais maintenant, il faut tout vérifier à la lumière de ce que nous venons d'apprendre. Rappelez-vous Dina Silver dans l'affaire Neidorf. Elle prétendait ne pas savoir se servir d'une arme à feu, alors qu'elle avait gagné un concours de tir dans une compétition à l'étranger. Il y en a toujours qui s'imaginent que ce qu'ils font hors d'Israël reste secret. Bref, je veux que vous réexaminiez son alibi. D'ailleurs, et ceci vaut pour vous tous, ajouta-t-il en haussant soudain le ton, je trouve que vous les ménagez un peu trop. En particulier » — il se tourna vers Ohayon —, « je ne comprends pas pourquoi vous n'avez pas placé Shaï et sa femme en garde à vue ; je parierais que ce sont eux les coupables. Tirosh était riche, les Shaï voulaient profiter de son pognon, elle est donc devenue sa maîtresse, mais, en rompant brusquement avec elle, il a bousillé leurs plans. »

Ohayon fit remarquer que les Shaï ne tiraient aucun avantage financier de la mort de Tirosh, sans compter que cette hypothèse laissait totalement de côté l'assassinat de Doudaï. Plus il avançait dans son argumentation, plus il sentait que Lévy n'allait pas tarder à exploser ; il devinait déjà sa prochaine réplique.

« Contrairement à ce que pensent certains, on n'est pas à l'université ici ! » rugit, en effet, le divisionnaire en donnant un coup de poing sur la table. Personne n'osa esquisser un sourire. « Et si je ne vous ordonne pas de les arrêter sur le champ, c'est uniquement parce que vous n'avez pas été fichu de dégoter la moindre preuve. Cela dit, n'importe quel juge considérerait l'adultère comme un mobile suffisant, d'autant que ce n'était pas l'occasion qui lui manquait — son alibi ne vaut pas un clou.

— J'ai l'intention de l'interroger à nouveau aujourd'hui, dit Ohayon.

— Je ne vois pas comment, dit Tsila. Il enseigne toute la journée.

— Primo, le Mont Scopus n'est pas à des milliers de kilomètres, déclara Balilti. Deuxio, ou bien il accepte de s'absenter une heure ou deux, ou bien on l'arrête.

— Et les bouteilles ? demanda tranquillement Lévy comme s'il avait déjà oublié son coup de sang. D'après Ruth Doudaï, tout l'attirail de plongée de son mari était rangé au sous-sol. Elle en possède une clé, comme tous les autres habitants de l'immeuble, mais il semble que la porte restait souvent ouverte. Par conséquent, n'importe qui pouvait y entrer et trafiquer les bouteilles. D'autre part, si j'ai bien compris, Doudaï n'avait aucune connaissance en chimie et pas de contact avec les laboratoires du campus. Notez bien, je ne tiens pas à me substituer à la police du Neguev, qu'elle se casse la tête sur le meurtre de Doudaï, mais puisqu'on a décidé qu'il y avait un lien entre les deux affaires, on est bien forcé de s'en mêler.

— Aharonovitz..., commença Elie Bahar pensivement.

— Quoi, Aharonovitz ? s'impatienta Ohayon.

— Il voulait devenir le chef du département, mais Tirosh s'y opposait ; c'était un des points à l'ordre du jour de leur réunion de vendredi matin. A peine arrivé, Aharonovitz a prévenu ses collègues qu'il devait être de retour chez lui pour treize heures. Quand je lui ai demandé pourquoi, il a refusé de me le dire. J'ai insisté : il a fini par m'expliquer que sa femme était malade. Naturellement, j'ai fait une enquête de voisinage. Il habite Kiryat Hayovel, rue Rabinovitch. Il est marié et a deux grands enfants, le fils étudie la médecine ; en revanche, la fille souffre de troubles mentaux ; cela fait des années qu'elle est internée à Ezrat Nashim et que son père vient la chercher tous les vendredis pour passer le week-end en famille. A la manière dont il est fagoté, on aurait pu penser qu'il vit dans un taudis ; en fait... rien, ce n'est pas important.

— Continue, dit Balilti.

— Simplement, j'ai été étonné de découvrir qu'il

possède une belle villa, entourée d'un jardin. C'est sa femme qui s'en occupe — une dame, la cinquantaine bien tassée, pas vraiment belle mais très distinguée.

— Quel rapport ? demanda Balilti.

— Ben, dit Bahar en s'adressant directement à Ohayon, ça a changé l'idée que je me faisais de lui. En outre, c'est loin d'être un imbécile.

— Qui a dit que c'était un imbécile ? La question est de savoir s'il fait ou non partie des suspects, dit Arié Lévy d'un ton cassant.

— Difficile à dire. Après la réunion de vendredi, il est parti chercher sa fille. Nous avons vérifié. D'un autre côté, il manifestait une telle animosité à l'égard de Tirosh, que...

— Mais avant de quitter l'université, aurait-il eu le temps de se rendre dans le bureau de Tirosh ? l'interrompit Arié Lévy.

— A l'hôpital, on m'a confirmé qu'il était arrivé aux alentours de treize heures, comme d'habitude. Il n'a pas de voiture et, par principe, ne se déplace jamais en taxi. Comme il a deux bus à prendre, ça m'étonnerait qu'il ait eu le temps.

— L'as-tu questionné sur le bloc-notes qu'on a trouvé sur le bureau de Tirosh avec ces mots en impression ? lui demanda Ohayon.

— Oui.

— Et alors ? fit Balilti.

— Et alors, il m'a expliqué que le premier mot devait se prononcer à l'ancienne façon ashkénase, avec l'accent tonique sur la première syllabe. Ce n'est pas *shira,* "poésie", mais Shira, un prénom féminin. Et...

— Qu'est-ce que c'est que ce charabia ? s'exclama Balilti.

— Il m'a dit comme ça : "Jeune homme, il n'est jamais trop tard pour apprendre. Je vous conseille de lire ce qu'Agnon a écrit dans son roman intitulé *Shira.*" Je ne voyais pas du tout où il voulait en venir », conclut Bahar en rougissant.

Un silence gêné plana sur l'assistance. Arié Lévy tambourinait sur sa table. Ohayon contemplait le mur en face de lui.

« De quoi s'agit-il ? aboya soudain le commissaire divisionnaire en direction d'Ohayon. Nos collègues qui ont fait des études auraient-ils l'obligeance de nous éclairer ?

— Il s'agit d'un roman d'Agnon, posthume et inachevé, répondit Ohayon sans empressement. Si mes souvenirs sont exacts, il manque le dernier chapitre.

— Avez-vous interrogé Aharonovitz là-dessus ? dit Arié Lévy en se tournant vers Bahar.

— Il m'a vaguement parlé de lèpre et de corruption. Mais je n'ai pas compris la moitié de ce qu'il me racontait.

— Vous avez lu ce livre, n'est-ce pas, Ohayon ? Il y est question de lèpre ? De corruption ? s'énerva Arié Lévy.

— Je ne me rappelle pas, mais le fait est qu'Agnon a écrit une nouvelle sur la lèpre, répondit Ohayon, qui fouillait désespérément dans sa mémoire.

— Ce n'est pas ce que je vous ai demandé, rugit Arié Lévy, le visage écarlate. On n'est pas ici pour réécrire l'histoire de la littérature.

— Ce bouquin fait plus de cinq cents pages, se défendit Ohayon. Je reconnais que je ne m'en souviens pas dans le détail.

— De toute façon, je ne crois pas que cela ait un rapport, décréta Arié Lévy.

— Peut-être préparait-il un article sur ce roman ? suggéra Ohayon.

— Et il n'aurait laissé aucune note ? intervint Balilti, sceptique. Quelqu'un qui écrit un article rédige des brouillons qu'il déchire et jette dans sa corbeille. Pas vrai ? »

Ohayon approuva d'un signe de tête.

« Bon, si j'ai bien compris, nos intellectuels n'ont pas la moindre idée de ce que cela signifie. Comme quoi, j'ai bien fait de ne pas perdre mon temps sur les bancs de la fac, dit Lévy avec un sourire épanoui.

— Il y a autre chose..., reprit Bahar en s'agitant sur son siège.

— Quoi encore ? demanda Ohayon, de plus en plus agacé.

— Regardez la photo du débarras de Tirosh, j'ai l'impression...

— Oui ?

— On dirait une bouteille de gaz derrière les caisses et les outils. Vous ne croyez pas qu'on devrait y retourner pour s'en assurer ?

— Comment ? Vous n'avez pas encore fouillé ce débarras ? lança Lévy d'une voix menaçante.

— Peut-être pas à fond, rétorqua Ohayon en le regardant droit dans les yeux.

— Alors, faites-le dès aujourd'hui, si ce n'est pas trop vous demander, ironisa Lévy.

— Si ça se trouve, ce n'est qu'une bouteille de gaz ordinaire, qu'il gardait en réserve pour sa cuisinière. C'est facile à vérifier, dit Balilti.

— Je n'ai pas d'ordre à recevoir de toi, répliqua Bahar en le foudroyant du regard.

— Elie, j'aimerais que tu t'en occupes ce matin, après le briefing, dit Ohayon d'un ton conciliant.

— Et moi, qu'est-ce que je vais leur raconter, en attendant ? intervint Guil Kaplan, qui transpirait à grosses gouttes.

— Une seconde, lui répondit Lévy, occupé à écouter Ohayon qui s'était mis à répartir les tâches de la journée entre les membres de son équipe.

— Ils commencent à en avoir marre de faire le pied de grue dehors, insista Kaplan. Il y a aussi un correspondant étranger ; apparemment, la victime était connue dans le monde entier. Vous avez vu les titres des journaux ces deux derniers jours ?

— Et comment qu'on les a vus ! s'exclama Balilti. "La littérature qui tue". Ça, c'en était un bon !

— Qu'ils continuent à broder sur l'affaire et ses

protagonistes, dit Ohayon sans s'émouvoir. Pendant ce temps-là, les bouquins de Tirosh se vendent comme des petits pains. Non que je sache à qui reviendra le magot.

— Oui, mais depuis l'article "Meurtres en série dans le département de littérature", dit Elie, ils sont tous paniqués : Kalitzki réclame un garde du corps et Shoulamit Zellermaier n'en dort plus la nuit. Ne riez pas — chacun se voit déjà le prochain sur la liste.

— Curieux comme certaines personnes se croient immortelles, dit Balilti, qui voulait en revenir à Tirosh. Expliquez-moi comment il se fait qu'un type aussi riche, et sans héritier, n'ait pas laissé un testament.

— Vous avez vérifié ? demanda Lévy.

— Oui, auprès de son avocat, répondit Bahar.

— Il l'a peut-être caché quelque part, avança Lévy.

— Non, je suis formel, j'ai fouillé tous ses papiers.

— Il n'a vraiment aucune famille ?

— Seulement une vieille tante qui vit à Zurich, dit Ohayon.

— Bon, que comptez-vous faire maintenant ? demanda Lévy.

— Nous cherchons un homme — ou une femme — qui aurait quitté le Mont Scopus au volant d'une Alfa Romeo entre quatorze et dix-huit heures, vendredi, en emportant une statuette d'une trentaine de centimètres de haut. Cette statue ne rentre pas dans l'attaché-case de Touvia Shaï, et de toute façon, il a déclaré qu'il ne l'avait pas ce jour-là. Nous avons examiné les sacs de tout le monde, y compris ceux de Rouhama Shaï et de Ruth Doudaï : aucune trace de sang. Le gardien à l'entrée du parking ne se souvient pas d'avoir vu passer la voiture, il faisait chaud, il s'était mis à l'ombre, dans sa loge, et a très bien pu lever la barrière, sans même regarder. Bref, ce ne sera pas simple, et comme vous avez pu le constater en lisant les rapports, les suspects ne manquent pas ;

il s'était fait beaucoup d'ennemis, notamment avec ses séances qu'il tenait au café.

— Quelles séances ? demanda Tsila, qui s'était montrée étonnamment silencieuse jusque-là.

— Depuis quelques années, il pratiquait une sorte de rituel. Il s'installait dans un café de Tel-Aviv, le Roval, je crois — mais c'est inscrit dans le dossier, c'est toi-même qui l'as tapé.

— En partie seulement, protesta Tsila.

— Que se passait-il donc dans ce café ? s'impatienta Lévy.

— Tous les lundis après-midi, entre quatre et six, il recevait les jeunes poètes qui venaient lui soumettre leurs manuscrits. Une tasse de café à la main, il lisait et décrétait sur-le-champ : celui-là oui, celui-là non.

— Soyez plus explicite.

— Il dirigeait une prestigieuse revue littéraire, *Directions* ; sur place, au café, il décidait ceux qu'il allait publier.

— Je vous l'ai dit, ils étaient des dizaines, surtout des femmes, à se presser autour de lui, dit Balilti ; Tirosh les humiliait tous, sans discrimination. J'ai la liste ; nous sommes en train de vérifier leurs alibis ; ce sont pour la plupart des jeunes gens si éthérés, si maigres, qu'aucun n'aurait eu la force de soulever cette statue.

— Je ne comprends pas comment on peut se laisser traiter de la sorte, s'insurgea Lévy. Personnellement...

— C'est un autre monde, différent du nôtre, avec ses propres lois. A leurs yeux, il n'y avait pas de meilleur arbitre que Tirosh en matière de poésie, déclara Ohayon d'un air de défi.

— Quoi ? Nous ne serions pas capables de juger par nous-mêmes ? Pour qui nous prennent-ils ? Des illettrés ? persifla Balilti.

— Il faut essayer de comprendre ce qui les anime. Si on enquêtait sur le meurtre d'un diamantaire, on s'intéresserait à la taille et au commerce des diamants...

— Je vous préviens, s'écria Lévy en tapant du poing sur la table, je n'ai aucune intention de me mettre à lire des revues de poésie !

— Pour un poète, être publié dans une revue comme *Directions*, c'est enfin être lu, apprécié, reconnu ; or, c'était Tirosh qui tranchait, poursuivit tranquillement Ohayon.

— Ça suffit, on a compris, dit Lévy en s'essuyant la nuque et en se levant. Une dernière question : vous avez définitivement écarté l'hypothèse de l'attentat terroriste, du meurtre pour raison politique ?

— Affirmatif », répondit Balilti.

Sur le pas de la porte, Ohayon leur rappela que les premiers résultats du détecteur de mensonges devaient, en principe, leur parvenir dans la soirée.

« Où serez-vous dans la journée ? demanda Tsila, avant qu'ils ne se séparent.

— Je retourne au Mont Scopus, dit Ohayon. Peut-être que Touvia Shaï se montrera un peu plus coopératif... Je t'appellerai de là-bas dès que j'aurai fini.

— Vous ne voulez pas que l'un de nous vous accompagne pour rester dans la voiture et enregistrer l'entretien ?

— Hé, Alfandari, cria Ohayon à Raphi qui se trouvait déjà à l'autre bout du couloir, viens, je t'emmène. »

Les deux hommes montèrent dans la camionnette équipée d'un système d'écoute à distance. A l'intérieur, l'air était à peine respirable.

« Qu'est-ce qu'ils attendent pour installer l'air conditionné ? Ils veulent bousiller le matériel ? » s'exclama Alfandari en mettant le moteur en marche.

Ohayon ne répondit rien. Il contemplait l'Esplanade russe, son entrée majestueuse, le palais russe transformé en bureaux et, de l'autre côté, scintillant sous la lumière aveuglante du soleil, la cathédrale orthodoxe d'où, le dimanche, s'élevaient les chants liturgiques des religieuses. Parfois, il voyait les passants lever la tête avec étonnement, se laisser un instant captiver par cette musique émouvante et retourner à leurs occupations. Non loin de la guérite du gardien, des tonneaux métalliques délimitaient l'aire de stationnement. Le monastère, qu'un Romanov, le prince Serge, avait fait construire pour accueillir les pèlerins en Terre sainte, abritait désormais la Société pour la protection de la nature, ainsi que plusieurs services du ministère de l'Agriculture. Une fois de plus, il s'émerveilla de la capacité de ses contemporains à mener une existence prosaïque, terre à terre, au milieu de ces splendides édifices au passé glorieux, qui avaient su s'adapter sans trop de mal aux besoins de la bureaucratie israélienne.

Dans la boîte à gants se trouvaient des lunettes de soleil ; il les mit et se laissa conduire jusqu'à l'université.

Touvia Shaï s'essuya le front. Il tenait sous le bras un fascicule ronéoté et un classeur.

« C'est le dernier cours de l'année. Il m'est absolument impossible de l'annuler.

— Même après ce qui s'est passé ? demanda Ohayon. Vous autres, à l'université, vous annulez des cours pour moins que ça. Et si vous aviez été malade ?

— Ne généralisez pas, riposta Shaï. Sauf cas de force majeure, je ne reporte jamais un cours. D'ailleurs, les étudiants ne sont pas prévenus. Je n'ai pas l'habitude de les traiter avec désinvolture.

— Deux de vos collègues ont été assassinés », dit sèchement Ohayon.

Touvia Shaï se calma aussitôt, comme sous l'effet d'une douche froide.

« Ce dernier cours est censé conclure une année d'enseignement. J'y travaille depuis des mois. Ayez l'obligeance de patienter, j'en ai pour une heure et demie. Interrogez un de mes collègues pendant ce temps. Je ne vois pas ce qu'il y a de si urgent, d'autant qu'hier, je vous ai consacré ma journée.

— Vous êtes la dernière personne à l'avoir vu vivant, lui rappela Ohayon. En outre, vous étiez très proche de lui, à ce qu'on m'a dit. »

Shaï haussa les épaules, réfléchit un instant et déclara :

« Vous ne pouvez pas me contraindre à annuler mon dernier cours. Hier déjà, à cause de vous, je n'ai pas pu donner mon séminaire de poésie.

— Vous croyez que vos étudiants vont venir ? Ils doivent être dans tous leurs états.

— Ils m'ont téléphoné pour s'informer. Je leur ai dit que le département avait décidé que les cours et les examens continueraient à se dérouler normalement. Nous sommes en fin d'année.

— Bien. Dans ce cas, j'assisterai à votre cours, si vous n'y voyez pas d'objection.

— Je doute que cela fasse progresser votre enquête. Comme je vous l'ai dit, j'ai l'intention de proposer une synthèse de tout ce que nous avons étudié depuis la rentrée. En outre, nous allons aborder un texte particulièrement difficile... Oh, après tout, faites comme vous voulez. »

Ohayon le suivit en silence. Ils descendirent un étage et empruntèrent un long couloir, où les portes étaient disposées selon des angles inattendus. Ohayon les imaginait débouchant sur d'étroits labyrinthes. En réalité, celle que poussa Touvia Shaï donnait sur une salle bien éclairée, en forme de pentagone, où des étudiants avaient déjà pris place. Un murmure parcourut l'assistance. Tous dévisagèrent l'inconnu avec un mélange de curiosité et de crainte.

Il les compta rapidement. Ils étaient dix-huit, sagement assis derrière des tables rectangulaires disposées en fer à cheval, le même fascicule ronéoté et une Bible étalés devant eux. Ohayon s'installa à côté d'un homme d'un certain âge qui avait le menton appuyé sur la main. Sur un signe de leur professeur, ils ouvrirent leur fascicule, *Eléments de poésie lyrique,* à la page où figurait un poème intitulé « La chevelure de Samson ». Ohayon se pencha par-dessus l'épaule de son voisin :

La chevelure de Samson je ne l'ai jamais
comprise :
la force si grande y contenue, son secret
monacal,
l'interdit (inviolable) d'en parler,
la crainte permanente de perdre les boucles,
l'effroi à toute heure
où Dalila légèrement les effleure.

En revanche je comprends bien la chevelure
d'Absalom.
Certes elle est belle, tel le soleil en plein jour,
telle la lune rouge des vengeances.
L'odeur qu'elle exhale est plus douce que le
plus doux parfum de femmes,
Ahitophel le froid le fourbe dut en détourner
les yeux

lorsqu'il vit devant lui la raison de l'amour de
David.
C'est la plus merveilleuse chevelure de tout le
royaume, la justification évidente
de toute révolte et puis le térébinthe.*

« Au travail », dit Touvia Shaï, en le lisant à haute voix, dans un silence total.

Ses joues se coloraient, son corps s'animait, sa voix n'avait plus rien de monocorde. Visiblement, il aimait ce texte, et aussi son métier d'enseignant. La

* Traduit de l'hébreu par Charlotte Wardi, *in* Nathan Zach, *Continent perdu*, Belfond, Paris, 1989, p. 22.

simplicité avec laquelle il avait commencé son cours avait, comme par enchantement, fait oublier aux étudiants les tragiques événements dont leur département avait été le théâtre.

« Pouvez-vous me dire comment s'articule ce poème ? Quelle en est la structure profonde ? Sur quoi repose-t-il ? » demanda-t-il en relevant la tête.

Une main timide se leva.

« J'ai repéré deux références bibliques, dit un garçon à lunettes.

— Juges, XIII-XVI, et II Samuel, XIII-XIX, l'interrompit une jeune femme, ultra-orthodoxe, coiffée d'un turban.

— En effet, dit Shaï, ce poème s'appuie sur deux passages distincts de la Bible. Maintenant que nous les avons identifiés, comment allons-nous procéder ?

— Il faudrait se reporter aux commentaires rabbiniques auxquels ils ont donné lieu, dit une femme plus âgée, en furetant dans ses papiers.

— Qui d'entre vous s'est donné la peine de rechercher les sources ? »

Ohayon jeta un coup d'œil sur sa montre. Dix minutes à peine s'étaient écoulées. Bien qu'il n'y comprît pas grand-chose, ce poème lui plaisait. Il lui rappelait l'histoire du roi David et de la révolte d'Absalom. « Mon fils Absalom ! Mon fils, mon fils Absalom ! Que ne suis-je mort à ta place, Absalom, mon fils, ô mon fils ! » Bien avant qu'il ne devînt lui-même père, il pensait souvent à ce verset lorsqu'il se sentait triste sans raison.

S'exprimant avec un accent indéfinissable, probablement d'Europe centrale, la femme commença à lire les passages relatant la naissance et la vie de Samson.

« J'enchaîne avec les commentaires ? » demanda-t-elle.

D'un signe de tête, Shaï l'engagea à continuer son exposé. Reprenant ses notes, elle passa en revue diverses interprétations avancées par les rabbins au cours des siècles. Shaï l'écoutait attentivement.

« Voilà, c'est tout ce que j'ai trouvé à propos de Samson, conclut-elle enfin.

— Je vous remercie ; c'était très instructif. D'après vous, de quoi est-il question dans ce poème ? Y avez-vous réfléchi ? »

Certains étudiants s'agitèrent sur leur siège, d'autres levèrent les yeux au plafond. Sans attendre, Shaï poursuivit :

« J'aimerais d'abord que nous nous penchions sur les contradictions qui traversent le personnage de Samson. Cet homme est un nazir, secrètement consacré à Dieu, un juge, et pourtant, il conserve sa modestie. Rappelez-vous, dit-il en levant un index professoral, Samson ne souffle pas mot de sa rencontre avec le lion à ses parents, il ne court pas se vanter de son exploit. » Shaï posa les yeux sur ses étudiants, puis tourna la tête vers la fenêtre, dont la vue était, en fait, bouchée par un autre bâtiment. « Adultère, il est trahi à deux reprises, la première par son épouse, la seconde par Dalila. A quel moment, selon vous, les contradictions qu'il porte en lui atteignent-elles leur paroxysme ?

— Quand il meurt, répondit un garçon aux yeux bleus.

— Oui, c'est dans la mort que ce personnage revêt une dimension presque mythique. Imaginez ce géant aveugle, livré aux cruelles railleries des Philistins, qui supplie Dieu de lui accorder une ultime faveur. Quel tableau sublime et tragique à la fois ! »

Il dévisagea ses étudiants, comme pour s'assurer qu'ils partageaient son émotion. Ohayon avait beau faire, il n'arrivait pas à croiser son regard. Shaï se comportait comme s'il n'était pas là.

« Dans la Bible, Samson est présenté tantôt comme un héros, tantôt comme un personnage un peu ridicule, une sorte d'Hercule, si vous voulez. »

A l'exception de son voisin qui, le menton toujours

appuyé sur la main, contemplait le vide, les étudiants prenaient fébrilement des notes.

« La chevelure de Samson est une métonymie représentant le lien particulier qui l'unit à Dieu et lui confère sa force surnaturelle. Pour le lecteur, la chevelure en vient à signifier cette force elle-même. Le contraste vient de ce que cet homme qui tire sa force de Dieu se révèle d'une incroyable naïveté avec les femmes. Deux fois, il est trahi par celle qu'il aime. Non qu'il soit stupide, mais, pas un instant, il n'imagine que sa force puisse lui être ravie. En fait, la Bible nous montre un personnage qui a changé au fil des années, qui a fini par s'identifier totalement à la force miraculeuse qu'il possède au point d'en oublier l'origine divine. »

De nouveau, Shaï marqua une pause, les étudiants s'arrêtèrent d'écrire, le garçon aux yeux bleus le regardait, béat d'admiration.

« Dépouillé de sa chevelure, reprit Shaï, Samson a perdu son lien privilégié avec Dieu et, par conséquent, sa force surnaturelle.

— Je ne vois pas le rapport ! s'exclama une étudiante.

— Patience, lui dit-il avec un sourire. Vous ne sortirez pas d'ici sans avoir tout compris. Il s'agit d'un texte plurivoque dont nous essayons de dégager les différentes strates de signification. Cela prend du temps.

— Pouvez-vous nous dire qui est l'auteur de ce poème ? demanda une jeune fille, coiffée d'un foulard vert clair.

— Pas encore, répondit-il d'un ton amusé ; je préfère que vous abordiez ce texte sans idée préconçue, je ne vous le livrerai qu'à la fin, même si, j'en suis sûr, certains d'entre vous l'ont déjà deviné. »

Puis, Shaï orienta la discussion sur Absalom. Sortant de sa rêverie, son voisin fouilla fébrilement dans son cartable, en tira quelques feuillets et, d'une voix ferme, présenta un bref résumé de la révolte du fils de David, réveillant chez Ohayon de très vieux souvenirs, le souvenir de choses qu'il croyait connaître mais que, il s'en apercevait maintenant, il n'avait jamais vraiment bien saisies. A l'évocation du « conseil d'Ahitophel », il comprit soudain le sens de ce verset : « On dressa donc pour Absalom une tente sur la terrasse, et il eut commerce avec les concubines de son père à la vue de tout Israël. » Baissant la tête sur le fascicule ouvert devant lui, il tomba sur les mots « Ahitophel le froid le fourbe » et le poème commença à prendre vie, à se charger d'un sens qu'il n'avait pas perçu jusque-là, un sens inattendu et lourd de menaces.

« A présent, vous avez en main tous les fils de l'écheveau ; à vous de les rassembler », reprit Touvia Shaï d'un air grave.

Le stylo en l'air, les étudiants gardèrent le silence.

« Absalom fait assassiner Amnon, qui a violé Tamar, sa sœur. Il ne commet pas ce crime sous le coup d'une impulsion. Pendant trois ans, il rumine sa vengeance, et ce n'est qu'*a posteriori* que l'on comprend la fureur qui l'animait. Mais ne peut-on pas aussi dire qu'il accomplit le devoir qui incombait à son père, le roi David ? » Shaï jeta un regard sur le poème et poursuivit dans un murmure : « Trois ans ! Pendant trois ans, le fils chéri de David reste en exil à Guechour. Lorsqu'il revient à Jérusalem, c'est à l'instigation de Joab. Comme le montre l'emploi récurrent du mot "roi" pour désigner David, la réconciliation entre le père et le fils se déroule dans une atmosphère qui est loin d'être chaleureuse. »

Ohayon tapota le micro miniaturisé dissimulé dans la poche de sa chemise, en se demandant ce qu'Alfandari, qui enregistrait tout depuis la fourgonnette, pouvait bien comprendre à ce discours. Touvia Shaï s'exprimait avec enthousiasme, avec sensibilité. Quel contraste avec ce passe-muraille au regard éteint que j'ai interrogé dans mon bureau ! Et de quoi a-t-il justement choisi de parler ! Certes, ce cours a été préparé de longue date, bien avant les événements. Pourtant, ne serait-il pas capable, dans un accès de fureur, de frapper sauvagement un homme au visage ? Est-il vraiment si indifférent à ma présence ? Se rend-il compte qu'il est en train de me dévoiler une autre face de sa personnalité ? Comme s'il lisait ses pensées, Touvia Shaï le regarda droit dans les yeux, non pas avec crainte, mais avec l'expression ravie et comblée de celui qui perce une énigme et réussit à en formuler clairement la solution.

« Tragique ironie, poursuivit-il. Absalom qui aimait tant sa chevelure meurt à cause d'elle.

— Il existe un *midrash* là-dessus, dit avec vivacité une étudiante plus âgée que les autres.

— En effet. Vous vous en souvenez ?

— Dans le traité *Sotah,* si je ne me trompe, répondit-elle d'une voix agréable, les commentateurs expliquent que c'est parce qu'il était trop fier de sa chevelure qu'Absalom est resté accroché par les cheveux aux branches d'un térébinthe. »

Touvia Shaï l'approuva en secouant vigoureusement la tête.

« Maintenant, nous pouvons revenir à notre poème », dit-il avant de se lancer dans un long développement sur une figure de style, le zeugme, terme qu'il inscrivit au tableau.

« Le sens d'un poème naît de sa syntaxe et de sa structure. Malgré le “Je” affirmant la présence du narrateur, expliqua-t-il en essuyant ses mains pleines de craie, le véritable sujet est en fait le complément d'objet, à savoir : la chevelure de Samson. Dès le deuxième vers, le narrateur s'efface, en quelque sorte, de la conscience du lecteur. »

Devant ce langage abscons, l'attention d'Ohayon se relâcha. En revanche, les étudiants continuaient à noircir leurs cahiers, sous la dictée. Soudain, une fille releva la tête, fit une grimace et se décida à lever le doigt.

« Un instant, dit Shaï, je n'ai pas tout à fait terminé. La chevelure de Samson devient donc le pôle autour duquel gravitent tous les autres éléments du poème. Néanmoins, c'est le syntagme du début "Je ne l'ai jamais comprise", auquel tout ce qui suit est grammaticalement subordonné, qui permet à cette strophe composée d'une unique longue phrase de conserver jusqu'au bout sa dynamique. »

Alors, seulement, il se tourna vers l'étudiante et, d'un geste, l'invita à s'exprimer. Agée d'une vingtaine d'années, celle-ci était plutôt jolie, avec son visage couvert de taches de rousseur.

« Je ne sais pas ce qu'en pensent les autres, mais ce savant décortiquage me gâche le poème, bougonna-t-elle en rejetant en arrière la longue mèche qui lui couvrait les yeux.

— Tout d'abord, nous ne sommes pas encore arrivés au bout de notre lecture, dit Shaï sans se démonter ; ensuite, Aviva... » C'était la première fois qu'il s'adressait à un étudiant en l'appelant par son nom. «... je vous ferai remarquer que nous avons parlé de syntaxe tout au long de l'année ; enfin, je vous assure que si ce poème possède des qualités littéraires, rien ne pourra vous le gâcher, pas même une analyse syntaxique. Peut-être pourriez-vous suspendre votre jugement jusqu'à la fin du cours ? »

Un garçon soupira, un autre sourit avec indulgence. Les deux étudiantes coiffées d'un foulard échangèrent des regards entendus. La fille aux taches de rousseur piqua un fard et répondit d'un ton boudeur :

« Peut-être.

— Le narrateur, Aviva, le narrateur », répéta Shaï, comme s'il dévoilait un grand secret.

Ohayon avait l'impression de commencer à saisir.

« Le "Je" du poème rapproche et interroge deux épisodes tirés de la Bible. En fin de compte, le poème porte sur ce "Je", et ce qu'il en dit découle des éléments qu'il choisit de retenir du récit biblique et qu'il place entre les deux termes de l'opposition : "Je ne l'ai jamais comprise... En revanche, je comprends bien..." C'est par le biais de ce qu'il nous dit comprendre ou, au contraire, ne pas comprendre que nous pénétrons dans son univers, que nous déchiffrons sa personnalité. Vous souvenez-vous de l'article de Culler ? »

L'étudiant aux yeux bleus hocha la tête.

« Quand le narrateur déclare une intention, celle-ci, agissant comme une force de gravité, régit toute l'interprétation. »

Il régnait dans la salle un silence religieux. L'index pointé sur son fascicule, Shaï prit une profonde inspiration et poursuivit :

« Le poème oppose deux séries d'éléments qui, en apparence, je dis bien en apparence, se répondent les uns les autres. Seule une analyse des références bibliques, des modifications qu'elles ont subies et de leur place dans l'architecture du poème peut nous permettre de saisir ce que le narrateur cherche à dire sur lui-même. »

Et toi, que cherches-tu à dire sur toi-même ? pensa Ohayon. Leurs regards se croisèrent un instant. Sans ciller, Shaï se lança dans un long développement censé couronner sa démonstration.

« Maintenant que nous avons repéré les références bibliques et passé en revue leurs interprétations possibles, maintenant que nous avons étudié la structure syntaxique du poème, nous pouvons essayer d'analyser les modifications que ces références ont subies. Les seuls éléments du récit biblique sur Samson que reprend le poème sont "la force si grande" et le "secret monacal" de sa chevelure... »

Suivit une avalanche de termes techniques, tels que « signifiant », « signifié », « encodage », « décodage », « locuteur », « récepteur ». Du coup, Ohayon ne voyait plus très bien où Shaï voulait en venir. Mais son attention ne tarda pas à se trouver de nouveau sollicitée.

« “La crainte permanente de perdre les boucles”, cette crainte ne figure pas dans la Bible, pas même de façon implicite. Elle exprime le point de vue du narrateur ; celui-ci voit dans la faiblesse de Samson devant les femmes une peur panique du sexe féminin qui contraste avec les risques que le héros prend par ailleurs. Pour lui, le problème de Samson, ce n'est pas d'être incapable de résister aux charmes féminins, c'est de souffrir d'une angoisse de castration ! »

Il jubilait, un peu comme Balilti lorsqu'il dénichait un indice — la joie du détective qui voit ses efforts enfin couronnés de succès. Ohayon n'aurait jamais cru qu'un être aussi falot, aussi triste que Shaï, pût éprouver un tel sentiment.

« Le thème de la castration, poursuivait celui-ci, apparaît clairement à la seconde lecture : pourquoi lui est-il interdit de parler de sa chevelure ? Est-ce un organe sexuel ? Sa terreur, chaque fois que Dalila effleure ses boucles, fait de lui un homme obsédé par la crainte de les perdre. Autrement dit, pour le poète, la force de Samson, malgré sa dimension mystique, ressort du primitif, de l'infantile. »

Tout à son désir de s'instruire, la jolie fille aux taches de rousseur buvait ses paroles.

« Excusez-moi, dit la femme au turban, pourriez-vous répéter votre dernière phrase ?

— La dernière phrase ? Euh... balbutia Shaï, coupé dans son élan.

— Je n'ai pas très bien suivi », insista-t-elle.

Shaï revint sur la « métonymie », l'« angoisse de castration », et répéta sa dernière phrase. La femme hochait la tête tout en prenant des notes.

« C'est clair », dit-elle finalement d'un ton qui montrait à l'évidence qu'il n'en était rien et qu'elle avait même renoncé à comprendre.

L'étudiante au foulard vert chuchota quelque chose à l'oreille de sa voisine, qui rougit. Shaï reprit sa démonstration.

A propos des « modifications par rapport au récit biblique », il fit observer qu'Absalom avait les cheveux roux, ce qui, par association, le rapprochait de David, lui aussi, « roux et de belle apparence ».

« Tous les sentiments que le poète associe à sa chevelure, toutes les qualités qu'il lui attribue sont des ajouts, qui ne figurent nulle part dans le texte biblique... En rapprochant ces associations de l'attitude d'Ahitophel devant la chevelure d'Absalom, il crée un lien explicitement érotique entre les deux personnages.

— Encore l'érotisme ! protesta l'une des deux jeunes filles portant un foulard.

— La rupture dans la construction syntaxique entraîne une autre conséquence, poursuivit Shaï sans s'émouvoir. La chevelure d'Absalom se voit accorder un attribut supplémentaire : la beauté. David aime le jeune prince pour sa beauté ! Et cette "merveilleuse chevelure" explique tout : la révolte, puis la mort. »

Touvia Shaï croisa les mains derrière le dos et se tourna vers la fenêtre.

« En dernière analyse, ce poème traite de l'extraordinaire fascination qu'exerce la beauté. Comme le récit biblique, il met l'accent sur la beauté d'Absalom qui expliquerait l'horrible crime — la menace de parricide, la consommation de l'inceste — et justifierait la conduite incompréhensible de David. Tout individu aspire à un idéal de beauté absolue. Son désir le conduit à en poursuivre inlassablement les manifestations concrètes et, parfois, à leur témoigner une vénération excessive. En leur vouant un culte, en s'identifiant à elles, il a l'illusion de participer de leur beauté. »

Touvia Shaï s'assit, baissa la tête et continua d'une voix monocorde.

« Aux yeux du narrateur, l'incomparable beauté d'Absalom possède une force redoutable, plus puissante que celle du froid et fourbe Ahitophel, plus puissante que celle du roi David, son père et roi. Cette beauté, qui balaie tout sur son passage, n'est pas tant surhumaine qu'inhumaine. Il est impossible de lui résister. Aucune norme morale ne peut la contenir. Elle déchaîne des forces primordiales. La révolte d'Absalom contre son père n'en est que l'une des conséquences inéluctables. "Puis le térébinthe" : celui qui incarne la beauté et la jeunesse n'a d'autre issue que de courir à sa perte. »

Shaï releva la tête ; son regard bienveillant s'attarda un instant sur l'étudiante aux taches de rousseur. Que peut-elle comprendre à son âge ? songea Ohayon, qui ne pouvait s'empêcher d'admirer ce poème, et aussi d'être impressionné par la magistrale interprétation de Touvia Shaï. Simultanément, il sentait confusément que cet homme venait de dévoiler quelque chose d'essentiel sur lui-même.

« A travers ce qu'il affirme comprendre et ne pas comprendre, le narrateur nous livre ses propres sentiments. Ce qui l'émeut, ce n'est pas le contraste entre la force miraculeuse de Samson et ses faiblesses, ni la supériorité écrasante de la puissance divine, mais la beauté destructrice, dévastatrice. Ce qui le fascine, ce n'est pas la force de Samson — elle ne possède pas la capacité de détruire les liens qui unissent un père et un fils, un roi et ses sujets —, mais l'incontrôlable force de destruction qui, par-delà les codes moraux, réveille les instincts primordiaux de l'homme et l'entraîne à sa perte. Et là, je ne pense pas seulement à Absalom — il regarda Ohayon droit dans les yeux — mais aussi aux vingt mille guerriers qui trouvent la mort dans la forêt, à Ahitophel qui se suicide, à David qui pleure la disparition de son fils bien-aimé. Pour mettre un terme aux lamentations de son roi — les plus émouvantes de toute la Bible — Joab est obligé de lui faire honte : je vois bien, lui dit-il, non sans rudesse, que tu serais prêt à échanger la vie de tes fidèles sujets contre celle du jeune prince. »

Après un silence, Shaï ajouta : « Voilà, ce sera tout pour aujourd'hui. Je vous remercie. » Et il se rassit.

« Mais qui est l'auteur de ce poème ? demanda la femme au turban.

— Nathan Zach », répondit le jeune homme aux yeux bleus en regardant amoureusement son texte.

Plusieurs étudiants se levèrent et s'approchèrent de leur professeur, l'un pour l'informer des progrès de sa dissertation sur « la fonction de l'allusion », l'autre pour lui demander une attestation d'assiduité, un troisième pour obtenir une précision bibliographique. Touvia Shaï avait retrouvé son ton morne, son visage sans expression. Quelle beauté destructrice, dévastatrice, vénère-t-il ? se demandait Ohayon. Soudain, il crut comprendre pourquoi Shaï n'était pas choqué que sa femme couche avec Tirosh. Tandis qu'il parcourait une dernière fois ce poème, lui vint cette pensée : certes, la beauté est envoûtante, mais tout le monde n'y succombe pas. Joab, par exemple, y reste indifférent. Pourquoi ? Parce qu'il est un chef de guerre, un héros, et ne souffre pas d'un complexe d'infériorité.

Tout en conversant avec ses étudiants, Shaï rassemblait ses papiers. Ohayon avait l'impression de ne pas avoir perdu son temps : le cours auquel il venait d'assister lui avait permis de se faire une idée assez précise de la façon dont Touvia Shaï concevait le monde.

Le roi David, Ahitophel, le narrateur du poème sont fascinés par la beauté. Mais Shaï aussi. Pourquoi ? Parce qu'il ne supporte pas l'affligeante médiocrité de l'existence, voilà le fond des choses. Ce n'est qu'en s'identifiant au Beau, en aspirant au sublime, qu'il parvient à nier la laideur qui l'entoure. A présent, je comprends le rôle que Tirosh jouait dans sa vie. Reste à savoir s'il aurait été capable d'assassiner celui qui lui permettait d'approcher la beauté. J'ai le sentiment que non.

Mais comment expliquer cela à Arié Lévy, ou même à Shorer ?

Avant que Shaï ait le temps de se lever et de venir vers lui, Ohayon s'éclipsa. Il ne jugeait plus utile de l'interroger, du moins pour l'instant. Accélérant le pas, il se dirigea vers un téléphone public qu'il avait repéré en venant.

CHAPITRE XII

Quand enfin elle répondit au téléphone, Tsila n'avait aucun élément nouveau à lui communiquer. Elie Bahar n'était pas encore revenu du domicile de Tirosh ; l'interrogatoire de Yaël Eisenstein sous détecteur de mensonges prenait plus de temps que prévu.

« Ah, j'allais oublier, Arié Klein cherche à vous joindre. Il téléphone toutes les heures et vous supplie de lui accorder un rendez-vous. Il semblait si désemparé que j'ai failli lui dire où vous étiez.

— C'est bon, je vais l'appeler.

— Il sera chez lui jusqu'à quinze heures trente, car à seize heures, il doit passer au détecteur de mensonges. »

Pendue au téléphone d'à côté, une jeune fille vêtue d'un pantalon moulant et d'un T-shirt en soie conversait à voix basse. Agacée par son regard insistant, elle lui tourna le dos.

Qu'a-t-il donc de si urgent à me dire ? songea-t-il en composant le numéro d'Arié Klein, dont les deux premiers chiffres indiquaient qu'il habitait à Rehavia. Si sa mère, qui réside à Rosh Pina, est une pionnière de la première heure, il ne pouvait évidemment pas élire domicile ailleurs que dans ce quartier aristocratique de Jérusalem ! La ligne était occupée ; se souvenant qu'Arié Klein avait trois filles, il décida de prendre son mal en patience. Un quart d'heure plus tard — il était treize heures quinze — la ligne se libéra et Arié Klein décrocha.

« Ah, c'est vous, monsieur Ohayon, s'exclama-t-il avec un soupir de soulagement ; depuis hier, je cherche à vous joindre ; il serait éminemment souhaitable que nous nous rencontrions. »

Ce type s'exprimait, à son goût, dans un hébreu un peu trop pur et recherché. Toutefois, le souvenir de leur conversation sur un banc après la découverte du cadavre de Tirosh, de leur réaction commune devant la mort, dissipa en partie sa méfiance instinctive à l'égard des personnes venant d'un milieu privilégié, si différent du sien. Plutôt que de le convoquer au commissariat, il accepta son invitation à se rendre chez lui, rue Al Harizi. Il était curieux de faire plus ample connaissance avec cet homme qu'il avait eu autrefois pour professeur.

« Nous rentrons à l'Esplanade russe, annonça-t-il à Alfandari qui l'attendait dans la camionnette. Je veux récupérer ma voiture. N'oublie pas de dire à Tsila de taper toutes les dépositions recueillies aujourd'hui et de convoquer Touvia Shaï pour un second interrogatoire sous détecteur de mensonges. Il ne sait pas encore que le premier n'a pas donné de résultats concluants. » Voyant Raphi serrer les lèvres d'un air de reproche, il ajouta : « Tu penses qu'on aurait dû l'arrêter, hein ? »

Raphi ne broncha pas. « Ne t'en fais pas, il ne va pas se sauver, le rassura Ohayon.

— Je sais bien... Sans doute avez-vous vos raisons de le laisser en liberté. »

Ohayon esquissa un sourire qui se voulait convaincant.

« Dis à Tsila que je suis chez Klein », lança-t-il en descendant de la camionnette et en se dirigeant vers sa voiture.

Il n'eut pas de mal à trouver la villa de Klein. Avant de sonner, il vérifia le bon fonctionnement de son petit magnétophone caché dans la poche de sa chemise. Sans trop savoir pourquoi, il se sentait légèrement tendu. De la musique jouait à l'intérieur. Lorsque la porte s'ouvrit, il reconnut le son d'un violon et d'un piano. Il avait seize ans lorsque Becky Pomerantz, sa première maîtresse, lui avait fait écouter un quintette de Schubert, en lui expliquant que la musique de chambre exigeait une certaine maturité artistique. Quoique incapable d'identifier le morceau, il aurait pu jurer que ce n'était pas un disque. Et, de fait, la musique s'interrompit et des voix perçantes se firent entendre.

« Ce sont mes filles qui s'exercent », s'excusa Arié Klein en le faisant entrer dans son bureau.

Il referma la porte, après avoir déplacé la pile de livres qui la bloquait.

« Je la laisse toujours ouverte ; ma femme et mes filles aiment me rendre de petites visites, ce qui, je vous l'avoue, me fait en général plaisir », dit-il en prenant place derrière son grand bureau encombré d'articles, de dossiers et de tasses de café.

Il y avait des livres partout : sur les étagères le long des murs, posés en tas à même le sol et même près du fauteuil usé où Ohayon s'était installé et sirotait avec gratitude le café bien corsé que son hôte lui avait préparé. Par la fenêtre, ouverte sur le jardin, montait une odeur de terre humide mélangée à des parfums de fleurs. Comme dans toutes les vieilles maisons de Rehavia, il régnait dans cette pièce haute sous plafond une agréable fraîcheur.

La gentillesse, la vulnérabilité, la tristesse qui se lisaient sur le visage de Klein contrastaient avec son physique imposant. Il avait un torse puissant, de larges épaules, des bras musclés, de longues mains, fines et délicates.

« Nous n'avons pas jugé utile de leur faire reprendre l'école, à quelques jours des vacances, expliqua-t-il lorsque la musique reprit. Dans la famille, nous sommes tous musiciens. Ma femme joue du violoncelle et ma fille aînée du piano. Quant à la cadette, elle préfère le rock. Néanmoins, nous sommes en nombre suffisant pour former un quatuor, car je me débrouille à l'alto et au violon. Et voilà la benjamine », ajouta-t-il en dissimulant mal sa fierté lorsqu'une fillette d'environ huit ans, aux cheveux blonds et au teint clair, entra en agitant son petit violon.

La gamine lui chuchota quelques mots à l'oreille et repartit en sautillant. Ohayon était tiraillé entre ses devoirs de policier et son désir de pénétrer dans l'intimité de Klein. En première année d'université, il avait choisi de compléter son cursus en suivant des cours de littérature française et de littérature hébraïque. Comme il s'intéressait au Moyen Age, un de ses condisciples lui avait conseillé de s'inscrire chez Klein. C'est ainsi qu'il s'était retrouvé dans le grand amphithéâtre bondé, où ce professeur donnait un cours d'introduction à la poésie hébraïque médiévale. Dès la première heure, il avait pu vérifier cette maxime bien connue : peu importe le sujet, ce qui compte, c'est le professeur. Grâce à lui, il avait appris à aimer la poésie de Salomon Ibn Gabirol et de Juda Hallévi qu'il trouvait si ennuyeuse au lycée. En troisième année, il avait également suivi un séminaire avec Arié Klein. Et voilà que maintenant, il était chez lui, au milieu d'un indescriptible désordre : outre les monceaux de livres et de papiers, il y avait, oubliée sur une chaise, une robe d'enfant et, par terre, un puzzle en partie reconstitué. Avec un mélange d'envie et d'étonnement, il laissa errer son regard sur la miniature persane accrochée au mur, le kilim sous le bureau, le jardin et ses arbres fruitiers, les parterres de fleurs. Une pensée l'effleura : « C'est trop beau pour être vrai. » Il y avait un contraste saisissant entre l'atmosphère chaleureuse de cette pièce et l'aridité des ouvrages qu'elle renfermait. Le premier livre sur la pile à sa droite portait le titre *Carmina Romana* ; sur le dos du deuxième, il reconnut des caractères cyrilliques. Quelle érudition ! Arié Klein lui faisait l'effet d'un savant de la Renaissance transporté au XXe siècle ; ce grand intellectuel ne négligeait pas ses devoirs de père de famille, il s'intéressait à la musique, cultivait son jardin ; bref, il était l'exacte antithèse de Tirosh.

Klein se racla la gorge :

« Hum, j'essaie de vous joindre depuis hier, car j'ai certaines choses à vous dire. Ne vous ai-je pas eu comme étudiant dans l'un de mes séminaires sur la poésie hébraïque et arabe du XIIe siècle ? »

Ohayon hocha la tête.

« Je craignais que vos collègues ne prennent pas mes déclarations au sérieux. Peut-être suis-je injuste, mais je les trouve bien jeunes pour comprendre les aléas de la vie universitaire. » Visiblement mal à l'aise, il toussa de nouveau. « J'avoue avoir certaines difficultés à surmonter mes préjugés envers les policiers. »

Ohayon rougit mais garda le silence.

« Ce ne sont que des impressions, l'avertit Klein en inclinant la tête. Mais permettez que je commence par le commencement. Lorsqu'il était aux Etats-Unis, Ido est venu nous voir à Fort Schuyler, dans le Bronx ; il a même logé chez nous, une semaine au début de son séjour et trois jours à la fin. Nous habitions une grande maison en bois que nous avait prêtée mon oncle, en voyage en Israël à ce moment-là.

— Combien de temps en tout est-il resté aux Etats-Unis ? Un mois ?

— Oui, c'est cela, un mois.

— Il y était dans le cadre de son doctorat ? »

Klein expliqua brièvement que Tirosh avait obtenu pour Ido une allocation de recherche auprès de l'Institut du judaïsme contemporain.

« Ido a passé la première semaine à travailler en bibliothèque et à rencontrer des spécialistes des Juifs d'Union soviétique. Grâce à eux, il a fait la connaissance de refuzniks. Il était très occupé, et très excité, comme nous le sommes tous lorsque nous découvrons de nouvelles sources de documentation. La dernière semaine, il a pris l'avion pour la Caroline du Nord, afin de rencontrer un avocat qui milite en faveur des refuzniks et des dissidents. Cet avocat avait en sa possession quantité de documents sur diverses personnes auxquclles s'intéressait Ido, en particulier un certain Ferber. Vous avez lu sa poésie ? »

Ohayon resta impassible.

« Anatoli Ferber était la grande découverte de Tirosh. Tirosh a fait connaître beaucoup de jeunes poètes israéliens, mais il aimait aussi "découvrir" des poètes étrangers et les traduire en hébreu, comme, par exemple, le Tchèque Jiri Wolker. »

Klein l'interrogea du regard. Ohayon secoua la tête. Non, il n'avait jamais entendu parler de ce poète.

« Pour en revenir à Ferber, reprit Klein en se penchant en avant, j'ai toujours pensé qu'il faisait partie du mythe que Shaül entretenait avec soin autour de sa personne. A mon avis, sa poésie ne possède pas... euh... l'originalité que Tirosh lui attribuait. Ce sont des poèmes assez médiocres, dont la valeur, si tant est qu'ils en aient une, tient essentiellement au contexte historique qui les a vus naître. Naturellement, il était impossible d'émettre la moindre réserve sur leur qualité devant Shaül, sans s'exposer à un long discours sur la renaissance de la langue hébraïque. »

Klein esquissa un bref sourire et se redressa.

« Comment Doudaï a-t-il appris l'existence de cet avocat ? demanda Ohayon, qui voyait avec inquiétude la conversation partir dans tous les sens.

— Un peu par hasard, grâce à l'un des bibliothécaires du Séminaire théologique juif, où il a mené quelques recherches durant la première semaine de son séjour. Lorsqu'il lui a raconté qu'il était assistant à l'université de Jérusalem et écrivait une thèse sur la poésie clandestine d'expression hébraïque en URSS, l'avocat lui a dit que, justement, il avait recueilli chez lui un dissident qui s'était lié d'amitié avec Ferber au goulag, qui connaissait l'hébreu et savait même comment, pendant toutes ces années, Ferber avait dissimulé ses poèmes. »

Klein fronça les sourcils et leva les yeux vers la grande photographie suspendue au mur entre deux étagères, qui représentait un homme en costume, le crâne chauve et le visage carré. Ohayon avait l'impression de le connaître, mais n'arrivait pas à le situer.

« C'était une véritable révélation, car Tirosh avait toujours affirmé avoir découvert ces poèmes à Vienne, dans des circonstances passablement rocambolesques et que personne, dans le camp où Ferber était interné, ne connaissait l'hébreu. Bref, Ido brûlait de curiosité ; je vois encore la lueur d'excitation qui brillait dans ses yeux. »

Arié Klein soupira et avala une autre gorgée de café.

« Ido s'est d'abord rendu à Washington, d'où il m'a appelé, et de là, à Chapel Hill, une petite ville universitaire de Caroline du Nord. Vous êtes déjà allé aux Etats-Unis ?

— Non, seulement en Europe, répondit Ohayon. La fumée vous dérange ?

— Pas du tout », dit Klein.

Sans même regarder, il glissa la main sous une pile de papiers et en retira un cendrier en verre. A l'évidence, il savait exactement où était chaque chose.

« Tout ça pour en arriver à l'essentiel : Ido Doudaï est revenu de Caroline du Nord en état de choc. Il n'était plus le même. »

Il se tut un instant, comme si Doudaï se dressait soudain devant lui.

« Vous vous demandez peut-être comment il se fait que nous soyons devenus si proches, alors que je n'étais même pas son directeur de thèse. Certes, il avait suivi certains de mes cours et participé à plusieurs de mes séminaires, mais nos relations allaient bien au-delà. C'était un garçon droit, intelligent, sérieux, peut-être même un peu trop. Sa rigueur et son honnêteté intellectuelles forçaient l'admiration. C'était quelqu'un de simple et, assurément, de très sensible. Ofra, mon épouse, l'aimait beaucoup, il venait souvent nous voir. Tirosh en avait pris ombrage. Il se moquait de ma "fibre familiale", comme il disait. Pour lui, le fait de recevoir de jeunes collègues comme Ido ou Yaël Eisenstein chez moi, de les présenter à ma femme et à mes enfants, de les inviter à ma table, constituait un "reste évident de ma jeunesse provinciale à Rosh Pina." Naturellement, lorsque Ido m'a annoncé qu'il venait aux Etats-Unis et m'a demandé de l'aider à trouver une chambre, je lui ai aussitôt proposé de venir loger chez nous. Nous habitions une maison spacieuse, située dans l'enceinte de l'Académie navale, où mon oncle enseigne la navigation. Les Juifs sont un peuple étrange », soupira Klein en croisant les mains et en tournant la tête vers la fenêtre.

Un silence typique des après-midi à Rehavia s'installa, seulement ponctué par le pépiement des oiseaux et par des notes de musique. Ohayon était en train de se demander pourquoi Klein, qui semblait à présent perdu dans la contemplation de son jardin, n'entrait pas dans le vif du sujet, lorsque celui-ci se retourna et poursuivit :

« Ido est revenu de Caroline du Nord à onze heures du soir, blanc comme un linge, des cernes sous les yeux. Sur le coup, j'ai cru qu'il avait été victime d'une agression, mais il m'a dit qu'il était simplement fatigué. Malgré son air étrange, j'ai accepté son explication... Vous permettez ? dit Klein en désignant le paquet de cigarettes posé sur le bureau.

— Je vous en prie, répondit Ohayon en grattant aussitôt une allumette et en approchant la flamme de Klein.

— J'ai arrêté de fumer il y a cinq ans, dit celui-ci un peu gêné, avant de reprendre son récit. Le lendemain matin, Ido n'est pas descendu pour le petit déjeuner. Pensant qu'il dormait, je suis parti à l'université comme d'habitude. J'étais seul, Ofra et les enfants passaient quelques jours chez des amis. A mon retour, je l'ai trouvé assis dans l'obscurité. Cela m'a tellement surpris, que je m'en souviens comme si c'était hier.

« Comprenez-moi bien, dit Klein en exhalant une colonne de fumée blanche, Ido n'avait rien d'un exalté. Je le connaissais depuis sa première année à l'université ; c'était un garçon calme, équilibré, de compagnie agréable. Quand j'ai allumé la lumière, il a sursauté : il n'avait pas remarqué que la nuit était tombée. Il paraissait bouleversé : “Arié, depuis combien d'années connaissez-vous Tirosh ?” m'a-t-il brusquement demandé. Je lui ai dit ce que tout le monde savait : que nous avions le même âge, que nous étions amis depuis trente ans, etc. Mais Ido n'écoutait pas ; il voulait savoir si je le connaissais *vraiment*. Il y avait soudain quelque chose d'effrayant en lui, une gravité comme on en trouve chez certains personnages de Hermann Hesse.

« Pour essayer de détendre l'atmosphère, je lui ai demandé si Washington lui avait plu, comment s'était déroulée son entrevue avec l'avocat et avec le dissident qui avait connu Ferber au goulag. “Très bien, très bien”, s'est-il contenté de répondre avec impatience. J'avais beau faire, il revenait sans cesse à la même question. De guerre lasse, je lui ai fait valoir qu'on ne pouvait jamais être sûr de connaître vraiment quelqu'un, et, comme il insistait, je me souviens de lui avoir dit, très sincèrement, que je pensais le connaître aussi bien qu'un homme comme moi pouvait connaître un homme comme lui, qu'à mes yeux, Tirosh incarnait le comble du nihilisme, alors que toute ma vie, je m'étais efforcé d'adopter une attitude opposée, et que c'était justement l'une des raisons pour lesquelles j'avais choisi de me spécialiser dans la poésie médiévale. »

De nouveau, Arié Klein leva les yeux vers le portrait de l'homme en costume, puis remarquant le regard interrogateur d'Ohayon, déclara : « C'est le professeur Shirman. Il a été mon maître. Vous l'avez connu ? »

Ohayon fit un vague signe de tête et Klein reprit là où il en était.

« Si j'ai choisi la poésie médiévale — ce qui ne m'empêche pas de goûter aussi la poésie moderne —, c'est à cause de son ordre rigoureux et de la pureté de ses formes. On n'est pas sans arrêt à se demander ce que le poète voulait dire. Je ne supportais pas l'ignorance des étudiants en poésie moderne, leurs ergotages sans fin, leurs discussions stériles. Après tout, ce n'est pas tous les jours qu'on a la chance d'avoir un Ido Doudaï comme élève.

« Voilà ce que je lui ai dit avec franchise, car je sentais qu'il était en plein désarroi. Oui, je pouvais l'assurer que je connaissais bien Shaül, avec ses qualités et ses défauts. C'est alors qu'il m'a dit d'une voix pleine d'amertume : "Vous croyez le connaître, mais vous vous trompez." Je n'ai pas voulu commencer à discuter, car je mourais de faim. Je lui ai proposé de me suivre à la cuisine. Tandis que je préparais une salade, il m'a demandé tout à trac si, d'après moi, Tirosh était un grand poète. Je me souviens de l'avoir dévisagé un instant — n'avait-il pas perdu la tête ? — et de lui avoir répondu que Tirosh avait fait de la poésie le sens de sa vie, qu'elle seule lui permettait de surmonter son immense solitude et que, selon moi, il était en effet un grand poète.

« Lui qui riait rarement, a éclaté d'un rire étrange, sardonique. Inquiet, je lui ai demandé ce qu'il avait. "Rien, a-t-il répliqué, rien du tout". Quant à nouveau je l'ai interrogé sur son entrevue avec l'avocat et le rescapé du goulag, il m'a dit : "Un jour, je vous raconterai tout, mais pas maintenant." Il voulait avancer son vol de retour. Sans grand succès, j'ai essayé de le convaincre de manger un morceau, de le distraire en lui parlant de choses et d'autres, mais il était ailleurs. »

Klein écrasa sa cigarette.

« A l'évidence, il traversait une crise grave ; quelque chose s'était produit, mais je n'ai pas réussi à savoir quoi, car les deux derniers jours avant son départ, je l'ai à peine vu ; il disparaissait tôt le matin et ne rentrait que tard le soir. Quand je l'ai conduit à l'aéroport, j'ai fait une ultime tentative. "Je dois d'abord parler à Tirosh", m'a-t-il répondu. Tels sont les derniers mots que je l'ai entendu prononcer.

— Avez-vous pris contact avec cet avocat ? demanda Ohayon.

— Non, je ne le connais pas. Peut-être aurais-je dû, dit Klein pris de remords. Aujourd'hui, je pense...

— Avez-vous son nom et son adresse ? l'interrompit Ohayon.

— Oui, mais il faut que je les cherche. Vous les voulez tout de suite ?

— Non, on verra cela plus tard. Parlez-moi d'abord de Tirosh. Vous le connaissiez si bien que ça ?

— Vous aussi, cela vous intéresse, soupira-t-il. A vrai dire, jusqu'à cette tragédie, je croyais, en effet, le connaître intimement. Nous avons fait nos études ensemble, à l'époque où l'université était installée au monastère de Terra Sancta. Il y a quelques années encore, il venait chez nous au moins une fois par semaine.

— Et ensuite ?

— C'est difficile à expliquer, dit Klein, pensif. Avec le temps, nous avons pris des chemins différents. Et puis, les griefs se sont accumulés : quand j'étais chef du département, les étudiants venaient se plaindre à moi de sa sévérité excessive ; en outre, il avait tendance à négliger ses obligations administratives ; ces causes de friction n'avaient rien à voir avec nos relations personnelles, mais, comme vous le savez, il est difficile d'accueillir à sa table un ami dont vous venez d'attaquer les positions, et qui continue à les défendre contre vents et marées. Au fond, il y avait très peu de choses sur lesquelles nous étions d'accord. Ce qui est étonnant, ce n'est pas tant que nous nous soyons éloignés, mais que nous ayons été si proches autrefois. Certes, nous ne nous sommes pas fâchés, mais nos rapports se sont peu à peu distendus. Ses visites se sont faites plus rares, et quand il venait, il y avait entre nous des silences prolongés. »

Pendant quelques secondes, Klein se tut, comme s'il revivait ces moments-là.

« Ofra, ma femme, prétend qu'il nous battait froid parce qu'il méprisait notre vie bourgeoise ; pour ma part, j'incline à penser que la raison est ailleurs. Depuis qu'il avait cessé d'écrire, sa vie ressemblait à une coquille vide. Il avait peut-être beaucoup de défauts, mais son jugement poétique était infaillible. Personne ne réussira à me convaincre qu'il tenait en haute estime ses dernières œuvres — je veux parler de sa poésie engagée. Il ne se faisait certainement aucune illusion à leur sujet. Nous étions comme un miroir qui lui renvoyait l'image de sa stérilité...

— Peut-être s'était-il simplement trouvé d'autres amis ? Les Shaï, par exemple, dit Ohayon d'un ton abrupt.

— C'est possible », murmura-t-il en baissant la tête.

Soudain, une sonnerie insistante se fit entendre ; Klein écarta avec précaution une pile de papiers et souleva le récepteur enfoui dessous.

« Je vous le passe, dit-il en tendant l'appareil au commissaire.

— Je peux vous parler, patron ? demanda Elie.

— Vas-y. »

Elie Bahar lui annonça que le cylindre entreposé

dans le débarras de Tirosh était effectivement une bonbonne de butane à usage domestique.

« Très bien. Et maintenant ? » demanda Ohayon tout en continuant à observer Klein.

Une fraction de seconde, celui-ci soutint son regard, puis détourna la tête, comme s'il ne voulait pas se montrer indiscret.

« Je suis en train de trier les papiers que nous avons rapportés du Mont Scopus. Alfandari et Tsila me donnent un coup de main. Aucune nouvelle de Balilti. Dieu sait ce qu'il fabrique. Nous avons convoqué Shaï pour un autre interrogatoire sous détecteur de mensonges. Vous avez l'intention de revenir ici directement ?

— Je ne sais pas encore. Quelle heure est-il ? Deux heures et demie. Disons que je te rappelle vers cinq heures. »

Dès qu'il eut raccroché, il embraya sur les poètes que Tirosh avait éconduits.

« Vous voulez savoir comment il se comportait avec eux ? dit Klein avec un sourire.

— Oui. Comment cela se passait-il ? Ils lui envoyaient leurs manuscrits ?

— Par dizaines. Il s'en plaignait souvent, même si, au fond, il était flatté. De temps en temps, il m'en montrait un. Tout ce qui était en prose, il le transmettait à Dita Fuchs. Ces dernières années, il ne lisait plus que de la poésie.

— Pourtant, nous avons trouvé sur son bureau une note concernant le dernier chapitre de *Shira*.

— *Shira* ? Le roman d'Agnon ? s'étonna Klein. Pour autant que je sache, Shaül n'a jamais travaillé sur Agnon.

— Donc, on lui envoyait des manuscrits...

— Ou on les lui remettait en mains propres. Contrairement aux copies des étudiants qui traînaient des semaines sur son bureau, Shaül les lisait aussitôt et rendait très vite son verdict. Il était toujours à la recherche de jeunes poètes talentueux ; il rêvait d'être un *arbiter poeticum,* d'avoir une influence sur l'esprit du temps. »

Ohayon mentionna les séances qui se déroulaient au café Roval, à Tel-Aviv.

« Non, l'indulgence n'était pas sa première qualité ; il pouvait se montrer très cruel. Toutefois, je ne lui en ai jamais tenu rigueur, car tout artiste doit être prêt à s'exposer à la critique. Or, sur ce plan, Shaül n'avait pas d'égal : il se trompait rarement. »

Le téléphone se remit à sonner. Klein décrocha. Son visage s'éclaira, puis s'assombrit.

« Je t'en prie, calme-toi, dit-il enfin, en jetant un regard inquiet vers Ohayon. Je te rappelle dès que possible. »

Il raccrocha et se mit à jouer avec un coupe-papier.

« C'était Yaël Eisenstein. Comme vous le savez, elle fait sa thèse sous ma direction. Elle a de nouveau été entendue par vos services, cette fois sous détecteur de mensonges, et a très mal supporté cette épreuve. Elle est très sensible.

— Ah oui ? » dit Ohayon avec une pointe d'agressivité.

L'attitude protectrice d'Arié Klein envers ses étudiants commençait à l'agacer. Avait-il, lui aussi, succombé à la beauté de cette jeune femme ?

« Saviez-vous qu'elle a été mariée à Shaül Tirosh ?

— Il y a des années de cela ; c'est du passé, rétorqua Klein en rougissant.

— Les gens du département étaient au courant ?

— Non, je ne crois pas, dit-il en reposant doucement son coupe-papier. Shaül n'y faisait jamais allusion ; quant à Yaël, elle préférait oublier ce... douloureux échec. »

Ohayon garda le silence. Mal à l'aise, Klein s'agita sur son siège. Sous le regard insistant du policier, il se résigna à parler.

Une quinzaine d'années plus tôt, il sortait d'un amphithéâtre de Givat Ram, où il venait de donner un cours, lorsqu'il s'était trouvé nez à nez avec une jeune fille vêtue de noir qui l'attendait devant la porte. Elle tenait absolument à lui parler. La voyant si désemparée, il lui avait proposé de la recevoir dans son bureau. Là, elle lui avait tout raconté.

« Dès qu'elle a mentionné le nom de Shaül, je me suis dit : encore une qu'il a séduite et abandonnée. Mais celle-ci semblait plus jeune que les autres, plus vulnérable et, surtout, différente. »

Vous voulez dire plus belle que les autres, rectifia Ohayon *in petto*.

A l'époque, les victimes de Tirosh venaient souvent pleurer dans son giron ; il les consolait de son mieux. Durant son année sabbatique au Canada, Tirosh avait épousé cette « fille pas comme les autres », parce qu'il l'avait mise enceinte ; mais très vite, il s'était lassé d'elle et l'avait contrainte à avorter. Elle était revenue en Israël, seule et humiliée. « Pour lui, ce n'était qu'un jeu. Il l'avait invitée à venir au Canada, puis avait changé d'avis, tout simplement », conclut Klein en hochant la tête. Visiblement, une telle attitude lui était incompréhensible.

Pourquoi Yaël avait-elle choisi de se confier à lui ?

« Sans doute éprouvait-elle le besoin de parler à un ami de Tirosh, à quelqu'un qui le connaissait bien. Je me suis efforcé de la réconforter. Nous avons bavardé plusieurs heures. J'ai même écrit une lettre à Shaül à ce sujet. C'était l'époque où il me tenait encore en estime et où je croyais avoir quelque influence sur lui. »

Oui, Shaül s'était rallié à ses raisons ; il ne s'était pas opposé au divorce. Depuis, cependant, leurs relations s'étaient passablement refroidies, même si, avec Yaël, Tirosh avait conservé des liens privilégiés, comme s'il se sentait coupable envers elle.

Ohayon lui demanda de préciser.

Ce n'était pas la première qu'il obligeait à avorter, mais Yaël était si jeune, si éprise, si fragile...

« Pourquoi tenaient-ils tant à garder le secret ?

— Tirosh n'aimait pas qu'on lui rappelle sa faute,

répondit Klein en haussant les épaules. Quant à Yaël, même si elle se conduisait comme si tout était fini et oublié, elle était encore traumatisée. »

Il marqua une pause, et reprit, l'air pensif :

« Certaines personnes sont incapables de supporter la laideur de l'existence. Yaël, par exemple, ne souffre pas la vue d'une poubelle éventrée. La vaisselle sale, le sang, un mur dont la peinture s'écaille — tout cela la révulse. Ce n'est pas de la sensiblerie. Il y a des jours où je me demande comment elle tient le coup... D'autres, en revanche, ne vivent que pour la beauté, comme Touvia Shaï. Ce qui est tout à fait différent.

— Expliquez-vous, dit Ohayon en sentant ses muscles se raidir.

— Il y a quelques années, Touvia et moi étions à Rome pour un congrès. Profitant de l'occasion, nous sommes allés visiter le musée Capitolin. Nous étions en train d'admirer les bustes des empereurs romains, lorsque, à un moment donné, j'ai voulu attirer son attention sur celui de Marc-Aurèle. Il n'était plus là. Je l'ai trouvé un peu plus loin, paralysé d'émotion devant le “Galate mourant”. »

Ohayon hocha la tête. Il se souvenait de cette sculpture, de la souffrance et de la noblesse de ce guerrier à l'agonie.

« Il était si absorbé, si transporté, que je n'ai pas osé le déranger. Ce jour-là, j'ai compris beaucoup de choses.

— Quoi, par exemple ? le pressa Ohayon en consultant discrètement sa montre.

— Son comportement avec Shaül, le bonheur qu'il éprouvait en sa compagnie. Les beautés de la nature — un paysage de montagnes, un coucher de soleil au-dessus de la mer — ne l'émeuvent pas. Ce qu'il recherche, c'est la perfection de l'art. D'ailleurs, au déjeuner, après le musée, il ne m'a entretenu que de cela. Il en parlait comme d'une femme aimée. C'est à peine s'il a touché aux plats. »

Klein s'interrompit brutalement, comme s'il craignait d'en avoir trop dit.

« Tout à l'heure, vous avez fait allusion à la vie privée de Touvia, reprit-il d'une voix hésitante. Beaucoup d'hommes n'auraient pas admis une telle situation. Mais, après ce que je viens de vous raconter, vous comprenez peut-être pourquoi Touvia était prêt à tout sacrifier pour Shaül Tirosh, le poète. Il lui aurait donné sa vie. Alors, sa femme...

— J'aimerais revenir à Ido Doudaï, enchaîna Ohayon, comme s'il n'avait pas entendu ce que Klein venait de lui révéler.

— Je vous en prie. Que voulez-vous savoir ?

— Vous a-t-il fait écouter les entretiens qu'il a eus aux Etats-Unis ?

— Non. Je sais seulement qu'il comptait les enregistrer.

— Vous êtes sûr qu'il ne vous en a pas fait écouter des morceaux ? demanda Ohayon en le scrutant attentivement.

— J'en suis certain, répondit Klein avec force.

— Si j'insiste, c'est parce que nous n'avons trouvé aucune trace de l'interview avec cet avocat qui réside en Caroline du Nord.

— Peut-être ne l'a-t-il pas enregistrée, suggéra Klein.

— Pourquoi aurait-il enregistré toutes les autres, et pas celle-là ?

— Je ne sais pas, répondit Klein, troublé. Voulez-vous que je vous cherche les coordonnées de l'avocat ? Cela risque de prendre du temps, vu le désordre.

— Ce n'est pas si urgent, mais j'aimerais bien les avoir avant ce soir. Appelez-moi quand vous les aurez retrouvées ; si je ne suis pas là, vous pouvez les remettre à mon inspectrice, Tsila Bahar. »

Malgré son style emprunté, cet homme a l'air sincère. Pourtant, j'ai l'impression que, lui aussi, me cache quelque chose, songea Ohayon en jetant un dernier regard vers la villa. Klein l'observait de derrière sa fenêtre. Soudain, il se rendit compte que, pas une fois durant ce long entretien, il n'avait pensé à Maya. Une bouffée de tristesse l'envahit. Il posa les mains sur son volant brûlant et démarra.

CHAPITRE XIII

Il régnait à l'intérieur du commissariat une chaleur aussi accablante que dehors. Ohayon pénétra dans son bureau. Elie Bahar était en train d'éplucher un monceau de documents.

« Quoi de neuf ? » demanda Ohayon en prenant la bouteille de jus de fruits que lui tendait son inspecteur.

Il but une longue gorgée, reposa la bouteille et, sans attendre la réponse, annonça :

« Moi, j'ai du nouveau. Tu te souviens de cette boîte où il manquait une cassette ?

— Oui, pourquoi ?

— Je viens d'apprendre que Doudaï a eu un autre entretien aux Etats-Unis ; ou bien il ne l'a pas enregistré, ou bien la cassette a disparu.

— C'est Klein qui vous l'a dit ?

— Oui. Doudaï n'a pas hésité à faire huit heures de route pour rencontrer un avocat installé en Caroline du Nord et un Juif russe qu'il a recueilli. Doudaï est revenu effondré, sans que Klein arrive à savoir pourquoi.

— J'ai compris, soupira Elie. Vous voulez que je retourne au domicile de Doudaï.

— Oui. Et pendant que tu y es, fouille aussi son bureau au mont Scopus.

— Mais nous avons déjà tout embarqué, protesta Bahar.

— Prends Alfandari avec toi. Mais d'abord, ramène-moi Ruth Doudaï. J'aimerais avoir une petite conversation avec elle.

— A condition qu'elle soit chez elle.

— Où veux-tu qu'elle aille par cette chaleur avec un bébé ? »

Ohayon se plongea dans les transcriptions des enregistrements retrouvés au domicile d'Ido Doudaï. Des pages et des pages tapées à la machine, truffées de dates et de noms. Ce n'est qu'au moment où Tsila entra pour lui annoncer que Ruth Doudaï était là, qu'il se rendit compte qu'une bonne heure s'était écoulée.

« Merci. Sois gentille, attends le retour de Balilti dans la pièce d'à côté. Je préfère la voir en tête à tête », dit-il en lui tendant une liasse de feuillets.

Elie Bahar fit entrer la jeune veuve et, pour ainsi dire, la déposa sur une chaise en face d'Ohayon.

« J'y vais », annonça-t-il avant de s'éclipser.

A six heures, Ohayon était de nouveau seul dans son bureau. Son entretien avec Ruth Doudaï ne lui avait fourni aucun élément nouveau, Elie Bahar n'était toujours pas rentré du Mont Scopus, Touvia Shaï passait pour la seconde fois au détecteur de mensonges et le téléphone restait étrangement silencieux. Rien ne me retient plus ici, se dit-il en se levant.

Bien que dehors, l'air se fût un peu rafraîchi, il avait l'impression de se mouvoir au ralenti. Il tourna dans la rue Yafo et roula jusqu'à Givat Ram, indifférent aux coups de klaxons des automobilistes derrière lui. Le parking du campus était presque désert.

A peine eut-il franchi la grille qu'une foule de souvenirs se pressa dans sa tête : il revoyait les étudiants en lettres allongés sur les pelouses entre deux cours ou flânant dans les allées comme s'ils avaient tout leur temps devant eux. Jusqu'à ce que la faculté des lettres déménage au Mont Scopus, cinq ans plus tôt, on rencontrait peu d'étudiants en sciences : ils étaient confinés, dans leurs laboratoires, au fin fond du campus. A présent que la faculté des sciences occupait tous les bâtiments, ils allaient et venaient d'un pas vif et résolu ; quel but peut-on encore poursuivre avec tant de détermination dans un monde qui semble ne plus en avoir ? songea Ohayon. Converti en bureaux, le bâtiment Lauterman avait été rebaptisé Berman. Pourquoi avoir construit cette forteresse sans âme sur le Mont Scopus ? Quelle jeunesse y forme-t-on ? Ohayon chassa ces pensées moroses et se hâta vers la Bibliothèque nationale.

La première chose qui le frappa en entrant fut l'odeur, la même odeur de livres, de reliures et de bois qu'autrefois. Dans la salle des catalogues, les fichiers étaient toujours à la même place, étiquettes rouges pour la grande salle de lecture, étiquettes bleues pour le département des études juives et orientales. Seule innovation : des terminaux d'ordinateurs trônaient sur un immense comptoir arrondi, derrière lequel des étudiants répondaient patiemment aux questions des lecteurs. Il sortit le tiroir « Ti-Tr » et commença à remplir des bulletins de demande. Se souvenant qu'étudiant il lui était arrivé plus d'une fois de trouver sur sa table, à la place du livre rare qu'il avait demandé, un papier rouge portant la mention « manque en place », il prit soin de commander plusieurs exemplaires des mêmes ouvrages. Avant de glisser ses bulletins dans la fente réservée à cet usage, il voulut savoir dans combien de temps il pouvait espérer recevoir les livres. « Pas avant une heure », lui répondit l'un des étudiants chargés de l'accueil. Ça, ça n'a pas changé, soupira-t-il intérieurement. Au moment de quitter la salle des catalogues, il se ravisa et retourna près des fichiers pour commander deux exemplaires du roman d'Agnon, *Shira,* dont un dans la première édition.

Contrairement au reste du campus, la bibliothèque avait conservé son atmosphère accueillante, même si, hélas, la cafétéria au rez-de-chaussée n'existait plus. Il gravit le grand escalier et entra dans la salle de lecture des études juives. Tandis qu'il feuilletait diverses revues, méditait sur les efforts d'Israël pour être reconnu sur la scène littéraire internationale et se demandait ce que pouvaient contenir des articles aux titres aussi abscons que « Combinaisons et transformations sémiotiques », « Fonctions affectives du discours indirect libre », il fut saisi d'un accès de rage contre Maya, son mari, le monde entier. Il ne tenta pas de le réprimer car, il le savait, seule la fureur lui permettrait de mobiliser toute son énergie. Et de l'énergie, il en avait besoin, s'il voulait pénétrer un domaine qu'il connaissait mal : la critique littéraire contemporaine.

Enfin, une partie des ouvrages demandés lui parvint. Aussitôt, il s'attaqua aux essais d'interprétation de la poésie de Tirosh et aux analyses que Tirosh avait consacrées à d'autres poètes, notamment dans ses éditoriaux de *Directions,* fort justement intitulés « Notes d'une plume acérée ». Il voulait comprendre les critères esthétiques de cet homme qui avait couvert d'éloges des poètes bien avant qu'ils ne devinssent célèbres et décoché des flèches empoisonnées contre des rimailleurs restés à tout jamais obscurs.

Même si certains poèmes encensés par Tirosh ne l'émouvaient pas ou lui demeuraient incompréhensibles, force était d'admettre qu'il avait marqué de son empreinte la poésie israélienne. Sur une feuille de papier aimablement cédée par une jeune bibliothécaire, il nota les noms des poètes et des écrivains que Tirosh avait sauvagement éreintés.

Dans les premiers numéros de *Littérature,* il repéra deux articles où Tirosh passait en revue les interprétations communément admises de la poésie lyrique de Shaül Tchernikhovski, les démolissait en quelques phrases bien senties et proposait de nouvelles orientations critiques. Puis il ouvrit la première édition de *Shira* : le roman était effectivement inachevé. Il prit alors l'autre exemplaire qu'il avait commandé en même temps et, à sa surprise, tomba sur ce titre : « Dernier chapitre ». Dans la préface à cette cinquième édition, Emouna Yaron expliquait : « Au moment où il écrivait *Shira*, mon père travaillait à une nouvelle intitulée "A tout jamais". Après la publication de *Shira*, Raphi Weizer, le responsable des Archives Agnon, a découvert une page manuscrite montrant que cette nouvelle entretenait des liens étroits avec le roman, qu'à un moment donné, elle en avait été détachée pour former un récit autonome. Dans la nouvelle, l'érudit Adiel entre dans une léproserie d'où il ne ressortira plus ; il y restera à tout jamais. »

Le dernier chapitre, inachevé, décrivait, avec un réalisme saisissant, l'entrée de Manfred Herbst dans une léproserie. Ohayon regretta de ne pas en avoir discuté plus longuement avec Klein. Il sentait confusément que quelque chose lui échappait, en particulier ce qui avait pu retenir l'attention de Tirosh.

Dans la salle des périodiques, il trouva les suppléments littéraires où, pendant des mois, Tirosh et Aharonovitz s'étaient livré une guerre sans merci. Commencée à propos du dernier recueil de poésie de Yehouda Amichaï, la querelle avait rapidement pris un tour personnel. Aharonovitz récusait les partis pris critiques de Tirosh et allait jusqu'à exprimer de sérieuses réserves à l'encontre de sa poésie. « Sans vouloir en minimiser l'importance, force est de reconnaître que la poésie de Tirosh souffre d'une inadéquation entre la forme et le fond, d'une absence de lien organique entre ses différentes parties, de sorte qu'elle semble reposer sur des pieds d'argile ou, pour reprendre l'une de ses métaphores favorites, sur un "socle de sable"... »

De son côté, affichant une froide indifférence aux

attaques, Tirosh dénonçait, avec une mordante ironie, le manque d'originalité, voire de pertinence des travaux de recherche menés par Aharonovitz.

Après avoir remis les journaux en place, Ohayon se rendit dans la grande salle de lecture pour retirer les derniers ouvrages qu'il avait demandés. La bibliothécaire, une femme brune, un peu forte, les lui tendit avec un sourire avenant. Elle se souvenait encore de lui, du temps où il était étudiant. Il alla s'asseoir et commença par le livre de Touvia Shaï, *Tirosh — un essai d'interprétation.* Dès l'introduction, Shaï louait la diversité des talents poétiques de Tirosh et soulignait sa contribution exceptionnelle à la poésie de langue hébraïque. « Une génération entière de poètes se réclame de lui et de la nouvelle tradition qu'il a créée », écrivait-il. La page de garde portait cette dédicace : « A Shaül, s'il le juge digne. »

Aussitôt, Ohayon se souvint d'une anecdote que lui avait racontée Maya : T. S. Eliot avait envoyé à Ezra Pound son manuscrit de *la Terre désolée* avec ces mots : « Si vous le voulez bien. » « Tu ne trouves pas que cela ferait une merveilleuse dédicace ? » s'était exclamée Maya. Peut-être, mais celle de Shaï révélait une telle humilité, une telle soumission devant Tirosh, que c'en était révoltant.

Il sortit dans le hall, s'assit en face de l'immense vitrail du peintre Ardon, étendit les jambes et alluma une cigarette, malgré l'injonction « Interdit de fumer » placardée aux murs.

Soudain, une odeur de tabac blond lui fit tourner la tête. Un peu plus loin, un mégot aux lèvres, Shoulamit Zellermaier était plongée dans une revue. Une pile de dossiers encombrait la chaise à côté d'elle. Avec un soupir excédé, elle leva les yeux, croisa son regard et resta un moment interdite :

« Vous ne seriez pas le commissaire ? »

Ohayon acquiesça et alla s'asseoir près d'elle.

« Qu'est-ce qui vous amène dans ces lieux ? » reprit-elle, et d'ajouter sans lui laisser le temps de répondre : « Je suis passée à votre détecteur de mensonges. Drôle d'invention ! Comme si la vérité pouvait sortir d'une machine ! Votre collègue m'a expliqué que cet appareil enregistrait diverses réactions physiologiques, telles que le pouls, la transpiration, la tension artérielle et autres paramètres censés indiquer l'état psychologique de la personne interrogée. Mais qu'est-ce que cela a à voir avec la vérité ? C'est ridicule. Donc, c'est vous qui êtes en charge de l'enquête ? »

Ohayon confirma d'un signe de tête.

« Il y a un article de moi là-dedans, dit-elle d'un ton irrité, en lui tendant la revue américaine qu'elle tenait ouverte sur ses genoux. J'ai relevé cinq coquilles. A quoi bon corriger les épreuves ? »

Il jeta un coup d'œil rapide sur le titre — « La mort et ses motifs dans la littérature talmudique » — et lui rendit la revue.

« Depuis combien de temps enseignez-vous au département de littérature hébraïque ?

— Depuis des lustres. Vous étiez encore en culottes courtes quand j'ai été nommée. Et si vous voulez savoir pourquoi je ne suis pas titulaire d'une chaire, c'est à monsieur Tirosh, paix à son âme, qu'il faudrait poser la question. Malgré mes très nombreuses publications, il n'a jamais soutenu ma candidature auprès de la commission d'habilitation.

— Comment expliquez-vous son attitude ?

— Ah ! s'exclama-t-elle en découvrant une rangée de dents proéminentes, il me considérait comme une excentrique et tenait ma spécialité, la littérature populaire, pour un ramassis de contes de bonnes femmes. Chaque année, il voulait réduire mes heures de cours de moitié, sous prétexte que le sujet n'était pas suffisamment scientifique. Toutefois, il n'a jamais réussi à réunir une majorité sur sa proposition, qui, à mon avis, ne visait qu'à me faire sortir de mes gonds. Je l'entends encore me dire : “Shoulamit, tu es superbe quand tu te mets en colère”, et citer dans la foulée ces vers d'Alterman : "Tu es superbe, cabaretière, plus imposante qu'un troupeau d'éléphants ; tes hanches débordent, qui oserait les enlacer ?" Vous connaissez ce poème : "Un soir dans la vieille auberge des poèmes et un toast à la cabaretière" ? »

C'est vrai qu'elle est magnifique, pensa Ohayon.

« Quoi qu'il en soit, reprit-elle en le fixant droit dans les yeux, je ne l'ai pas tué. J'ai toujours eu beaucoup d'estime pour lui, même si, comme vous l'avez sans doute deviné, ce n'était pas le grand amour entre nous.

— Alors, qui, selon vous, a pu commettre ce meurtre ?

— Personnellement, ce qui m'intéresse davantage, c'est de savoir qui a tué Ido, grogna-t-elle. J'ai beau être passionnée de romans policiers, je n'arrive pas à imaginer qui aurait pu vouloir sa mort.

— Même après ce qui s'est passé lors du dernier séminaire ? »

Elle lui lança un regard appréciateur. Décidément, cette femme corpulente, avec son allure virile et sa candeur de jeune fille, lui était sympathique.

« Au dernier séminaire, Ido a critiqué la poésie de Tirosh, ce que personne n'avait jamais osé faire. Moi aussi — elle baissa la voix — j'ai toujours pensé que les poèmes engagés de Shaül ne valaient pas le papier sur lequel ils sont imprimés. Tout ça pour dire qu'Ido était un véritable intellectuel, et un homme courageux.

— Et son attaque contre Ferber ?

— Là, c'est autre chose. Il s'en est pris à un poète que Tirosh a "découvert", lorsqu'il était étudiant. A l'époque, il ne maîtrisait pas encore parfaitement l'hébreu et n'avait rien publié. En visite chez sa mère à Vienne, il avait rencontré un émigré russe qui lui avait confié des poèmes de Ferber écrits sur de petits bouts de papier. Pendant des mois, il s'est attaché à les déchiffrer. Comme vous pouvez vous en douter, une œuvre rédigée clandestinement au goulag exige un long travail de préparation avant de pouvoir être publiée. J'en sais quelque chose : dans mon domaine aussi, l'établissement des textes requiert beaucoup de patience. Malgré leur qualité médiocre et même leur côté un peu primitif, ces poèmes lui ont fait une très forte impression. Il ne pouvait s'empêcher de s'émerveiller du fait qu'ils avaient été écrits en hébreu dans un camp de travail soviétique. Il ne s'est pas vraiment préoccupé de leur valeur artistique, ce qui, je vous l'assure, n'était pas du tout dans ses habitudes. Un jour, je lui ai montré quelques poèmes, les premiers, d'un de mes étudiants, un aveugle ; il me les a rendus avec une moue dédaigneuse. Les circonstances de leur rédaction ne l'intéressaient pas, sans doute parce qu'il ne s'agissait pas d'un de ses élèves. Lors du séminaire, Ido a remis en cause un principe censé être évident, à savoir que les circonstances historiques invalident les critères de jugement poétique généralement acceptés ; à mon avis, il a eu raison de le faire. Mais qui a bien pu le tuer ? Tirosh était déjà mort... et Ferber a rendu l'âme il y a trente ans, ajouta-t-elle avec un sourire, avant de se rembrunir. Quant à Touvia, il aurait peut-être essayé de convaincre Ido qu'il avait tort, il se serait peut-être mis en colère — il l'était d'ailleurs —, mais il est incapable de faire du mal à une mouche. De toute façon, il n'aurait certainement pas su trafiquer des bouteilles d'air comprimé. C'est votre inspecteur, celui qui m'a interrogée hier et avant-hier, qui m'a appris la cause de sa mort. Il m'a aussi demandé, précisa-t-elle amusée, si je m'y connaissais en plongée sous-marine. Pour en revenir à Touvia, ne vous laissez pas abuser par d'indignes commérages : c'est une personnalité complexe, qui se fait une haute idée de la morale. »

Elle se tut, absorbée dans ses pensées. Soudain, elle se leva en soupirant :

« Il est temps que je m'y remette. »

Avec une surprenante agilité, elle ramassa ses papiers, écrasa sa cigarette dans le cendrier et se dirigea vers la salle de lecture des études juives.

Ohayon retourna à sa place et s'attela aux *Poèmes blancs* de Tirosh. Il en recopia des passages entiers, soulignant certaines images avec une application qui l'étonna. S'il voulait élucider ce crime, il devait s'immerger dans l'univers de ces professeurs de littérature hébraïque. Pourtant, plus il avançait dans ses lectures, plus il sentait qu'il n'apprenait rien de pertinent pour son enquête et qu'en s'attardant ici, il se faisait en réalité plaisir. Restait, néanmoins, ce mystère à propos de *Shira*. Pourquoi Tirosh, que les œuvres en prose n'intéressaient guère, avait-il écrit sur son bloc-notes « le dernier chapitre » ? Avait-il vraiment l'intention de rédiger un article sur la question ? Enfin, maintenant, je sais que ce chapitre existe, et aussi de quoi il parle, se dit-il. Mais cela ne m'avance guère. Toutefois, une voix intérieure lui soufflait timidement que la lecture de ce chapitre lui avait quand même appris quelque chose, qui n'était pas sans rapport avec le cours de Touvia Shaï du matin même, avec cette force qui poussait Herbst à suivre Shira dans la léproserie. Certaines personnes vont jusqu'au bout de ce qu'elles ont entrepris, mais que vient faire la lèpre dans cette histoire ?

Il reprit le livre de Touvia Shaï, puis les poèmes de Tirosh. Oui, il en était sûr, c'était là qu'il trouverait le fil lui permettant de démêler l'écheveau. Naturellement, il ne pouvait pas faire part de cette conviction aux membres de son équipe ; ils se moqueraient de lui. D'autant que lui-même avait encore du mal à en saisir les tenants et les aboutissants, même si, depuis qu'il avait visionné le film tourné lors de ce fameux séminaire, il avait compris que les poèmes respiraient comme un être vivant, qu'ils pouvaient être aussi tranchants qu'une lame. Peu à peu, le découragement s'empara de lui. Tu te fais des illusions, se réprimanda-t-il. Il n'y a rien dans ces pages, rien de nouveau. De temps en temps, il levait la tête et contemplait le plafond. Lui revenait alors le souvenir de Ruth Doudaï à l'enterrement de son mari, de son désarroi lorsqu'il l'avait interrogée. Le vendredi après-midi, elle avait attendu un coup de fil de Shaül Tirosh ; elle avait même fait venir une baby-sitter. A dix heures du soir cependant, comme il n'avait pas appelé, elle avait renvoyé la jeune fille chez elle. Ensuite, toutes les heures, elle avait appelé Shaül à son domicile, sans succès.

« Tout a commencé peu avant qu'Ido n'entreprenne ce voyage aux Etats-Unis, avait-elle dit d'une voix tremblante, mais nous n'étions pas vraiment ensemble.

— Vous voulez dire que vous n'aviez jamais couché avec Tirosh ? » avait demandé Elie Bahar d'un ton brutal.

Entre ses larmes, elle lui avait lancé un regard offensé. Ce n'est que lorsqu'il avait répété la question d'Elie qu'elle avait hoché la tête, rouge de confusion.

« Je lui avais demandé des conseils à propos de mon doctorat, parce que mon directeur de thèse ne s'occupait pas de moi. En réalité, il m'avait déjà proposé son aide, mais je n'osais pas accepter, car il m'intimidait. Un jour, il est venu me rendre visite, en l'absence d'Ido. Je le revois encore assis au fond du grand fauteuil, rejetant sa mèche en arrière, puis croisant les mains derrière la tête et me dévisageant avec une infinie tristesse. J'étais terriblement embarrassée ; pour me donner une contenance, je lui ai servi un café. Il s'est mis à se plaindre de sa solitude... Quand il m'a confié qu'il n'attendait plus rien des femmes, j'ai compris qu'il faisait allusion à Rouhama. En un sens, j'étais flattée qu'il se tourne vers moi. J'étais la seule, m'a-t-il assuré, à pouvoir lui rendre le goût de vivre...

« C'est absurde de me demander si j'ai tué Ido. Nous étions jeunes mariés et formions un couple uni. C'est ce voyage aux Etats-Unis qui a tout gâché.

Il n'y aurait rien eu entre Shaül et moi, si Ido n'était pas parti. Mon mari était un homme droit et honnête, et je ne suis pas non plus ce qu'on appelle une femme légère. De toute façon, je ne crois pas que je me serais sérieusement attachée à Shaül ; j'étais simplement tombée sous son charme. Pour ne rien vous cacher, j'étais plutôt soulagée qu'il ne m'ait pas appelée vendredi dernier. Dire que c'était il y a cinq jours seulement... » avait-elle ajouté en éclatant en sanglots.

Ils l'avaient longuement interrogée sur ce qu'Ido avait fait aux Etats-Unis. Elie Bahar ne cessait de répéter : « Que lui est-il arrivé là-bas ? » Entre deux hoquets, elle répondait : « Je n'en sais rien, je vous le jure, il ne m'a rien dit. » Et puis, il y avait ces enregistrements qu'Elie Bahar et lui avaient écoutés, sept entretiens avec des refuzniks, des dissidents juifs, des poètes et des intellectuels émigrés aux Etats-Unis. Chaque cassette portait le lieu, la date et l'heure de l'enregistrement, ainsi que le nom de la personne interviewée. Ils avaient passé des heures à les écouter, sans que l'enquête s'en trouve avancée.

« Combien a-t-il rapporté de cassettes ? avait demandé Elie Bahar en agitant les deux boîtes sous son nez.

— Je ne sais pas, je n'ai pas compté, avait répondu Ruth Doudaï, désemparée.

— Comme vous pouvez le constater, il en manque une, avait insisté Elie.

— Puisque je vous dis que je ne sais pas », avait-elle répété d'une voix implorante.

Que d'heures perdues en vaines recherches ! songea Ohayon avant de se replonger dans les articles de Tirosh.

Peu avant la fermeture de la bibliothèque, il s'aperçut qu'il avait un creux à l'estomac. La nouvelle cafétéria installée dans le bâtiment Lévy étant déjà fermée, il reprit le chemin du parking. Il faisait un peu plus frais, mais sa voiture avait retenu la chaleur de la journée. A peine fut-il installé au volant de sa Ford que sa radio se mit à crépiter.

« Où étiez-vous donc ? lui demanda le Central. Tsila vous cherche.

— Passez-la-moi.

— Tout le monde a disparu, gémit celle-ci. Je croule sous les documents et les procès-verbaux d'interrogatoires. Cela fait des heures que j'essaie de vous joindre.

— J'arrive », la rassura-t-il.

Tout en conduisant, il repensa aux bouteilles d'air comprimé, aux bonbonnes de gaz, aux effets mortels de l'oxyde de carbone. Se pouvait-il que Tirosh ait tué Doudaï ?

Non. Un professeur, un poète célèbre n'assassine pas son étudiant uniquement parce que celui-ci a publiquement attaqué sa poésie. Si talentueux qu'il fût, Ido ne le menaçait pas vraiment. Les deux hommes avaient-ils eu une altercation qui se serait mal terminée ? Comment Tirosh, un intellectuel, un esthète, aurait-il su s'y prendre pour trafiquer les bouteilles ? Où aurait-il pu se procurer de l'oxyde de carbone ? Et à supposer que Tirosh ait tué Ido, qui l'avait assassiné, lui ?

Arrivé à l'Esplanade russe, Ohayon rangea sans difficulté sa voiture. Au commissariat, plusieurs fenêtres étaient encore éclairées. Il rejoignit son bureau sans se presser. Sous la vive lumière des néons, Tsila examinait un à un des papiers qu'elle sortait d'un grand sac en plastique. Elle semblait à bout de forces.

« Pourquoi ne rentres-tu pas chez toi ? dit Ohayon avec sollicitude. Ce n'est pas le moment de te ruiner la santé. »

Elle se leva péniblement de son siège, quêtant un ultime encouragement.

« Va te reposer, il est tard ! » insista-t-il.

A trois heures du matin, la sonnerie du téléphone le fit sursauter.

« Excusez-moi, il fallait que je vous prévienne immédiatement. Nous l'avons trouvé ! s'écria Elie Bahar tout excité.

— Vous avez trouvé quoi ?

— Venez voir. Je suis en bas, avec Alfandari. Il possédait un coffre.

— Qui ça ? Où ? Explique-toi !

— Tirosh avait un coffre dans une banque ; nous avons trouvé le contrat de location.

— Où donc ?

— Dans un classeur contenant des poèmes que nous avons rapporté de son bureau. Descendez, vous verrez. »

Ohayon dévala deux étages. Bien qu'il y eût encore du monde dans le bâtiment, ses pas semblaient résonner dans le vide.

« Désolé de ne pas être monté pour vous l'annoncer, mais dès que j'ai compris de quoi il s'agissait, je me suis instinctivement précipité sur le téléphone.

— Où est-ce qu'il était ?

— Entre ces feuillets dactylographiés, dit Alfandari, tout sourire, en lui tendant un épais classeur de couleur noire.

— Beau travail ! les complimenta Ohayon.

— Banque Léumi, déclara Alfandari.

— Quelle heure est-il, patron ? demanda Bahar.

— Trois heures passées. Il faut compter deux bonnes heures pour obtenir un mandat du juge. Où est Balilti ?

— Quand on parle du loup... », s'exclama Balilti en faisant une apparition triomphante.

Ohayon lui montra l'attestation de location du coffre. L'officier des renseignements émit un sifflement d'admiration :

« Et vous voulez que ce soit moi qui m'occupe du mandat.

— Exact.

— Je serai de retour dans une heure. Qui est le juge de permanence cette nuit ? »

Aucun d'eux ne le savait.

« Ça ne fait rien, je me débrouillerai. On réveille le directeur de la banque dès maintenant ou bien on attend demain matin ?

— On attend », trancha Ohayon.

CHAPITRE XIV

A six heures, vêtu de propre, Ohayon se rasait devant le miroir de sa salle de bain. Il ne cessait de repenser aux propos d'Arié Klein, qu'il avait réécoutés à de multiples reprises sur le petit magnétophone de son bureau, en compagnie de Balilti. Il se sécha le visage ; sa décision était prise.

« Dis-moi, tu sais quelle heure il est ? grogna d'une voix ensommeillée le patron de l'Identité judiciaire. Tu ne dors donc jamais ?

— Ecoute, Avigdor, ça n'a pas besoin d'être très gros ; une petite bonbonne, une bouteille pas plus grande qu'un siphon d'eau de Seltz...

— Oui, je connais ; j'en utilisais quand j'enseignais la chimie à l'université. A l'époque, personne ne me téléphonait à six heures du matin... Ohayon, depuis le temps que je dirige l'Identité judiciaire de Jérusalem, tu devrais me faire confiance. Je t'ai déjà dit vingt fois que c'est impossible. A mon avis, tu as tort de t'obstiner. Pour obtenir de l'oxyde de carbone, il suffit de fermer hermétiquement son garage et de mettre en marche le moteur de sa voiture... Oui, tu as peut-être raison, mais alors ton bonhomme devait être rudement calé en chimie, d'abord pour imaginer un plan pareil, ensuite pour savoir que s'il faisait son petit trafic dans son garage, l'odeur risquait de le trahir... Exact, ce gaz est inodore lorsqu'il est produit en laboratoire. Ce n'est pas un adepte de la plongée sous-marine que tu dois chercher, mais un chimiste. N'empêche, ton idée de faire le tour des fournisseurs me semble absurde. N'importe quel labo de recherche ou d'analyses...

— J'ai déjà vérifié ; ni l'université, ni les hôpitaux n'ont signalé de vol. J'ai l'intention de passer au crible toutes les commandes effectuées depuis un mois. D'après toi, combien de bonbonnes auraient été nécessaires ?

— Cinq, six, pas plus. Mais crois-moi...

— Je t'envoie un de mes inspecteurs dans la matinée. Donne-lui la liste des fournisseurs. Après tout, qu'est-ce qu'on a à perdre ? »

Il reposa le téléphone et attendit six heures et demie, les yeux fixés sur les aiguilles de sa montre. Il composa alors le numéro d'Emmanuel Shorer.

« Où ? demanda celui-ci d'une voix alerte.

— Au café Atara ; c'est à quelques pas de la banque. »

Une heure plus tard, tout en continuant à bavarder en hongrois avec une vieille dame installée à la table voisine, la serveuse déposait devant eux leur petit déjeuner : jus d'orange, omelette, petits pains, beurre, confiture.

« Je ne vous ai pas réveillé, j'espère ? s'inquiéta soudain Ohayon, le nez dans son assiette.

— Pas du tout. Quand as-tu reçu le mandat du juge ?

— Ce matin, à quatre heures et demie.

— Pourquoi toute cette précipitation ? Tu aurais pu laisser les gens dormir.

— Mais c'est ce que j'ai fait, se défendit Ohayon.

— Bon. Et à part ça, quoi de neuf ? »

Ohayon lui résuma son entretien avec Klein et lui raconta comment ils avaient découvert l'existence du coffre. Un moment, il pensa aussi lui parler de *Shira*, le roman d'Agnon, mais quelque chose le retint. D'ailleurs, qu'aurait-il pu en dire ?

« Voilà pourquoi j'estime que nous tenons une nouvelle piste, déclara-t-il en conclusion.

— Et qu'est-ce que tu comptes faire si la commande n'a pas été passée en Israël ? Il y a des fournisseurs dans le monde entier. Tu crois vraiment qu'il conservait les bouteilles vides ou les catalogues de produits dans son coffre ? »

Deux hommes en costume sombre et cravate entrèrent et s'installèrent au comptoir. Instinctivement, Ohayon vérifia le boutonnage de sa chemise.

« Réfléchissons une minute, reprit Shorer d'un ton amical, en sucrant le café que la serveuse venait de déposer devant lui. Comment un professeur de littérature peut-il se procurer de l'oxyde de carbone ? Toi, par exemple, comment te serais-tu débrouillé ?

— Comme je vous l'ai dit, nous avons écarté l'hypothèse d'un vol dans un laboratoire. Reste donc la voie légale : une commande auprès d'un fournisseur, par téléphone ou par courrier. Dans les deux cas, il y a une facture et, forcément, une adresse.

— Certes, approuva Shorer en brisant l'allumette noircie qu'Ohayon avait laissé tomber dans le cendrier. Mais pourquoi diable préparer un meurtre avec autant de soin et laisser des indices aussi compromettants, si on peut se procurer ce gaz, qui n'a rien de rare, par d'autres moyens ?

— J'ai ma petite idée là-dessus, dit Ohayon avec un sourire. Mais j'aimerais d'abord voir ce qu'il y a dans ce coffre... Vous êtes d'accord avec moi, cela ne coûte rien d'y jeter un coup d'œil. »

Shorer héla la serveuse et lui montra sa tasse vide. Celle-ci revint quelques instants plus tard avec un crème.

« Le problème avec Tirosh, c'est qu'il vivait seul. Je comprends les espoirs que tu fondes sur son coffre, mais pour ma part, je suis plutôt pessimiste.

— C'est vrai, reconnut Ohayon, jusqu'à présent, je n'ai trouvé aucun indice dans ses affaires : pas d'adresse de fournisseur, pas de catalogue, pas de manuel de chimie. Pourtant, mon intuition me souffle que j'ai raison. De toute façon, je suis décidé à suivre cette piste jusqu'au bout. »

La pendule sonna huit coups. Emmanuel Shorer demanda l'addition et fit de gros yeux à Ohayon, qui remit aussitôt son portefeuille dans sa poche. Shorer sortit un billet ; la serveuse fourragea dans la pochette en cuir qu'elle portait à la taille et lui rendit la monnaie, qu'il laissa sur la table.

Les deux hommes en costume réglèrent leur consommation et prirent à gauche dans la rue Ben Yehouda. Les magasins étaient encore fermés, de rares passants déambulaient dans la rue piétonne. Arrivés place de Sion, Shorer et Ohayon trouvèrent Elie Bahar devant la succursale de la Banque Léumi en grande conversation avec les deux hommes. Le plus petit était en fait le directeur de la banque. Devant l'entrée, une demi-douzaine de personnes attendaient déjà l'ouverture ; une lueur d'espoir s'alluma dans leurs yeux, puis s'évanouit lorsque le directeur, prenant un air affairé, montra sa montre et referma la porte derrière les trois policiers.

Après avoir soigneusement examiné le mandat du juge et en avoir gardé un double, le directeur les conduisit dans la salle des coffres, tout en leur tenant de longs discours sur les dispositifs de sécurité.

Tandis que Shorer restait en retrait, Ohayon et son inspecteur se penchèrent sur le coffre ouvert. Le directeur dressa scrupuleusement la liste des objets qu'il renfermait et la fit signer à Elie Bahar, avant de l'autoriser à en transférer le contenu dans deux sacs en plastique opaque. Ohayon jeta un dernier regard dans le coffre vide et tous trois sortirent par la porte de derrière, avec leur butin.

De retour à son bureau, Ohayon constata que Tsila avait rapporté de l'Identité judiciaire le classeur de couleur noire, dans lequel Tirosh avait rangé le contrat de location de son coffre. Après un coup d'œil à Shorer et à Bahar, il vida les sacs sur la table. Ses mouvements étaient lents, comme chaque fois qu'il croyait toucher au but.

Shaül Tirosh conservait dans de grandes enveloppes marron tous ses papiers importants : l'acte de propriété de sa maison à Yemin Moshé, son diplôme de doctorat, l'attestation du Prix national de poésie et divers documents jaunis rédigés en caractères latins.

« Ce doit être du tchèque », déclara Shorer, tout en essayant de se souvenir qui, dans la maison, connaissait cette langue.

Soudain, poussant un cri de victoire, il demanda l'annuaire intérieur, appela la comptabilité et pria Horowitz de venir d'urgence. Quelques minutes plus tard, un homme au teint pâle, au crâne presque chauve, entra timidement.

« Il était temps, dit-il avec un sourire plein de bonté. Dans deux mois, je prends ma retraite. »

Il traduisit à haute voix le diplôme de baccalauréat de Jan Tchaski et Helena Radovenski, les parents de Tirosh.

« Celui-là n'est pas en tchèque mais en allemand, dit-il en se penchant sur un autre document. C'est une liste de notes obtenues en deuxième année de médecine à la faculté de Vienne par un certain Pavel Tchaski. Tenez, regardez. »

Shorer s'approcha. Ohayon rayonnait.

« On n'aurait pas pu trouver mieux. Tout y est, hormis les bonbonnes de gaz », dit-il en se laissant tomber sur sa chaise.

Des enveloppes blanches contenaient des devises : dollars, francs suisses, livres sterling et même dinars jordaniens. D'un petit coffret, Ohayon retira un collier de perles avec un fermoir incrusté de diamants et une paire de boucles d'oreilles assorties.

« Je l'ai ! » s'écria tout à coup Elie Bahar.

Rédigé sur une page et signé devant notaire, le testament était rangé dans une enveloppe à part.

Ohayon le lut plusieurs fois, le tendit à Shorer et, par téléphone, demanda à Tsila de venir les rejoindre.

La jeune femme le parcourut brièvement et le rendit à Ohayon sans un mot.

« On n'a plus le choix, dit Bahar en se passant la main dans les cheveux. Qu'elle vienne avec son avocat, si elle veut. Je vous disais bien, patron, que cette fille avait l'air louche. »

Ohayon fit un signe à Tsila.

« Oui, patron ?

— Je veux qu'on me l'amène immédiatement. Tu t'en charges ? »

Tsila acquiesça avec entrain, ouvrit la porte pour sortir et se heurta à Méni Ezra.

« Où vas-tu ? » demanda celui-ci, visiblement énervé.

Au lieu de lui répondre, elle adressa un sourire amical au jeune homme à lunettes et en uniforme de policier qui se tenait derrière Méni.

« Ilan Mualem, monsieur, dit le nouveau venu en s'avançant vers Ohayon et en lui tendant respectueusement une lettre.

— Pourquoi est-il en uniforme ? demanda Elie à Méni.

— Il a cru bien faire ; il pensait qu'on était plus strict dans la capitale, dit Méni en pouffant discrètement. Il vient d'Ofakim. C'est le renfort que nous envoie le district sud.

— Heureusement que Balilti n'est pas là, il n'en aurait fait qu'une bouchée, dit Bahar en entraînant le jeune sergent dans le couloir. Viens boire un pot, tu dois mourir de soif. »

Ohayon se tourna vers Méni et lui expliqua en quelques mots qu'il lui fallait la liste de toutes les commandes d'oxyde de carbone effectuées au cours du mois écoulé.

« Quoi ! Vous voulez que je m'en occupe avec ce Mualem ? s'exclama Méni, incrédule.

— Je suppose qu'il sait se servir d'un téléphone »,

répondit sèchement Ohayon, tout en éprouvant un élan de pitié pour le jeune policier sanglé dans son uniforme aux plis impeccables.

Une fois seul, Ohayon alluma une cigarette, ouvrit le classeur noir et en retira le rapport de l'Identité judiciaire. Rédigé par Pnina, celui-ci indiquait la marque de la machine à écrire qui avait servi à dactylographier les poèmes sur « papier de riz », relevait la présence de certains défauts dans les caractères et précisait le type d'encre qui avait été utilisé pour la vocalisation à la main. Une note signalait qu'outre celles de Tirosh, le tapuscrit portait des empreintes qui n'avaient pu être identifiées, à cause d'une « erreur de manipulation » des experts.

« Une feuille vola / tomba / sur ma chemise blanche / et glissa / en silence / dans l'obscurité. » Tout en cherchant un détail susceptible de révéler l'identité du poète, Ohayon sentait grandir en lui un sentiment de malaise : il était impossible que l'auteur de ces poèmes ne se soit pas rendu compte de leur consternante banalité.

Avec un certain plaisir, il reconnut, dans une marge l'écriture de Tirosh. « Métaphore du repli sur soi », avait-il écrit en face de ce vers : « Je ne sais pas si j'ai verrouillé la porte après que tu es parti. » Bien qu'il n'ignorât pas que la théorie littéraire établissait une distinction entre l'auteur et le narrateur, il avait la conviction que ces poèmes étaient l'œuvre d'une femme. Quelques pages plus loin, Tirosh avait accompagné ses commentaires de longs points d'interrogation, et d'exclamations telles que : « Non ! », « Pas comme ça ! ». Sur une autre page encore, il avait noté à l'encre rouge et entre guillemets : « Ce n'est ni cela, ni ainsi qu'il convient d'écrire. » Ohayon se demanda à qui le poète professeur avait emprunté cette citation. En tous les cas, ce que lui avait dit Klein sur les talents de critique de Tirosh se révélait juste. De plus, il était clair que Tirosh connaissait bien l'auteur.

Balilti fit irruption dans son bureau, suant et soufflant comme à son habitude.

« Dommage que Shorer soit parti, lança-t-il. Ce que j'ai à vous dire l'aurait sûrement intéressé.

— Je ne crois pas aux coïncidences, marmonna Ohayon en reposant le classeur. Si Tirosh a rangé son contrat de location au milieu de ces poèmes, c'est qu'il devait avoir une raison.

— Si vous le dites... On finira bien par découvrir qui les a écrits, ces poèmes ; mais, primo, il l'a peut-être glissé là parce que quelqu'un est entré à l'improviste et, deuxio, il ne pouvait pas deviner qu'il lui restait si peu de temps à vivre. »

Il prit le classeur et se mit à le feuilleter, pendant qu'Ohayon l'informait des derniers développements de l'affaire.

« Et toi, qu'avais-tu à me dire ? » demanda enfin celui-ci.

Balilti rentra sa chemise dans son pantalon et se lissa les cheveux.

« Quelle heure est-il maintenant ? Dix heures et demie. Pas mal en si peu de temps ! s'exclama-t-il, tout fier de lui. Mais le fait est que j'ai mes réseaux et que, dès le début, je me suis douté qu'il y avait anguille sous roche. Quand j'ai entendu l'enregistrement de votre copain, le prof, ma conviction était faite. Et puis, j'ai eu la chance de tomber sur la bonne personne.

— Mais de quoi parles-tu ?

— Du gynécologue, celui de... comment s'appelle-t-elle déjà ? la poupée en porcelaine... ah oui, Eisenstein.

— Et alors ? »

Redevenu sérieux, Balilti lui donna le nom du gynécologue, évoqua sans insister les méthodes tortueuses qui lui avaient permis d'avoir accès à des informations couvertes par le secret médical, fit l'éloge de la secrétaire dudit gynécologue, dont le cabinet — heureux hasard — était situé dans le même immeuble où habitait sa belle-sœur, « vous vous souvenez, Amalia, la sœur cadette de ma femme, que je vous ai un jour présentée ».

Oui, Ohayon n'était pas près d'oublier ce dîner chez les Balilti : les bougies allumées sur le buffet pour le *shabbat,* l'officier des renseignements, pater familias trônant à la tête de la table, son épouse, une petite femme grassouillette et effacée, les enfants sur leur trente et un, ce commentaire : « Goûtez-moi ça, patron, personne ne prépare les *kubbeh* mieux que ma femme », la chaleur qui régnait dans la pièce, le repas trop copieux, et la timide Amalia, yeux bruns, queue de cheval, sourire ingénu, que Balilti essayait désespérément de lui coller entre les bras. Il se souvenait même du fard qu'elle avait piqué en lui murmurant : « Dani m'a tant parlé de vous. »

« Je ne suis pas sûr de pouvoir utiliser ces renseignements sans une autorisation du juge levant le secret médical, remarqua-t-il à haute voix quand Balilti eut terminé son rapport.

— Comment, vous n'avez pas confiance en moi ? se fâcha Balilti. Vous ai-je déjà donné des informations inexactes ?

— Ce n'est pas le problème, répondit Ohayon d'un ton qui se voulait conciliant. Dès son premier interrogatoire, elle a exigé la présence d'un avocat. Imagine sa réaction, si maintenant je l'interroge à la lumière de ces nouveaux éléments.

— Mais puisque le détecteur de mensonges ne nous a pas permis de déterminer si elle dit la vérité ! Ce qui, d'ailleurs, est également le cas de Touvia Shaï et d'Arié Klein.

— Qui t'a dit que le test d'Arié Klein n'avait pas été concluant ? sursauta Ohayon.

— Ne vous énervez pas, patron ; je le tiens de celui qui l'a interrogé. Mais ce n'est pas grave, on lui demandera de le repasser, et de s'expliquer sur ce mic-mac à propos de la date de son retour en Israël.

— Quel mic-mac ? Pour moi, c'est clair : il est rentré jeudi dernier, dans l'après-midi.

— Peut-être qu'on ne lui a pas posé les bonnes questions. On va recommencer. Il n'y a pas de quoi en faire un drame, dit Balilti avec un sourire entendu. Je sais que vous l'aimez bien. »

Ohayon le regarda d'un air étonné, puis hocha la tête.

« Pour revenir à nos moutons, reprit Balilti, faut pas vous en faire, ce n'est pas vous qui aurez des ennuis, mais la secrétaire ou le toubib. Et d'ici que l'affaire passe devant le tribunal, vous aurez en main toutes les preuves nécessaires, je vous le promets. Cela étant, vous pouvez d'ores et déjà l'arrêter.

— Tu sais combien j'apprécie ton travail, Dani, soupira Ohayon, mais je suis tenu d'agir dans le cadre de la loi. Je ne dis pas que je ne vais pas utiliser les tuyaux que tu m'as rapportés, mais il faut être prudent. Quoi qu'il en soit, nous savons maintenant qu'elle avait au moins une bonne raison d'en vouloir à Tirosh. Nous tenons peut-être le mobile.

— Bon. Vous voulez que je fasse une copie de ça ? demanda Balilti en montrant le classeur.

— Oui.

— J'en ai pour dix minutes et je vous le rapporte. »

Balilti n'avait pas encore refermé la porte derrière lui que le téléphone blanc se mit à sonner. C'était Tsila, dans tous ses états.

« Elle refuse de bouger ; elle dit qu'il faudra employer la force pour la contraindre à se présenter de nouveau dans “cet endroit dégoûtant”. J'ai tout essayé. Je ne sais plus quoi faire.

— D'où m'appelles-tu ?

— Du Mont Scopus. Elle est dans son bureau. Est-ce que je dois demander le panier à salade et l'amener de force ? Vous comptez l'arrêter ?

— Non, répondit-il d'un ton ferme. Il est encore trop tôt pour procéder à une quelconque arrestation, mais essaie de savoir si Klein est dans les parages.

— Il est là. Je l'ai aperçu près du secrétariat quand je suis arrivée. Voulez-vous que je lui parle ?

— Non, je vais le faire moi-même. Passe-moi le standard.

— Ici, l'université, dit la standardiste d'une voix morne.

— Je voudrais parler à la secrétaire du département de littérature hébraïque.

— Allô, dit Adina Lipkine, sur ses gardes.

— Le professeur Klein, s'il vous plaît.

— Qui est à l'appareil ?

— La police.

— Il était là il y a une minute. Si c'est urgent, je peux aller le chercher, sinon, vous pouvez me laisser un message.

— C'est urgent.

— Très bien ; je vous demanderai de patienter. »

Quelques instants plus tard, une voix familière se fit entendre.

« Allô, ici Arié Klein, que puis-je pour vous ? »

Ohayon lui expliqua brièvement. « Oui, je comprends », répéta Klein à plusieurs reprises, visiblement troublé.

Fidèle à sa promesse, Balilti revint avec le classeur en moins de dix minutes et, devant l'air absorbé d'Ohayon, repartit sans un mot. Ohayon pensait à l'entretien qu'il allait avoir avec Yaël Eisenstein. Appuyé contre le dossier de sa chaise, les jambes étendues devant lui, il fumait cigarette sur cigarette, voyant se dessiner dans les ronds de fumée le visage de la jeune femme. D'un instant à l'autre, elle allait entrer et il lui faudrait faire abstraction de sa beauté, de sa fragilité.

Une fois de plus, il s'efforça de se représenter la scène du meurtre : une sombre silhouette frappant Tirosh au visage, s'acharnant sur lui jusqu'à ce qu'il tombe en arrière. Malgré tous leurs calculs, les experts n'avaient pas été en mesure de fournir une estimation précise de la taille de l'assassin. Si ce meurtre a vraiment été commis dans un accès de rage, il n'a pu être prémédité, et ce n'est pas non plus ainsi qu'on s'y prend, lorsqu'on veut hâter un héritage. Il essaya de s'imaginer la frêle Yaël Eisenstein, le visage grimaçant de colère, les yeux exorbités, brandissant la statue de Shiva, le dieu de la fertilité et de la destruction...

Seul un être profondément meurtri peut être capable d'une telle fureur. Il faut à la fois désirer quelque chose avec passion et haïr ce désir. Oui, c'était peut-être Yaël la coupable, mais le mobile n'était pas l'héritage.

Au moment où la porte s'ouvrit, il comprit qu'il allait devoir jouer à quitte ou double.

« Elle est là, dit Tsila en s'épongeant le front. Il fait une de ces chaleurs dehors ! Klein est avec elle ; il demande s'il peut assister à l'entretien.

— Dis-lui que je veux la voir seule d'abord. Après, on verra », répondit-il en rangeant précipitamment le classeur noir dans le tiroir de son bureau et en mettant en marche son magnétophone.

Tout de noir vêtue, elle semblait encore plus maigre que la dernière fois ; sur sa peau d'une blancheur presque maladive, le collier de perles qu'elle portait autour du cou était à peine visible. Ohayon étouffa sa mauvaise conscience. Lorsqu'elle alluma une cigarette, impassible, il poussa vers elle un cendrier.

« Vous souhaitiez me parler, déclara-t-elle avec froideur.

— Oui. J'aimerais que vous me précisiez à nouveau vos faits et gestes le jour où Shaül Tirosh a été assassiné.

— Je vous ai déjà tout dit. Au moins trois fois, s'écria-t-elle, irritée.

— Je suis désolé ; soyez assurée que nous ne cherchons pas à vous tourmenter pour le plaisir.

— Pour le plaisir ! ricana-t-elle en laissant tomber la cendre de sa cigarette d'un geste brusque.

— Pouvez-vous me redire à quelle heure vous êtes arrivée à l'université vendredi dernier ? »

La tête inclinée sur le côté, elle lui jeta un regard dédaigneux. Il ne broncha pas. Il n'éprouvait aucune agressivité à son égard, seulement de la compassion.

« Comment savais-tu que c'était précisément cette question qu'il fallait lui poser ? s'était un jour étonné Shorer, tandis qu'ils écoutaient ensemble l'enregistrement d'un interrogatoire. Tu avais déjà deviné ? A ce stade de l'enquête ? » Un peu gêné, Ohayon lui avait répondu : « Je sens la personne, je me mets à sa place, j'essaie de penser comme elle. Et alors, souvent, tout s'éclaire. Pas le détail des faits, mais le principe. » « C'est une méthode plutôt risquée, avait répliqué Shorer. Comment peut-on interroger un suspect quand on s'identifie à lui ? Il faut au contraire le déstabiliser, lui montrer qu'on le domine. » « Possible, mais c'est ma manière à moi de fonctionner », lui avait-il répondu presque en s'excusant.

Il revint à la charge avec insistance. Qu'avait-elle fait ce vendredi-là ?

Après une longue hésitation, elle se décida enfin à sortir de son mutisme. Elle avait assisté à la réunion des enseignants du département, puis elle avait fait un saut à la bibliothèque, avant de se rendre en taxi chez ses parents.

« Quand l'avez-vous vu pour la dernière fois ? »

Elle secoua violemment la tête, comme une gamine qui refuse de manger.

« Pardonnez ma franchise, mais cela ne vous regarde pas », dit-elle en allumant une autre cigarette.

Elle ne portait pas de bague ; de nouveau, il remarqua ses longs doigts fins tachés de nicotine.

« Je vous ferai observer qu'on a relevé vos empreintes dans son bureau.

— Et après ? cela ne prouve rien, sinon que j'y suis allée au moins une fois.

— Quand ? Vendredi ?

— Je me suis déjà expliquée sur ce point, dit-elle sèchement.

— Je regrette que vous ne me fassiez pas davantage confiance, dit-il en jouant avec sa boîte d'allumettes.

— Pourquoi le devrais-je ? Pour mon bien peut-être ? » s'exclama-t-elle sur un ton sarcastique.

Alors, prenant une voix très douce, il lui murmura :

« Je comprends toutes les souffrances et les humiliations que vous avez subies à cause de Tirosh et j'en suis sincèrement désolé.

— A quoi faites-vous allusion ? demanda-t-elle en rougissant.

— Vous tenez vraiment à ce que je vous le dise ? »

Pas de réponse.

« Je pensais à votre mariage, au divorce, à l'avortement et aussi...

— Qui vous l'a dit ? bégaya-t-elle. Arié Klein ?

— Non, Klein n'a pas eu besoin de me le dire, sourit tristement Ohayon.

— Alors, je ne vois pas de quoi vous parlez. »

Des larmes brillaient dans ses yeux.

« Des années ont passé depuis, je sais, mais on n'oublie pas de telles épreuves. »

Silence.

« Surtout, lorsqu'on sait qu'on ne pourra plus jamais avoir d'enfant, reprit Ohayon, en détachant chaque syllabe.

— Comment êtes-vous au courant ? s'écria-t-elle, horrifiée.

— J'essaie de comprendre ce que vous ressentez. Tant de souffrances, tant d'humiliations. Si cela peut vous consoler, Tirosh en a outragé bien d'autres. »

Elle le regardait fixement. Il pouvait voir la peur et la colère monter en elle.

« J'imagine votre dernière conversation. D'un ton badin, il vous lance des remarques blessantes ; c'est alors que vous lui faites part du diagnostic du gynécologue. Mais lui réagit avec son cynisme habituel. Que vous a-t-il dit ? Que vous n'étiez pas faite pour la maternité ? Que vous n'étiez même pas une vraie femme ? Quelles offenses a-t-il proférées pour que vous vous jetiez sur lui avec tant de rage, avec le désir de le voir mourir ? »

Brusquement, elle bondit sur ses pieds et se précipita vers la porte. Ohayon la rattrapa de justesse. Lentement, il desserra ses doigts crispés sur la poignée, la prit fermement par le coude et la ramena à sa place.

Elle avait perdu sa belle assurance ; elle semblait apeurée, désemparée. Je ne m'étais pas trompé, pensa-t-il avec satisfaction. Maintenant, cela devrait aller comme sur des roulettes.

« Inutile de chercher à vous enfuir. Vous vous êtes acharnée sur lui ; vous l'avez frappé avec la statue. Pourquoi ? »

L'espace d'un instant, il voulut lui rappeler qu'un homicide involontaire ne constituait pas un chef d'accusation aussi grave qu'un meurtre avec préméditation, mais se ravisa.

« Cela a dû être affreux de le voir tomber à la renverse, et de l'abandonner dans cet état », dit-il comme s'il avait assisté à la scène.

Elle détourna les yeux, secoua la tête, fouilla dans son sac suspendu au dossier de sa chaise, en sortit un mouchoir brodé et se moucha sans bruit. Il allait revenir à la charge, lorsqu'elle dit d'une voix à peine audible :

« Ce n'est pas moi qui l'ai frappé.

— Mais vous étiez dans son bureau.

— Oui, jeudi, mais pas vendredi.

— Vous vous êtes disputés ? »

Elle hocha la tête.

« A quel sujet ?

— C'était personnel.

— Plus personnel que le fait de ne pas pouvoir avoir d'enfant ?

— A mes yeux, oui. Et de toute façon, il n'était pas au courant. »

Que pouvait-il y avoir de plus personnel que le fait d'être à tout jamais privée du bonheur d'être mère ? se demanda Ohayon. De la réponse à cette question dépendait le succès ou l'échec de cet entretien, et peut-être de toute l'enquête. Il devait agir vite. Mentalement, il passa en revue ce qu'il savait d'elle : elle ne s'était pas remariée, enseignait à l'université, ne fréquentait personne, se nourrissait de yaourts et de fruits, suivait une psychanalyse — quatre séances par semaine, aller et retour en taxi —, mais surtout elle était seule, terriblement seule. Réfléchis un peu, Ohayon, essaie de deviner ce qui lui tient le plus à cœur.

Soudain, comme dans une illumination, il ouvrit son tiroir et en sortit le classeur noir.

« Ne serait-ce pas sa réaction à ceci qui vous a profondément blessée ? » demanda-t-il en lui tendant les poèmes.

Elle s'en empara vivement.

« Est-ce ses critiques qui vous ont rendue furieuse ? Est-ce pour cela que vous avez perdu la tête, que vous l'avez tué ? »

Elle pleurait en silence. Elle veut m'attendrir, songea Ohayon.

« Vous devez me répondre », dit-il calmement.

Elle ne l'avait pas frappé, affirma-t-elle. Elle était venue le voir dans son bureau, le jeudi matin. Le commissaire pouvait vérifier auprès de Rouhama Shaï, qui l'avait vue sortir, le visage défait. Quand quelqu'un la blessait, elle se repliait sur elle-même. Dans sa hâte, elle avait oublié ses poèmes sur la table. Elle ne les avait jamais montrés à personne, pas même à Klein. Elle avait commencé à écrire un an plus tôt, sans savoir si elle avait du talent. Tout en essayant de la ménager, Shaül n'avait pu s'empêcher de lancer quelques réflexions acerbes, avant de décréter avec agacement : « Inutile de t'obstiner. Il en faut bien davantage pour créer une œuvre poétique. » Jamais, elle ne s'était sentie aussi humiliée. Sous le choc, elle avait failli se jeter par la fenêtre du sixième étage.

Ohayon, qui pourtant visualisait parfaitement la scène, se demandait s'il devait la croire ou non.

« J'ai encore deux questions à vous poser », dit-il.

Un frisson la secoua.

« Tirosh a-t-il essayé de renouer avec vous ?

— Oui, répondit-elle, mais j'ai refusé. Sur le coup, il m'en a voulu, et puis il s'est fait une raison.

— Comment expliquez-vous cette phrase : "Dans l'espoir que ceci rachète ce que j'ai été incapable de te donner" ?

— Racheter quoi ? Je ne comprends pas », dit-elle en écarquillant les yeux.

Maintenant, elle est sincère, songea Ohayon. A moins que mon « intuition » ne m'égare.

« Saviez-vous que Shaül Tirosh avait rédigé un testament ? » demanda-t-il après un instant d'hésitation.

Elle haussa les épaules. Non, elle l'ignorait.

« Il ne vous en avait jamais parlé ?

— Ce genre de choses ne m'intéresse pas.

— Certes, mais les taxis, l'analyse, les soins médicaux, tout ça coûte de l'argent. De quoi vivez-vous ? » demanda-t-il en pensant aux versements réguliers qui arrivaient chaque mois sur son compte en banque — autre information que lui avait fournie Balilti.

« Je travaille, et mes parents m'aident financièrement.

— Pourtant, d'après les renseignements dont je dispose, votre père a fait faillite en 1976, et depuis son dernier infarctus, il a cessé toute activité. »

Elle resta muette.

« Allez, vous m'avez confié des choses bien plus

intimes aujourd'hui. Si l'argent vous indiffère, vous ne devriez pas avoir de difficulté à en parler », dit Ohayon qui commençait à perdre patience.

Elle avala sa salive et avoua, avec embarras, que l'appartement était à son nom, qu'avant l'inflation, son père avait réussi à transférer de l'argent aux Etats-Unis. « Une assez grosse somme, je ne pourrais pas vous dire exactement combien, mais je vis sur les intérêts. Bien que mon père affirme qu'il n'y a pas de raison de s'inquiéter, cela m'ennuie d'être en contravention avec la loi. »

Ohayon étala devant elle une photocopie du testament. Intriguée, elle la prit d'une main tremblante, sortit de son sac une paire de lunettes cerclées de noir et se mit à lire. Les lunettes lui donnaient un air plus mûr, plus intellectuel. Elle reposa la feuille sur le bureau et le regarda, visiblement hors d'elle, les lèvres pincées.

« Vous n'étiez pas au courant ? demanda-t-il, en replaçant le document dans son enveloppe marron.

— Non, mais cela ne me surprend pas, dit-elle, les yeux brouillés de larmes.

— Pourquoi pleurez-vous ?

— Vous ne pouvez pas comprendre.

— Expliquez-moi, peut-être que je comprendrai.

— Il ne voulait même pas me laisser la possibilité de le haïr. Je le reconnais bien là : il fallait qu'il se montre noble et généreux. Naturellement, ce n'était pas à moi, mais à lui qu'il pensait, même s'il prétend me témoigner une "admiration indéfectible" .»

Un long silence s'ensuivit.

« Je vais être obligé de vous demander de subir un nouveau test sous détecteur de mensonges, dit Ohayon en se penchant vers elle ; cette fois, ce sera peut-être différent : nous saurons exactement quelles questions vous poser. Vous n'avez rien à craindre, à condition, bien sûr, de nous avoir dit la vérité. »

Elle y était prête, pourvu seulement qu'on la croie.

« Nous vous fixerons un rendez-vous. On vous

interrogera sur votre mariage, votre divorce, votre avortement, vos poèmes, le testament. Ce sera certainement une épreuve pénible pour vous, mais nous avons affaire à un meurtre, et même deux. »

Elle acquiesça d'un signe de tête, puis demanda si elle pouvait prendre congé.

« Oui, ce sera tout pour aujourd'hui », dit Ohayon en se levant.

Il avait les jambes engourdies.

« Désolé, nous sommes obligés de le garder pour l'instant, ajouta-t-il en la voyant tendre la main vers le classeur noir.

— Je vous en supplie, ne les montrez à personne. »

Tandis qu'il ouvrait la porte, il la vit jeter un dernier regard vers ses poèmes.

Klein attendait dans le couloir ; il semblait aussi inquiet qu'un père qui aurait abandonné sa fille entre les mains d'un charlatan.

« J'aimerais avoir un entretien avec vous, si vous avez un moment », lui dit Ohayon.

Klein, qui avait remarqué les yeux rougis de la jeune femme, se tourna vers elle comme pour solliciter sa permission.

« Nous pouvons la ramener chez elle, si c'est ce qui vous tracasse, dit Ohayon.

— Je suis capable de rentrer toute seule, affirma Yaël d'une voix étrangement calme et distante, avant de retirer ses lunettes et de les glisser dans son sac.

— Je te raccompagne jusqu'en bas », dit Klein avec douceur.

Ohayon retourna à son bureau et rembobina la bande magnétique. Il était recru de fatigue, tout son corps lui faisait mal. Il n'avait qu'une envie : rentrer chez lui et dormir. Mais il n'était que deux heures de l'après-midi.

CHAPITRE XV

« C'est un mystère, dit Klein en dégageant le dessus de son bureau. Je me souviens très clairement d'avoir noté ce numéro de téléphone dans le carnet d'adresses que j'avais aux Etats-Unis. Mais où diable l'ai-je fourré ? »

Il ouvrit le tiroir et commença à examiner, un à un, les papiers qu'il contenait. De temps en temps, il souriait ou levait un sourcil étonné.

« D'habitude, je n'ai pas de mal à retrouver mes affaires, mais depuis mon retour, et avec tous ces tragiques événements, je n'ai rien eu le temps de ranger. Pourtant, je suis sûr de l'avoir posé quelque part dans cette pièce. Mais où ? »

Il était trois heures de l'après-midi, Ohayon fumait tranquillement en regardant Klein chercher le numéro de téléphone de l'avocat qu'Ido Doudaï avait rencontré aux Etats-Unis. Dans la maison silencieuse ne résonnaient ni voix féminines, ni accords de musique.

« Je suis surpris que Yaël ne m'ait pas montré ses poèmes, dit Klein en relevant la tête. Peut-être craignait-elle que je ne sois trop indulgent, que je ne lui livre pas le fond de ma pensée. »

A cet instant, Ohayon se souvint de la première réaction de Klein, lorsque, une heure plus tôt, au commissariat central, il lui avait tendu le classeur noir. Après l'avoir feuilleté, le professeur l'avait brutalement refermé, attendant des explications de la part du commissaire.

« Vous connaissez ces poèmes ?

— Non. J'aurais dû ?

— Je pensais qu'elle vous les avait montrés.

— Qui ça, elle ?

— Yaël Eisenstein. C'est elle qui les a écrits. »

Incrédule, Klein rouvrit le classeur et s'attarda sur plusieurs poèmes.

« Vous en êtes sûr ? demanda-t-il finalement, d'un air à la fois vexé et terriblement embarrassé.

— Vous n'avez qu'à lui poser la question. »

Klein, qui transpirait à grosses gouttes à cause de la chaleur, s'épongea le front, prit le gobelet en plastique qu'Ohayon était allé lui chercher et but une gorgée d'eau.

« Je croyais qu'elle avait du talent, reprit Ohayon.

— Oui, elle en a, dit Klein avec chaleur. C'est une femme intelligente, sérieuse, travailleuse et perspicace.

— Dans ce cas, comment expliquer des vers aussi quelconques ?

— Cela n'a aucun rapport, répliqua Klein en reposant brutalement son gobelet. On peut avoir du talent pour la recherche, et aucun pour l'écriture.

— En effet, mais est-il possible qu'elle ne se soit pas rendu compte de leur médiocrité ?

— Il est très difficile de juger sa propre production, surtout lorsqu'on débute. Bien sûr, il y a des exceptions, mais en général un écrivain n'arrive pas à prendre suffisamment de distance par rapport aux sentiments qu'il éprouve et s'efforce d'exprimer. C'est pourquoi il faut se garder d'émettre des jugements hâtifs. Le fait que, comme nous tous, elle aspire à faire œuvre de création ne diminue en rien ses qualités de chercheur. Derrière chaque théoricien de la littérature se cache un écrivain frustré, tout bon critique littéraire rêve d'écrire de la "vraie" littérature. »

Ohayon s'abstint de lui demander si lui aussi s'était essayé à la « vraie » littérature.

« En général, poursuivit Klein, ce sont les jeunes qui tentent leur chance, car plus un chercheur est impliqué dans ses travaux plus il lui est difficile de se lancer dans l'écriture. Shaül était un cas à part. Il était à la fois un grand théoricien de la littérature et un grand poète. Que peut-on désirer de plus ? soupira-t-il, le regard mélancolique.

— Un cas à part ? C'est-à-dire ?

— J'ai connu Tirosh il y a plus de trente ans, quand nous étions étudiants. Pendant un an, nous avons même partagé un appartement. Nous étions alors très proches. »

Klein baissa la tête et contempla ses mains.

« Si je vous raconte ceci, c'est justement parce que je l'aimais beaucoup. Shaül avait un charme fou, le charme de ceux pour qui le monde n'est qu'un miroir destiné à les rassurer sur eux-mêmes, à les convaincre qu'ils existent. Toutefois, il savait aussi ne pas se prendre trop au sérieux. Quand nous étions seuls, tous les deux, il se tenait parfois ce discours ironique : "Arrête ton cinéma, Shaül. Tu serais capable d'aller chanter sous les fenêtres d'une belle, rien que pour pouvoir t'observer en train de donner une sérénade." Mais ce n'est pas de cela que je voulais vous entretenir. Où en étions-nous ?... Ah oui, nous parlions de l'union exceptionnelle en un seul homme du critique éminent et du grand poète, du spécialiste et de l'artiste. Et quand à cela vient s'ajouter un profond nihilisme...

— Lui, un nihiliste ? s'étonna Ohayon.

— Prenez ses rapports avec les femmes, par exemple... Les gens disaient que Shaül adorait les femmes. Mais c'est faux. Comme tous les Don Juan, il accumulait les conquêtes pour oublier son angoisse de la mort, pour combler le vide de son existence. Comment, du néant qui l'habitait, a-t-il pu créer de tels chefs-d'œuvre poétiques ? Cela restera toujours pour moi un mystère.

— Vous avait-il montré son testament ?

— Non, j'ignorais qu'il en avait rédigé un. C'est Yaël qui vient de me l'apprendre.

— Qu'en pensez-vous ?

— Sur le coup, j'ai été surpris, mais à la réflexion, cela ne m'étonne pas qu'il ait fait d'elle sa légataire. Non pas qu'il se sentît vraiment coupable à son égard, mais ce cynique avait parfois de grands élans de générosité. Tenez, à la naissance de ma première fille, il nous a offert une chambre d'enfant complète. C'est lui aussi qui a publié à ses frais un recueil de poèmes de Nathaniel Yaron, allez savoir pourquoi. » Comprenant soudain où le commissaire voulait en venir, il ajouta : « A votre place, je n'en tirerais aucune conclusion.

— Je serais pourtant en droit de le faire.

— Elle, commettre un meurtre ? s'insurgea-t-il. Vous plaisantez !

— Même s'il l'avait humiliée, même s'il avait condamné sans appel sa poésie ?

— Oui, même dans ce cas. Elle aurait plutôt retourné son agressivité contre elle. Plusieurs fois, par le passé, elle a essayé de se détruire.

— Monsieur Klein, dit Ohayon en détachant ses mots, connaissez-vous toujours vos étudiantes de façon aussi intime ? »

Nullement décontenancé, Klein dévisagea le policier avec un sourire indulgent.

« Là encore, si j'étais vous, je m'abstiendrais d'échafauder des hypothèses gratuites. Quand nous avons la chance de rencontrer des êtres avec lesquels nous nous sentons en accord profond, nous aurions tort de les repousser. Que vaut l'existence sans l'affection, l'amitié, la compréhension d'autrui ? Je n'ai pas l'intention de vous convaincre de la "pureté" de mes relations avec Yaël. Pour de multiples raisons, qui seraient trop longues à développer, elle occupe une place importante dans ma vie. J'ose espérer que vous ne me soupçonnez pas d'avoir voulu la venger. Certes, je reconnais que je ne suis pas objectif à son égard, mais si vous permettez, vous ne l'êtes pas davantage.

— A votre avis, quelqu'un aurait-il pu commettre un crime pour elle ?

— Non, je ne crois pas. Elle vit seule, presque recluse. D'ailleurs, ajouta-t-il avec impatience, je ne vois absolument pas qui aurait pu tuer Shaül. Ni même Ido. Cela me dépasse. »

En êtes-vous si sûr ? songea Ohayon. L'idée que l'assassin est peut-être l'un des vôtres vous effraie-t-elle à ce point ? Il aborda alors l'affaire Doudaï. Klein confirma que Shaül Tirosh avait commencé des études de médecine, mais le lien lui échappait.

« A propos, dit Ohayon d'un ton détaché, bien que la remarque de Balilti n'eût cessé de le tarauder, savez-vous que votre interrogatoire sous détecteur de mensonges n'a pas été concluant ?

— Oui, l'expert qui me l'a fait passer me l'a dit. Vous m'en voyez désolé, mais si vous le désirez, je suis prêt à recommencer », dit Klein sans paraître troublé.

Ohayon, qui le dévisageait attentivement, eut l'impression qu'il était sincère.

« Vous avez retrouvé les coordonnées de l'avocat qu'Ido Doudaï a rencontré aux Etats-Unis ?

— Excusez-moi, dit Klein, confus. Cela m'était complètement sorti de la tête. Est-ce vraiment si urgent ?

— C'est vous qui m'avez dit qu'il était revenu bouleversé de cette entrevue, dit Ohayon en se levant. Et tous vos collègues m'ont confirmé qu'il avait beaucoup changé depuis son retour en Israël, que ce n'était plus le même homme. A l'évidence, il s'est passé quelque chose qui, d'une manière ou d'une autre, a un rapport avec sa mort. Enfin, j'ajouterai que nous n'avons trouvé aucun enregistrement de sa rencontre avec cet avocat parmi les cassettes qu'il a rapportées des Etats-Unis. Bien plus, il semblerait que l'une de ces cassettes ait disparu. »

Tandis qu'ils roulaient vers le domicile de Klein, Ohayon lui avait brusquement demandé :

« Comment s'est passée la visite que Doudaï a rendue à Tirosh ?

— Laquelle ? Ils se voyaient souvent.

— Si je me souviens bien, avant de quitter les Etats-Unis, Doudaï vous a déclaré qu'il voulait d'abord avoir une discussion avec Tirosh. Savez-vous s'il l'a fait ? »

Klein avait secoué la tête : « Je n'étais pas là. C'est aux autres qu'il faut le demander. »

Ils m'ont déjà répondu, s'était dit Ohayon, mais je vous posais la question au cas où certains vous auraient fait des confidences.

« Je ne comprends pas, s'écria Klein d'une voix tonitruante qui arracha Ohayon à ses réflexions. Où ai-je pu mettre ce carnet rouge ? Ofra, ma femme, l'avait rangé dans la valise qui contenait tous mes papiers et que j'ai vidée ici même. Il doit forcément être quelque part dans cette pièce », dit-il en regardant désespérément autour de lui.

Ohayon jeta un regard plein d'appréhension sur les monceaux de papiers, les piles de livres, les rayonnages pleins à craquer.

Klein ne se souvenait plus du nom de l'avocat.

« En revanche, s'exclama-t-il soudain, Ruth Doudaï le connaît certainement !

— Non, elle n'est au courant de rien », dit Ohayon. Il revoyait les larmes de la jeune femme, lorsqu'il lui avait brutalement demandé : « Pourquoi, d'après vous, votre mari avait-il changé, notamment dans son attitude envers Tirosh ? » Pensant que c'était à cause des nouvelles relations qu'elle avait nouées avec Shaül, elle n'avait pas cherché plus loin et ne lui avait pas posé de questions.

« Et parmi les papiers d'Ido ?

— Rien, répondit Ohayon en s'agenouillant près d'une pile de livres. Nous n'avons pas le choix. Il faut absolument retrouver ce carnet.

— Peut-être est-il sur ces étagères, entre deux ouvrages, dit Klein. Si vous m'aidez, cela ira plus vite. Commençons par celles-ci. »

Une heure plus tard, leurs recherches n'avaient toujours pas abouti.

« Je crains que cela ne prenne plus de temps que prévu. Que diriez-vous d'une pause ? » proposa Klein.

Les deux hommes se rendirent dans la cuisine, une grande pièce aux murs peints en blanc. Un citronnier poussait juste devant la fenêtre. Klein tendit le bras, arracha une feuille, l'écrasa entre ses doigts et en respira le parfum. Puis, il cueillit quelques citrons et ouvrit un tiroir. « Il faut un couteau spécial pour les couper », dit-il avant d'expliquer sa recette de la citronnade. Soudain, il regarda dans le tiroir et éclata d'un rire sonore : « Le voilà ! s'écria-t-il en agitant le fameux carnet rouge. Toutes les adresses de nos connaissances aux Etats-Unis. Comment a-t-il atterri ici ? »

Ohayon s'empressa de noter sur un bout de papier le numéro de téléphone de l'avocat et le glissa dans la poche de sa chemise.

« A présent, nous méritons bien une citronnade fraîche », dit Klein en posant devant le commissaire un grand verre où flottaient des tranches de citron et des feuilles de menthe.

Sans but précis en tête, Ohayon lui demanda :

« Comment avez-vous pu voir aussi vite que ses poèmes ne valaient rien ?

— Et vous, ne vous en êtes-vous pas aperçu tout de suite ? demanda Klein en coupant de fines tranches de pain de seigle.

— Qu'aurait-il fallu pour qu'ils soient bons ?

— En d'autres circonstances, je vous l'aurais volontiers expliqué, dit Klein en battant d'une main experte quatre œufs dans un bol, mais sans doute avez-vous des soucis plus pressants en ce moment.

— En effet, reconnut Ohayon, mais puisque le sujet a été abordé... J'ai toujours souhaité comprendre ce qui faisait la qualité d'un poème.

— Vous voulez que je vous donne un cours de poésie ? Maintenant ? » s'étonna Klein.

Il déposa une noisette de margarine dans une poële, y versa les œufs battus, râpa du fromage dessus et mit à feu vif.

« Je vous laisse tartiner les tranches de pain, dit-il en posant devant Ohayon un couteau et un beurrier. Imaginez que je vous demande, *ex abrupto,* si ce sont les hommes qui font l'histoire ou le contraire — question qu'entre parenthèses, je me pose souvent. Je veux bien vous parler de poésie, mais je crains de devoir me cantonner à des généralités. Il faudrait au moins un an pour traiter ce sujet, sur lequel se sont penchés les plus grands théoriciens de l'esthétique », l'avertit-il tout en épluchant un oignon.

Ohayon approuva en silence.

« Il va sans dire que je ne prétends pas détenir la vérité ; ce qui ne signifie pas que le lecteur est libre d'interpréter un poème comme il l'entend, mais que nos critères de jugement sont toujours relatifs, déclara Klein d'un ton professoral. Ces critères dépendent du contexte historique, de l'environnement culturel dans lequel évoluent le poète et ses lecteurs. »

Ohayon hocha la tête. Klein poursuivit tout en éminçant des concombres et des tomates.

« Les poèmes de Yaël ne sont pas bons, parce qu'il leur manque certains éléments essentiels. »

Il éteignit le feu, retira la poële, posa une assiette devant son invité et y fit adroitement glisser la moitié de l'omelette, avant de s'asseoir à la grande table en bois patinée par les ans.

Klein mordit dans une tranche de pain et continua :

« Comprendre un poème suppose un effort d'interprétation que les spécialistes désignent sous le nom d'herméneutique. Un bon poème est celui qui permet au lecteur, au fur et à mesure qu'il pénètre plus profondément dans le texte, d'en découvrir les significations cachées, de les déchiffrer et de les tisser ensemble. Cela implique, de la part de l'auteur, la mise en œuvre d'un certain nombre de procédés fondamentaux qui, soit dit en passant, ne sont pas propres à la littérature, mais appartiennent à toutes les formes d'art. Le premier est la symbolisation, autrement dit, l'utilisation d'une idée ou d'une image qui en recoupe une autre, lui est contiguë ou l'englobe. Vous prendrez un café ? »

Il se leva, remplit la bouilloire électrique, la brancha et reprit sa place.

« Quand Nathan Alterman écrit : “Tes boucles d'oreilles inertes dans leur écrin”, le lecteur pense immédiatement à la joie de vivre qui s'en est allée, à la beauté de la femme aimée, à présent figée dans la mort. Ce vers évoque la solitude, la longue attente dans une maison devenue une prison... et tant d'autres choses encore. »

Il regarda Ohayon qui l'écoutait attentivement, la fourchette en l'air.

« Le second procédé est la condensation : toute œuvre d'art renferme plusieurs idées, plusieurs expériences universelles qu'elle subsume sous une seule vision. Léa Goldberg disait d'un poème qu'il est un “énoncé compact”. Naturellement, symbolisation et condensation sont deux phénomènes étroitement liés. »

Il poivra son omelette et se coupa une tranche de feta.

« Dans le poème de Nathan Zach, le syntagme “La mort s'approcha du cheval à bascule Michaël” renferme une personnification de la mort, des associations à l'enfance par le biais du cheval de bois, ainsi qu'une condensation à cause de l'allusion à la comptine bien connue dont le héros est un petit garçon appelé Michaël. La symbolisation et la condensation permettent la généralisation et l'ouverture sur d'autres champs sémantiques. »

Klein reprit son souffle.

« Le troisième procédé est le déplacement, le transfert de la charge émotive d'une image sur une autre. Par là, l'artiste accède à l'universel. Le poème d'Ibn Gabirol, "Regarde le soleil", en offre une merveilleuse illustration. Vous le connaissez ? »

Ohayon s'empressa d'avaler le morceau de tomate qu'il avait dans la bouche et fit signe que oui. Une expression de satisfaction se peignit sur le visage du professeur de poésie médiévale hébraïque, lorsque son ancien élève se mit à réciter :

Regarde le soleil, quand vient le soir, si rouge :
On le dirait drapé de grenat, d'amarante...
Il se répand au Nord, coule vers le Midi,
Puis couvre le Ponant d'une pourpre violente !
Et la terre qu'il quitte et, toute nue, qu'il fuit,
S'assoupit sous l'abri de l'ombre de la nuit.
Le firmament s'attriste et s'obscurcit le ciel,
Il a pris le cilice en deuil de Jequtiel ! *

« J'ai même encore quelques souvenirs des règles de versification, dit Ohayon en souriant.

— Décrire le crépuscule comme le moment où la terre devient orpheline du soleil, puis, en quelques mots, établir un lien entre le deuil du monde et la douleur du narrateur, voilà un exemple parfait de

* Traduit de l'hébreu par Michel Garel, *in* Masha Itzhaki et Michel Garel, *Jardin d'Eden, jardin d'Espagne. Anthologie bilingue de poésie hébraïque médiévale en Espagne et en Provence,* Seuil/Bibliothèque nationale, Paris, 1993, p. 79.

déplacement. Grâce à lui, les sentiments du narrateur atteignent une dimension universelle. »

Klein termina rapidement son omelette et se servit de la salade de tomates et de concombres décorée d'olives grecques.

« Comme vous le voyez, ces trois procédés sont présents dans toute métaphore. L'art consiste à les entrelacer et à trouver entre eux le juste équilibre. Une métaphore, un symbole ne doivent pas être trop éloignés de l'objet qu'ils sont censés représenter... euh... comme, par exemple, dans cette phrase : "les pommes ont les joues rouges, l'hiver est vif". Il y a peut-être là un symbole, mais il reste indéchiffrable, parce que la métaphore est trop ouverte, qu'elle permet un nombre presque infini d'associations. »

Il se leva et se mit à moudre du café dans un vieux moulin.

« Toutefois, une métaphore doit aussi être originale, inattendue ; elle doit nous inciter à considérer sous un nouveau jour les choses qui nous sont familières. Après tout, les thèmes abordés par les artistes sont toujours les mêmes. Vous êtes-vous déjà demandé de quoi traite une œuvre d'art ? De l'amour, de la mort, du sens de la vie, du combat de l'homme contre son destin, contre la société, de ses rapports avec la nature, avec Dieu. »

Il remplit d'eau un *finjan* en cuivre, ajouta la quantité adéquate de café et de sucre, remua le tout, puis plaça la cafetière turque sur le gaz. Tout en surveillant l'ébullition, il poursuivit :

« La force de l'art réside dans sa capacité à exprimer, chaque fois de manière différente, les préoccupations communes à toute l'humanité. Ce que je vous disais du symbole et de la métaphore vaut aussi pour les analogies, la structure morphologique, la syntaxe, les rimes, le rythme, bref pour tout ce qui entre dans la composition d'un poème. Avoir du talent en poésie, c'est atteindre cet équilibre si rare entre le particulier et l'universel, le caché et le manifeste, le symbole et l'objet symbolisé. »

D'un geste vif, il retira le *finjan* du feu et versa le café dans de minuscules tasses de porcelaine blanche ornée d'un filet d'or.

« Les métaphores de Yaël sont d'une effrayante banalité. Comme le note Shaül, elles sont "fermées", en ce sens qu'elles ne font pas appel à l'imagination du lecteur et ne suscitent chez lui aucune association. Elles sont privées de ce dialogue essentiel entre l'abstrait et le concret. C'est précisément sur ce dialogue que repose la poésie d'Amichaï, comme le montre ce vers : "Dans le pays où l'on a toujours raison, les fleurs ne s'épanouissent jamais au printemps", et, de façon plus subtile encore, celle de Dan Pagis, dont je ne vous donnerai qu'un exemple : "Dans sa miséricorde, Il n'a rien laissé en moi de mortel." Ici, le jeu entre l'abstrait et le concret reste implicite, ce qui lui confère une force poétique accrue. »

Il avala d'un trait son café brûlant et s'essuya la bouche.

« Malheureusement, on ne retrouve aucun des trois procédés que je viens de vous décrire dans la poésie de Yaël et je doute qu'on les y trouve un jour. »

A cinq heures, Ohayon prit congé de son hôte. Klein le raccompagna jusqu'à sa voiture en fredonnant une mélodie qui lui était familière. Ce n'est qu'au carrefour de Terra Sancta, alors qu'il attendait que le feu passe au vert, qu'Ohayon s'aperçut qu'il s'agissait d'un des airs de Sarastro dans *la Flûte enchantée,* l'opéra préféré de Maya.

« Votre fils est passé et vous a laissé un message. Si vous revenez assez tôt, il aimerait que vous le rejoigniez à la Société pour la protection de la nature, lui annonça Avraham du Central.

— Cela signifie quoi "assez tôt" ?

— Votre fils vient juste de partir ; il m'a dit qu'il y serait jusqu'à six heures. Rassurez-vous, il va bien. »

Ohayon pénétra dans la grande cour où se dressait le palais du prince Serge. De la rue, qui imaginerait les merveilles qui se cachent derrière les murs et les façades de Jérusalem ? songea-t-il. Souvent, il suffit de franchir une grille pour se retrouver dans un autre monde.

Il s'assit en face de l'entrée du bureau de la Société de protection de la nature pour attendre Youval. Au bout d'un moment, il se leva, longea la partie du bâtiment qui abritait le ministère de l'Agriculture et entra dans l'aile désaffectée, aux fenêtres obstruées par des planches. Malgré la pénombre, il réussit à distinguer la fresque d'inspiration byzantine qui ornait le plafond du grand hall de réception. Dans la salle de bain, où des carreaux de faïence arménienne recouvraient encore çà et là les murs, il aperçut une baignoire aux pieds en forme de pattes de lion. Poursuivant sa visite, il poussa une porte branlante et se retrouva dans une pièce dont le sol était jonché de papiers. Il ramassa une feuille jaunie recouverte de caractères cyrilliques. Il avait souvent regretté d'avoir dû abandonner l'étude du russe pour celle du latin, langue indispensable pour qui veut se spécialiser dans l'histoire médiévale. La feuille s'échappa de ses doigts, voleta et atterrit doucement sur le tapis d'écrits oubliés.

Il était presque six heures, lorsqu'il sortit du palais. Le soleil avait un peu perdu de sa luminosité. Debout devant l'entrée de la Société de protection de la nature, Youval regardait autour de lui d'un air anxieux. Dès qu'il aperçut son père, son visage s'éclaira.

« J'avais peur qu'on ne te fasse pas la commission à temps. Tu te souviens de la randonnée dans les collines de Judée, dont je t'ai parlé ? Les inscriptions se terminent dans une demi-heure. J'aurais besoin d'un peu d'argent.

— C'est tout ? » demanda Ohayon, en lui posant la main sur l'épaule.

A l'intérieur, un jeune homme en short parlait avec animation d'une variété rare d'oiseau qu'il avait eu la chance de pouvoir observer lors d'une excursion. Ohayon repensa à son ami Ouzi Rimon, le directeur du Club de plongée à Eilat. Il fit un chèque, le tendit à une jeune fille en jeans qui lui sourit gentiment tout en remettant le reçu à son fils. Visiblement soulagé, Youval le plia avec soin et le glissa dans la poche de son pantalon.

Ohayon avait mauvaise conscience. Cela faisait quatre jours qu'il n'avait pas vu son fils.

« Allons ranger la voiture sur le parking du commissariat, après on ira prendre un pot », lui proposa-t-il.

En les voyant arriver, le policier de faction leva la barrière.

« Vise un peu cette bagnole ! Il y en a qui ne se refusent rien, s'exclama Youval, en descendant de la Ford Escort poussiéreuse de son père. Quelle classe ! »

Il passait amoureusement la main sur la carrosserie toute blanche de l'élégant coupé.

« C'est une Alfa Romeo GTV, dit Ohayon en s'approchant. Il n'y en a que deux dans tout le pays. Elle n'est pas à nous.

— Que fait-elle là ?

— Elle appartient à quelqu'un qui ne s'en servira plus jamais. »

Ohayon soupira et, machinalement, appuya sur la poignée. La portière n'était pas fermée. « Incroyable, marmonna-t-il. Ils l'ont laissée ouverte avec la clé à l'intérieur. » Suppliant son père du regard, Youval s'installa à la place du conducteur. Ohayon s'assit à côté de lui et alluma une cigarette. Youval donna un demi-tour à la clé de contact, examina le tableau de bord, ouvrit la boîte à gants, regarda à l'intérieur et remarqua, déçu : « Elle est vide. »

Ohayon sourit. Son fils avait toujours été un passionné de voitures. Tout petit déjà, il découpait des photos d'automobiles dans les magazines illustrés de ses grands-parents. Fela, l'ex-belle-mère d'Ohayon, se piquait de lire la presse allemande et anglaise. Les derniers numéros du *Time*, de *Newsweek*, de *Burda* trônaient dans un panier, à côté du piano à queue. « Est-ce que je peux découper celui-là, grand-mère ? » implorait le bambin en s'accrochant à ses jupes.

Youval alluma la radio ; des accords de musique classique se firent entendre. « Quel son ! s'écria-t-il, admiratif. Ça doit être super pour le rock. » Mais il n'eut pas le temps de changer de station, car son père, qui avait jeté sa cigarette par la vitre, l'arrêta d'un geste brusque.

« Ils n'ont pas vérifié la cassette », expliqua-t-il à Youval interloqué.

Il appuya sur un bouton. La bande magnétique commença à se dérouler, dans un sens puis dans l'autre. Silence.

« J'en ai pour une seconde ; ne touche à rien. »

Il courut jusqu'à sa voiture, appela le Central et revint essoufflé. Sur le visage de Youval, la joie avait cédé la place à la consternation.

« A qui appartient cette Alfa Romeo, papa ? » demanda-t-il au bout d'un moment.

Mais avant qu'Ohayon ait eu le temps de lui répondre, Elie Bahar, les avait rejoints.

« Désolé de te déranger, Youval, dit l'inspecteur en enfilant un gant de caoutchouc, ce sera vite fait. »

Le garçon descendit sans un mot ; Elie retira doucement la cassette du lecteur et la mit dans un sac en plastique.

« Tu peux venir avec nous, si tu veux, dit Ohayon. Nous allons à l'Identité judiciaire.

— Ce sera long ? s'inquiéta Youval.

— Non. Ensuite, on pourrait peut-être faire quelque chose ensemble.

— Je n'ai pas beaucoup de temps. J'ai promis à une copine de l'aider dans ses devoirs. »

Ohayon sourit : des devoirs, alors que les grandes vacances venaient juste de commencer ?

« On aura fini à huit heures, je te le promets », dit-il, tandis qu'Elie Bahar prenait Youval par le bras et l'entraînait vers la Ford.

« Vous avez de la chance de me trouver encore ici », dit Shaül, l'expert de l'Identité judiciaire, en recouvrant la cassette de poudre.

Il sortit et revint au bout d'un quart d'heure.

« Pas la moindre empreinte. Comme si personne ne l'avait jamais touchée. Bizarre, non ?

— Comment a-t-on pu enlever l'étiquette sans laisser de trace ? s'étonna Ohayon. Pourtant, elle ressemble comme deux gouttes d'eau aux cassettes qu'Ido Doudaï a rapportées des Etats-Unis.

— Vous pensez que c'est celle qui a disparu ?

— Ça en a tout l'air, mais il faudrait l'écouter. Tu as un magnéto ici ?

— Bien sûr, répondit Shaül en ouvrant un tiroir.

— Papa, il y en a au moins pour une plombe et j'ai rendez-vous à huit heures, protesta Youval.

— Ne t'inquiète pas, je n'ai pas l'intention de l'écouter en entier. Cela ne prendra que quelques minutes. »

Elie Bahar mit l'appareil en marche. Rien. Il laissa défiler la bande quelques instants, appuya sur Avance rapide, puis de nouveau sur Marche. Toujours rien. Il recommença l'opération plusieurs fois jusqu'à la fin de la première face. Youval montrait des signes de plus en plus évidents d'impatience. La seconde face semblait également vierge, lorsque, soudain, la voix rauque d'un homme âgé remplit la pièce : « A l'aube, les violettes se sont fanées sur ta peau », déclamait-il en hébreu, avec un fort accent russe. Suivait une syllabe inintelligible proférée par une autre voix. Puis, de nouveau, rien. Dans un silence religieux, ils laissèrent défiler la bande jusqu'au bout. Même Youval avait les yeux rivés sur le petit magnétophone.

Ohayon appuya sur Retour rapide et réécouta ce bref passage brusquement interrompu.

« Qu'est-ce que c'est ? demanda le garçon.

— C'est un vers tiré d'un poème de Shaül Tirosh, répondit Ohayon. Il n'y a apparemment rien d'autre dessus ; néanmoins, j'aimerais que quelqu'un l'écoute en entier.

— C'est une TDK de fabrication japonaise, précisa Shaül, mais on en trouve ici.

— On trouve de tout ici, même des meurtres, répliqua Ohayon d'un ton rêveur.

— Qu'est-ce qui vous prend, patron ? dit Bahar en lui jetant un regard inquiet.

— Pas besoin d'être grand clerc pour comprendre qu'il s'agit de la cassette qui manquait. C'est l'enregistrement de l'entretien qu'Ido Doudaï a eu en Caroline du Nord avec un émigré russe. Quelqu'un a pris la peine de l'effacer. Pourquoi ? »

Personne ne répondit.

« Quand on découvre la voiture d'un homme qui a été assassiné, reprit Ohayon soudain en colère, la moindre des choses est de la passer au peigne fin. »

Penaud, Elie Bahar baissa la tête.

« Qu'est-ce qu'on fait maintenant ? demanda Shaül.

— Je ne sais pas encore, dit Ohayon. Viens, Youval, il est huit heures moins le quart, et demain, une longue journée nous attend. »

Ils étaient déjà à la porte, lorsque le téléphone sonna. Shaül décrocha.

« Tu as de la chance. Il est encore là. Je te le passe. C'est pour vous », ajouta-t-il en se tournant vers le commissaire.

Feignant d'ignorer le soupir exaspéré de son fils, Ohayon saisit le récepteur.

« Bon, amène-le maintenant, déclara-t-il enfin, en essuyant ses mains moites sur son pantalon.

— Que se passe-t-il ? demanda Shaül. Pourquoi êtes-vous si pâle ? »

Ohayon ne se donna pas la peine de répondre.

« Je te dépose en chemin, dit-il à Youval. Je dois retourner au commissariat. »

L'adolescent eut une grimace dépitée : c'est toujours pareil, semblait-il dire, tout en s'efforçant de cacher sa déception, tu promets de me consacrer du temps et, au dernier moment, tu as un empêchement. Mais cette fois, Ohayon fit mine de ne rien remarquer ; la nouvelle qu'il venait d'apprendre l'avait assommé. Il entendait déjà Shorer l'accabler de reproches : « Je t'ai dit mille fois de te méfier de tes intuitions. Un jour, cela va te coûter cher. » Et tandis qu'il roulait vers l'Esplanade russe, il imaginait sans peine Arié Lévy, rouge de colère, l'abreuvant de ses sarcasmes : « Vous vous êtes encore fichu dedans, Ohayon. Quand comprendrez-vous qu'on n'est pas à l'université ici ! »

CHAPITRE XVI

Ohayon était assis à son bureau, immobile, le visage impassible.

« Alfandari est parti le chercher, dit Balilti en conclusion de son rapport. Ils seront là d'une minute à l'autre. Vous ne m'avez pas l'air en grande forme. »

Ohayon ne fit pas de commentaire.

« J'aimerais que tu reprennes tout depuis le début, lentement.

— Vous pouvez m'enregistrer si vous le voulez, dit Balilti en esquissant un sourire, qu'il réprima aussitôt devant le geste d'impatience du commissaire. Bon, par où je commence ? »

Adoptant un débit exagérément lent, il s'exécuta, les yeux levés au ciel ; de temps en temps, il sollicitait du regard l'approbation d'Elie Bahar qui, lui aussi, l'écoutait attentivement.

« Comme je disais, nous avons vérifié son alibi. Lundi, Alfandari s'est déplacé jusqu'à Rosh Pina pour interroger sa mère, une vieille femme d'au moins quatre-vingts ans. Vous ne vouliez pas que cela se fasse par téléphone, alors il y est allé en personne. A cette occasion, il a appris que Klein avait un frère plus âgé à Safed et une sœur cadette installée à Sede Yehoshua. Une famille très unie, apparemment. Bref, elle a confirmé que son fils était arrivé jeudi soir chez elle et était reparti samedi soir pour chercher sa femme et ses filles à l'aéroport. Raphi n'avait aucune raison de mettre ses paroles en doute, même s'il n'y avait pas d'autre témoin. Elle habite une grande maison située un peu à l'écart, au milieu d'un vaste terrain. Néanmoins, il n'était pas entièrement satisfait, car il n'avait pu interroger les voisins, ce que le divisionnaire n'a pas manqué de lui reprocher lors du dernier briefing. Donc, ce matin, on y est retournés, Raphi et moi. Ça tombait bien, il se trouvait que j'avais à faire à Tibériade — sans aucun rapport avec l'enquête. Cette fois, les voisins étaient chez eux. Plus tout jeunes eux non plus et à moitié sourds. Leur fils, Yoskeh, était là aussi, la cinquantaine, un personnage à lui tout seul. Jeudi soir, il était justement en visite chez ses parents. Et, tenez-vous bien, vers onze heures, qui frappe à leur porte ? Sarah, la mère de Klein. Elle avait besoin d'un petit service. La sonnerie de son téléphone était trop faible, elle craignait de ne pas l'entendre. Bien sûr, je me suis tout de suite demandé pourquoi elle avait eu besoin de déranger le fils de ses voisins, si elle avait le sien sous la main. J'ai posé la question à Yoskeh. D'après lui, Klein n'était pas là, sinon elle ne serait pas venue le chercher, d'autant qu'il est, paraît-il, un bricoleur hors pair. Elle était seule chez elle. Naturellement, je me suis arrangé pour ne pas éveiller les soupçons de Yoskeh. Vous connaissez mon tact. Klein était-il arrivé plus tard ? Il n'en savait rien. Quand il était revenu chez ses parents après avoir réparé le téléphone de Mme Klein, sa mère avait insisté pour qu'il passe la nuit chez eux. En fait, c'était par hasard qu'il se trouvait à Rosh Pina aujourd'hui : il avait emmené ses enfants voir leurs grands-parents. Il m'a répété qu'il n'avait pas vu Klein le jeudi et qu'il avait repris la route pour Haïfa le lendemain matin, de bonne heure. Vous êtes satisfait, maintenant, patron ? »

Ohayon garda le silence.

« Et après ? demanda Elie Bahar qui, jusque-là, n'était pas intervenu.

— Après, c'est comme j'ai dit. Raphi et moi, on est retournés chez la mère de Klein. Je l'ai d'abord mise en garde contre les conséquences d'un faux témoignage. Puis je lui ai demandé pourquoi ce n'était pas son fils qui avait réparé son téléphone. Voyant qu'elle était tombée dans le piège, elle a refusé d'en dire davantage et s'est figée comme une statue. Quand j'ai voulu l'emmener, elle s'est récriée qu'elle ne bougerait pas, qu'il faudrait la traîner de force. Est-ce que j'ai une tête à faire ça ? Alors, je lui ai dit : "Très bien, chère madame, si vous refusez de nous suivre, je vais appeler la police locale." Finalement, nous avons coupé son téléphone et l'avons placée sous la surveillance d'un flic, afin qu'elle n'entre pas en communication avec son fils. Et on est revenus dare-dare.

— Si je comprends bien, il n'était pas à Rosh Pina ? conclut Bahar.

— En tout cas, pas le jeudi soir. Alors que son vol est arrivé à deux heures de l'après-midi. A mon avis, il serait peut-être intéressant de lui demander ce qu'il a fait. »

La tête d'Alfandari apparut dans l'entrebâillement de la porte.

« Il est là, annonça-t-il. Vous le voulez tout de suite ?

— Non, répondit Ohayon, qu'il attende.

— C'est ça, qu'il mijote dans son jus », ajouta Balilti, perfide.

Raphi se retira.

« Vous êtes rentrés quand ? demanda Bahar.

— Cinq minutes avant que je vous attrape à l'Identité judiciaire. On n'a même pas eu le temps de manger un morceau. La route n'est pas terrible jusqu'à Rosh Pina. Raphi l'a faite en trois heures pile. Pendant que je vous téléphonais, il s'est mis en planque devant le domicile de Klein, au cas où notre suspect aurait décidé de nous fausser compagnie. Ça vous en bouche un coin, hein patron ? Ce type que tout le monde adore, ce grand professeur... Comme quoi, il faut toujours parler aux voisins. »

Ohayon, toujours imperturbable, ne broncha pas.

« Je crève de faim, dit Balilti en s'agitant sur son siège. Si on allait grignoter quelque chose, Elie ? On rapportera un sandwich au patron. D'accord, commissaire ? »

Ohayon eut un geste vague que Balilti décida de prendre pour un acquiescement.

« Alors, à quoi vous le voulez, ce sandwich ?

— Non, merci, je n'ai pas faim », répondit Ohayon, qui n'avait pas encore digéré l'en-cas pris en compagnie de Klein.

Dès qu'ils eurent refermé la porte, il composa le numéro de Shorer. Pas de réponse. Il l'appela alors chez lui, sans plus de succès. De toute façon, songea-t-il résigné, personne ne pouvait faire son travail à sa place. Il devait prendre ses responsabilités. Lui seul était à blâmer. Arié Lévy avait raison : il s'était laissé abuser par Klein, sa belle maison, sa famille respectable, son humanisme, sa vaste érudition. Et si Klein avait une explication plausible ? Mais alors pourquoi sa mère avait-elle menti ? Klein aurait-il quelque chose à cacher ? Il décrocha le téléphone interne et ordonna à Alfandari de le faire entrer.

Klein portait la même chemise à manches courtes qui mettait en valeur ses biceps. A côté de lui, Raphi semblait presque malingre. Ohayon sentit ses muscles se raidir, son visage se fermer. Raphi s'éclipsa.

Klein semblait lui aussi nerveux. Sur un signe de tête du commissaire, il s'assit de l'autre côté du bureau et croisa les bras. De nouveau, Ohayon eut un goût amer dans la bouche. Dans quelques minutes, il aurait la confirmation qu'il s'était laissé berner, qu'il avait manqué de discernement. Une angoisse le saisit. Il essaya de se détendre, mais ne put même pas allonger les jambes. Il avait l'impression de manquer d'air. Pourtant, la fenêtre, derrière lui, était grande ouverte.

Klein s'éclaircit la voix :

« Quelque chose ne va pas ?

— Quand êtes-vous rentré des Etats-Unis ? demanda Ohayon en faisant un effort pour rester calme.

— Je vous l'ai déjà dit. Jeudi après-midi. C'est facile à vérifier », répliqua Klein d'un air étonné.

Pourtant, Ohayon remarqua qu'il serrait les poings et que des gouttes de sueur étaient apparues sur son front.

Comme il avait coutume de le répéter aux jeunes recrues de l'Ecole de police : « Il ne faut pas seulement écouter un suspect, il faut aussi observer ses mimiques, ses gestes. C'est le corps qui parle. » Celui de Klein hurlait. Même s'il s'exprimait toujours de cette même voix tranquille et distinguée, chacun de ses mouvements trahissait son inquiétude.

Klein m'a menti — ou, plutôt, voulut-il se consoler, il ne m'a pas dit toute la vérité. L'admiration que j'éprouve pour lui fausse mon jugement. Peut-être aurais-je dû charger un de mes inspecteurs de l'interroger. Mais un homme de cette stature doit être traité avec ménagements, avec respect. Impossible de le laisser entre les mains d'un Balilti ou d'un Bahar.

« Pourquoi n'êtes-vous pas rentrés tous ensemble par le même avion ?

— Quel est le problème ? dit Klein en passant la langue sur ses lèvres desséchées. Je croyais avoir éclairci ce point.

— Contentez-vous de répondre à mes questions : pourquoi êtes-vous rentrés séparément ?

— Parce que Dana, ma deuxième fille, voulait organiser une petite fête avant son départ et que je ne pouvais repousser mon retour. J'avais promis à ma mère de lui rendre visite. D'ailleurs, le vol New York-Tel Aviv de samedi était complet. Et puis, ma femme et moi ne prenons jamais le même avion — cela la rend nerveuse.

— Pourtant, votre femme et vos filles ont voyagé ensemble.

— Oui, je vous l'ai déjà dit, répliqua Klein agacé.

— Bon, laissons cela pour le moment. Vous avez déclaré qu'une voiture de location vous attendait à l'aéroport.

— C'est exact, je l'avais réservée depuis New York.

— Pourquoi votre famille n'est-elle pas venue vous chercher à Lod ? Après tout, cela faisait près d'un an que votre frère, votre sœur, votre mère ne vous avaient pas vu. »

Klein décroisa les bras, se redressa et posa les mains à plat sur ses genoux.

« Je n'aime pas déranger mes proches. Nous avions convenu de tous nous retrouver le samedi à Rosh Pina.

— Etes-vous sûr que c'est la seule raison ?

— Pourquoi ? Vous en voyez une autre ?

— Peut-être souhaitiez-vous rester libre de vos mouvements ? »

Ohayon se sentait en proie à des sentiments contradictoires. Qu'il mente, qu'il s'enferre dans ses mensonges ; alors, je pourrais me mettre en colère. Néanmoins, cette attitude le peinait ; il aurait tant voulu pouvoir lui conserver son estime et deviser agréablement avec lui, ainsi qu'il l'avait fait quelques heures plus tôt.

Mais comme Klein s'obstinait dans son mutisme, il se décida à lui poser la question fatidique :

« A quelle heure précise êtes-vous arrivé à Rosh Pina, chez votre mère ?

— Je vous l'ai déjà dit », répondit Klein en pinçant les lèvres et en croisant de nouveau ses bras sur la poitrine.

Quelques secondes s'écoulèrent.

« Nous savons que ce n'était pas jeudi soir. Alors, quand précisément ? »

L'idée que Klein lui mente lui était insupportable. Après ce qui lui parut être une éternité, le professeur lâcha dans un soupir :

« Le moment où je suis arrivé à Rosh Pina n'a aucune importance. »

Un long silence s'ensuivit. Klein s'accouda sur le bureau et posa la tête sur ses deux mains.

« Comment pouvez-vous être aussi affirmatif ?

— Je vous assure que cela n'a rien à voir avec le meurtre de Shaül, dit Klein en soutenant le regard d'Ohayon. Vous devez me croire, commissaire.

— Monsieur Klein, si vous voulez que je vous croie, dit Ohayon qui sentait la moutarde lui monter au nez, il vous faudra être un peu plus explicite. Encore une fois, quand êtes-vous arrivé chez votre mère ?

— Vendredi en début de soirée, mais, je vous le répète, c'est sans rapport avec votre enquête. Pourquoi refusez-vous de me croire ? »

Un peu plus tard, lorsqu'il réécouta l'enregistrement de leur entretien, Ohayon entendit le jappement de chacal qu'il avait, malgré lui, laissé échapper et mesura à quel point il s'était senti blessé dans son amour-propre.

« Monsieur Klein, martela-t-il d'une voix forte, dois-je vous rappeler que deux meurtres ont été commis : celui d'un jeune assistant auquel vous étiez très attaché et celui d'un de vos collègues qui a longtemps été votre ami. Je vous ordonne de me répondre ! »

Klein s'épongea le front et considéra Ohayon d'un air attristé.

« Je regrette infiniment que vous ne me fassiez pas confiance.

— La question n'est pas là. Seuls les faits m'intéressent. Votre mère a menti — pourquoi l'avez-vous obligée à produire un faux témoignage ? Sans un minimum de franchise, il ne peut y avoir ni respect, ni estime. C'est plutôt vous qui ne m'avez pas fait confiance ! »

Klein hésita, sembla réfléchir et déclara finalement :

« Vous avez raison. Mais lorsque vous saurez tout, vous serez forcé de reconnaître que cela n'a aucun rapport avec l'affaire qui vous préoccupe. »

Ohayon comprit qu'il n'était plus nécessaire de le brusquer.

« D'abord, promettez-moi que ce que je vais vous dire restera entre nous. »

Ohayon se contenta d'acquiescer d'un signe de tête.

« Vous me donnez votre parole ? » répéta Klein avec une surprenante insistance.

Pensant à Raphi qui écoutait leur conversation dans la pièce voisine, à Balilti et à Elie Bahar qui n'allaient sans doute pas tarder à le rejoindre, à Tsila qui transcrirait l'enregistrement dans son entier et en remettrait un exemplaire à chacun des membres de l'équipe dès le lendemain au briefing, Ohayon déclara : « Je vous le promets », sans toutefois ajouter la formule habituelle : « A condition que cela n'ait pas de lien avec l'enquête en cours. »

« Comprenez-moi, d'autres personnes sont en cause », reprit Klein, comme s'il lisait dans ses pensées.

Ohayon hocha la tête. Il se sentait toujours aussi partagé. Quel était donc le secret de Klein ? Il mourait d'envie de le découvrir.

« J'avais rendez-vous avec une femme », dit enfin Klein en serrant les dents. Et d'ajouter, dans un murmure : « C'est la raison pour laquelle j'ai demandé à ma mère de mentir. Mais elle ne sait rien de plus. »

C'est tout ? songea Ohayon, déçu. Alors, lui aussi trompe sa femme.

« Je suppose qu'elle est mariée, dit-il.

— Non, vous vous trompez.

— Alors pourquoi tout ce mystère ? s'exclama Ohayon déconcerté. Pour vous protéger, vous ? »

Klein était à présent aussi pâle que le jour où il

l'avait trouvé effondré sur un banc de l'université, juste après la découverte du corps de Tirosh. Ohayon aurait tant voulu continuer à éprouver pour lui la même sympathie immédiate, sentir cette communion de pensée qui se passe de mots, être encore chez lui, dans sa cuisine à partager son déjeuner.

« En un sens, oui, bien que ce soit un peu plus compliqué.

— Combien de temps êtes-vous resté avec cette personne ?

— Jusqu'à vendredi après-midi. J'ai quitté Jérusalem vers quatorze heures trente. »

Ohayon alluma une cigarette.

« Donc, vous vous êtes rendu à votre rendez-vous directement de l'aéroport et vous êtes resté avec elle jusqu'au lendemain ? demanda Ohayon en contemplant le bout noirci de son allumette.

— Suis-je vraiment obligé d'entrer dans les détails ?

— Vous êtes-vous absenté, à un moment ou à un autre ? insista Ohayon.

— Au point où j'en suis, je crains qu'il ne soit inutile de vous le cacher, soupira Klein. Jeudi soir, j'ai passé deux heures en compagnie de Shaül Tirosh. »

Je rêve ! s'exclama Ohayon intérieurement. Comment ai-je pu me laisser mener en bateau ?

« Où ? hurla-t-il. Où l'avez-vous rencontré ?

— Dans un restaurant, répliqua Klein d'une voix calme, les mains posées à plat sur le bureau.

— Lequel ?

— Cela fait partie de l'histoire. Mais, comme je vous l'ai déjà dit, cela n'a rien à voir avec...

— Monsieur Klein ! » l'interrompit Ohayon d'un ton sans réplique.

Ce n'est qu'à ce moment-là que Klein se décida véritablement à tout lui avouer.

« Je suis obligé de vous demander son nom et son

adresse », dit Ohayon, lorsque le professeur eut terminé son récit.

Ohayon n'avait pas encore fini d'inscrire les coordonnées de la dame, qu'il crut entendre la porte d'à côté s'ouvrir. Ils sont partis la chercher, se dit-il. Il était minuit passé.

« Il est fort, celui-là ! Réussir à cacher une liaison pendant douze ans, et à Jérusalem de surcroît ! s'exclama Balilti en arrêtant le magnétophone. Toutefois, si vous m'aviez donné un jour de plus, je suis sûr que j'aurais découvert le pot aux roses. Quel âge a le gosse ? Cinq ans ? Comment a-t-il pu être aussi imprudent, alors qu'il a déjà trois filles ? A moins qu'il ne l'ait fait exprès, pour avoir un fils. Et vous qui le preniez pour un saint ! »

Il termina d'un trait son café, secoua la tête encore ébahi et poussa un long soupir. Soudain, il bondit sur ses pieds et s'écria tout excité :

« Attendez une seconde, Malka Arditi, ce ne serait pas Mali, celle qui tient un restaurant ? Je n'en reviens pas !

— Qu'est-ce qui te prend ? Qui est cette Mali ? s'impatienta Ohayon.

— Allez, patron, ne faites pas semblant de ne pas la connaître.

— Non, je t'assure. Raconte.

— Vous vous rappelez ce restaurant à côté d'un bar, à Nahalat Shiv'a, où on a voulu aller après le procès de Machin-chose ? »

Ohayon hocha la tête.

« Il était fermé et on a finalement atterri ailleurs. Bref, si c'est celle à laquelle je pense, Ohayon... Non, c'est impossible. Une femme aussi bien roulée. Et quelle cuisinière ! Un délice, dit-il en se léchant les babines avec gourmandise. Elle n'a pas d'égale pour accommoder les légumes : carottes au cumin, oignons farcis, courgettes sautées. Elle, la maîtresse de Klein ? Je ne peux pas y croire ! »

Klein avait été placé sous la garde de Méni Ezra dans la salle de réunion. Balilti réécoutait l'enregistrement de son interrogatoire. Ils attendaient le retour d'Elie Bahar qui était parti la chercher.

« J'aimerais que vous me racontiez tout en détail », déclara Ohayon, après l'avoir invitée à s'asseoir.

Mali Arditi lui décocha un sourire qui illumina la pièce, puis éclata d'un grand rire qui la secoua tout entière. « Un sacré morceau ! » avait dit Balilti. Il était au-dessous de la vérité. Cette femme superbe, aux épaules rondes, à la poitrine opulente, au teint hâlé, appartenait à cette variété rare de rouquines dont la peau était indemne de taches de rousseur.

« Tirer quelqu'un du lit au beau milieu de la nuit ! s'exclama-t-elle en remettant en place la bretelle de sa robe à l'ample décolleté. Mais bon, je vous pardonne. Chez moi, la colère ne dure jamais très longtemps. Cela veut dire quoi, en détail ? Posez-moi plutôt des questions, mon chou. »

Ohayon était comme pétrifié devant un tel débordement de sensualité, qui n'avait pourtant rien de vulgaire. Elle l'observait d'un air amusé, tout en se passant la main sur la joue. Ses ongles étaient recouverts d'un vernis argenté. S'ils s'étaient rencontrés dans d'autres circonstances, dut-il s'avouer, elle n'aurait fait qu'une bouchée de lui. Il avait du mal à l'imaginer en train d'attendre fidèlement les visites de Klein, pleurant dans son oreiller ou passant ses journées à se lamenter. Cette femme n'appartenait à personne.

« Quand est-il arrivé chez vous ?

— Laissez-moi réfléchir une seconde, » dit-elle en fronçant les sourcils. Ohayon contemplait, fasciné, sa gorge largement découverte. « Jeudi, jeudi après-midi vers les quatre heures.

— Et quand est-il reparti ?

— Vendredi. Nous sommes allés chercher le petit chez des amis ; il nous a déposés à la maison vers deux heures et demie et a pris la route pour Rosh Pina.

— Entre le moment où il est arrivé et celui où il est parti, il est resté tout le temps avec vous ?

— On ne peut rien vous cacher. »

De nouveau, elle éclata d'un rire parfaitement incongru dans les locaux d'un commissariat. Puis, reprenant son sérieux, elle leva vers Ohayon, qui avait du mal à rester impassible, ses yeux bruns en amandes et dit d'un ton grave :

« Pendant ces vingt-quatre heures, nous ne nous sommes pas quittés. Et n'allez pas croire que nous nous sommes entendus à l'avance sur un alibi. Il a effectivement rencontré quelqu'un, mais c'était à mon restaurant. Je l'ai rouvert exprès pour eux, car je ne voulais pas recevoir ce monsieur chez moi. J'habite juste au-dessus du restaurant.

— Qui était-ce ? » demanda Ohayon en lui tendant son paquet de cigarettes.

Elle en prit une, la regarda distraitement et se pencha vers la flamme qu'il lui présentait.

« C'est à lui qu'il faut le demander, mon cœur. Je ne m'occupe pas de sa vie privée, ni lui de la mienne ; ce n'est pas aujourd'hui que nous allons changer. Vous l'avez entendu : il m'a priée de vous dire où il était, mais pas avec qui. »

Ohayon revit la scène qui l'avait tant choqué quelques instants plus tôt, lorsque cette rousse capiteuse était entrée dans la salle de réunion et avait enveloppé Klein d'un regard rempli de tendresse. « Tu peux lui dire où j'étais », avait murmuré celui-ci. Alors, elle qui, aux dires d'Elie Bahar, n'avait cessé de tempêter tout le long du chemin, lui avait souri avec amour.

Elle signa sa déposition et accepta, sans la

moindre hésitation, de se soumettre au détecteur de mensonges. Une voiture de police la raccompagna chez elle, mais Klein ne fut pas autorisé à quitter la salle de réunion.

« Je la connais, dit Méni Ezra. Elle habite à quelques rues de la sœur de ma belle-sœur. Elle tient un petit restaurant spécialisé dans les légumes farcis, qu'elle a hérité de ses parents. C'est une maîtresse femme : elle fait ce qui lui plaît. Chez elle, l'addition est à la tête du client. Elle ouvre quand ça lui chante. J'ai déjà eu l'occasion d'y manger. Quoi d'autre ? C'est une sacrée cuisinière ! Où l'a-t-il pêchée ? Et le gamin, il est de lui ?

— Apparemment, répondit Ohayon pensif.

— Ça me dépasse ! s'écria Balilti.

— Les hommes ne cesseront jamais de nous étonner, répliqua Ohayon, qui n'était pas encore revenu de sa surprise.

— Je le fais entrer ? demanda Méni. Elie est avec lui. Il est trois heures du matin. Vous voulez lui parler maintenant ?

— Oui, dit Ohayon, j'ai besoin de l'interroger avant le briefing. »

Il regarda au-dehors. L'Esplanade russe était plongée dans l'obscurité. De rares fenêtres étaient encore éclairées. Dans un bureau voisin, quelqu'un tapait à la machine. Il faisait une chaleur humide. Méni fit entrer Klein et ressortit en refermant la porte sans bruit.

« A présent, vous savez tout, dit Klein d'un air lugubre.

— Votre amie a refusé de me dire qui était l'homme que vous avez rencontré. Etait-elle avec vous ? A-t-elle écouté votre conversation ?

— Mali entend ce qu'elle veut entendre, elle sait ce qu'elle veut savoir. Elle a fait sienne cette devise : "Vivre et laisser vivre." Tout ce qu'elle demande en contrepartie, c'est qu'on la laisse mener sa vie à sa guise. J'ignore si elle nous a entendus. Elle se trouvait dans la cuisine. Je crois me souvenir que le passe-plats entre la salle et la cuisine était abaissé, mais si on tend l'oreille...

— Elle revient demain pour un interrogatoire sous détecteur de mensonges. Seriez-vous prêt à lui demander de nous raconter ce qu'elle sait de votre entrevue avec Tirosh ?

— Bien sûr, mais cela ne veut pas dire qu'elle le fera.

— Revenons à cette entrevue. Est-ce vous qui en avez pris l'initiative ?

— Oui, c'est moi.

— Donc, si je comprends bien, vous rentrez en Israël après un an d'absence ou presque, vous allez voir votre... fils et sa mère et vous fixez un rendez-vous à Tirosh ? »

Et vous voulez me faire croire que cela n'a rien à voir avec le meurtre ! pensa avec irritation Ohayon.

« Je vais tout vous expliquer. Mais d'abord, promettez-moi qu'à défaut de rester entre nous, mes propos ne sortiront pas des murs de ce commissariat.

— Si vous aviez été franc avec moi dès le début, il en aurait été autrement, répliqua Ohayon d'un ton amer.

— Essayez de vous mettre à ma place, soupira Klein. Je n'avais pas le choix. »

Ohayon brûlait d'apprendre comment cet homme respectable en était arrivé à mener une double vie et en quoi cette entrevue n'avait, soi-disant, aucun rapport avec l'enquête. Il était également curieux de voir comment Klein allait se sortir de ses précédents mensonges.

« Je suis extrêmement attaché à Mali et à l'enfant. Il ne s'agit pas d'une simple aventure extra-conjugale.

— Quel âge a le petit ? demanda Ohayon avec froideur.

— Cinq ans, répondit Klein en détournant les yeux ; il vit dans une famille d'adoption. »

Ohayon inclina la tête de côté ; gêné, Klein changea de position.

« Tout ceci pourrait avoir des conséquences extrêmement graves. Ma femme ne le supporterait pas. Elle est incapable de comprendre qu'un homme puisse mener deux vies de front sans que l'une ne finisse par détruire l'autre. Pourtant, l'expérience démontre que ce n'est pas nécessairement le cas. »

Décidément, j'étais bien bête de me fier à lui, songea Ohayon. N'est-ce pas ce parangon de vertu qui, pas plus tard que cet après-midi, me parlait de probité, de droiture ? Personne n'est parfait, m'assurait-il ; seul l'art atteint la perfection. Mais trêve de philosophie. Je veux des faits.

« Que s'est-il passé avec Tirosh ? demanda-t-il sèchement.

— Comprenez-moi, commissaire, ce ne sont pas des choses faciles à dire. Pendant des années, nous avons réussi, Mali et moi, à garder le secret sur notre liaison. Même l'enfant ignore que je suis son père. Seules quelques personnes se doutent qu'il y a quelque chose entre nous. Ma femme ne l'a jamais vue. C'est en allant à son restaurant avec Tirosh que j'ai fait sa connaissance. Et un jour, Tirosh a tout découvert.

— Quand, exactement ?

— Sans doute un peu avant mon départ pour les Etats-Unis. En tout cas, je suis sûr que ce n'est pas par Mali qu'il l'a appris. Je ne serais pas étonné qu'il ait fait appel à un détective privé. Sa tâche n'a pas dû être aisée, car nous n'avions pas de rendez-vous à intervalles réguliers ; nous étions extrêmement prudents, du moins le croyais-je.

— Comment avez-vous su qu'il était au courant ?

— Juste avant mon retour, j'ai reçu une lettre de lui. Il a eu la délicatesse de me l'envoyer à l'université et non à mon adresse personnelle. Dans cette lettre, il laissait entendre qu'il savait tout. Depuis qu'on se connaissait, il avait toujours cherché à démasquer ma "part d'ombre", comme il disait. Ma façon de vivre l'insupportait : il ne soupçonnait pas qu'elle aussi pût avoir ses failles.

— Cette lettre, vous l'avez ? demanda Ohayon, bien qu'il connût d'avance la réponse.

— Non, évidemment ; je l'ai aussitôt détruite.

— Vous vous souvenez de son contenu ?

— Difficile de l'oublier, répondit Klein en s'essuyant le front. Il m'invitait d'un ton faussement débonnaire à le rencontrer en tête à tête dès mon retour, "en raison d'informations propres à jeter un nouvel éclairage sur ma personnalité". Je cite mot pour mot. Comme vous l'imaginez, j'étais furieux, mais aussi très inquiet, car Shaül n'a jamais été un modèle de discrétion. Néanmoins, j'espérais que si, d'aventure, il se montrait trop bavard, personne ne le croirait.

— Que vous voulait-il ?

— Je ne sais pas exactement, dit Klein. Au début, j'ai cru qu'il était mû par la jalousie, qu'il pensait enfin triompher de moi et de mon existence tranquille de "petit-bourgeois". Mais, durant notre conversation, j'ai eu la nette impression qu'il y avait autre chose.

— Que vous a-t-il dit ? »

Klein semblait brusquement très fatigué. Des rides, qu'Ohayon n'avait pas remarquées jusque-là, creusaient son visage. Il avait le teint un peu jaune, mais peut-être était-ce à cause des néons. Il n'affichait plus la même assurance que lorsqu'il avait téléphoné à sa femme, quelques heures plus tôt, pour la tranquilliser.

« Maintenant, je comprends comment il s'arrangeait pour tout détruire autour de lui, dit Klein songeur. Détruire — c'était sa spécialité. Je ne sais toujours pas ce qu'il avait derrière la tête. Comme d'habitude, il a emprunté des chemins détournés et s'est exprimé à mots couverts. Il m'a parlé d'Ido ; il voulait savoir ce qu'Ido m'avait raconté lorsqu'il avait séjourné chez nous aux Etats-Unis. Je lui ai simplement dit qu'Ido traversait une sorte de crise, dont j'ignorais la cause. Insatisfait, Shaül ne cessait de me harceler de questions : Ido m'avait-il confié des papiers, des documents ? M'avait-il montré la cassette que...

— Donc, quand je vous ai interrogé à propos de cet enregistrement, l'interrompit Ohayon, vous saviez de quoi je parlais ?

— Je savais sans savoir, répondit Klein en baissant les yeux. Comprenez-moi, durant cette conversation avec Tirosh, j'étais très tendu...

— Continuez.

— J'avais peur que le scandale éclate. J'étais trop énervé pour en mesurer toutes les conséquences, comme vous dites. Bref, quand il en est enfin venu à ma liaison avec Mali, il m'a déclaré — cela je m'en souviens très bien : "Tu me couvres, et je te couvre." Je lui ai demandé ce qu'il entendait par là. "Ne t'inquiète pas, m'a-t-il répondu, tu le sauras en temps voulu ; si, un jour, Ido te fait des confidences, préviens-moi."

— J'en conclus que la mort de Tirosh ne vous a pas accablé de chagrin.

— Je ne dirais pas cela. Vous aurez peut-être du mal à me croire, mais, au fond, je n'avais pas peur de lui. Bien plus, je me sentais capable d'affronter la situation, au cas où il la rendrait publique... Qui sait, peut-être le souhaitais-je inconsciemment. L'âme humaine est parfois si compliquée...

— Vous persistez à affirmer que vous ne l'avez pas tué ? lança soudain Ohayon.

— Je ne l'ai pas tué, répondit Klein en détachant chaque syllabe. Nous nous sommes vus jeudi et, vendredi, il était encore vivant. Vous ne croyez tout de même pas que j'avais une raison suffisante pour commettre une telle abomination ?

— C'est pourtant vous qui prétendez qu'il détruisait tout autour de lui, répliqua Ohayon en réprimant un geste de colère. Quant à votre alibi du vendredi, nous devons encore vérifier à quelle heure vous êtes arrivé à Rosh Pina.

— Puisque je... Bon, je comprends que vous soyez échaudé, mais, d'une part, si j'étais venu à l'université ce jour-là, j'aurais difficilement pu passer inaperçu et, d'autre part, il est quasiment impossible d'y entrer sans être vu. Je n'ai pas mis les pieds au mont Scopus avant dimanche.

— Vous êtes sûr qu'Ido ne vous a pas confié de cassette ? demanda tout à coup Ohayon après un bref silence.

— Absolument sûr. Pourquoi vous le cacherais-je ? Ido a sans doute menacé Shaül, mais j'ignore de quoi, je vous le jure.

— Encore une question, dit Ohayon comme s'il abordait un problème purement technique. Pensez-vous que Shaül voulait vous faire chanter ?

— Cette idée ne m'a pas effleuré une seconde, répondit Klein d'un ton ferme.

— Pourquoi ?

— Comment dire ?... Shaül souffrait d'un complexe d'infériorité. A l'évidence, quelque chose le tracassait et peut-être souhaitait-il mon aide. Mais il ne me l'aurait jamais demandée directement. Malgré ses grands airs, son arrogance, il ne se sentait pas sûr de lui... Je ne crois pas qu'il avait l'intention de divulguer ce qu'il avait découvert à mon sujet. Non, le chantage ne l'intéressait pas. Il voulait seulement me rabaisser, en m'apportant la preuve que je n'étais pas parfait, que moi aussi j'avais des faiblesses, que ma vie n'était pas sans tache. Je ne sais pas si vous avez déjà rencontré ce genre de personne. »

Après lui avoir énuméré les questions qui lui seraient posées sous détecteur de mensonges, Ohayon reconduisit Klein dans la salle de réunion. Le ciel commençait à blanchir. De retour dans son bureau, il réécouta l'enregistrement de leur conversation. Le prochain briefing devait se tenir à huit heures ; Tsila avait déjà tapé à la machine toutes les dépositions des témoins et préparé les dossiers. Ohayon se sentait épuisé et redoutait les remarques sarcastiques que Lévy n'allait pas manquer de lui adresser. Qui mentait ? Qui disait la vérité ? Il ne pouvait trancher. Il enrageait de s'être laissé abuser. Quel imbécile tu es de croire encore à la perfection, à la probité ! s'exclama-t-il presque à haute voix.

Il se frotta les yeux. Et alors ? Ce n'est pas parce qu'un homme trompe sa femme qu'il est malhonnête. Et toi, qui es-tu pour donner des leçons de morale ? Oublies-tu Maya ? Pourtant, il ne pouvait s'empêcher d'en vouloir à son ancien professeur, non pas tant, lui semblait-il, parce que Klein lui avait froidement menti, mais parce qu'il avait failli à l'image qu'il s'en était faite. N'y avait-il donc personne en qui l'on puisse avoir confiance ?Etait-il si difficile de trouver sur cette terre un homme simple et droit ? Il en était là de ses réflexions, lorsque Tsila, un dossier vert sous le bras, un café dans une main et un petit pain frais dans l'autre, poussa la porte de son bureau.

CHAPITRE XVII

« Il n'y a qu'à prêcher le faux pour savoir le vrai. Dites-leur qu'on y a retrouvé leurs empreintes digitales ; vous verrez bien comment ils réagiront. Vous voulez peut-être que je vous fasse un dessin ? s'énerva Arié Lévy. Quant à Klein, il n'est pas question de le libérer ; en tout cas, pas avant qu'il soit repassé au détecteur de mensonges. Chaque jour, une nouvelle piste ; il y a de quoi devenir fou ! »

Sur ces mots, le divisionnaire se remit à siroter son café. Personne n'osa prendre la parole. Ohayon avait hâte de voir la réunion se terminer. A sa grande surprise, le grand chef n'avait fait aucun commentaire désobligeant sur la manière dont il avait conduit les interrogatoires de Klein. Il est vrai qu'il n'avait pipé mot de son déjeuner en tête à tête avec le professeur. De toute façon, ses collègues n'auraient pas compris pourquoi il désirait tant gagner l'amitié de cet homme. Les quatre nuits presque blanches qu'il venait de passer, sans parler de sa rupture avec Maya, lui avaient mis les nerfs à fleur de peau.

« Je veux un autre briefing avant votre départ, reprit Lévy en se tournant vers Ohayon. Avidan s'occupera de votre visa et du reste. Ce sera tout pour ce matin. »

A neuf heures et demie, Rouhama Shaï était de

nouveau dans son bureau et regardait d'un air excédé le magnétophone.

« Je n'ai jamais entendu cette cassette, répéta-t-elle.

— Pourtant, nous avons trouvé vos empreintes dessus, dit Ohayon.

— Je regrette, mais je n'ai pas d'explication à vous offrir. La dernière fois que j'ai vu Shaül, c'était jeudi matin, dans son bureau à l'université et je ne suis même pas montée dans sa voiture. »

Ohayon retira la cassette de l'appareil et la posa sur la table, devant elle. Une lueur traversa son regard.

« Je ne peux pas l'affirmer avec certitude, mais il est possible que je l'aie déjà vue. Peut-être dans le bureau de Shaül, ou chez lui. A moins que ce soit parmi les affaires de Touvia, dans sa serviette... Je ne sais plus. Oui, j'ai vu une cassette, sans étiquette, qui ressemblait à celle-ci. »

Visiblement, elle parlait en toute innocence, sans mesurer la portée de ses déclarations. Touvia avait-il vraiment été en possession de cette cassette et si oui, comment était-elle parvenue entre ses mains ?

« Votre mari a-t-il rencontré Ido Doudaï entre son retour des Etats-Unis et le jour où il a été assassiné ? se contenta-t-il de demander à haute voix.

— Oui, certainement, dit-elle en contemplant ses ongles ; ils se voyaient tout le temps, à l'université ou ailleurs.

— Où ça, ailleurs ? s'écria Ohayon.

— Eh bien, par exemple, mercredi dernier, après le séminaire du département, Ido est venu chez nous. Il voulait parler à Touvia. Je ne sais pas ce qu'ils se sont dit, car il était tard et je suis allée me coucher. »

Comme le lui avait rapporté Alfandari, qui était en contact avec les hommes chargés de la surveillance du domicile des Shaï depuis une semaine, elle passait presque tout son temps à dormir, pour oublier. « Ni courses, ni cuisine, ni visites, rien, elle dort ! Si, de temps en temps, il n'y avait pas des bruits de pas, on pourrait croire que la maison est vide. Elle et son mari ne s'adressent pas la parole ; au téléphone, lui ne parle que de son boulot ; elle, personne ne l'appelle. » Bref, ils se conduisaient comme s'ils avaient perdu le goût de vivre. Durant l'un de ses interrogatoires, Rouhama lui avait d'ailleurs confié : « Avant de rencontrer Shaül, je ne m'imaginais pas que je puisse perdre quelque chose. A présent, je sais que j'ai tout perdu. » Ses traits tirés, ses cernes sous les yeux, son regard éteint témoignaient amplement de son désespoir.

Ohayon referma la porte derrière elle et jeta un coup d'œil sur son agenda. Jeudi vingt-neuf juin. Touvia Shaï avait demandé que son « rendez-vous » soit reporté à une heure de l'après-midi. Il devait recevoir des étudiants, avait-il poliment expliqué à Tsila.

C'était donc maintenant au tour de Ruth Doudaï. Ohayon avait la quasi certitude que rien ne sortirait de ces nouveaux entretiens ; il commençait à bien connaître ces gens, leur mentalité, leurs faiblesses, leurs angoisses.

Comme il aurait pu le prédire, à peine entrée, Ruth Doudaï regarda ostensiblement sa montre et l'avertit d'une voix courtoise qu'elle n'avait pas beaucoup de temps, qu'elle devait rentrer chez elle pour prendre la relève de la baby-sitter. On l'empêchait même d'observer dans le recueillement les sept jours de deuil.

Ohayon regarda son visage lisse, son teint frais, ses yeux pétillants d'intelligence derrière ses lunettes rondes. Elle, au moins, n'avait pas de cernes sous les yeux. Elle n'avait pas changé depuis le jour où, en compagnie d'Ouzi Rimon, il lui avait annoncé la mort de son mari. « Certes, on ne réagit pas tous de la même façon devant le malheur, lui avait fait remarquer Balilti, un peu plus tôt, lors du briefing ; certains craquent moins vite que d'autres, mais cette bonne femme est du genre coriace. D'après les policiers chargés de sa surveillance, elle est très entourée : ses parents sont rentrés précipitamment de Londres et une de ses amies de l'armée s'est installée chez elle avec son gosse. Bref, sa maison ne désemplit pas. »

Elle fixait la cassette posée sur la table.

« Je ne sais pas. Toutes les cassettes se ressemblent. Ido ne s'en séparait jamais. Je ne vois pas comment celle-ci peut porter mes empreintes. »

Non, elle ne reconnaissait pas cette voix qui déclamait un vers de Tirosh. « Comme je vous l'ai déjà dit, Ido ne m'a rien raconté de son voyage aux Etats-Unis. Il est revenu complètement déboussolé. »

Elle ignorait à quelle heure Ido était rentré après le séminaire de département. Sans doute tard. Quand il avait allumé sa lampe de chevet, elle avait ouvert un œil, mais s'était aussitôt rendormie.

« J'avais renoncé à lui poser des questions. Si je le faisais, il se mettait en colère ; et moi, j'avais tellement honte, ajouta-t-elle, les larmes aux yeux. Quand il est parti pour son stage de plongée, je me suis réjouie, pensant que cela lui ferait du bien, qu'il redeviendrait comme avant. » Elle renifla et retira ses lunettes. « Et puis, il y avait Shaül... »

Ohayon comprenait son silence embarrassé. Après ce qui s'était passé, ce ne devait pas être facile de raconter comment, d'un cœur léger, elle s'apprêtait à retrouver un autre homme pendant l'absence de son mari.

« Je voulais à tout prix qu'Ido s'en aille quelques jours, poursuivit-elle. Il devenait insupportable. Et maintenant, j'ai tellement de remords ! »

Le visage enfoui dans ses mains, elle éclata en sanglots. Des mèches de cheveux s'échappaient de sa queue de cheval ; elle sentait bon comme un bébé au sortir du bain. Elle trouvera vite un homme disposé à la consoler, songea Ohayon, incapable d'éprouver la moindre compassion à son égard.

« Revenons à l'équipement de plongée de votre mari, dit-il. Tirosh est-il descendu dans le sous-sol de votre immeuble, à part les deux fois où il y était avec vous ?

— Comment voulez-vous que je le sache ? Il ne m'en a rien dit. Le sous-sol est toujours ouvert, n'importe qui peut y entrer. Insinuez-vous que c'est lui qui aurait trafiqué les bouteilles ? Qu'il tenait tant à moi qu'il se serait débarrassé de mon mari ? C'est absurde... D'ailleurs, poursuivit-elle, prise d'une soudaine illumination, il est mort avant Ido, alors, comment aurait-il pu... » Elle réfléchit un instant. « D'après vous, il aurait tout manigancé à l'avance ? Mais pourquoi ? Quelle raison aurait-il eue ? Sans compter qu'un voisin aurait pu le surprendre. »

Ohayon s'apprêtait à l'informer qu'ils avaient interrogé les voisins et qu'aucun d'eux n'avait rien remarqué, lorsque le téléphone intérieur sonna.

« Nous avons la liste, annonça Raphi. J'aimerais vous la montrer avant que vous ne receviez Shaï. Il y a quelque chose de bizarre.

— Tu peux venir maintenant. J'ai fini », dit Ohayon.

Aussitôt, Ruth Doudaï laissa tomber son mouchoir en papier dans la corbeille à côté du bureau et se leva.

Il l'accompagna jusqu'à la porte et jeta un coup d'œil dans le couloir. Touvia Shaï était assis dans la même position que les fois précédentes, le regard vide, l'air absent. Raphi arrivait à grands pas, un café dans chaque main et un mince dossier sous le bras. Ohayon referma la porte derrière lui.

« Je vous avais bien dit au briefing qu'on brûlait, patron. Ce Muallem, il se débrouille pas mal.

— Vas-y, raconte.

— Regardez vous-même », dit Alfandari en sortant la liste de toutes les commandes d'oxyde de carbone effectuées depuis le début du mois.

Il avait surligné en rouge les commandes passées

depuis Jérusalem. L'une venait d'un laboratoire médical privé, une autre de l'hôpital Sha'arei Tsedek et une troisième — deux petites bonbonnes — du « Prof. A. Klein, Université hébraïque de Jérusalem ».

Venaient ensuite le nom du fournisseur et la date de la commande : celle-ci avait été effectuée douze jours avant la mort d'Ido Doudaï, alors que Klein se trouvait encore à New York.

« Comment a-t-elle été réglée ? demanda Ohayon, en avalant une gorgée de café.

— Je reviens de Tel-Aviv où j'ai rencontré le fournisseur en personne, répondit Alfandari en repoussant la mèche qui lui retombait sur le front. La commande a été payée en liquide, par courrier. La secrétaire s'en souvenait bien, parce qu'en général le client effectue son règlement par chèque à la réception de la facture. Or cette fois-ci, l'argent avait été glissé dans l'enveloppe avec le bulletin de commande — une enveloppe ordinaire.

— A quelle adresse les bonbonnes ont-elles été envoyées ?

— Prof. Arié Klein, Département de Littérature hébraïque, Université de Jérusalem. Quand un colis est trop volumineux, le bureau de poste du campus dépose un avis dans la boîte aux lettres du destinataire, afin qu'il vienne le retirer. Je suis donc allé au bureau de poste : un paquet est bien arrivé au nom de Klein et quelqu'un est venu le chercher. Naturellement, la signature est illisible.

— Tu as interrogé l'employée ?

— Evidemment. Elle ne se souvient pas. Elle a relevé un numéro de carte d'identité, mais sans comparer les signatures, car tous les usagers de ce bureau travaillent à l'université. Bref, à partir de maintenant, elle fera attention. J'ai vérifié le numéro, il n'appartient à aucune des personnes que nous avons interrogées jusqu'ici.

— Puisque Klein était aux Etats-Unis, qui savait

qu'il allait recevoir un paquet ? dit Ohayon qui réfléchissait tout haut en pianotant sur son bureau. Qui a pris l'avis de la poste dans sa boîte aux lettres ? Qui était chargé de son courrier ?

— Je ne sais pas. J'ai essayé de me renseigner, mais la secrétaire n'était pas là et personne d'autre ne semble au courant.

— Et son assistante ?

— Elle a pris un congé pour réviser ses examens. Elle est sans doute chez elle. Vous voulez que j'y aille ?

— Qui t'a dit qu'elle était en congé ?

— La grosse bonne femme, Zellermaier. Je l'ai rencontrée devant le secrétariat. Elle était en rogne.

— Pourquoi ?

— Parce que le secrétariat était fermé, Adina Lipkine ayant justement choisi le jour où Racheli était absente pour aller chez le dentiste. Un sacré numéro, cette Zellermaier ! »

Ohayon essaya de joindre Klein à son domicile, à son bureau. Pas de réponse.

« De toute façon, dit Alfandari en se renversant sur son siège, il était aux Etats-Unis. Certes, il aurait pu faire l'aller et retour, mais ça me semble un peu tiré par les cheveux.

— On va vérifier. Pour le moment, l'important, c'est de savoir qui était chargé de relever son courrier pendant son absence. Je crois que j'ai une petite idée.

— Madame Lipkine est chez le dentiste, lui rappela Raphi.

— Elle finira bien par revenir. Demande à Tsila de téléphoner au secrétariat toutes les dix minutes. Toi, essaie de trouver son assistante. Pas besoin de la ramener ici, je la verrai à l'université. Et maintenant, fais entrer Touvia Shaï. »

Alfandari ramassa les tasses vides, jeta un coup d'œil à la liste qu'Ohayon pliait soigneusement avant de la mettre dans sa poche et se dirigea vers la porte.

« Beau travail, Raphi », dit Ohayon, conscient que son compliment venait un peu tard.

Il n'eut pas le loisir de battre plus longtemps sa coulpe, car déjà Touvia Shaï prenait place en face de lui. De nouveau, il eut la nette impression que cet homme était indifférent à ce qui se passait autour de lui, que son esprit était ailleurs. Il lui montra la cassette. Shaï la regarda sans manifester le moindre trouble. Ohayon l'inséra dans le magnétophone et appuya sur le bouton. Dès que la voix éraillée se fit entendre, Shaï sursauta, mais son visage reprit aussitôt son impassibilité.

« Vous connaissez ? demanda Ohayon.

— Je connais tous les poèmes de Tirosh, répondit Shaï en haussant les épaules.

— Là n'était pas ma question. »

Shaï ne réagit pas.

« Je parlais de cette voix. Vous la connaissez, vous l'avez déjà entendue ? »

Silence.

« Cette cassette porte vos empreintes. »

Shaï leva un sourcil poli.

« J'en déduis que vous ne niez pas avoir touché cette cassette.

— Vous vous trompez. Mais que vaut ma parole contre des empreintes ?

— Votre femme affirme qu'elle l'a vue dans votre serviette jeudi dernier, avant votre départ pour l'université. »

Shaï haussa de nouveau les épaules, geste qui commençait à taper sur les nerfs d'Ohayon.

« En outre, dans votre précédente déclaration, vous avez dit avoir vu Ido Doudaï pour la dernière fois mercredi soir, lors du séminaire de département. »

Shaï hocha la tête.

« Mais vous m'avez caché qu'il est venu chez vous après le séminaire, pour s'expliquer sur son étrange comportement à la tribune. »

Shaï ne bronchait toujours pas.

« En gardant le silence, vous ne vous abaissez pas à mentir. Cependant, monsieur Shaï, je crains que vous ne puissiez persister dans cette attitude. Votre alibi est très fragile. »

Soudain, Shaï se décida à ouvrir la bouche :

« Si je l'avais tué, déclara-t-il avec fougue, je me serais arrangé pour avoir un alibi plus crédible. Je regrette, je ne savais pas alors que j'aurais besoin de témoins. »

Ohayon ne releva pas l'ironie. Il alluma une cigarette et continua à scruter ce visage dont il commençait à connaître les moindres détails.

« De quoi avez-vous discuté avec Ido Doudaï après le séminaire ?

— De questions personnelles », répondit Shaï d'un ton boudeur.

Un instant, Ohayon put voir, derrière l'adulte, l'enfant que Shaï avait été, peu gracieux, vieux avant l'âge.

« Auriez-vous l'amabilité de préciser ?

— Pourquoi ? Cela n'a rien à voir avec votre enquête, rétorqua Shaï en colère. Et ne me dites pas que c'est à vous de décider si ça a un rapport ou si ça n'en a pas. »

Ohayon ne pouvait détacher son regard de ses petits yeux d'une couleur indéfinissable.

« Il hésitait à poursuivre sa thèse ; il souhaitait mon avis », dit finalement Shaï, comme à regret.

Ohayon eut beau le presser de s'expliquer, il se heurta à un mur. « Ido ne m'a pas donné de raison, il m'a simplement dit qu'il traversait une crise », se contentait de répéter Shaï.

Ohayon revint alors aux empreintes digitales et à cette voix qui déclamait avec un fort accent russe, mais Touvia n'avait rien à ajouter. Il ne se souvenait pas d'avoir eu cette cassette entre les mains. Il n'avait jamais entendu cette voix. Il ignorait que cette cassette appartenait à Ido.

Non, Ido ne lui avait pas parlé de Tirosh. Ce soir-là, il n'avait même pas mentionné son nom.

Ohayon l'interrogea une fois encore sur son alibi.

« Je vous ai tout dit. A ce propos, je me permets de vous faire remarquer que je ne suis pas le seul à ne pas avoir de témoins. Shoulamit Zellermaier n'en a pas non plus, et je suis sûr qu'il en va de même de Ruth Doudaï et de tous les autres. Quelqu'un de normal ne regarde pas sa montre à chaque instant de la journée, il ne passe pas son temps à chercher des témoins.

— Comment savez-vous pour Mme Zellermaier ? »

Cette question sembla l'embarrasser.

« L'autre jour, au secrétariat, nous parlions d'alibis. Shoulamit a dit en riant que personne ne pouvait jurer qu'elle était à la maison, car son père faisait la sieste. Dita Fuchs, elle, ne riait pas du tout, Kalitzki semblait paniqué et Sarah Amir s'efforçait de se rappeler l'heure à laquelle elle était sortie du supermarché. Bref, vous nous avez tellement traumatisés, que chacun d'entre nous examine ses actes à la loupe, alors qu'il n'a rien à se reprocher. »

Le téléphone noir sonna. C'était Tsila.

« Très bien, dis-lui que j'arrive », dit Ohayon, en se levant.

Touvia Shaï avait les yeux rivés au sol.

« J'aimerais que vous veniez avec moi. Nous allons refaire ensemble le chemin que vous avez emprunté vendredi dernier, en sortant de la Cinémathèque. »

Shaï se leva à son tour et, avec une surprenante docilité, suivit Ohayon dans le couloir.

« Nous allons d'abord faire un saut à l'université. J'ai une ou deux questions à poser à Mme Lipkine ; vous m'attendrez dans la voiture », dit Ohayon en faisant démarrer sa Ford.

Il était deux heures passées, lorsqu'il se gara dans le parking du mont Scopus. Adina Lipkine l'accueillit, une main douloureusement pressée contre sa joue.

« La clé de la boîte aux lettres du professeur Klein ? répéta-t-elle interloquée. Mais il est rentré des Etats-Unis !

— Pendant son absence, que se passait-il quand quelqu'un vous la demandait ?

— Ah, c'est autre chose. Tous les jours, je relevais moi-même son courrier. »

Ohayon s'imaginait parfaitement le rituel. Comme si elle lisait dans ses pensées, elle précisa :

« A treize heures, après avoir bu mon café, j'allais vider sa boîte. J'ouvrais les lettres administratives, les autres, je les lui envoyais tous les quinze jours. Ainsi que nous l'avions convenu.

— Vous êtes sûre que personne d'autre n'avait accès à sa boîte ?

— Oui, j'étais la seule à avoir la clé.

— Et si vous aviez un empêchement ?

— Impossible. Même quand j'ai de la fièvre, je viens travailler, sinon, ce serait le chaos, dit-elle, remplie d'horreur à cette seule perspective. Oui, ajouta-t-elle en se ravisant. Je reconnais m'être absentée deux ou trois fois pour aller chez le dentiste — il ne reçoit que jusqu'à quatorze heures. Ces jours-là, je ne ramassais pas son courrier.

— Où la rangiez-vous ?

— La clé ? Ici, dans le tiroir du haut, parce que celui du bas...

— Autrement dit, n'importe qui pouvait la prendre ? l'interrompit Ohayon.

— En effet, tout le monde savait où elle était rangée, concéda-t-elle.

— Et Racheli ?

— Racheli connaissait la procédure, répliqua-t-elle, comme si elle parlait d'un animal bien dressé. Mais elle n'aurait jamais ouvert la boîte de sa propre initiative. »

Avec une synchronisation parfaite, Raphi ouvrit la porte et annonça :

« La voilà. »

Ohayon sortit et vit une mince silhouette en robe d'été et en sandales, les bras chargés de livres. Cédant sa place à Raphi, il alla la rejoindre. Le couloir était désert.

« J'aimerais vous poser une question », dit Ohayon à voix basse.

Pâle, adossée contre le mur, Racheli lui lança un regard intrigué.

« A propos de la clé de la boîte aux lettres d'Arié Klein », dit-il en continuant de surveiller les alentours.

La jeune fille se pencha, déposa ses livres sur le sol en marbre et se redressa.

« Oui ? » chuchota-t-elle en levant la tête sur lui.

Leurs regards se croisèrent.

« Vous est-il arrivé de relever son courrier ?

— Oui, bien sûr, répondit-elle après un bref silence. Les rares fois où Adina n'était pas là. Bien que ce ne fût pas dans mes attributions.

— Essayez de vous rappeler s'il y a eu, ces derniers temps, un colis pour lui, ou un avis de la poste à son nom. »

Elle réfléchit quelques secondes.

« Je suis incapable de vous le dire. Je déposais le courrier sur le bureau d'Adina sans le regarder. »

Se souvenant qu'un peu plus loin, il y avait un banc, il lui proposa d'aller s'asseoir pour bavarder un moment. Elle ramassa ses livres et le suivit, tout émue.

« Soyez gentille, faites un effort. Un jour, quelqu'un vous a-t-il demandé cette clé ? »

Surprise, elle rougit, puis répondit avec assurance :

« Il y a deux semaines, ou plutôt trois, le professeur Tirosh est venu me voir. Il voulait vérifier si l'article qu'il avait écrit en collaboration avec le professeur Klein était arrivé. Vous comprenez, je ne pouvais pas refuser de donner la clé au chef du département.

— Il a trouvé ce qu'il voulait ? Vous avez vu l'article ?

— Je ne sais pas, répondit-elle en haussant les épaules. Il m'a rendu la clé sans rien dire.

— Combien de temps s'est écoulé entre le moment où vous la lui avez remise et celui où il vous l'a rendue ? demanda Ohayon qui sentait la sueur lui couler le long du dos.

— De cela, je me souviens très bien. J'avais oublié de la lui redemander, car, ce jour-là, j'étais débordée ; je lui ai donc téléphoné le lendemain ; j'avais peur qu'Adina ne s'aperçoive de sa disparition. Il me l'a rendue aussitôt. Je comprends que je n'aurais pas dû la lui prêter, mais je n'avais pas le choix.

— Quand était-ce précisément ?

— J'ai oublié, mais je sais qu'Adina avait rendez-vous chez le dentiste deux jours de suite pour se faire poser un bridge. Cela ne devrait pas être difficile à retrouver. »

Ils étaient assis tout près l'un de l'autre. Elle est si fraîche, si innocente, elle sent si bon, songea Ohayon. Dommage qu'elle soit si jeune. Il se leva en soupirant. Racheli resta immobile sur son banc.

Ils roulèrent jusqu'à la Cinémathèque, où Ohayon gara sa voiture. Une fois de plus, Touvia Shaï affirma qu'il en était sorti vers seize heures trente. A pied, ils empruntèrent l'allée qui descendait vers la porte de Jaffa.

« D'habitude, cela vous prend combien de temps ? demanda Ohayon.

— Cela dépend. Une heure — ou deux, si je m'arrête en chemin.

— Vous avez un endroit préféré pour vous arrêter ?

— J'en ai plusieurs. Vous voulez voir où j'étais vendredi dernier ? »

Ils marchaient en silence, échangeant quelques propos de temps à autre.

« Vous saviez qu'il travaillait sur *Shira* ? demanda Ohayon en prenant soin d'accentuer la première syllabe.

— Le roman d'Agnon ? s'exclama Shaï en s'arrêtant net.

— Oui, c'est bien ce que nous avons cru comprendre.

— Je n'étais pas au courant, dit-il, stupéfait.

— Alors, comment expliquez-vous la note que nous avons trouvée sur son bureau ? »

Shaï regarda le commissaire avec curiosité et reprit sa marche, avant de déclarer soudain :

« Il n'a jamais écrit une ligne sur Agnon. Et d'abord, qui vous a dit qu'il s'agissait de *Shira* d'Agnon ?

— Aharonovitz.

— Aharonovitz se fait parfois des idées, marmonna Shaï. Je ne prétends pas qu'il se trompe, mais personnellement, je l'ignorais.

— Supposons que ce soit vrai, que voulait-il dire, selon vous ?

— Aucune idée.

— J'ai appris, dit Ohayon, alors qu'ils n'étaient plus très loin de la route principale menant à Ramat Eshkol, que votre département préparait une soirée en hommage à Tirosh et à Doudaï le mois prochain. »

Shaï confirma d'un signe de tête.

« C'est vous qui l'organisez ?

— Non, je crois que c'est Klein.

— Mais sans doute y prendrez-vous la parole ?

— Sans doute, au même titre que d'autres », répondit Shaï en haussant les épaules.

Après une heure de marche rapide, ils avaient atteint la colline des Munitions. Il était quatre heures et demie. Ils firent le tour du lycée René Cassin. Touvia Shaï s'arrêta et lui montra un monticule de terre desséchée.

« Je suis resté assis là un long moment.

— C'est-à-dire ? s'enquit Ohayon en allumant une cigarette.

— Je ne sais pas. Jusqu'à la tombée de la nuit, peut-être.

— Nous sommes partis de la Cinémathèque à trois heures et demie. Il nous a fallu une heure pour arriver jusqu'ici. Vous, vous êtes parti de la Cinémathèque vers quatre heures et demie. Vous êtes donc arrivé vers cinq heures et demie. En été, la nuit tombe tard. Vous voulez me faire croire que vous êtes resté ici trois ou quatre heures ? »

Touvia Shaï acquiesça.

« Qu'avez-vous fait pendant tout ce temps ? demanda Ohayon, toujours incrédule.

— J'ai réfléchi. J'avais besoin d'être seul.

— Seul ? » répéta Ohayon.

Shaï garda le silence.

« A quoi avez-vous réfléchi ? »

Touvia Shaï lui lança un regard furieux, comme si le commissaire lui posait une question particulièrement indiscrète. Puis, son visage se détendit et il esquissa un sourire.

« Regardez comme la ville est belle du haut de cette colline, dit-il de sa voix monocorde. Le soir, vous pouvez voir les rues se vider peu à peu ; la lumière du jour pâlit, les bruits s'éteignent progressivement. C'est magnifique. »

Ohayon le dévisagea en silence : « Touvia n'est pas sensible aux beautés de la nature », lui avait dit Klein.

« Où allez-vous maintenant ? lui demanda-t-il.

— A l'université », répondit Shaï d'un ton las qui signifiait manifestement : Là ou ailleurs, quelle importance ?

« La situation est la suivante, dit Ohayon en guise de résumé, tandis qu'Arié Lévy continuait de le fixer d'un air désapprobateur. Il reste encore quelques points de détail à éclaircir, comme cette signature que nous avons transmise à l'expert en écritures, puisque l'employée des postes ne se souvient pas qui est venu retirer le paquet. Néanmoins, nous pouvons déjà avancer une conclusion : c'est Tirosh qui a assassiné Ido Doudaï. Le meurtre de Doudaï et celui de Tirosh ont un rapport avec le contenu délibérément effacé de cette cassette, ce que confirme la commande de bonbonnes de gaz. Le mobile lui-même n'est pas encore apparent, mais nous tenons un début de piste.

— Seulement un début de piste ? dit Arié Lévy avec dédain. Vous venez de nous affirmer que Doudaï avait réuni des informations compromettantes sur Tirosh.

— Oui, mais nous ne savons pas encore lesquelles, intervint Balilti.

— Donc, dit Elie Bahar, les sourcils froncés, ce serait Tirosh qui aurait trafiqué les bouteilles ? Mais s'il n'avait pas été assassiné, comment s'en serait-il sorti ? Qu'est-ce qu'il s'imaginait ? Que la police ne découvrirait jamais son forfait ?

— Comme tous les assassins, il croyait sans doute avoir concocté un crime parfait, répliqua Ohayon.

— Un homme de son intelligence ? insista Bahar. S'il s'était fait adresser les bonbonnes à la poste centrale sous un faux nom, il aurait couru moins de risques de se faire prendre. Qu'avait-il besoin de passer par la boîte aux lettres de Klein à l'université ?Ça me sidère.

— Peut-être voulait-il incriminer Klein ? » remarqua Avidan, après un instant de réflexion.

Arié Lévy poussa un soupir et jeta un regard interrogateur à Ohayon.

« J'ignore comment il se serait défendu s'il était encore de ce monde, finit par déclarer Ohayon, mais le fait est que Klein a assuré ses cours à l'université Columbia jusqu'au dernier moment et ne s'est pas absenté un seul jour. Par conséquent, nous pouvons au moins être sûrs que ce n'est pas lui qui a tué Doudaï.

— Peut-être avait-il un complice... Tirosh, par exemple... » suggéra Balilti, mais personne ne parut faire grand cas de cette hypothèse.

« Je suppose qu'on ne retrouvera jamais les bonbonnes vides, dit Tsila.

— Après trois semaines, tu veux rire ? dit Alfandari en secouant la tête. Naturellement, nous avons fouillé partout, chez lui, dans sa remise, à l'université, dans les poubelles et même dans la décharge municipale. Ç'eût été trop beau.

— Et si Klein et Tirosh étaient de mèche ? dit Balilti en revenant à la charge. Doudaï avait peut-être appris des choses sur eux deux.

— Trêve de spéculations, grogna Arié Lévy. Espérons que nous y verrons plus clair après le retour d'Ohayon. Trop de questions restent encore en suspens. Qui a tué Tirosh ? pour ne citer que celle-là. Notre brillant commissaire ne semble pas avoir beaucoup avancé de ce côté-là. Chacun travaille à son rythme...

— J'ai l'intention de retourner à la Cinémathèque afin de revérifier l'alibi de Touvia Shaï, dit Elie Bahar. Je n'ai pas encore pu interroger le projectionniste : il est à l'armée depuis le début de la semaine pour sa période de réserve. J'aimerais aussi en savoir davantage sur les gens qui fréquentent cette salle, en particulier le vendredi après-midi.

— C'est un repaire de gauchistes qui attire toutes sortes d'intellos, marmonna Arié Lévy.

— On ne peut quand même pas passer une annonce dans le journal invitant tous ceux qui ont assisté à cette séance à venir se présenter au commissariat de police le plus proche, dit Tsila en lançant un clin d'œil de connivence à Elie.

— Si j'ai bien compris ce que m'a dit Klein, le meurtre de Tirosh aurait un certain rapport avec ses poèmes, murmura Ohayon.

— Ses poèmes ! rugit Arié Lévy en se levant brusquement. Vous avez vraiment besoin de changer d'air, Ohayon, ça vous remettra les idées en place. Des poèmes, on aura tout vu ! »

Personne ne broncha ; Balilti semblait perdu dans des abîmes de perplexité.

Quand Ohayon regagna son bureau, Elie Bahar l'attendait déjà avec une grosse enveloppe brune et un étui en plastique vert.

« L'avion décolle à huit heures demain matin. Il y a un décalage horaire de sept heures. Vous arriverez dans la matinée, ce qui vous fera gagner une journée. Tenez, voilà le billet et votre passeport avec le visa. Ne l'oubliez pas. Shatz viendra vous chercher à l'aéroport Kennedy. Il y a aussi des dollars dans cette enveloppe. Pensez à garder les reçus de vos dépenses et à confirmer votre vol de retour prévu pour vendredi en huit. Pourquoi riez-vous ?

— Tu fais très mère poule. Ta femme est en train de déteindre sur toi.

— J'ai vécu deux ans à New York, protesta Bahar. Croyez-moi, vous allez avoir un choc en débarquant à JFK. Mais je ne voulais pas...

— Non, non, c'est très sympa de ta part, le rassura Ohayon. Je n'arrive pas encore à réaliser que je pars dans quelques heures. Youval est en excursion, il doit rentrer demain ; est-ce que tu pourrais le prévenir ? Je lui téléphonerai de là-bas.

— Pas de problème, patron, on veillera sur lui. Rien d'autre ?

— Garde un œil sur Klein, et sur tous les autres. Je veux que l'équipe continue à se réunir régulièrement, et que Tsila tape les rapports de surveillance pour que je puisse les consulter à mon retour. S'il y a du nouveau, n'hésite pas à m'appeler. Racheli doit venir signer sa déposition. A tout hasard, redemande à Klein s'il n'a pas passé une commande d'oxyde de carbone. Essaie de le cuisiner un peu.

— Ça roule, patron, dit Bahar, après avoir soigneusement noté toutes les instructions d'Ohayon. Vous devriez aller vous coucher. Il est déjà dix heures du soir et il faut que vous soyez à l'aéroport à six heures. Si vous attendez une réponse de l'Identité judiciaire au sujet de cette signature, votre nuit sera très courte. »

Son inspecteur ne croyait pas si bien dire. L'expert en écritures lui expliqua en détail pourquoi, selon lui, ce vague gribouillis pouvait appartenir à Tirosh. « Même s'il voulait maquiller son écriture, Klein, qui est gaucher, n'aurait pas formé cette lettre de cette façon, dit-il en montrant le K. C'est impossible. En revanche, bien que je ne sois pas prêt à le jurer devant un tribunal, cela ressemble davantage à ce qu'aurait pu faire Tirosh. »

Elie Bahar raccompagna Ohayon chez lui et, malgré ses protestations, insista pour venir le reprendre le lendemain, afin de le conduire à l'aéroport.

Vers deux heures du matin, après avoir rassemblé quelques effets dans une petite valise et compris qu'il ne parviendrait pas à trouver le sommeil, Ohayon étala sur la table de sa cuisine les procès-verbaux de toutes les réunions du département de littérature de l'année écoulée. A cinq heures, lorsque Bahar revint, il était rasé, douché et prêt. Il avait les yeux rouges, mais aussi, lui semblait-il, une idée plus claire des rapports entre les membres du département. Tandis qu'ils roulaient vers l'aéroport Ben Gourion, il fit part de ses découvertes à son inspecteur.

« Très intéressants, ces procès-verbaux. C'est fou ce qu'on peut y apprendre. Par exemple, j'ai lu toute une discussion qui portait sur les avantages comparés du contrôle continu et de l'examen en fin d'année.

A cette occasion, j'ai pu me rendre compte à quel point Tirosh était un homme autoritaire qui n'hésitait pas à rembarrer ses collègues. J'ai également remarqué une certaine animosité entre Shoulamit Zellermaier et Dita Fuchs. Chaque fois que Dita Fuchs émet un avis, Zellermaier prend le contre-pied et, immanquablement, Kalitski vient à la rescousse de Fuchs. »

Tout en conduisant, Elie Bahar l'écoutait attentivement.

« Durant l'année entière, poursuivit Ohayon, Touvia Shaï a constamment apporté son soutien aux propositions de Tirosh, même les plus provocatrices. Or, figure-toi que, lors de la dernière réunion, non seulement il n'a pas ouvert la bouche, mais il s'est abstenu sur les deux votes concernant des modifications dans l'organigramme du département. »

Elie Bahar se rangea devant l'entrée de l'aéroport. Les deux hommes descendirent de voiture.

« Tout ça pour dire, expliqua Ohayon en prenant Bahar par le bras, que l'étrange attitude de Touvia Shaï n'a apparemment rien à voir avec le chagrin que lui aurait causé la disparition de Tirosh. Lui qui ne manque jamais de prendre la parole, ne serait-ce que pour abonder dans le sens de Tirosh, a fait preuve, lors de cette réunion qui, je te le rappelle, s'est tenue avant les faits, d'une indifférence inhabituelle. Les minutes ont été prises par Tsipi Lev-Ari, de manière très précise, semble-t-il. »

Une lueur apparut dans les yeux verts d'Elie Bahar :

« Il avait peut-être la migraine. »

Ohayon garda le silence. Il avait l'impression qu'ils avaient échangé leurs rôles, qu'Elie Bahar avait pris sa place et se sentait investi de sa protection.

« Pour quelqu'un qui va à New York pour la première fois de sa vie, vous ne manifestez guère d'enthousiasme, remarqua soudain Bahar.

— Parce que tu crois que j'aurai le temps de faire du tourisme ?

— Quand même, répliqua Elie, quand même. »

Le tableau d'affichage annonçait que le vol pour New York avait été retardé d'un quart d'heure. Malgré l'air conditionné, il faisait chaud et humide dans le hall. Une adolescente flanquée de ses parents n'arrêtait pas de vérifier son passeport ; un homme et une femme ultra-orthodoxes, une tripotée d'enfants accrochés à leurs basques — lui en cafetan et en chapeau à larges rebords, elle enceinte et l'air exténué —, resserraient les sangles de leurs valises pleines à craquer ; derrière eux, trois étudiants ployant sous le poids de leur sac à dos faisaient la queue devant l'enregistrement des bagages. Des passagers sortaient des magasins hors taxe, les bras chargés de pochettes en plastique et se hâtaient vers le contrôle de sécurité. Les haut-parleurs claironnaient les départs et les arrivées.

« En fait, comme beaucoup de gens, j'adore les aéroports, dit Ohayon en terminant son café. On a l'impression d'être déjà dans un autre pays. Chaque aéroport a ses bruits, ses odeurs.

— Comme je vous envie de pouvoir partir. J'aimerais tant passer une semaine à New York, soupira Elie.

— Même pour le boulot ?

— Oui, cela ne me dérangerait pas. Qui sait quand je pourrai me payer un voyage à l'étranger ?

— Le père de Nira, mon ex-femme, répétait souvent ce vieux proverbe polonais : "Un cheval a beau traverser l'océan, il reste toujours un cheval."

— Oui, je sais, dit Elie avec un sourire, vous prétendez que les hommes sont partout pareils, mais on verra ce que vous direz à votre retour de New York. »

CHAPITRE XVIII

Il se réveilla lorsque le commandant de bord annonça en hébreu, puis en anglais, qu'ils tournaient au-dessus de l'aéroport Kennedy en attendant l'autorisation d'atterrir.

Une épaisse brume empêchait de voir le paysage. Ohayon se passa la main sur la joue, mais la longue file qui s'étirait devant les toilettes le dissuada d'aller se raser.

Il repensa à Shatz, qui dirigeait le service de répression du banditisme lorsqu'il était entré dans la police, à son visage poupin, à ses yeux gris et froids. Son ambition et sa cupidité étaient légendaires. Même Balilti se plaignait de la rudesse avec laquelle il traitait ses collègues et critiquait ses manières grossières. Shorer l'avait surnommé « l'arriviste ». « Inutile de le saluer de ma part, l'avait averti Balilti. Surtout, ne lui achetez rien, ni hi-fi, ni appareils ménagers. Tous ceux qui passent le voir à New York reviennent chargés des derniers gadgets. Et ne vous laissez pas entraîner dans un night-club, avait-il ajouté avec un sourire en coin, il serait capable de vous débaucher... »

Cette vision de Shatz avait chassé le rêve oppressant qu'il venait de faire. Il en avait oublié les détails, se souvenait seulement qu'il concernait Maya. Avant de fermer les yeux, il avait observé pendant quelques instants la jolie blonde assise à côté de lui, dont le parfum lui rappelait celui de Maya. Mais là s'arrêtait la ressemblance.

Après son divorce, prendre l'avion avait longtemps été associé dans son esprit à l'idée de rencontres amoureuses, d'agréables aventures sans lendemain. Mais maintenant que Maya l'avait quitté, il ne pouvait plus penser aux femmes sans angoisse. Jour et nuit, une douleur sourde le taraudait ; il était hanté par sa voix, son rire, l'odeur de sa peau. Il l'entendait plaisanter, se mettre en colère, susurrer des mots d'amour. Ils n'avaient jamais voyagé à l'étranger ni pris de vacances ensemble. A la réflexion, il n'avait jamais passé plus de vingt-quatre heures d'affilée avec elle, ni même une nuit entière. Au bout de quelques heures, elle devait toujours se dépêcher de rentrer chez elle.

A l'aéroport Kennedy, on ne lui fit grâce d'aucune formalité. La police américaine contrôla longuement son passeport et ses bagages, comme s'il était un immigrant en puissance.

« Aux Etats-Unis, la loi, c'est la loi. Les combines, ça ne marche pas. J'ai beau connaître plein de monde ici, j'ai rien pu faire », dit Shatz, qui transpirait abondamment dans sa saharienne beige.

Fatigué, Ohayon le suivit sans un mot jusqu'au parking.

« Une vieille Pontiac, dit Shatz en ouvrant la portière de sa grosse américaine. En principe, je devrais te conduire directement à La Guardia, d'où part ton vol pour la Caroline du Nord, mais ce serait dommage que tu n'aies pas un aperçu de Manhattan avant de reprendre l'avion. »

Tout en roulant, Shatz se lança dans un discours enthousiaste sur les avantages de son poste.

« Il n'y a qu'un seul représentant de la police israélienne aux Etats-Unis, ton serviteur ici présent. Ça n'a pas été du gâteau pour décrocher cette nomination, mais je crois que je le méritais. Quelle ville, mon vieux ! »

Il s'exprimait dans un étrange mélange d'hébreu et d'anglais. De temps en temps, il lui montrait un monument, citait un nom, indiquait une direction.

« Quatre-vingt-quatorze pour cent d'humidité et trente-cinq degrés à l'ombre, l'enfer, précisa Shatz, mais crois-moi, c'est quand même mieux qu'à Tel-Aviv. Ici, tout est à l'air conditionné, même les bagnoles ! »

Ohayon était littéralement abruti. La chaleur qui l'avait assailli à la sortie de l'aéroport, les autoroutes à quatre, six, dix voies, la lumière gris-vert, les gratte-ciel qui se dessinaient au loin, les dizaines de limousines aux vitres opaques, les centaines de taxis jaunes qui les doublaient à toute allure, lui donnaient le tournis.

Shatz se faufilait avec beaucoup d'habileté dans le flot de la circulation.

« Ne t'inquiète pas. On arrivera à La Guardia à temps. Au retour, si tu veux, je viendrai te chercher. Je ne vois pas pourquoi tu ne resterais pas un jour ou deux à prendre du bon temps à New York. Je pourrais t'emmener dans une boîte », dit-il avec un sourire égrillard.

S'il n'avait pas eu un visage aussi gras, il aurait peut-être été présentable, songea Ohayon. Mais ses traits bouffis, ses yeux rusés et la sueur qui lui dégoulinait de partout, malgré la climatisation, inspiraient la répulsion.

« O.K., si tu peux pas, tu peux pas. Néanmoins, si jamais tu changes d'avis...

— Pas question, répondit Ohayon en regardant par la vitre.

— Et ton shopping, tu vas le faire quand ? Surtout, n'achète rien à l'aéroport, ce sont des voleurs. Je connais une boutique sur Lexington où on trouve de tout. Si tu veux, je peux m'en charger, tu n'auras même pas besoin de te déranger.

— On verra plus tard, marmonna Ohayon.

— Tu serais pas un peu nerveux ? Le type que tu

veux voir, l'avocat, t'attend ; le Russe aussi, mais, je te préviens, il est à l'article de la mort. L'avocat lui rend visite tous les jours à l'hôpital. Crois-moi, ça n'a pas été facile de lui mettre la main dessus. »

En regardant cette lumière gris-vert, Ohayon ne pouvait s'empêcher de penser au film *Blade Runner,* à son atmosphère glauque et déprimante, à la violence qui baignait chaque scène, au sentiment d'aliénation dont souffrait le héros.

« Méfie-toi du *jet lag*. Il faut être en forme pour conduire un interrogatoire. D'après ce que j'ai lu dans les journaux, tu n'as pas beaucoup avancé sur cette enquête.

— C'est une affaire compliquée, dit Ohayon sans se vexer.

— Il paraît que tu es la grande vedette, là-bas, la star des médias. Mais attention : on dégringole aussi vite qu'on a grimpé. Ne te fie pas à mon exemple : je fais partie des intouchables.

— Peut-être pourriez-vous me parler de cet avocat ? Que savez-vous de lui ?

— Puisque tu y tiens, répondit Shatz un peu refroidi. Max Lowenthal, soixante et un ans, né en Russie, juif naturellement ; ses parents ont émigré aux Etats-Unis alors qu'il était enfant. Diplômé de la faculté de droit de Harvard, il habite à Chapel Hill, un bled perdu en Caroline du Nord, où il enseigne le droit à l'université. Il milite dans l'ACLU. Tu connais ? »

Ohayon fit signe que non.

« C'est l'American Civil Liberties Union, une association qui défend les libertés civiques. Lowenthal aurait pu devenir un avocat célèbre ; au lieu de cela, il a décidé de consacrer sa vie à la défense des droits de l'homme. Cela ne l'empêche pas d'être plein aux as. Il possède une grande baraque à Chapel Hill, et une résidence secondaire sur une île. Tous les ans, il va skier en Suisse. Il donne aussi beaucoup d'argent pour Israël. On a un dossier complet sur lui ; il a milité un peu partout, voyagé à l'arrière des bus lorsque ces places étaient encore réservées aux Noirs dans le Sud, tu vois le genre. En Israël aussi, il y a des zigotos comme lui ! ricana Shatz.

— Quels sont ses liens avec le Russe que je veux rencontrer ?

— Je ne sais pas exactement, mais ce Lowenthal connaît beaucoup de monde en Russie ; il a d'ailleurs écrit un livre sur les Juifs de là-bas, et, à une époque, il a fait sortir clandestinement quantité de manuscrits. Il te racontera tout ça lui-même. Ton Russe s'appelle... » Shatz hésita et sortit finalement un bout de papier de la poche intérieure de sa veste : «... Ah oui, Boris Zinger. Il a été interné dans le même camp que le poète auquel s'intéressait tant ce jeune prof d'université, Doudaï. Il a passé trente ans dans les geôles soviétiques ; c'est Lowenthal qui a réussi à le faire libérer. J'ai tous les renseignements par écrit, dit-il d'un ton agressif comme s'il craignait qu'on puisse mettre en doute la fiabilité de ses informations. Attends une minute, je dois faire attention à ne pas rater la sortie pour La Guardia. »

Ils roulèrent en silence jusqu'à un immense parking. Shatz entra le premier dans l'aéroport, consulta le tableau d'affichage et dit avec satisfaction en s'épongeant le visage avec un vieux Kleenex : « Tu as encore une demi-heure. Viens, je te paie un verre. »

Ils s'assirent sur de hauts tabourets devant le comptoir d'un bar. Oyahon commanda un café. Tout en buvant ce liquide insipide, il se demandait si Shatz avait commandé un Scotch pour l'impressionner ou s'il avait vraiment l'habitude de boire dès le matin.

« Ce Zinger n'est plus qu'une loque, dit Shatz en s'éclaircissant la voix. Il a le cœur dans un sale état. Il a fallu que je bataille ferme avec Lowenthal, que je lui parle de ton enquête et de tout le bataclan, pour qu'il accepte que tu l'interroges, et encore à condition qu'il fixe lui-même l'heure et la durée des visites.

Je me suis arrangé pour qu'il vienne te chercher à l'aéroport, qui est loin de la ville. A propos, qu'est-ce que c'est que cette histoire de cassette ? C'est vrai qu'elle contenait des preuves que vous avez effacées ?

— Pas du tout ; qui vous a raconté ça ? demanda Ohayon en essayant de ne pas montrer son agacement.

— Peu importe, on me l'a dit. Il paraît que vous avez commis pas mal de négligences dans cette enquête. Ce qui m'étonne, c'est que la cassette n'ait pas été entièrement effacée, qu'il reste une phrase sur la bande. »

Visiblement, il attendait une explication. Sentant qu'il ne pouvait se défiler, Ohayon répondit de mauvaise grâce :

« Ce n'était pas vraiment une pièce à conviction, seulement un enregistrement qui aurait pu nous mettre sur une nouvelle piste. Celui qui l'a effacé était pressé, ou a été dérangé. Il était en voiture et...

— Impossible ! le coupa Shatz. Les appareils installés dans les voitures ne peuvent ni enregistrer ni effacer.

— Si vous aviez vu la bagnole, vous auriez compris. Une Alfa Romeo GTV, avec une stéréo complète digne d'un studio d'enregistrement.

— Ah bon, qui peut se payer un bijou pareil en Israël ?

— Shaül Tirosh, répondit sèchement Ohayon.

— Il paraît que ce monsieur aurait délibérément laissé des indices qui vous auraient permis de remonter jusqu'aux bouteilles d'oxyde de carbone, dit Shatz d'un air rusé, en croquant un glaçon.

— Comment êtes-vous si bien informé ? ne put s'empêcher de demander Ohayon.

— Très simple ; j'ai un frère en Israël, que tu connais d'ailleurs.

— Moi ? Je connais votre frère ?

— Réfléchis une minute. Nous ne nous ressemblons pas du tout, mais nous sommes quand même frères », dit Shatz en éclatant de rire.

Ohayon sentit son visage s'empourprer.

« Quoi ! L'historien Meïr Shatz est votre frère ? s'exclama-t-il, incrédule.

— Eh oui, c'est la vie, dit Shatz, ravi de son effet. Nous sommes très liés. Nous avons été orphelins de bonne heure, c'est lui qui m'a élevé. Tu n'en reviens pas, hein ? Meïr est l'intello de la famille, moi, je m'occupe plutôt du côté pratique. Sans moi, il n'aurait jamais pu se débrouiller pour acheter un appartement.

— Tout ça ne m'explique pas que vous ayez été si vite au courant.

— Mon frère a un copain ; tu le connais aussi : Arié Klein. Il lui a raconté pas mal de choses. Et comme mon frère et moi, on se téléphone presque tous les jours, aux frais de la princesse, naturellement... »

Shatz commanda un autre scotch avant de poursuivre :

« Pourtant, à bien y réfléchir, il y a des détails qui ne collent pas. Pourquoi un type capable de trafiquer des bouteilles ne prend-il pas la peine de brouiller ses traces ? Il passe une commande d'oxyde de carbone au nom de Klein, griffonne une vague signature. Plutôt invraisemblable, non ?

— En effet, soupira Ohayon. Mais avait-il le choix ? Voler des bouteilles dans un laboratoire aurait été plus risqué.

— A mon avis, dit Shatz, soudain sérieux, les yeux baissés sur son verre comme s'il ne cherchait plus à l'impressionner, il doit y avoir autre chose.

— Quoi, par exemple ? demanda Ohayon en jetant un coup d'œil sur sa montre.

— Tirosh était au bout du rouleau. Ça lui était égal d'être démasqué. Peut-être même le souhaitait-il. »

Ohayon repensa au dernier chapitre du roman d'Agnon où Manfred Herbst décide de suivre

Shira — l'infirmière dont le nom signifie poésie — dans une léproserie.

« Autrement dit, vous pensez qu'il l'aurait fait exprès ?

— En quelque sorte oui, mais à ta place, je me garderais de le clamer devant Lévy et compagnie. »

Décidément, ce Shatz est aussi capable de réfléchir, songea Ohayon, qui commençait à regretter de l'avoir trop vite jugé.

« Intéressant comme hypothèse, mais je crains qu'elle ne s'accorde pas au personnage. Comment vous est-elle venue à l'esprit ?

— C'est le testament qui m'a mis la puce à l'oreille. Tu ne le trouves pas bizarre, ce testament ? Comme s'il avait voulu tout régler avant de tirer sa révérence. » Et d'ajouter dans un même souffle : « Sais-tu à quelle heure exactement Doudaï est arrivé à Eilat ?

— Pour qui nous prenez-vous ? protesta Ohayon. Doudaï a quitté l'université à onze heures trente, tout de suite après la réunion des enseignants du département. Dans sa propre voiture. Il est arrivé à Eilat vers seize heures et, un quart d'heure plus tard, il était au Club de plongée où l'a reçu le directeur. Même s'il avait pris l'avion, ce qui n'est pas le cas, il n'aurait pas eu le temps matériel de tuer Tirosh.

— Dommage, dit Shatz, ça fiche ma théorie en l'air. »

Ohayon se reprochait d'avoir, dès la première minute, éprouvé de l'animosité envers cet homme qui, il est vrai, avait une réputation exécrable au sein de la police. Il aurait bien voulu faire amende honorable, mais Shatz, le visage tourné vers le hall, dit de sa voix grasseyante :

« C'est l'heure, mon vieux. Ton avion va décoller. »

Il jeta un coup d'œil sur l'addition, déposa négligemment quelques dollars sur le comptoir, et accompagna Ohayon jusqu'à la porte d'embarquement.

« J'espère que tu ne seras pas trop dérouté par

l'accent du Sud. Ça fait trois ans que je suis ici, et j'ai encore du mal à le comprendre. » Il rit. « Si tu as besoin de quoi que ce soit, n'hésite pas à me passer un coup de fil. Peut-être qu'au retour tu auras changé d'avis et qu'on ira faire la bringue ensemble. »

CHAPITRE XIX

« C'est l'histoire de trois jeunes Juifs soviétiques : Anatoli Ferber, Boris Zinger et Sacha Doukhine. Le premier, celui qui vous intéresse, est né en Palestine en 1930. En proie au mal du pays et voyant que la réalisation des idéaux auxquels elle avait tant rêvé était sans cesse retardée, sa mère est rentrée avec lui en Union soviétique juste après la fin de la seconde guerre mondiale. Peut-être était-elle fascinée par la victoire de l'Armée Rouge, par Staline, que sais-je encore ; aujourd'hui, avec le recul, on a du mal à comprendre. » Rire. « Son fils avait alors seize ans. Je connais d'autres cas de Juifs qui ont quitté la Palestine pour retourner en Russie avant la création de l'Etat d'Israël, chacun pour des raisons personnelles. La plupart l'ont ensuite amèrement regretté. Donc, elle et son fils s'installent à Moscou. A dix-huit ans, Anatoli décide avec Boris et Sacha, deux garçons de son âge, de s'enfuir d'URSS. Comme vous le savez, c'était strictement interdit. » Une profonde inspiration. « Anatoli avait grandi à Tel-Aviv et reçu une éducation hébraïque, ce qui explique son désir de rctourner vivre en Israël. Boris, celui que j'ai pris sous mon aile et que vous souhaitez interroger, a passé trente ans en prison, camps et résidence surveillée, un miracle qu'il en soit sorti vivant, même si, aujourd'hui, il est très malade, le cœur, les poumons, les reins, pour ne citer que les organes les plus atteints.

« Nos trois garçons arrivent jusqu'à Batoum, un port russe sur la mer Noire, à sept kilomètres de la frontière turque. C'est là qu'ils se sont fait prendre. D'après Boris, ce serait Sacha qui les aurait dénoncés. Une nuit, où il délirait de fièvre, Boris m'a longuement parlé de ce Doukhine. Pourtant, une fois libéré, il n'a jamais tenté de le retrouver. Allez comprendre.

« Anatoli et Boris ont passé sept ans ensemble : trois à la Loubianka, deux à Perm, et deux autres dans un camp de travaux forcés à Magadan, en Sibérie. Inutile de vous décrire les conditions atroces dans lesquelles ils vivaient. Vous avez peut-être lu *Une journée dans la vie d'Ivan Denissovitch* ou *l'Archipel du Goulag* d'Alexandre Soljénitsyne. C'est à Magadan qu'Anatoli Ferber est décédé. D'une pneumonie. Pas étonnant dans ce froid, lorsqu'on est sous-alimenté, astreint à des travaux pénibles et que les soins médicaux sont inexistants. Si j'ai lutté pendant toutes ces années, ce n'est pas seulement pour qu'on les laisse partir, mais aussi pour qu'on les laisse vivre. Au départ, Ferber n'était pas un dissident au sens où on l'entend généralement. Il n'aspirait qu'à une chose : retourner en Israël. Mais sans doute est-il devenu un opposant au régime dans les camps : accusé d'agitation antisoviétique en vertu du fameux article 58-10, il s'est vu infliger une peine supplémentaire de cinq ans. Il est mort avant d'avoir fini de la purger. Boris, lui, a été transféré à Moscou, d'abord à la prison de Boutyrka, puis à la Loubianka et, enfin, à Léfortovo. A sa sortie, devenu un héros et un modèle pour les jeunes dissidents, il a été assigné à résidence dans une bourgade des environs de la capitale. Il y a quelques mois, j'ai enfin réussi à le faire sortir d'Union soviétique. Ne me demandez pas comment. Depuis, il vit chez moi et suit un traitement médical. Il aimerait finir ses jours en Israël, mais je doute que son état de santé le lui permette. Il ne connaît que quelques mots d'anglais. Nous communiquons en yiddish et un peu en russe ; avec le jeune professeur qui est venu le voir il y a à peine un mois, celui dont vous m'avez appris la mort tragique, il a parlé toute la nuit en hébreu. »

Ohayon s'arrêta de transcrire en hébreu la déposition de Max Lowenthal qu'il avait enregistrée un peu plus tôt. Il était confortablement installé dans une chambre du Carolina Inn, un hôtel de style colonial situé à mi-chemin entre l'hôpital où était soigné Zinger et l'université de Chapel Hill où enseignait l'avocat. Dès qu'il lui avait expliqué l'importance cruciale du témoignage de Boris, Lowenthal avait facilité leur rencontre, tout en exprimant des doutes sur la recevabilité de ces déclarations devant un tribunal, les policiers américains amenés sur les lieux par ses soins ne connaissant évidemment pas un traître mot d'hébreu.

La cassette arriva au bout. Ohayon alla ouvrir la fenêtre ; la rue était déserte ; le lourd parfum des bougainvillées envahit sa chambre. Dans la quiétude de la nuit ne résonnait que le chant des grillons. Chapel Hill ressemblait à une immense forêt sillonnée de routes étroites et parsemée, à intervalles irréguliers, de petits immeubles. Il avait renoncé à dormir. A son retour, se promit-il, il irait consulter un médecin au sujet de ses insomnies. Il se rassit et retourna la cassette. Tout en écoutant la seconde face, il revoyait Lowenthal, le visage allongé, les lèvres minces, lui raconter, sans forfanterie ni fausse modestie, ses multiples activités en faveur des droits civiques. Toutefois, la cause qui lui tenait le plus à cœur, avait-il déclaré avec des accents passionnés, était celle des Juifs soviétiques ; il avait d'ailleurs écrit un livre sur leur combat. En Israël, songea Ohayon, tant de ferveur et de dévouement ne se rencontrent plus guère que chez les fanatiques du Bloc de la Foi et une poignée de militants trotskistes.

Sur la route de l'hôpital, Lowenthal l'avait de nouveau exhorté à ne pas presser Zinger de questions sur ses conditions de vie au goulag, à le traiter avec le plus grand ménagement. A cinquante-cinq ans, c'était un homme brisé, physiquement et moralement. Il avait le cœur si fragile que la moindre émotion risquait de lui être fatale. En fait, c'était après la visite d'Ido Doudaï qu'il avait fallu l'hospitaliser d'urgence. Grâce à la générosité de la communauté juive de Charlotte, une ville voisine, il bénéficiait d'une chambre individuelle et des meilleurs soins possibles.

Ohayon décida d'écouter pour la seconde fois l'enregistrement de son entretien avec Boris Zinger. Le magnétophone émit un grincement : c'était Lowenthal qui s'asseyait sur le bord du lit, avant de s'adresser à Boris dans un yiddish entrecoupé de mots anglais « *Vos* ? » demanda l'homme au visage émacié encadré d'une crinière blanche. « Quoi ? » C'était le seul et unique mot de yiddish qu'Ohayon connaissait. Sur la table de chevet, il y avait un vase rempli de fleurs, une boîte de bonbons, un journal yiddish et une bible en hébreu. Un téléviseur était suspendu à un bras articulé fixé au plafond.

« Je vais lui expliquer que vous êtes, vous aussi, un professeur de littérature, qu'en Israël, on assiste actuellement à un regain d'intérêt pour la poésie de Ferber. Cela lui fera plaisir. Surtout pas un mot sur les meurtres et votre enquête », lui avait recommandé Lowenthal avant de le laisser pénétrer dans la chambre.

Le teint gris, le visage creusé de rides, le malade semblait effectivement en piteux état. Mais quelle ardeur dans ses yeux ! Aussi intense que celle que j'imaginais dans le regard des prophètes quand j'étais petit, n'avait pu s'empêcher de penser Ohayon. Lowenthal avait arrangé les oreillers et aidé Zinger à s'y adosser.

« Anatoli », soupira tristement Boris, qui se mit à

déclamer des extraits de « Requiem sur la place rouge ». Aussitôt, Ohayon avait compris le désarroi d'Ido Doudaï. Quel choc il avait dû ressentir en constatant que Tirosh s'était tout simplement approprié ces poèmes, changeant, ici ou là, certains mots susceptibles de trahir leur véritable origine ! Boris Zinger s'exprimait en hébreu ; de temps à autre lui échappait une phrase en yiddish que Lowenthal traduisait spontanément.

« D'où connaissez-vous l'hébreu ? lui avait demandé Ohayon d'une voix qui, à l'écoute, lui semblait étrangement sourde.

— C'est Anatoli qui me l'a enseigné au camp. Par la suite, j'ai appris ses poèmes par cœur, au cas où il lui arriverait malheur. Les gardiens se fichaient pas mal de l'hébreu et plus encore de la poésie, avait répondu Boris dans un grand éclat de rire, plutôt inattendu de la part d'un homme aussi affaibli.

— Comment vous y preniez-vous ? Anatoli écrivait-il ses poèmes ou se contentait-il de les mémoriser ?

— L'un et l'autre. Il les apprenait par cœur, puis les consignait sur des fragments de journaux. Au goulag, tout est possible. Il suffit de savoir se débrouiller... Dans certains camps, on pouvait se procurer du papier ; après, il fallait trouver un moyen de le cacher. A Perm, j'ai rencontré un détenu qui connaissait Pouchkine sur le bout des doigts et passait ses nuits à en recopier des passages entiers. Néanmoins, le moyen le plus sûr de préserver une œuvre était de l'apprendre par cœur.

— Où cachiez-vous vos manuscrits ? »

Son accent typiquement israélien sonnait bizarrement à côté du yiddish américanisé de Lowenthal et de l'hébreu prononcé avec un fort accent russe de Zinger.

« Dans divers endroits », avait répondu Boris d'un air méfiant.

Cherchant à le rassurer, Ohayon avait rapproché

sa chaise du lit et répété le prétexte qu'il avait mis au point avec Lowenthal : l'Institut du judaïsme contemporain constituait des archives à partir de témoignages et souhaitait même une photo de lui. Finalement, Boris s'était résolu à parler.

Contrairement aux idées reçues, les endroits où l'on pouvait dissimuler des écrits ne manquaient pas. Par exemple, dans les pieds creux en métal des lits ou entre les planches disjointes des baraquements. Mais l'important n'était pas là. Boris, lui, connaissait tous les poèmes d'Anatoli par cœur ; il était, en quelque sorte, devenu son secrétaire particulier. De nouveau, il éclata de rire, puis se mit à tousser. Sur le chemin qui les conduisait dans la forêt, où ils passaient la journée à abattre des arbres, et la nuit quand le froid sibérien les empêchait de dormir, Anatoli récitait ses poèmes et Boris les répétait inlassablement, afin de les graver dans sa mémoire. « Dans les conditions où nous vivions, c'était indispensable. » Ohayon repensa à l'expression hantée de cet homme qui cherchait tout à la fois à retrouver ses souvenirs et à oublier un passé douloureux.

« Indispensable ? En quel sens ? »

Comment avait-il pu poser une question aussi stupide ? Il revoyait encore le sourire indulgent de Boris.

C'était Lowenthal, à qui Boris avait traduit sa question, qui lui avait répondu : ils avaient besoin de se dépasser, de penser à autre chose qu'au froid, à la faim, aux fouilles corporelles quotidiennes, à leur souffrance physique. Là-bas, chacun était seul. Heureusement, Boris et Anatoli se soutenaient mutuellement, comme des frères. Plus même : ils se complétaient l'un l'autre ; Anatoli composait, Boris était sa mémoire. A l'époque, ce n'était pas comme aujourd'hui, où les samizdats sont devenus une quasi-industrie. De nouveau, le rire de Boris retentit, mais cette fois mêlé de sanglots. Ohayon, qui à présent connaissait la bande presque par cœur, fit un geste de la main, comme pour étouffer un élan de compassion.

« On dit que les muses se taisent lorsque tonnent les canons, avait soudain déclaré Lowenthal, mais quand tout espoir a disparu, qu'on est entassé à plusieurs dans une cellule où règne la promiscuité, que pendant des mois, des années, on part travailler avant l'aube pour revenir la nuit tombée, qu'on est sans cesse surveillé, que le froid, l'épuisement, la faim deviennent une obsession — alors le seul moyen de survivre est de s'évader de la réalité, de trouver une autre raison de vivre. Anatoli avait son œuvre et Boris veillait sur Anatoli. Quand Anatoli est décédé d'une pneumonie, Boris connaissait par cœur quatre cent trente-sept de ses poèmes. Mais ce n'est pas le genre de choses dont vous parlera Boris. Les anciens détenus n'ont pas l'habitude de s'apitoyer sur eux-mêmes. »

Sanglots, murmures en russe, en hébreu et en yiddish : « Une grande âme... un cœur généreux... »

Ohayon arrêta le magnétophone. Une brise légère pénétra dans la chambre, mais l'air était encore moite. La lune brillait au-dessus des bougainvillées. Toute la journée, Ohayon avait eu l'impression d'être entraîné, malgré lui, dans un autre monde. Il s'étira et retourna la cassette.

« Qu'avez-vous fait après la mort d'Anatoli ? » avait-il demandé de ce même ton posé qu'il avait adopté depuis le début de l'entretien.

Boris avait continué à se réciter les poèmes, afin de ne pas les oublier. Il en était le seul dépositaire. Conscient de leur valeur, il s'était donné pour mission de les faire sortir du pays, de les faire connaître au monde entier. Aussi avait-il été très déprimé lorsqu'il avait été condamné à une peine supplémentaire et transféré à Moscou.

Là, en résidence surveillée, il avait cependant eu la chance de faire la connaissance d'un ouvrier, un plombier, avec qui il s'était lié d'amitié en lui offrant de menus cadeaux, des cigarettes, de la vodka. « C'était un être fruste, pratiquement analphabète, mais je n'avais pas le choix. J'avais trop peur de mourir avant d'avoir accompli ma mission. Alors, comme aimait dire Anatoli, j'ai pris mon âme à deux mains et je lui ai confié les poèmes, afin qu'il les fasse parvenir à l'un de mes anciens condisciples à Moscou. Par un autre détenu rencontré au camp, je savais que cet ami habitait toujours à la même adresse. J'espérais qu'à son tour celui-ci les transmettrait à une personne susceptible de les faire passer clandestinement en Occident. »

Lui avait-il remis tous les poèmes à la fois ?

Non, il avait fait dix petits paquets, chacun contenant une quarantaine de poèmes recopiés d'une minuscule écriture. Encore quelques paroles en yiddish, puis Boris avait été pris d'une quinte de toux. Inquiet, Lowenthal avait alors voulu mettre un terme à l'entretien : Boris était très fatigué, il valait mieux le laisser se reposer et reprendre cette conversation le lendemain. Toutefois, Ohayon avait insisté :

« Pourrais-je quand même savoir, dans les grandes lignes, ce qui s'est passé ensuite ?

— En 1956, lors des premiers frémissements du Dégel, un étudiant juif m'a remis les poèmes. C'était à Moscou, lors de ma première visite en Union soviétique, avait répondu Lowenthal un peu agacé.

— En 1956 ?

— Oui, j'ai obtenu un visa. Cela peut paraître étrange, d'autant que je n'appartenais ni au parti communiste ni à une organisation proche du PC, mais j'étais déjà un militant des droits de l'homme.

— Vous étiez aussi un agent de la CIA ?

— Certainement pas. Ni à l'époque, ni aujourd'hui. Avec le temps, j'ai pu mesurer la justesse de ce proverbe : aux innocents les mains pleines... »

De Moscou, Lowenthal avait pris l'avion pour Vienne où se tenait un important congrès international sur les droits de l'homme. C'est à cette occasion qu'il avait fait la connaissance de ce jeune Israélien plein de talent qui deviendrait par la suite un grand poète. Oui, c'est à Shaül Tirosh qu'il avait confié les manuscrits. Ils s'étaient retrouvés dans un café — Lowenthal se souvenait encore du goût du strudel, mais plus du nom de l'établissement. Il les lui avait montrés, car il éprouvait le besoin de partager son aventure. Très ému, Tirosh s'était aussitôt proposé de les emporter en Israël. Justement, il terminait ses études au département de littérature de l'Université hébraïque de Jérusalem et disposait de contacts dans les milieux littéraires. Ce jeune homme tenait ces fragiles feuillets avec tant d'amour qu'il ne doutait pas qu'ils fussent entre de bonnes mains. Tirosh lui en avait même traduit quelques extraits en anglais et, bien qu'il ne fût pas versé en poésie, il avait été bouleversé par la force de ces vers. Il savait qu'il pouvait lui faire confiance, avait répété Lowenthal ; d'ailleurs, peu de temps après, Tirosh avait édité, annoté et publié ces poèmes. Malheureusement, ignorant l'hébreu, il n'avait pas pu se faire une opinion personnelle de ce travail de présentation de l'œuvre de Ferber.

Ohayon l'avait interrompu pour lui demander s'il avait montré à Boris le recueil que lui avait envoyé Tirosh.

Après un silence, Lowenthal, extrêmement gêné, lui avait avoué qu'il l'avait, hélas, égaré. « A l'époque, je l'avais donné à lire à quelqu'un qui connaissait l'hébreu. Cette personne n'avait pas paru autrement impressionnée. J'en avais conclu que je m'étais trompé sur la valeur de ce poète, tout en étant heureux d'avoir contribué à réaliser son rêve : être publié en Israël. Doudaï, le jeune professeur, m'avait promis de m'en envoyer un nouvel exemplaire. »

Ohayon avait alors sorti de sa serviette le petit volume et, sans un mot, l'avait tendu à Boris. Le visage illuminé de bonheur, celui-ci avait longuement caressé la couverture, puis ouvert le livre d'une main tremblante. Sur la bande magnétique, on n'entendait plus que le bruissement des pages tournées.

Soudain, la joie avait cédé la place à la stupeur et à la consternation : Boris ne retrouvait pas les mots qu'il avait précieusement conservés dans sa mémoire pendant tant d'années et que, telle une prière quotidienne, il ne se lassait pas de réciter. « Mais ce n'est pas..., avait-il bredouillé à plusieurs reprises. Pourquoi le jeune assistant de littérature ne m'a-t-il rien dit ? » Comme cela avait dû être difficile pour Ido Doudaï, songea Ohayon, de ne rien révéler de son effrayante découverte à Boris, ou même à Lowenthal.

Se redressant sur son lit, Zinger s'était mis à déclamer. Aussitôt, Ohayon avait reconnu les métaphores si caractéristiques de la poésie de Tirosh et même des passages entiers, dont ce fameux vers retrouvé sur la cassette effacée et prononcé avec le même accent russe : « A l'aube, les violettes se sont fanées sur ta peau », et d'autres encore tirés de « Apollon m'est apparu près d'un arbre foudroyé » ou du cycle « Le dernier des fils d'Adam » : « Sous la minceur de la peau se cachent la chair tiède, le sang... Entre les os jaunis de l'homme encore vivant, la poussière égrène son chant de sirène... Car si l'homme possède une âme, ce n'est plus qu'un souffle exténué... »

« Ce sont des vers composés par Ferber ? avait demandé Ohayon en interrompant Boris dans son élan.

— Bien évidemment ! s'était-il écrié, accablé de douleur, mais aussi fou de rage. Ce livre, c'est quoi au juste ? »

Très ébranlé, Lowenthal avait saisi Ohayon par le bras, l'avait entraîné dans le couloir et avait exigé une explication. Y avait-il eu plagiat ? Je le crains, avait répondu Ohayon. Là s'arrêtait la cassette.

Vers le milieu des années 1960, lui avait expliqué un peu plus tard Lowenthal, tandis qu'ils dînaient dans l'élégante salle à manger de l'hôtel, les manuscrits ont commencé à sortir en grand nombre. Ils arrivaient par des canaux soigneusement établis à l'avance. Naturellement, il fallait s'assurer, d'une part, que la personne qui les envoyait d'URSS ne risquait pas d'être inquiétée et, d'autre part, qu'il ne s'agissait pas d'un piège. « Mais en 1956, les réseaux n'étaient pas encore organisés. Voilà pourquoi toute cette affaire est si incroyable. Moi-même, j'étais encore jeune et inconscient. Seul un fou ou un simple d'esprit aurait agi comme je l'ai fait. » Il frémit rien que d'y repenser. « Sans vouloir entrer dans les détails, aujourd'hui, je suis en contact avec un groupe de chrétiens de gauche basé en Italie. Je ne connais personnellement qu'un de ses membres, un bibliothécaire qui habite Bologne et me fait parvenir des manuscrits. Dès que je les reçois, je les soumets à des experts chargés de les évaluer. Vous me croirez si vous voulez, mais nombre de ces manuscrits empruntent la valise diplomatique du Vatican. Les journalistes aussi ont recours à ce moyen, parfois à l'insu du personnel de leur ambassade à Moscou. J'imagine que certains membres de la CIA ou du bureau russe du Département d'Etat participent également à ces opérations...

« Au fil des années, les relais se sont multipliés, reprit-il en dégustant sa patate douce. A une certaine époque, une biologiste suédoise, Perla Lindborg — maintenant qu'elle est décédée, je peux vous révéler son nom — me faisait parvenir des paquets de Stockholm chaque fois qu'elle revenait de Russie. Un médecin autrichien m'envoyait, lui, des documents depuis Vienne. J'en ai même reçu via Hong Kong...

« Savez-vous qu'à Paris, existe une maison d'édition, YMCA Press, qui publie en russe les écrits des dissidents soviétiques ? Il y en a une autre à Francfort qui a ouvert un compte spécial en Suisse pour y déposer les droits d'auteurs des écrivains qu'elle publie. En 1972, j'ai moi-même réussi à transférer de l'argent en Union soviétique pour plusieurs auteurs publiés en Occident. Depuis lors, les dissidents me font confiance. Quand je suis retourné en Russie l'année suivante, même Andreï Sakharov a souhaité me rencontrer. Pourquoi je vous raconte tout ça ? Pour que vous compreniez qu'en 1956, j'étais seul et manquais totalement d'expérience. C'était ma première visite en Union soviétique. J'avais l'impression d'être James Bond. La veille de mon départ, j'ai décousu la ceinture de mon pantalon » — joignant le geste à la parole, Lowenthal retourna la ceinture de son pantalon et découvrit la doublure — « j'ai soigneusement plié les feuillets recouverts de minuscules caractères » — il plia en accordéon sa serviette de table —, « je les ai glissés à l'intérieur et j'ai recousu la doublure par-dessus. Cela m'a pris une bonne partie de la nuit, dit-il en riant, mais je n'avais pas de meilleure solution.

— Comment se fait-il qu'ils vous aient fait confiance ? »

Lowenthal, qui avait étudié un peu d'histoire russe à l'université, brûlait d'envie de visiter l'Union soviétique. Le festival international de la jeunesse organisé en plein Dégel lui en avait fourni l'occasion. Ce n'était pas le meilleur moment pour un Américain de se rendre à Moscou, mais il n'avait pas pu résister. Rires. C'était une gigantesque manifestation pour la paix et l'amitié entre les peuples. Nouveau rire nerveux qui se voulait ironique. Il y avait des étudiants venus du monde entier. Dans le parc Gorki, un jeune Juif l'avait abordé pour lui donner rendez-vous, le lendemain, dans le parc Sokolniki, à dix-sept heures. Ce jeune homme travaillait dans une maison d'édition — la même qui, quelques années plus tard, publierait *Une journée dans la vie d'Ivan Denissovitch* — et connaissait un de ses parents éloignés resté en

Russie lorsque les Lowenthal avaient émigré en Amérique.

Lowenthal avait bien eu conscience qu'il prenait des risques insensés. Il savait qu'il devait se méfier des provocateurs de tout poil, mais aussi ne pas faire le jeu des anticommunistes qui tentaient alors de se réorganiser. Il n'était pas venu en URSS pour renverser le régime. Il ne s'intéressait qu'aux droits de l'homme. Le lendemain, ce jeune Juif, qui ne cessait de surveiller avec inquiétude les alentours, lui avait remis un paquet de journaux ficelés ensemble dissimulant une grosse enveloppe et, dans un anglais hésitant, lui avait raconté comment Boris Zinger avait fait le vœu de transmettre à la postérité l'œuvre que lui avait confiée son ami Anatoli Ferber, un poète mort dans les camps. A bien y réfléchir, cette rencontre avait été à l'origine de son engagement en faveur des Juifs soviétiques. Dès son retour, il avait entamé des démarches pour la libération de Boris Zinger. Trente longues années s'étaient écoulées avant qu'il ne voie ses efforts récompensés. L'état de santé de Boris avait sans doute joué un rôle non négligeable dans la décision des autorités soviétiques de le laisser finalement partir.

« Pourquoi ce jeune Juif n'a-t-il pas remis les poèmes de Ferber à l'un des membres de la délégation israélienne au festival ? »

Lowenthal lui lança un regard soupçonneux.

« Ç'aurait été trop dangereux. Ils étaient surveillés en permanence », répondit-il d'un ton sec.

A présent, il était bourrelé de remords. Lorsqu'il avait rencontré Tirosh à Vienne, il ne lui serait jamais venu à l'idée qu'un garçon aussi sérieux, aussi attachant... Comment aurait-il pu prévoir ? Lui-même était encore tellement jeune, tellement ignorant. « J'étais si heureux quand le livre a été publié ; comment pouvais-je deviner qu'il s'agissait d'une contrefaçon ? »

Avant de prendre congé, Lowenthal l'avait assuré

qu'il ferait traduire en anglais la déposition de Boris, afin que celui-ci puisse la signer devant des policiers américains. « Pourvu que Boris résiste à ce coup funeste ! avait-il ajouté dans un soupir. Je vous en prie, soyez prudent lorsque vous reviendrez le voir demain. A propos, si Ferber n'est pas l'auteur des poèmes de ce recueil, qui est-ce ?

— Je me pose la même question », avait répondu Ohayon en ouvrant les mains en signe d'ignorance.

Il était à présent trois heures du matin. Assis devant son magnétophone silencieux, il entendait encore cette réflexion mélancolique que l'avocat avait lâchée sur le perron du Carolina Inn : « Il n'est pas de pire destin pour un artiste que la médiocrité. »

Comme en écho, il revit l'immense tristesse qui s'était peinte sur le visage de Tirosh lorsque, à la fin de son intervention au séminaire du département, Ido Doudaï avait déclaré devant un public stupéfait : « Si ce poème avait été composé en Israël, dans les années 1950 ou 1960, qui, parmi nous, l'aurait considéré comme un bon poème ? » Soudain, il comprit qui était l'auteur des poèmes parus sous la signature d'Anatoli Ferber.

Il alla refermer la fenêtre. Sa décision était prise : il rentrerait directement en Israël, sans s'arrêter à New York. En attendant, il lui restait à peine cinq heures de sommeil avant de retourner à l'hôpital — à condition, bien sûr, de s'endormir rapidement.

CHAPITRE XX

Ils parlaient tous en même temps. « Dites-lui que nous avons trouvé ses empreintes à l'intérieur de la voiture. Qu'est-ce que vous risquez ? » ne cessait de répéter Balilti. « A mon avis, les poèmes n'ont rien à voir dans cette affaire », affirmait Alfandari en quêtant l'approbation des autres, tandis que Tsila déposait devant chacun d'eux de nouveaux feuillets dactylographiés. « Et maintenant, qu'allons-nous faire ? » s'inquiétait Elie Bahar, les yeux posés sur Arié Lévy qui frottait nerveusement la table du plat de la main. Soudain, le grand chef poussa un hurlement qui les réduisit tous au silence :

« Le responsable de la CSE aurait-il l'obligeance de s'exprimer ? Peut-être a-t-il des suggestions à nous faire, hein, Ohayon ? »

Ohayon se sentait comme dans du coton ; les déclarations de Zinger et de Lowenthal bourdonnaient encore dans sa tête ; le sol tanguait sous ses pieds.

« Vous pouvez nous expliquer ce que vous voulez jusqu'à demain, cela reste du vent, continua Arié Lévy d'une voix stridente. Pour moi, ce n'est qu'une piste parmi d'autres. Vous vous voyez en train d'exposer ce galimatias devant un tribunal ? Les éléments dont nous disposons ne nous autorisent pas à le retenir plus de quarante-huit heures. La loi, c'est la loi. »

Ohayon ne répondit rien.

« Que comptez-vous faire ? rugit Arié Lévy. Vous avez perdu votre langue, ou vous avez peur qu'on ne soit pas à votre niveau, maintenant que vous fréquentez les hautes sphères, les poètes et les professeurs d'université ?

— J'hésite, finit par déclarer Ohayon. Ce n'est pas le genre de type à craquer parce qu'on aurait, soi-disant, découvert ses empreintes. »

Du coup, même le divisionnaire se tut. Quelques secondes s'écoulèrent.

« Et qu'est-ce qui pourrait le faire craquer, selon vous ? s'enquit Balilti qui ne supportait pas les silences prolongés.

— J'ai ma petite idée, répliqua Ohayon, qui sortait lentement de son engourdissement.

— Ça va être duraille ! s'exclama Bahar. Au cours des trois derniers jours, j'ai passé, au bas mot, une quarantaine d'heures à le cuisiner. Un vrai zombie. Vous avez écouté les enregistrements : impossible de tirer quelque chose de lui. Vous parlez, vous parlez, rien ne l'ébranle.

— Il y a pourtant un moyen, dit Ohayon, et j'ai l'intention d'y recourir. Tout ce que je vous demande, c'est de me faire confiance.

— Pourquoi ne pas lui parler de sa femme ? protesta Arié Lévy. Ça, ça le secouera !

— Fort juste, renchérit Balilti, la liaison de sa femme a forcément dû l'affecter. Malgré tout le respect que j'ai pour vos théories, il n'est pas possible qu'un homme...

— Très bien. Faites-le venir et nous verrons, soupira Ohayon, en feignant d'ignorer les regards dubitatifs de ses collègues.

— Je veux du solide, une preuve matérielle, des aveux, l'avertit Arié Lévy. J'en ai par-dessus la tête de vos élucubrations. Nous aurons affaire à un tribunal, pas à un jury de thèse. »

Sur quoi, il se leva et quitta la pièce.

Shaül brancha le matériel d'écoute. « Attention, nous ne voulons rien perdre de ce grand moment ! » ironisa Balilti. Ohayon avait l'impression que tout le commissariat n'était plus qu'une gigantesque oreille.

Il actionna son magnétophone. La voix éraillée, frémissante, bouleversée de Boris Zinger emplit la pièce. Touvia Shaï croisa les mains, mais ne put arrêter leur tremblement. Plus la bande défilait, plus il pâlissait. Lorsque Zinger poussa un grognement de douleur et s'écria : « Ce livre, c'est quoi au juste ? », Ohayon se renversa en arrière pour mieux observer l'homme, au visage parfaitement inexpressif, qui lui faisait face.

« Vous voyez, dit-il après un long silence, je sais tout.

— Tout quoi ? demanda Shaï avec indifférence.

— Dès que j'ai eu cette preuve entre les mains, je me suis posé la question du mobile. Autrement dit, qui, en apprenant le forfait de Tirosh, serait le plus choqué, le plus révolté, au point de l'assassiner ? En y réfléchissant, je n'ai trouvé qu'un seul candidat : vous. Vous qui aviez sacrifié votre vie, et aussi celle de votre femme, à une chimère... »

Ohayon rassembla les papiers épars sur son bureau pour en faire une pile bien nette. Il attendait une réaction, mais aucune ne vint.

« Je sais qu'Ido Doudaï s'est confié à vous, reprit-il, qu'il vous a fait écouter l'enregistrement de son entretien avec Zinger. J'imagine votre émotion devant ces révélations. Et quand il est apparu que Doudaï n'était pas mort de mort naturelle, vous avez tout de suite compris qui l'avait assassiné. En effet, vous saviez depuis mercredi soir qu'Ido était allé voir Tirosh, que les deux hommes s'étaient violemment disputés. Ido était effondré, mais pas vous. Ido et vous étiez les seuls à savoir qu'il y avait eu plagiat, or, c'est précisément le plagiat qui est à l'origine du meurtre de Tirosh et de celui de Doudaï. Quand Ido l'a accusé, Tirosh a nié en bloc. En désespoir de cause, il s'est adressé à vous, afin que vous l'aidiez à réunir les preuves ; après tout, ce n'est pas tous les jours qu'un lauréat du Prix national de poésie se révèle être un imposteur. »

Shaï le dévisageait sans rien dire.

« Il y a quelques années, dit soudain Ohayon, j'ai connu une jeune femme passionnée de philosophie. Elle était très calée sur Kant. Un grand philosophe, n'est-ce pas ? »

Un peu éberlué, Shaï hocha vaguement la tête.

« Ne croyez pas que je cherche à vous entretenir de philosophie. Je vous raconte cette anecdote parce qu'elle a un certain rapport avec l'affaire qui nous préoccupe.

— Je suppose, dit Touvia Shaï, sceptique.

— Un jour, cette jeune femme est arrivée chez moi en larmes pour m'annoncer que Kant avait raison : il était impossible de connaître "les choses en soi". Vous me suivez ? »

Shaï s'agita sur son siège. Ohayon crut percevoir une lueur d'intérêt briller dans son regard.

« C'est là que j'ai compris, poursuivit Ohayon, toujours sur le ton de la conversation amicale, que certaines personnes s'identifient si étroitement à des abstractions, philosophiques ou autres, que celles-ci en viennent à gouverner leur vie. »

Touvia Shaï continuait à garder le silence, mais Ohayon savait qu'il ne perdait pas un mot de son discours.

« J'imagine que je ne vous apprends rien, mais je n'arrivais pas à décider si elle avait perdu l'esprit ou si...

— Elle n'avait pas perdu l'esprit, le coupa Touvia Shaï avec une subite animation.

— Je me suis demandé, dit Ohayon, la bouche soudain sèche, si vous aussi vous n'aviez pas perdu la tête. »

Le visage de Shaï se colora légèrement, ses lèvres frémirent.

« Quand j'essaie de me figurer ce qu'un homme éprouve lorsqu'il se rend compte que son idole, pour qui il a tout sacrifié, sa vie, sa femme, son bonheur, est un usurpateur, je trouve logique qu'il devienne fou, qu'il perde les pédales.

— C'est absurde, s'écria Touvia Shaï, complètement absurde !

— Après avoir interrogé Boris Zinger, poursuivit Ohayon, imperturbable, j'ai compris qu'une faute aussi impardonnable pouvait déclencher un accès de fureur meurtrière chez ceux qui vont jusqu'au bout de leurs idéaux.

— Je ne vois pas de quoi vous parlez, dit Touvia Shaï, visiblement ébranlé.

— Boris, lui, s'est sacrifié pour Ferber. Nul mieux que vous ne peut comprendre sa frustration, même si, à la différence de vous, il a été trompé non pas par celui qu'il vénérait, mais par un inconnu. Vous avez, je n'en doute pas, suffisamment de sens moral pour estimer avec moi que cette injustice doit être réparée.

— Laissons la morale à ceux qui n'ont pas d'autre ambition, murmura Touvia Shaï, plein de mépris.

— Votre alibi est fragile, déclara Ohayon en le fixant droit dans les yeux. En outre, j'ai le regret de vous informer que les résultats de tous vos tests montrent que vous avez menti. Il est quasiment impossible de maîtriser simultanément les cinq paramètres pris en compte par le détecteur de mensonges. Ainsi, lorsque vous avez réussi à contrôler votre pouls et votre transpiration, votre tension artérielle a augmenté. Si je ne vous ai pas arrêté plus tôt, c'est que j'attendais d'avoir tous les éléments en main. Vous avez assassiné Shaül Tirosh parce qu'il vous a couvert de ridicule, parce qu'il vous a administré la preuve que vous aviez sacrifié votre vie à une imposture. »

Un changement s'était opéré sur le visage de Shaï. Son absence d'expression avait cédé la place à une étrange exaltation.

« Pour qui vous prenez-vous ? s'écria-t-il avec véhémence. Vous n'avez rien compris. Ma vie, la vôtre, n'ont aucune importance. Celle de Tirosh n'en aurait pas eu davantage, si je n'avais pas vu en lui un grand prêtre de l'art. Mais tout ça est bien trop subtil pour le représentant d'une institution dont l'occupation favorite consiste à dresser des contraventions ou à disperser des manifestations. »

De nouveau, Ohayon pensa à *Crime et Châtiment*. Serais-je comme Porphyre jouant au chat et à la souris avec Raskolnikov ? Non. Tout ce qui m'intéresse, c'est d'obtenir une preuve capable de résister à l'examen des juges — et, par la même occasion, de satisfaire ma curiosité. Pourtant, il ne pouvait nier qu'il éprouvait une certaine sympathie pour cet homme ; quelque chose en lui forçait le respect. Naturellement, il devait se garder de le montrer. Mon rôle est de le faire parler, de lui donner l'impression qu'en effet je ne comprends rien, mais qu'il est dans son intérêt de m'éclairer, puisque je sais déjà tout.

« La petite vie mesquine de gens comme vous et moi m'indiffère, ce qui ne signifie pas que j'aie hâte de me retrouver en prison, reprit Shaï. Les sentiments qui m'animent sont d'une autre nature que ceux de Boris Zinger. Lui obéit aux règles de la morale commune ; de plus, il vouait un culte à Anatoli Ferber. Moi, je n'ai jamais été le zélateur de personne et je me moque des conventions. Tirosh en tant qu'homme ne m'intéressait pas. Je n'étais pas jaloux quand il couchait avec ma femme et je ne l'ai pas tué parce qu'il l'a abandonnée. Comprenez-moi bien, je ne me sens pas coupable. Vous pensez que je suis un psychopathe ? Pas du tout. Si je l'avais tué pour me venger, alors effectivement, j'estimerais avoir commis un acte répréhensible. Mais je n'éprouve aucun remords. Je suis convaincu d'avoir agi selon ma conscience. Tant pis si personne ne me comprend, j'en ai l'habitude. Vivre dans l'ombre de Tirosh ne me dérangeait nullement. Vous croyez que j'ignorais ce que les gens pensaient de moi ? En fait, il existe une réalité supérieure. Sur ce point, je suis d'accord avec Lowenthal et Zinger : c'est grâce à l'art que les hommes sont capables de s'élever au-dessus des misères de ce monde. Pour le dire simplement, je me suis mis au service de cette valeur, la seule qui compte. Naturellement, cela dépasse votre entendement.

— Expliquez-moi, peut-être que je saisirai », dit Ohayon calmement.

Touvia Shaï ne semblait pas convaincu, mais son besoin de parler l'emporta.

« Savez-vous pourquoi les animaux n'ont pas de morale ? demanda-t-il avec passion. En fait, ils en ont une, centrée autour d'une unique valeur : la préservation de l'espèce. Interrogez les biologistes. Les hommes aussi possèdent un instinct de conservation. Chez la plupart, il s'exprime dans la reproduction et l'éducation des enfants. Toutefois, un petit nombre, une élite, a le courage de se consacrer à ce qui donne sa légitimité à la perpétuation de l'espèce humaine, à savoir l'Art, avec un grand A. Que Tirosh ait été un homme bon ou mauvais, que je l'aie ou non aimé, importe peu. Vous croyez que Nietzsche était naïf ? Comme moi, il chérissait les plus hautes expressions de l'esprit humain. Comme moi, il aurait estimé que Tirosh était un être d'exception et, qu'à ce titre, il devait jouir de certains privilèges. Mais lorsqu'il est apparu que Tirosh n'était qu'une créature médiocre qui pendant trente ans s'était fait passer pour un génie en s'appropriant les poèmes sublimes de Ferber et en publiant ses piètres vers sous le nom du poète qu'il avait “découvert”, mon devoir était de veiller à ce que justice soit faite. Au nom de l'humanité, des générations à venir, celui qui avait profané le saint des saints devait disparaître. »

Ohayon n'arrivait pas à en croire ses oreilles.

« Je vois, l'éternel conflit entre l'art et la morale, dit-il, tout en vérifiant discrètement la bonne marche de son magnétophone.

— Si vous voulez, concéda Touvia Shaï, en se passant la main sur les lèvres.

— En d'autres termes, on en revient à la banale question de savoir si un génie a le droit de se soustraire aux règles de la morale commune, s'il peut mentir, tricher, utiliser les autres à ses propres fins, etc.

— Si Tirosh avait vraiment été un grand artiste, lui faire don de ma femme, ou de ma personne, aurait été un infime sacrifice. Sans l'Art, la vie n'a pas de sens. Seul l'Art fait progresser l'humanité ; au regard de cet absolu, la souffrance d'un individu est peu de chose. Je l'ai tué parce qu'il a souillé l'Art, parce qu'il a entravé la marche en avant de l'humanité. Cet idéal était ma raison d'être.

— Pourtant, les poèmes existent. Si l'on suit votre raisonnement, qu'ils aient été composés par celui-ci ou celui-là ne change rien. Ce sont les poèmes que vous auriez dû vénérer et non le poète.

— Je vous croyais plus perspicace », dit Shaï en écartant cette suggestion d'un revers de main.

Un silence pesant s'installa. Ohayon décida de patienter.

« Je voulais l'aider, reprit Shaï comme pour lui-même. Etre à ses côtés, non pas parce qu'il était mon ami, mais pour lui permettre d'enfanter l'œuvre dont je le croyais capable. Quand il s'est avéré qu'il n'avait rien créé du tout, pis, qu'il avait foulé aux pieds la plus haute activité humaine, j'ai jugé qu'il ne méritait plus de vivre. Il avait tout reçu et rien donné en échange.

— Pourtant, vous ne l'avez pas tué froidement au nom d'une justice supérieure, mais dans un accès de rage. Comment conciliez-vous votre défense de l'art, votre croisade pour le bien de l'humanité, avec la violence, la brutalité de votre acte ?

— Vous avez raison, admit Shaï, visiblement mal à l'aise. Par la suite, je me le suis reproché.

— Peut-être aviez-vous quand même des motifs personnels de le tuer ? »

Shaï, qui tenait absolument à démontrer la pureté de ses intentions, se mit en colère :

« Non ! hurla-t-il. Je n'avais à son égard aucun grief personnel. Quand je lui ai demandé de reconnaître publiquement son forfait, il m'a ri au nez. Du coup, j'ai perdu tout contrôle. S'il avait accepté de faire amende honorable et de rendre la distinction qui lui avait été décernée, peut-être ne me serais-je pas senti obligé de le tuer. Quoi qu'il en soit, je ne regrette rien, même s'il me faudra en payer le prix. L'essentiel, c'est que le monde comprenne qu'il existe des individus dont les motifs sont d'une nature supérieure, qui n'agissent ni par jalousie, ni par vengeance, ni par cupidité.

— Et si vous me racontiez plus précisément comment cela s'est passé ? » dit Ohayon en essayant de paraître compréhensif.

Touvia Shaï lui lança un regard soupçonneux.

« C'est important, insista-t-il. De votre réponse dépendra le chef d'accusation qui sera porté contre vous : meurtre avec préméditation ou bien coups et blessures ayant entraîné la mort sans intention de la donner. Dans le premier cas, vous risquez la prison à vie, dans le second, vous serez libéré au bout de quelques années. Admettez que cela fait une différence capitale. »

Touvia Shaï s'épongea le visage. Il régnait dans la pièce une chaleur insupportable.

« Comme tout son entourage, je m'étais rendu compte qu'Ido était rentré des Etats-Unis en proie à un immense désarroi. Evidemment, j'en ignorais la cause. Quelle ne fut pas ma stupéfaction en entendant son intervention au séminaire de département !

Je me demandais quelle mouche l'avait piqué. Le soir, quand il est venu chez moi pour me mettre au courant, j'ai décidé d'aller voir Shaül afin d'exiger une explication.

— Que vous a-t-il raconté exactement ?

— Que quelques jours après son retour, il s'était rendu chez Shaül, lui avait relaté son entretien avec Boris Zinger et exposé toutes les conséquences qui en découlaient.

— Quelle a été la réaction de Tirosh ?

— Il a gardé un "silence dramatique" pour reprendre l'expression d'Ido, mais moi qui le connais bien, je sais qu'il réfléchissait déjà à la parade, dit Shaï d'un ton amer.

— Pourquoi ne l'a-t-il pas tué sur-le-champ ?

— Vous voulez dire quand Ido est venu le voir ?

— Oui. Cela vous paraît logique qu'il ait attendu deux longues semaines, pendant lesquelles Ido aurait eu tout le loisir de divulguer ce qu'il avait appris ?

— Shaül l'a prié de lui accorder un peu de temps, de n'en souffler mot à personne jusqu'à ce qu'il trouve une "solution". Ido a accepté. Shaül savait qu'Ido était un homme d'honneur.

— Donc, selon vous, Tirosh attendait une occasion propice ? Etait-il au courant du stage de plongée qu'il avait l'intention de suivre ?

— Oui, tout le monde savait qu'Ido allait partir à Eilat dès la fin de l'année universitaire, afin d'obtenir son brevet.

— Pourquoi, malgré sa promesse, Ido vous a-t-il tout raconté ?

— Je l'ignore, dit Touvia d'une voix brisée, sincèrement, je ne sais pas. Sans doute était-ce un secret trop lourd à porter pour lui.

— Bon, reprenons. Ido Doudaï est venu vous voir...

— Il est venu me voir..., répéta Shaï après un instant d'hésitation. Au début, je ne l'ai pas cru. Mais lorsqu'il m'a fait écouter la cassette qu'il avait rapportée des Etats-Unis, j'ai été obligé de me rendre à l'évidence. Ido avait demandé à Boris Zinger de réciter, de mémoire, quelques poèmes de Ferber. O stupeur, il s'agissait de poèmes très connus de Shaül, ou plutôt que nous avions cru jusque-là être de lui. Shaül s'était contenté d'opérer de petites modifications, afin de les adapter à la réalité israélienne. Ainsi, les sapins de Ferber étaient devenus des pins, et ses loups des chacals. Ce sont des détails de ce genre qui m'ont définitivement convaincu de la supercherie. Ido m'a fait remarquer, à juste titre, que j'étais la personne la mieux placée pour confondre Tirosh. "Tu dois faire éclater la vérité, me répétait-il d'une voix étranglée. Nous le devons à la mémoire de Ferber." J'ai finalement accepté, mais pour d'autres raisons : "Nous le devons à la Vérité, à l'Art", lui ai-je dit. Après son départ, je me suis replongé dans la lecture de ces poèmes, puis j'ai relu l'introduction que Shaül avait écrite au recueil de poésie de Ferber. Que tout cela était méprisable ! Un meurtre est une faute bien légère comparé au crime dont il s'est rendu coupable et dont il a profité pendant tant d'années. Non, je n'ai aucun regret. »

Un profond silence s'ensuivit. Des bruits de pas résonnèrent dans le couloir. Renfermé sur lui-même, Touvia Shaï semblait avoir oublié où il était.

« Donc le vendredi midi, après avoir déjeuné avec lui à l'université, vous l'avez raccompagné à son bureau.

— Oui », confirma Touvia Shaï. Et d'ajouter avec un soupir, comme s'il revoyait la scène : « Que cette réunion du département m'a paru pénible ! Voir cet homme prendre des poses, l'écouter pérorer, et savoir que derrière cette façade il n'y avait rien ! Il était si absorbé par lui-même qu'il ne s'est même pas aperçu de mon mutisme. Au déjeuner, il m'a parlé d'Ido, qui traversait une "crise", souffrait de "dépression nerveuse." "Ido soupçonne sa femme... mais je ne veux pas entrer dans les détails", a-t-il même eu le front de me dire. Naturellement, il ne se doutait pas que j'étais déjà au courant... Selon lui, le département devait "se résigner" à se séparer d'Ido, qui ne réussirait jamais à terminer sa thèse. Je n'ai pas bronché. J'attendais le moment où nous serions seuls dans son bureau. Cela faisait deux jours que je me préparais à cette confrontation. J'étais convaincu de pouvoir l'amener à faire son devoir. Dans ma naïveté, je croyais même qu'il se sentirait soulagé. Pas une seconde je n'ai pensé qu'il aurait l'audace de refuser. L'*hubris* causera notre perte. Nous souffrons tous d'un orgueil démesuré. »

Shaï avait le regard fixe, les mâchoires serrées, comme s'il était dans un état second.

« Une fois dans son bureau, vous lui avez fait écouter la cassette ?

— Non, pas tout de suite. Il a commencé par chercher les papiers qu'il voulait que je transmette à Adina Lipkine. "Vous croyez que je vais continuer à être votre larbin ?" lui ai-je dit. Il m'a regardé comme si j'avais soudain perdu la raison. "D'après vous, un grand artiste a-t-il le droit de se soustraire aux règles de la morale commune ?" lui ai-je alors demandé. Il a pris cet air condescendant qui jusque-là ne m'avait jamais dérangé, mais qui, à ce moment précis, m'a fait sortir de mes gonds. J'ai exigé une réponse. "Tu veux savoir si c'est l'artiste ou si c'est l'art qui doit se soumettre à la morale ?" m'a-t-il dit avec un sourire patelin, comme si j'étais un malade qu'il ne fallait pas contrarier. Malheureusement, a-t-il ajouté, il n'avait pas le temps d'aborder ce thème dont nous avions déjà si souvent débattu. »

Après un autre silence, Touvia Shaï leva ses yeux vers Ohayon :

« Et vous, que pensez-vous des rapports de l'art et de la morale ? »

Ohayon faillit s'étrangler. Une fraction de seconde, il hésita entre le silence et un sourire évasif, mais devant l'impatience anxieuse de Touvia Shaï, il comprit qu'il ne pourrait éviter de répondre, s'il voulait des aveux en bonne et due forme. Jamais, au cours de sa carrière, un suspect ne lui avait posé une question aussi inattendue, expliqua-t-il par la suite à Emmanuel Shorer, alors qu'ils réécoutaient ensemble l'enregistrement de l'interrogatoire. « Touvia Shaï voulait me mettre à l'épreuve. Je n'avais pas le choix. Si j'avais tenté de m'esquiver en lui retournant sa question, il se serait refermé comme une huître. » A son grand soulagement, Shorer ne s'était pas moqué de lui en entendant le débat qui avait suivi.

« Je ne vois pas pourquoi il serait nécessaire d'opérer une distinction entre l'art et l'artiste, dit-il en considérant Touvia Shaï avec le plus grand sérieux.

— Comment cela ? demanda Shaï, comme s'il interrogeait un de ses étudiants.

— Eh bien, il me semble que Nietzsche a tort. Voyez-vous, ce n'est pas le genre de sujet auquel je réfléchis quotidiennement, comme vous. Aussi, ne suis-je pas sûr d'arriver à exposer clairement mon point de vue. » Craignant de paraître ridicule, il se tut et s'efforça de rassembler ses pensées. Il lui fallait présenter une thèse sensée, cohérente. « Pour moi, l'art n'est pas... non que j'y sois insensible, mais il n'occupe certainement pas dans ma vie la place qu'il occupe dans la vôtre. D'une manière générale, j'estime que l'amour du prochain est au fondement de toute action positive. » Silence. Touvia Shaï attendait manifestement qu'il poursuive. C'est vraiment ce que tu penses ? Tu en es sûr ? se demanda Ohayon avant de reprendre : « En d'autres termes, il me semble qu'il est plus important pour un grand artiste, comme pour n'importe qui d'autre d'ailleurs, d'aimer que d'être aimé. Un écrivain qui déteste les hommes est incapable de créer des personnages de chair et de sang. » Puis, se souvenant d'une remarque qu'il avait autrefois entendue lors d'un cours sur la littérature du vingtième siècle, il ajouta : « Même Kafka, qui considère l'existence comme un combat perdu d'avance, et donc dépourvu de sens, déborde de compassion pour ses héros. Je ne connais pas d'œuvre d'art qui, d'une façon ou d'une autre, ne s'enracine dans l'amour de l'humanité... D'ailleurs, toutes proposent, explicitement ou non, une sorte de règle de vie. » Touvia Shaï leva un sourcil narquois. « Même les écrivains de l'absurde nous invitent à voir dans l'absurdité du monde une manière de loi positive. Grâce au miroir qu'ils nous tendent, l'absence de transcendance, de toute finalité, devient le moyen d'une nouvelle lucidité, d'une conscience inséparable de la grandeur de l'homme. N'est-ce pas là une entreprise qui, plus que toute autre peut-être, exige un sens moral élevé ? Un artiste totalement cynique est incapable de nous émouvoir. » Une lueur inquiétante brilla dans le regard de Touvia Shaï. « Voilà le fond de ma pensée. Je reconnais que c'est très loin de Nietzsche », conclut Ohayon en se demandant si cet homme aigri n'allait pas se jeter sur lui.

Mais Touvia Shaï ne bougea pas et répondit simplement :

« Un peu naïf, vous ne trouvez pas ? Comme vous vous en doutez, je suis en complet désaccord avec vous. Je crains que vous n'ayez pas compris grand-chose à Nietzsche ou à vos autres lectures. Mais pour un flic, ce n'est pas mal. »

Parmi les réflexions que lui inspira par la suite cette conversation avec Shaï, il y en avait certaines qu'Ohayon ne confia à personne, pas même à Shorer. Sa thèse résistait-elle à l'épreuve des faits ? Qui de lui ou de Shaï avait raison ? Une chose était sûre en tout cas, et il s'en était très vite rendu compte : Shaï était peut-être un illuminé, mais pas un idiot. Bien qu'il eût tendance à préférer sa propre profession de foi, il était bien obligé de reconnaître que, dans certaines circonstances, l'histoire des hommes confortait le point de vue de Shaï.

« Je ne m'attendais pas à ce que vous abondiez dans mon sens, répliqua Ohayon. Après tout, de nous deux, c'est vous le spécialiste en esthétique.

— Il ne s'agit pas seulement d'éthique et d'esthétique, mais de savoir jusqu'où nous sommes prêts à aller pour défendre ce qui nous tient le plus à cœur. Vous, vous travaillez ici, dit Shaï en embrassant les lieux d'un geste, vous menez votre petite vie et vous vous croyez indispensable à la bonne marche du monde. Moi, en revanche, j'étais prêt à m'effacer totalement, à considérer ma vie comme poussière et cendres au nom d'une valeur supérieure.

— Pourtant, vous n'avez pas su garder votre sang-froid, dit Ohayon pour tenter de ramener la conversation sur le moment du crime.

— Permettez. Si, au nom de la vérité, Shaül avait accepté de confesser publiquement sa faute et d'en assumer les conséquences, s'il s'était rendu à mes arguments, je l'aurais abandonné à son triste sort. Mais il a éclaté de rire. Je lui expliquais la gravité de la situation et lui riait ! Toutefois, lorsque j'ai mis la cassette et qu'il a entendu Boris Zinger déclamer des poèmes qui, pendant tant d'années, avaient passé pour siens, il a cessé de rire et m'a dit, avec cet air charmeur et rusé qui est le sien lorsqu'il s'apprête à attirer une femme dans ses filets : "Touvia, tu as toujours été un peu dérangé. Personne ne s'en est rendu compte, mais moi, je le sais. Aucun idéal, aussi sublime soit-il, ne justifie que tu veuilles ruiner ma carrière, salir ma réputation. Je croyais que tu avais de l'affection pour moi." "Je vous démasquerai, lui ai-je rétorqué. Rien ne m'arrêtera. J'exige que vous reconnaissiez que l'art, la vérité, nous dépassent, vous et moi. Je ne vous ai jamais aimé. Votre personne est insignifiante." Il m'a regardé intensément et a déclaré d'un ton sans réplique : "Je n'ai aucune intention d'admettre quoi que ce soit, ni ici ni ailleurs. Et toi, tu n'en souffleras pas mot. Cette cassette ne quittera pas cette pièce. Je te conseille d'oublier toute cette histoire." Sur ce, il s'est levé et a pris sa pose habituelle devant la fenêtre. C'est alors que je me suis emparé de la statuette. Quand il s'est retourné vers moi, je l'ai frappé, frappé à mort. Il n'avait rien compris et aurait détruit toute preuve.

— Pourtant, c'est ce que vous vous êtes empressé de faire en effaçant la cassette. Vous n'avez pas fait éclater la vérité.

— C'est bien pour cela que j'ai accepté de parler devant vous. Si je vais en prison, au moins la vérité surgira au grand jour, dit Shaï, pris d'un brusque tremblement.

— Et après l'avoir tué, vous êtes allé au cinéma ? » demanda Ohayon, sans laisser paraître son étonnement.

Quand il avait finalement quitté le bureau de Tirosh, après avoir mis la statuette dans un sac en plastique, retiré la cassette du magnétophone et vérifié qu'il n'avait pas de taches de sang sur ses vêtements, il était un peu plus de treize heures trente. Tout lui était indifférent désormais. Même la peur n'avait plus de prise sur lui. « Si un incendie s'était déclaré, je n'aurais pas bougé. » Sans prendre la peine de se cacher, il était monté dans la voiture de Tirosh et avait roulé jusqu'au parking de l'hôpital Hadassah sur le Mont Scopus. Là, il avait une dernière fois écouté la cassette, avant de l'effacer. Puis, remarquant qu'il risquait d'arriver en retard pour la séance de la Cinémathèque, il avait rapidement essuyé ses empreintes avec un chiffon trouvé dans la boîte à gants, chiffon dont il s'était débarrassé dans un fossé près de Wadi Joz.

« Vous auriez pu rentrer chez vous, non ?

— Cela ne m'a pas effleuré, dit Shaï. Mais je ne sais pas non plus pourquoi je suis allé voir ce film, *Blade Runner.* »

Plusieurs heures furent encore nécessaires pour rédiger sa déposition, Touvia Shaï insistant pour formuler lui-même les raisons de son acte. Un peu plus tard, il participa à la reconstitution du crime dans le bureau de Tirosh, sur le Mont Scopus — à la plus grande satisfaction de toute l'équipe.

« Pourquoi n'irions-nous pas fêter ce succès dans un bon restaurant ? » lança Balilti à la cantonade, quand tout fut fini.

Tsila, qui connaissait les humeurs de son patron, le foudroya du regard.

« On verra ça d'ici quelques jours. En attendant, il vaut mieux le laisser tranquille », lui chuchota-t-elle, en jetant un coup d'œil inquiet du côté d'Ohayon.

Ce soir-là, Ohayon retrouva Emmanuel Shorer au café Nava.

« A quoi penses-tu ? demanda Shorer en remuant son thé. Quelque chose te tracasse ? »

Ohayon prit sa tasse de café dans le creux de ses mains et la contempla sans répondre.

« A propos, reprit Shorer, tu as réussi à savoir ce que signifiait cette note laissée par Tirosh sur son bureau ? Tu sais, celle où il est question du dernier chapitre d'un roman d'Agnon. »

Ohayon secoua la tête. Il n'avait parlé à personne de son équipe de Manfred Herbst et de Shira, l'infirmière. Il se sentait las et déprimé. Comme d'habitude, il n'éprouvait aucun sentiment de victoire. Il n'avait qu'une envie : se blottir contre le corps d'une femme et dormir, dormir.

Shorer termina son thé en silence, puis déclara sur un ton amical, dans lequel n'entrait aucun reproche :

« Cela fait déjà quelque temps que je voulais te le dire : toi qui prétends qu'il faut aimer l'humanité, ou qu'il est plus important d'aimer que d'être aimé, tu ne me sembles pas tout à fait à la hauteur de tes principes. »

[illegible]

[illegible] les ratures de son acte. [illegible]

[illegible]

[illegible] sur le [illegible]

[illegible]

[illegible]

[illegible] les [illegible]

[illegible]

[illegible]

[illegible] On [illegible]

[illegible]

[illegible]

[illegible] Il est [illegible]

[illegible]

[illegible]

Composition réalisée par JOUVE

IMPRIMÉ EN ALLEMAGNE PAR ELSNERDRUCK
Dépôt légal Édit. : 7693-01/01
LIBRAIRIE GÉNÉRALE FRANÇAISE - 43, quai de Grenelle - 75015 Paris.

ISBN : 2 - 253 - 14998 - 5   31/4998/6